HEYNE BÜCHER

Von Heather Graham sind
als Heyne-Taschenbücher erschienen:

Die Geliebte des Freibeuters · Band 04/37
Die Wildkatze · Band 04/61
Die Gefangene des Wikingers · Band 04/71
Die Liebe der Rebellen · Band 04/77
Geliebter Rebell · Band 04/97
Tochter des Feuers · Band 04/105
Irrwege der Liebe · Band 04/116
Spiegel der Liebe · Band 04/118
Triumph der Liebe · Band 04/120
Die Normannenbraut · Band 04/128

HEATHER GRAHAM

DER HERR DER WÖLFE

Roman

Deutsche Erstausgabe

WILHELM HEYNE VERLAG
MÜNCHEN

HEYNE ROMANE FÜR »SIE«
Nr. 04/138

Titel der Originalausgabe
LORD OF THE WOLVES

Aus dem Amerikanischen übersetzt
von Eva Malsch

Printed in France 1994
Umschlagillustration: John Ennis/Agentur Schlück
Umschlaggestaltung: Atelier Ingrid Schütz, München
Satz: Fotosatz Prechtl, Passau
Druck und Bindung: Brodard & Taupin

ISBN 3-453-08112-9

VORWORT DER AUTORIN

Schon immer liebte ich historische Romane, und meinen ersten schrieb ich nach der Lektüre eines Buchs über die Geschichte Irlands. Meine Mutter, die aus Dublin stammte, hatte es mir geschenkt. Darin fand ich faszinierende Informationen über den Wikingerprinzen Olaf den Weißen, der ins Reich des großen irischen Königs Aed Finnlaith eingedrungen war. Aed hielt den Angriffen stand. Während der Kämpfe führte er einen Waffenstillstand herbei, indem er seine Tochter mit Olaf vermählte.

In einem anderen Geschichtsbuch fand ich ebenfalls Hinweise auf jene Ereignisse, und meine Begeisterung wuchs. Mein Wikinger war geboren, heiratete seine irische Prinzessin, und so entstand mein erster historischer Roman »Die Normannenbraut«.

Ich genoß meine Forschungsarbeit, und ich wußte zu schätzen, was man im Rückblick so klar erkennen konnte — die Wikinger hatten tatsächlich die Meere beherrscht, weit und breit geraubt und geplündert, aber den eroberten Gebieten auch sehr viel gegeben. Letzten Endes fanden viele nordische Seefahrer in diesen Ländern eine neue Heimat. Und im Laufe der Jahre verschmolzen sie mit den Völkern, die sie einst gepeinigt hatten.

Olaf der Weiße kam mit seinen Wikingertruppen nach Irland. In England wurden sie von Alfred dem Großen bekämpft. Und so schenkte ich Olaf und seiner irischen Prinzessin einen Sohn, der in »The Viking's Woman« an diesem Krieg teilnahm, auf Alfreds Seite! Danach wollte ich die Familie nicht verlassen, denn ich hatte Olaf liebgewonnen, auch seine Frau und die zahlreichen Nachkommen, die das Erbe der wilden Seefahrer, aber auch der großartigen Zivilisation Irlands in sich trugen. In »Herr der Wölfe« wagt sich ein Sohn aufs Meer und schlägt seine Schlachten im Ärmelkanal. Es waren stürmische Zeiten. Viele Länder bekämpften einander, und die größten Herrscher suchten Bündnisse mit den Wikingern oder warben sie an, um mit ihnen gegen ihre Feinde vorzugehen. Ich hoffe, Melisande und Conar werden Sie in jene fast mythische Epoche zurückführen, wo die Welt grausam und schön zugleich war.

PROLOG

DAS BLUT DES WOLFS

Die irische Küste, Schottland, a.d. 865

Wie erstarrt stand der große Junge da, die Seele von heißem Zorn erfüllt. Goldblond, viel stärker, als es seinen Jahren entsprach, hielt er den Windböen stand, die ihn peitschten, und schien sogar neue Kraft aus ihnen zu schöpfen. Die Mutter hatte sein Verhalten getadelt und ihm vorgeworfen, er führe sich auf wie ein Wikinger.

Nun, er war ein Wikinger.

»Schau aufs Meer, mein Sohn!« Der König umfaßte die Schultern des Jungen. »Betrachte die weißen Schaumkronen und stell dir unsere Schiffe darauf vor. So viele stolze, starke Schiffe, die allen Stürmen da draußen trotzen können! Sieh die großen Drachen an den Bügen, mein Sohn, die gefletschten Zähne, die wilden Grimassen! Und bewundere das erlesene Schnitzwerk! Wir sind die Herren der Meere, das läßt sich nicht leugnen.«

Lächelnd blickte ihm der Junge in die Augen. »Wir sind Wikinger, Vater, und wir segeln immer noch in Wikingerschiffen.«

»Es sind die besten, was dir jedermann bestätigen kann. In dieser Welt werden wir oft angegriffen, wenn wir auch Bündnisse eingehen, und so brauchen wir starke Schiffe.«

Nachdenklich runzelte der König die Stirn. »Allerdings, wir sind Wikinger — oder in gewisser Weise Norweger und in anderer Dänen. Manchmal ist es unklug, deine Mutter daran zu erinnern, mein Sohn.«

Der Junge grinste. Ja, seine Mutter war mit jedem Zoll

eine irische Prinzessin. Sie hatte ihre Kinder die großen Gesetze der irischen Gastfreundschaft gelehrt, die Brehon-Gesetze, die viel zur Zivilisation des Volkes beigetragen hatten. Und sie sorgte dafür, daß sie alle in Kunst und Geschichte unterrichtet wurden, in Sprachen und Religion. Aber er wußte nicht, ob die Wikingerherkunft seines Vaters sie wirklich so sehr störte. Mochte der König, ein großartiger Mann, auch in dieses Land eingedrungen sein — er hatte dafür gekämpft, zum Wohle des Volkes.

Nun hatte sie ihn zu seinem Vater geschickt. Er war in Schwierigkeiten geraten, denn Leith hatte ihm das neue Schwert weggenommen, eine prachtvolle Waffe, von seinem Großvater geschnitzt.

Leith bekam immer alles. Zumindest sah es so aus. Aber er war ja auch der älteste Sohn, der Erbe des Königs. Eines Tages würde er hier herrschen, in diesem reichen, schönen grünen Land, das sie alle so liebten. Das wußte Conar, und er verstand es. Er liebte seinen Bruder sogar, der zum Nachfolger des Königs ausgebildet wurde, älter, klüger und würdevoll war — und wie die Mutter sehr nachdenklich und sanftmütig. Aber heute hatte er versucht, ihm das Schwert zu entreißen, und einen Wutausbruch entfacht.

Was am allerschlimmsten war, der Zwischenfall hatte sich in der Kapelle während des Gottesdienstes ereignet. Die Mutter umfaßte Conars Hand und führte ihn hinaus ins Freie, die smaragdgrünen Augen voller Zorn.

»Leith wollte mir das Schwert wegnehmen!« erklärte er, das Kinn trotzig hochgereckt. Natürlich hätte er Reue zeigen müssen. Er liebte seine Mutter innig, und es bedrückte ihn, wann immer er sie enttäuschte. Doch er würde nicht klein beigeben. »Das Land gehört ihm! Dubhlain gehört ihm!« Hoch schwenkte er das kleine hölzerne Schwert in die Luft, nachdem er es vor dem Zugriff des Bruders gerettet hatte. »Und ich werde seine Rechte gegen jeden Eindringling verteidigen, auch wenn es mich mein Leben kostet!« schwor er leidenschaftlich. »Aber *dieses Schwert*, Mutter, *gehört mir*!«

Wie selbstsicher, stolz und entschlossen er ist, dachte die Königin. Schmerzlich krampfte sich ihr Herz zusammen, denn trotz seiner Jugend erkannte sie plötzlich, wie sehr er seinem Vater glich. Stets würde er seine Brüder und Schwestern und sein Heimatland lieben und ehren. Aber das genügte ihm nicht. Er würde sich nach anderen Dingen sehnen und dafür kämpfen. Sie biß sich auf die Lippen.

O ja, er trat in die Fußstapfen des großen Wolfs von Norwegen, so wie einige ihrer Söhne, doch keiner ähnelte ihm so stark wie Conar. Er besaß goldblondes Haar, hochgeschwungene Brauen, und schon in jungen Jahren ein markantes Gesicht.

Auch das kalte nordische Blau seiner Augen hatte er vom Vater geerbt. Sein Blick konnte jeden Betrachter fesseln. Er hielt sich kerzengerade, bereits fast so groß wie die Mutter, breitschultrig, mit ausgeprägten Muskeln. Und er hatte oft genug bewiesen, wie eisern er seinen Willen durchzusetzen verstand.

Wieder hob er das hölzerne Schwert, das er so energisch zurückerobert hatte. »Ich bin ein jüngerer Sohn, Mutter«, fügte er ungeduldig hinzu. »Trotzdem lasse ich mir nicht *alles* wegnehmen!«

»Du bist der jüngere Sohn eines Königs, der in der ganzen zivilisierten Welt wohlbekannt ist«, erinnerte sie ihn. »Und . . .«

»Dieser Welt werde ich meinen eigenen Stempel aufdrücken!« unterbrach er sie.

Erbost schüttelte sie den Kopf. »Heute benimmst du dich einfach schauderhaft! Wie ein Wikinger!«

»Mein Vater ist ein Wikinger, Mutter.«

Sie seufzte tief auf und versuchte, ihr Temperament zu zügeln. Schon einmal hatte sie es nur mühsam bändigen können. Mußte sie zum zweitenmal eine so schwere Prüfung bestehen? »Ein sehr irischer Wikinger, mein Sohn. Gezähmt vom Land, gezähmt von . . .«

»Von dir?« fragte er spitzbübisch.

Sie zog die Brauen hoch, dann lachte sie. »Nein, das bezweifle ich. Und wage bloß nicht, so etwas zu sagen! Er ist ein Wikinger, aber *zivilisiert*. Er liest sehr viel, denkt über alles nach, und er ist bereit zu lernen, was man über die Eigenheiten eines Volkes wissen sollte.«

»Trotzdem wird er stets ein Wikinger bleiben.«

»Schön und gut, mein junger Herr Wolf. Dein Wikingervater ist zu den Klippen gewandert, also geh mit deiner Klage zu ihm!« Als er die Schultern straffte, von neuem Zorn erfaßt, und sich abwandte, rief sie ihm nach: »Mein Sohn!« Da drehte er sich um, und sie beteuerte mit sanfter Stimme: »Ich liebe dich.«

Seine Wut ließ nach, und er erwiderte ihr Lächeln. Dann war er durch das Burgtor gelaufen, über die grünen Wiesen zu den hoch aufragenden Klippen, wo er seinen Vater antraf.

Da stand der große Krieger, seinen gestiefelten Fuß auf zerklüftete Felsen gestützt, und starrte über das Meer hinweg.

»Vermißt du die Seefahrt, Vater?«

Der König musterte ihn gedankenverloren. »Niemals, mein Sohn, denn ich habe meinen Platz im Leben gefunden.« Er holte tief Luft. »Man beschuldigt uns Wikinger vieler Untaten, und einige haben wir tatsächlich begangen. Aber ich kam nicht hierher, um dieses Land zu verwüsten. Sicher, ich nahm es in Besitz, aber nur, um etwas Neues aufzubauen. Ich gab ihm Kraft, und mir gab es . . .«

»Ja, Vater?«

»Schönheit und Frieden. Diesen Ort nenne ich mein Zuhause, und er schenkte mir vor allem deine Mutter.«

Der Junge lächelte. Er stand neben seinem Vater, einen Fuß im Rehlederstiefel ebenfalls auf den Fels gestellt. Die Arme vor der Brust verschränkt, ließ er seinen Blick über das Meer schweifen. Es faszinierte ihn, ebenso wie die Sagen von den Göttern seines Vaters, den großen Kriegern, die in Walhall tafelten, vom zornigen Odin, der auf seinem achtbeinigen Pferd am Himmel dahinsprengte.

»Es kann wundervoll sein, das Meer zu erkunden«, bemerkte sein Vater leise, »etwas Neues zu suchen, das Schwert zu schwingen, seinen rechtmäßigen Platz zu finden.«

Conar begegnete den Augen des Königs. »O ja, ich werde über die Meere segeln!« gelobte er leidenschaftlich, warf den blonden Kopf in den Nacken und zeigte mit seinem Holzschwert zum Reich der Götter empor, die das Volk seines Vaters verehrte, zu Odin und Thor, zu Sturm, Donner und Blitz. Sein Umhang flatterte im Wind. Die Augen geschlossen, sog er die salzige Luft tief in seine Lungen. »Ich werde über das Meer segeln«, wiederholte er in sanfterem Ton. »Und ich werde meinen rechtmäßigen Platz auf dieser Erde finden und dort herrschen. Ich werde das Gesetz sein und den Menschen Frieden bringen. Auf den Thron von Dubhlain kann ich meinem Vater nicht folgen, aber ich will stets beweisen, daß ich sein Sohn bin. Man wird mich den ›Herrn der Wölfe‹ nennen. So wie den großen Wolf von Norwegen. Glaub mir, Vater, ich werde für das Recht kämpfen . . .«

»Und für das, was dir gehört?« Belustigt fiel ihm der König ins Wort, doch er bezweifelte nicht, daß der Junge seine Ziele erreichen würde.

»Und für das, was mir gehört! Immer! Wenn man ein Land besitzen will, muß man dafür kämpfen, nicht wahr?«

»Das stimmt, mein Sohn«, bestätigte der König lächelnd. »Und man kann es auch durch eine Heirat gewinnen.«

»Also heiraten oder kämpfen . . .« Nachdenklich runzelte Conar die Stirn.

Sein Vater lachte. »Und manchmal ist das ein und dasselbe.«

Der blonde Junge schaute wieder aufs Meer. »Ich werde meinen rechtmäßigen Platz erringen, so hart ich auch darum kämpfen muß — gegen andere Männer oder gegen meine Frau.«

Ein Blitz zerriß den Himmel, und der König blickte nach oben. Mergwin würde dies ein Omen nennen, dachte er. Ein sonderbares Gefühl ergriff ihn — kein Unbehagen, aber irgend etwas, das ihn warnte. Ohne sich umzudrehen, wußte er, daß der alte Mann hinter ihm stand, den Jungen beobachtete und dann den Himmel.

Der König seufzte. »Also gut, Zauberer, was wollt Ihr mir sagen?«

Gekränkt wandte sich Mergwin zum König. Sein langes, weißes Haar und der Bart wehten in der frischen Brise. »Ich bin kein Zauberer, Olaf von Norwegen.«

»Ja, ich weiß, Ihr seid ein Druide und Runenmeister«, entgegnete Olaf müde. Der Junge schenkte dem Greis ein Lächeln, dann starrte er wieder auf die wild bewegten Wellen.

»Verspottet Ihr mich?« fragte Mergwin. »Nach all den Jahren, König von Dubhlain?«

»Dann sprecht!« forderte Olaf ihn auf. »Einmal habt Ihr prophezeit, Leith würde ein langes, glückliches Leben führen und weise herrschen. Bei Erics Geburt saht Ihr heftige Stürme voraus. Und was sagt Ihr über Conar?«

»Ich weiß nicht recht, mein Herr . . . Was soll ich tun? Ein Lamm schlachten und zu den alten Göttern beten? Aber wie dieser Junge bin ich ein halber Ire und ein halber Norweger. Heute erblicke ich den Norweger in ihm. Schließt die Augen, großer König, stellt Euch den künftigen Mann vor!«

Dazu brauchte Olaf die Augen nicht zu schließen. Deutlich genug sah er seinen Sohn als Mann vor sich, hochgewachsen und majestätisch, goldblond, voll sehniger Kraft, ein Krieger, der allen Feinden trotzen würde, Göttern oder Menschen.

»Ja, mein Herr, dieser Sohn wird auch auf Reisen gehen«, weissagte Mergwin leise. »Er wird mächtig sein, stark und klug und segeln . . .«

»Wohin?« fragte der König.

Der Druide zögerte und runzelte die Stirn.

»Seine Fahrt wird ihn nach Süden, über die Meerenge führen, und wenn er findet, was er gesucht hat, wird er es sofort beanspruchen.«

»Und dann?«

»Dann wird er kämpfen müssen, um es zu behalten. Das Land und *sie*! Es wird nicht einfach sein. Riesige Horden werden sich ihm in den Weg stellen und Schlachten entfesseln, wie man sie noch nie erlebt hat.«

»*Sie*? Mergwin, wer ist *sie*?«

Der alte Mann zuckte die Achseln und betrachtete den Jungen, der so stolz und hoch aufgerichtet dastand, die blauen Augen auf die See gerichtet. Seufzend wandte er sich wieder an den König von Dubhlain. »Kein Opferlamm nach alter Druidenart, nicht wahr, mein Herr? Nein, nein, das wäre falsch.« Er umklammerte einen Beutel, der am Gürtel seiner Robe hing, und schüttelte ihn leicht. »Bedenkt, mein König, daß ich so bin wie dieser Sohn, teils Wikinger, teils Ire, und deshalb erfüllt mich so große Kraft. Also muß ich für einen Wikingerjungen die Wikingerrunen lesen.«

Ein Wikinger! Olaf senkte die Lider. Plötzlich wußte er, daß Conar wie ein echter Wikinger die Meere überqueren und ferne Gestade ansteuern würde. Und dort würde er eine Frau finden, bekämpfen und heiraten, und beider Leben aufs Spiel setzen, immer wieder . . .

Er hatte sich für seine Söhne Ruhe und Frieden gewünscht. Aber sie lebten nicht in einer friedlichen Welt. Als er den Jungen anschaute, sah er sich selbst und erkannte, daß er ihn ziehen lassen mußte, sosehr ihn das auch bekümmern mochte.

Mergwin bückte sich, öffnete den Beutel und verstreute die kunstvoll geschnitzten hölzernen Runen auf dem Felsboden. Der Wind heulte, wieder zuckten Blitze am Himmel. »In der Tat«, verkündete der Druide leise, »wie sein Vater wird er Herr der Wölfe heißen.« Er sah, wie der König seinen Sohn anstarrte und dann die Symbole auf den kleinen hölzernen Quadraten betrachtete und fügte lächelnd hinzu: »Das Wetterleuchten hat es bestimmt, so als hätte Odin selbst die Worte an den Himmel geschrieben.«

»Hm . . .« Olaf verschränkte die Arme vor der Brust. »Und sagt mir bitte, alter Mann, was hat Odin sonst noch an den Himmel geschrieben? Wohin wird er segeln? Wer ist diese Frau?«

»Geduld, mein Herr, Geduld!« Boshaft grinste Mergwin und warf einen kurzen Blick auf den hochgewachsenen Jungen, der auf den Klippen stand. »Laßt uns die Runen lesen, Wolf von Norwegen. Auf Wikingerart — für einen Wikingerprinzen . . .«

»Und die Frau?« fragte der Wolf.

»Ja, die Frau. Sie ist sehr schön . . .«

»Aber gefährlich?«

»Wie ein Gewittersturm!« stimmte Mergwin belustigt zu, dann erlosch das Lächeln in seinen Augen, seine Stimme nahm einen ernsten, nachdenklichen Klang an. »O ja, wilde Stürme werden toben, Feinde erheben sich zu Tausenden, und um ihnen allen zu trotzen, muß das Paar einen besonderen Sieg erringen . . .«

»Über wen?«

Mergwin strich über seinen Bart. »Ich glaube, über sich selbst.«

»Lest weiter!« befahl der König. Und so wurde an der zerklüfteten, windgepeitschten Küste die Zukunft prophezeit . . .

I

DER KAMPF UM DIE GRÄFIN UND DAS LAND

1

An der französischen Küste, Frühling, a.d. 885

»Melisande! Melisande! *Seine* Schiffe sind hier!«

Rastlos war sie umhergeeilt. Aber bei diesen Worten blieb sie wie erstarrt inmitten des Turmzimmers stehen, von widersprüchlichen Gefühlen erfaßt. Angst und Freude kämpften in ihr. Sie hatte nicht geglaubt, daß er kommen würde. Aber Marie de Tresse, die jenseits der offenen Tür an der hölzernen Brustwehr stand, zerstreute alle Zweifel. Er hielt sein Versprechen, daß er sich holen würde, was ihm gebührte.

Melisande warf das kunstvoll gewirkte Kettenhemd, das sie prüfend betrachtet hatte, zu Boden und stürmte hinaus. Sie warf nur einen kurzen Blick in Maries angstvolles Gesicht, dann beugte sie sich über die Brüstung und blickte aufs Meer hinaus.

Ja, tatsächlich, er segelte heran. An einem solchen Tag war er zum erstenmal hierhergekommen. Vor einer halben Ewigkeit! Suchte er sie nur immer in so furchtbaren Zeiten auf? Wollte er ihr helfen oder sie völlig vernichten?

Mit diesen Fragen wollte sie sich heute nicht belasten. Er ist gekommen, um sich zu nehmen, was er für sein Eigentum hält. Plötzlich wurde ihr heiß und kalt zugleich. Sie berührte ihr Gesicht, das sich wie Feuer anfühlte — und die Hand wie Eis. O Gott, er kam zu ihr . . .

Ein heftiges Zittern durchströmte ihren Körper. Als

würde es nicht schon genügen, daß tausend Dänen unter dem Befehl des verhaßten Geoffrey vor ihrer Tür lauerten. Nein, nun mußte auch noch *er* hierherfahren. Nach so langer Zeit. Aber vielleicht hatte er vieles vergessen.

Und vielleicht erinnerte er sich an alles.

Wie lächerlich! Vor den Dänen graute ihr längst nicht so wie vor *ihm*! Und warum? Wegen der Dinge, die sie getan hatte — die ihn hierherführten. Bald würde er an Land gehen. Sie erkannte bereits sein Schiff und sah seine Gestalt.

Es war ein außergewöhnliches Schiff mit riesigem Drachenbug. Er stand an Deck in derselben stolzen Haltung wie bei der ersten Begegnung — einen Fuß gegen das Ruder gestemmt, die kraftvollen Arme vor der muskulösen Brust verschränkt. Ein purpurroter Mantel, an der Schulter von einer Spange zusammengehalten, die ein altes keltisches Emblem zeigte, flatterte hinter ihm. Und der Meereswind peitschte durch sein dichtes Haar, golden wie die Sonne.

Seine Augen sah sie noch nicht, doch das war auch gar nicht nötig. Nur zu gut entsann sie sich dieser erstaunlichen Farbe. Ein strahlendes Blau. Himmelblau, meeresblau, intensiver als Kobalt, heller als Saphire. Diese Augen konnten durch sie hindurchschauen, bis in die Tiefen ihrer Seele.

Hastig drehte sie sich um, als sie die tiefe spöttische Stimme hörte. Ragwald stand hinter ihr, alt wie der Mond, nörglerisch wie ein Fischweib. Mahnend hob er einen Finger. »Meine Dame, einen Pakt mit einem solchen Mann könnt Ihr nicht mißachten!«

»Ich habe keinen Pakt mit ihm geschlossen. Das habt Ihr getan.«

»Um unser Leben zu retten!« erinnerte er sie würdevoll. »Und es sieht so aus, als würdet Ihr den Mann wieder brauchen. Andererseits ist der junge Herr vielleicht wütend und nicht in der Stimmung, Euch beizustehen, eh?«

»Ragwald, Ihr ...«, begann Melisande und wollte ihm erklären, er sei der Ratgeber und sie die Gräfin, und deshalb stehe es *ihr* zu, das letzte Wort zu sprechen. Doch sie verstummte und biß sich auf die Unterlippe. Eine andere Gefahr drohte ihr noch unmittelbarer. Als sie von ihrem Aussichtspunkt oberhalb der Festungsmauer hinabblickte, sah sie ihre Männer bereits im Kampfgetümmel.

Seltsam, wie sich manche Dinge entwickelten ... Das Heer, das sie jetzt bekämpften, hatten sie sich an jenem Tag zum Feind gemacht, als *er* zum erstenmal hierhergekommen war. Und jetzt tobte die Schlacht erneut, während *seine* Schiffe über das Meer segelten.

Sonderbar, daß es ein grauer Tag voller flammender Blitze und grollendem Donner war — neigte er dazu, in Begleitung solcher Stürme einzutreffen, als gehörte er zu jenen Göttern, die ihren Zorn in Gestalt feuriger Blitze umherschleuderten?

»Was wird geschehen?« fragte Ragwald nachdenklich. »Ist er hier, um uns zu vernichten — oder wieder zu retten? Ein norwegischer Wikinger, der sich auf diese dänischen Wikinger stürzen wird?«

Warum leben wir in einem so gesetzlosen Land, überlegte Melisande wehmütig. Wie gern hatte sie die Geschichten ihres Vaters über den großen König Charlemagne gehört, über dessen Liebe zu den Künsten, zur Astrologie, zum Frieden!

Aber Charlemagne war tot wie ihr Vater. Seine Regentschaft lag schon fast hundert Jahre zurück, und seither hatte sich vieles verändert. Jetzt herrschte Charles der Dicke in Paris — doch dort hielt er sich nicht auf, sondern irgendwo in Italien, und die Dänen verwüsteten die Küste, auf dem Weg nach Rouen.

Wieder einmal hatten sich Melisandes Feinde mit den

Dänen verbündet, um zu erobern, was rechtmäßig ihr gehörte.

Schon früher war sie gezwungen worden, sich mit diesen Horden auseinanderzusetzen. Nach dem Tod ihres Vaters vor einigen Jahren hatte sie gelernt, ihre Tränen zu unterdrücken, wenn sie einen Mann durch das Schwert sterben sah. Sie hatte gelernt, vor dem Kriegsgeschrei nicht zu erzittern, und — was ihr am schwersten fiel — *nicht davonzulaufen*. Nur sie allein war übriggeblieben, um ihr Volk zu lenken und zu leiten. Auch das hatte sie gelernt. Nicht, daß *er* das jemals gewußt hätte. Aber seit jener ersten Begegnung war soviel Zeit verstrichen, so vieles geschehen, was ihn vermutlich drängte, seine kräftigen Hände um ihren Hals zu legen. Beinahe glaubte Melisande, sie zu spüren.

Dieser Gedanke ließ sie frösteln, und eine eigenartige Schwäche erfaßte sie. Sie hatte gelobt, nichts von ihm zu wollen. Trotzdem brauchte sie nur an ihn zu denken, und schon stockte ihr der Atem.

Genau das war ihre Schwierigkeit! Denn sie wagte nicht, ihm zu zeigen, wie es in ihrem Herzen aussah. Niemals durfte er erfahren, daß die Gedanken an ihn ihre Tage ausfüllten.

Vor allem jetzt konnte sie sich keine Schwäche erlauben. Sie mußte sich sogar verbieten, an sich selbst zu denken, seine Berührung zu fürchten, zu verabscheuen, herbeizusehnen, ihn zu hassen, zu lieben, zu verachten, von ihm zu träumen . . .

Plötzlich erkannte sie, in welch ernsthafte Schwierigkeiten ihre Männer gerieten. Von der Brustwehr aus sah sie die wechselnden Positionen der Krieger, ahnte bereits die Niederlage, die ihnen noch nicht bewußt war. »Heiliger Jesus!« rief sie. »Ich muß da hinaus, sofort, Ragwald! Unsere Streitkräfte werden auseinandergetrieben. Schaut doch!«

Bestürzt hielt er ihren Arm fest. »Nein! Laßt den Wikinger angreifen! Eine der beiden Seiten wird siegen, die Dänen oder die Norweger. Das sollen sie unter sich ausmachen. Ihr bleibt diesmal hier, in Sicherheit!«

Sie riß sich los, zunächst ärgerlich, dann voll tiefer Sorge. Ragwald liebte sie. Und in diesen dunklen Tagen fand man nur selten Liebe. »Muß ich Euch daran erinnern, mein lieber Ratgeber? Ihr wart es, der mich zuerst da hinausgeschickt habt, in einer Rüstung. Ich bin die Gräfin, und ich werde hier die Stellung halten. In einem Punkt habt Ihr recht, sie sollen die Schlacht unter sich austragen. Aber ich muß unsere Männer aus der Falle führen, die sie zu verschlingen droht.«

»Wartet!« rief Ragwald. »Seht doch, die Schiffe legen an!«

»Ich kann nicht warten. Schaut, Ragwald!« Sie zog ihn zum Rand der Brustwehr und zeigte zur Küste hinab.

Ihr Vater hatte eine außergewöhnliche Festung mit dicken Außenmauern erbaut, wie man sie seit den Angriffen der Wikinger bevorzugte. Melisandes Schloß lag auf einem Berggipfel, oberhalb eines sicheren Hafens. Die meisten anderen Burgen bestanden aus Holz, aber ihr Vater hatte die großen Vorteile von Steinen erkannt. Sie fingen kein Feuer. Innerhalb der hohen Wälle fühlte man sich geschützt. Ein großer Hof bot Menschen und Tieren Platz, den Schmieden, den Ställen für die großen Streitrösser, den Werkstätten und Küchenräumen.

Zu beiden Seiten der Festung erhoben sich bewaldete Klippen, und die Brustwehr bot eine unbegrenzte Aussicht. Allein durch die günstige Lage konnte die Burg auch dann dem Feind standhalten, wenn nur wenige Krieger zurückblieben, um sie zu verteidigen. Auch jetzt wußte Melisande, den weitreichenden Ausblick zu nutzen. »Seht doch, Ragwald, da sind Philippe und Gaston! Ihre Truppen werden auseinandergesprengt, und in der

Hitze des Gefechts merken sie es gar nicht. Ich muß gehen.«

»Nein, Melisande!« widersprach Ragwald. Als sie an ihm vorbeilaufen wollte, umklammerte er wieder ihren Arm. Sie schaute ihm in die Augen, und zum erstenmal sah er Angst darin flackern.

Angst? Melisande fürchtete nichts und niemanden. Nur den Wikinger, dachte er. Schon immer. Er erzürnt und fasziniert sie gleichermaßen. Vielleicht ist sie jetzt vernünftig genug, ihn zu fürchten — und zu beten, er möge gekommen sein, um sie zu schützen. Obwohl sie ihm in jeder Hinsicht getrotzt hatte. Und jetzt will sie das Schwert ergreifen und in die Schlacht reiten . . .

»Tut das nicht!« warnte er sie und hielt sie fest.

»Ich muß!« Ihre Stimme klang heiser und voller Verzweiflung. Ihre Augen spiegelten heftige, widerstreitende Gefühle wider.

»Nein . . .«, begann er, doch da hatte sie seine Hand bereits abgeschüttelt, rannte die Brustwehr entlang und in den Turm. »Melisande!« Das Echo ihres Namens wehte zu Ragwald zurück wie ein langgezogener Klageschrei.

Sie hörte nicht auf ihn. Unglücklich ging er an der Brustwehr auf und ab, am höchsten Punkt der Festung. Er schaute in den Hof hinab, zu den Außenmauern, den Wiesen jenseits der Tore, über das Meer hinweg.

Wenig später entdeckte er Melisande, und sein altes Herz schlug ihm bis zum Hals hinauf. Sie saß auf ihrem Streitroß Warrior, in ihrer vergoldeten Rüstung, die er vor so vielen Jahren zum erstenmal gesehen hatte, als sie in den Krieg gezogen war.

Ragwalds Blick wanderte zu den Wikingerschiffen, die am Strand lagen. Er beobachtete, wie der Anführer seinen kegelförmigen Kriegshelm aufsetzte. Pferde wurden von Bord geführt, darunter der majestätische Thor, ein riesengroßer Hengst, muskulös, behende und geschmeidig wie sein Herr.

Der Wikinger benötigte keine Erklärungen. Seine Männer standen bereit, um sich in den Nahkampf an der Küste zu stürzen oder sich auf die Rücken ihrer Wikingerpferde zu schwingen, die schon so viele gefährliche Seereisen überlebt hatten.

Ohne Zögern eilten sie ins Kampfgetümmel ebenso wie Melisande. Die zitternden Finger um die Brustwehr geklammert, beobachtete Ragwald, wie sie in einiger Entfernung von den Neuankömmlingen ihr Schwert hochschwang und ihren Streitkräften bedeutete, sich neu zu formieren. Die Dänen, im Verein mit den verräterischen fränkischen Verbündeten, waren in der Überzahl. Tausend Angreifern standen vielleicht zweihundert Verteidiger gegenüber.

Und wie Ragwald gehört hatte, sollten noch mehr eintreffen. Viele tausend. Einem Gerücht zufolge wollten sie Paris belagern.

Aber jetzt konnten sie sich nicht um die Hauptstadt kümmern. Melisande hatte ihre Truppen um sich versammelt, und er hörte ihre durchdringende Stimme. Sie befahl ihnen, den Rückzug hinter die Festungsmauern anzutreten. Dann gab sie den Wachtposten im Inneren der Burg ein Zeichen. Große Kessel mit siedendem Öl wurden herangeschleppt, um sich auf die Eindringlinge zu ergießen, sollten sie den heimischen Kriegern folgen.

Das Tor öffnete sich. Angeführt von Melisande, stürmten die Verteidiger hindurch.

»Greift an!« schrie Philippe zu den Männern hinauf, die auf der Außenmauer standen.

Ragwald schloß die Augen, hörte wilde Schmerzensschreie. Die ersten Angreifer wurden vom kochendheißen Öl, das auf sie herabfloß, zurückgeworfen.

Als er die Lider wieder hob, sah er Melisande hoch aufgerichtet auf Warrior sitzen. Sie war in den Hof geritten, umringt von ihren Männern. Wie sie diese Schlachten haßt, dachte er bekümmert. Sie verabscheut den Krieg seit dem Tag, an dem ihr Vater starb. Seither liebt sie den Frieden. Und wenn sie eine Niederlage erleidet?

Nun, was geschehen würde, wenn die Dänen siegten, verstand sich von selbst. Sie würden rauben und plündern, morden und vergewaltigen.

Geoffrey würde sich die Festung und das Land aneignen, sobald seine Verbündeten dachten, sie hätten ihren Teil der Beute erhalten. Ein schlimmes Schicksal würde auf Melisande warten.

Und wenn der Wikinger den Sieg errang? Dann würde sie ihr Los ebenso fürchten, aber ihr Volk würde weiterleben und die Burg stehenbleiben.

Was immer auch auf Melisande zukommen mochte, ihre Leute würden es begrüßen, wenn der Wikinger die Dänen schlug. Es gäbe keinen Raub, keine Plünderung, keine Vergewaltigung, keinen Mord. Das wußte Melisande, und sie würde ihr Schicksal hinnehmen, ohne Rücksicht auf die Folgen, die sie persönlich betrafen.

»Gebt uns Gräfin Melisande!« Der Schrei erklang außerhalb der Mauern. »Dann wird Frieden herrschen!«

Ragwald schaute von der Brustwehr des Turms hinab und konnte deutlich erkennen, was geschah. Geoffrey selbst hatte die Forderung gestellt. Er war Melisande nachgeritten, doch nun schreckte er vor den Wachtposten zurück, die auf den Außenmauern standen und ihn mit ihrem tödlichen siedenden Öl bedrohten. Er saß auf seinem Streitroß, das Gesicht vor Wut verzerrt. Vor ihm drängten Melisandes Männer durch das Tor. Bald würde seine Verstärkung eintreffen und die Verteidigung vor neue, noch schwierigere Aufgaben stellen. Einige Feinde würden fallen, andere den Durchbruch schaffen.

Nur zwanzig Schritte trennten Melisande von ihren

Gegnern, aber auch der dicke steinerne Wall. Noch war das Tor nicht verschlossen und verriegelt. Und das siedende Öl würde die Dänen nicht mehr lange fernhalten — nicht, wenn ein so kostbarer Preis in ihrer Reichweite lag.

»Das war Geoffreys Stimme!« Philippe zügelte sein Pferd neben Melisande. »Der verdammte Bastard! Er verlangt dasselbe wie zuvor sein Vater.«

Im Gegensatz zu Ragwald konnte Melisande die Truppen jenseits der Mauern nicht sehen. Aber das Geschrei und die Hufschläge der ungeduldigen Streitrösser hörte sie deutlich genug. Immer mehr Feinde versammelten sich vor den Wällen, bald würden sie das Tor stürmen, in unbezwingbarer Vielzahl.

»Die Mauern werden fallen!« drohte Geoffrey. »Alle Männer da drinnen müssen sterben! Melisande, ihr könnt uns nicht standhalten! Ihr seid in der Minderzahl!«

»Das war ich!« rief sie zurück. »Jetzt nicht mehr!«

»Ja, der Wikinger ist im Anmarsch. Aber kann er euch rechtzeitig retten? Einige deiner Männer habe ich hier draußen in meiner Gewalt, Melisande! Die nahmen wir fest, als sie zu fliehen versuchten. Wenn das heiße Öl uns versengt, wird es auch deine Leute treffen. Und soeben berührt ein Dolch den Hals eines deiner Krieger!«

Melisande schaute zu Ragwald hinauf, der hoch oben auf der Brustwehr des Turms stand und Geoffrey beobachtete. Neben dem feindlichen Anführer umklammerte ein Däne den Arm eines Gefangenen und drückte ihm eine scharfe Klinge an die Kehle. Der alte Mann erwiderte Melisandes Blick und las in ihren Augen, daß sie die Wahrheit wissen wollte. Da nickte er.

Rasch wandte sie sich zu Philippe. »Ich muß hinaus. Mir bleibt nichts anderes übrig . . .«

»Viele Männer fallen in der Schlacht, Herrin. Nur um das Schicksal eines einzigen Kriegers willen . . .«

»Philippe! Wenn der Feind vorrückt, werden wir noch viel mehr Männer verlieren. Deshalb muß ich hinausreiten und mich ausliefern . . .«

»Nein!« schrie Philippe.

Entschlossen lenkte sie ihr Pferd zum Tor. Sie verabscheute und haßte Geoffrey mehr als sonst jemanden auf der Welt. Bei dem Gedanken, sich einem so verachtenswerten Feind auszusetzen, krampfte sich ihr Herz zusammen.

Sein Vater hatte ihren getötet, um die Festung einzunehmen. Plötzlich überkam sie ein großes Unbehagen. Nein, sie konnte nicht zu Geoffrey reiten. Auf keinen Fall. Der Wikinger wartete dort draußen, und wenn er jemals erfuhr, daß sie sich freiwillig in die Hände des Feindes begeben hatte, ganz gleichgültig unter welchen Umständen . . . Sie mußte Zeit gewinnen.

Und so zügelte sie Warrior, blickte wieder zu Ragwald hinauf, zu den Wachtposten auf den Außenmauern. Die meisten standen in grimmiger Bereitschaft neben den Ölkesseln, doch die besten Bogenschützen zückten ihre Waffen. Melisande zog den Blick einer dieser Männer auf sich. »Könnt Ihr den Feind treffen, der einen unserer Krieger bedroht?«

»O ja, Herrin!«

Sie nickte. »Dann tut Euer Bestes.« Nun wandte sie sich zu einem ihrer Hauptmänner, die an der Brustwehr standen. »Sobald unser Mann frei ist, laßt das Tor öffnen und bedeutet unseren Leuten da draußen, möglichst schnell hereinzukommen — selbst wenn sie einige Feinde mit sich ziehen. Dann laßt das Tor sofort wieder schließen! Beeilt Euch!«

Der Bogenschütze legte einen Pfeil an und zielte. Gleichzeitig hörte sie den Schrei des Hauptmanns. »Herein mit euch, Männer!« Das Tor schwang auf, ein wildes Kampfgetümmel drängte herein.

»Schließt das Tor!« befahl sie.

»Melisande!« rief Ragwald vom Turm herab. »Haltet ihnen stand! Jetzt sind *seine* Krieger auf unserer Seite!«

Und dann vernahm sie einen erstaunten, wütenden Ruf. Geoffreys Stimme, dachte sie voller Genugtuung. Der Wikinger hatte ihren Feind erreicht . . .

Schwerter klirrten, und sie erkannte das grausige Geräusch von Stahl, der sich durch Kettenhemden bohrte.

»Nein, Melisande!« rief Ragwald. Auf seinem Beobachtungsposten sah er, was ihr entging. Ja, der Wikinger war gekommen, und Geoffrey trat den Rückzug an. Hastig entfernte er sich vom Schlachtfeld, ließ seine Männer und zahlreiche Dänen zurück, die den Kampf fortsetzten.

Der Wikinger hatte sein Heer geteilt. Eine Hälfte stürmte vor, um Melisandes Kriegern beizustehen, die andere kämpfte im Hintergrund. Zahlenmäßig war die erste Schar den Dänen nicht gewachsen. Er hatte beabsichtigt, die Festungswache zu verstärken, die Schlacht innerhalb der Mauern weiterzuführen.

Doch Melisande hatte das Tor verschlossen, sie sperrte seine Männer aus.

»Allmächtiger, hilf uns!« betete Ragwald und warf einen kurzen Blick zum Himmel hinauf, dann beobachtete er wieder den Kampf. Vielleicht konnte er noch auf Rettung hoffen, denn jetzt sah er den Krieger, der ihnen zu Hilfe eilte.

Man nannte ihn den Herrn der Wölfe, ebenso wie seinen Vater zuvor. Jetzt wußte Ragwald, warum. Obwohl der Mann scheinbar unüberwindlichen Schwierigkeiten gegenüberstand, zeigte er unglaubliche Fähigkeiten und bewundernswerten Mut. Sein Schwert schnellte von einer Seite zur anderen, während er mitten ins Getümmel ritt. Er streckte die Feinde nieder, noch ehe sie erkannten, wovon sie getroffen wurden. Die Dänen stießen Berserkerschreie aus, und manche griffen ihn an mit Schaum vor dem Mund. Aber einer nach dem anderen fiel, von seiner unbesiegbaren Kraft geschlagen. Immer mehr Männer traten ihm in den Weg. Er rief etwas, was Ragwald nicht verstand, doch dann sah der alte Mann, wie der Befehl ausgeführt wurde. Während die meisten Wikinger weiterkämpften, stürmten einige mit einem Rammbock auf das Tor zu, das ihnen den Zugang zum Hof versperrte.

»Melisande!« schrie Ragwald, aber der Schlachtenlärm übertönte seine Stimme. Auch die Gräfin erteilte ihre Befehle. Rasch wandte er sich von der Brustwehr ab und lief die Turmtreppe hinunter, in die große Halle. Draußen im Hof brachten sich Männer, Frauen und Kinder, Kühe, Enten und Schweine in Sicherheit und flüchteten zu den hinteren Mauern. Mütter packten ihre Kinder, Bauern versuchten, ihr kostbares Vieh zu schützen. Ein Esel wieherte, Hühner gackerten und flatterten ziellos umher.

In seinen alten, weiten grauen Umhang gehüllt, wirkte Ragwald wie ein großer, gespenstischer Vogel, als er zu Melisande und ihren Kriegern eilte. Sie stiegen gerade von den Pferden, um die Mauern zu bemannen. »*Er* ist da!« rief der alte Mann. »Jetzt will er die Festung mit einem Rammbock stürmen! Ihr habt ihn ausgeschlossen!«

Er sah das Grauen in ihren Augen. Nein, *ihn* hatte sie nicht aussperren wollen. »Laßt die Wikinger ein!« schrie sie — zu spät.

Der massive hölzerne Rammbock durchbrach die Mauer neben dem Torpfosten. O ja, Conar wußte zu kämpfen.

Sie sah, wie Philippe der neuen Horde entgegenritt, die nun hereinstürmte.

»Ruft ihn zurück!« befahl Ragwald hastig.

»Er würde nicht gehorchen.«

»Sagt ihm, Ihr würdet ihn brauchen — dann kommt er. Eurem irischen Wikinger soll kein Krieger als erster entgegentreten. Der Herr der Wölfe wird wissen, daß *ich* nicht das Schwert ziehen werde. Schnell, beordert Philippe zu Euch!«

»Philippe!« schrie Melisande. Sofort kehrte der Reiter zu ihr zurück. Jetzt erkannte sie, wie klug Ragwalds Rat gewesen war.

Beide Arme erhoben, rannte er zu der eingestürzten Mauer und kletterte über das Geröll. Es sah so aus, als wollte ihn einer der Wikinger niederstrecken, und ein Schrei blieb in Melisandes Hals stecken. *Er* ritt über den Schutt auf seinem großen ebenholzschwarzen Hengst heran, mit jenem Helm, der seine Miene verbarg, und die Augen um so eindringlicher erscheinen ließ.

»Der Feind ist geschlagen!« verkündete Philippe. »Geoffrey flieht mit seinen Männern!« Erleichtert lachte er. »Einige sind hier in der Festung gefangen. Jetzt muß ich Euch rasch wegbringen, Gräfin, und den Kampf beenden — jetzt, da wir erneut angegriffen werden . . .«

»Nein, Philippe«, unterbrach sie ihn leise. »Ragwald steht dem Wolf gegenüber.«

»Also bleibt uns die Grausamkeit der Dänen erspart!«

Melisande schwieg. In diesem Augenblick glaubte sie, daß es keinen grausameren Krieger gab als den Wikinger, der so selbstsicher und stolz in ihre Festung ritt. Der Mann mit den durchdringenden blauen Augen und den felsenharten Schultern. Der gekommen war, um alles zu beanspruchen, stets tat, was ihm beliebte, und keinen Widerstand duldete ... Schuldgefühle bedrückten ihr Herz.

Ja, sie schuldete ihm einiges, für eine andere Schlacht, vor langer Zeit ausgefochten. Doch er war gut bezahlt worden, und nur der alberne Pakt, den Ragwald damals mit ihm geschlossen hatte, verursachte diese neue Begegnung. Ein Geschäft, das mich damals vielleicht gerettet hat, erinnerte sie sich.

Doch das alles spielte keine Rolle. Melisandes Gewissensbisse, die einen Sturm in ihr entfachten, konnten die Angst nicht verdrängen.

Wie immer in seiner Nähe, vermochte sie ihr Zittern nicht zu bezwingen, ebensowenig den Schauer, der über ihren Rücken rann. Oder die Hitze, die ihr Blut entflammte ...

Was macht es für einen Unterschied, fragte sie sich. Ein Bastard oder ein anderer! Doch das stimmte nicht. Geoffrey war so skrupellos unbarmherzig und tückisch wie sein Vater. Und *er?* Nun, er wollte nichts weiter, als ihr die Kehle durchzuschneiden. Niemals würde sie seinen Hochmut ertragen. Und diese schöne, elegante blonde Frau, die ihn auf allen Reisen begleitete ... Die demütigenden Forderungen, die er an Melisande gestellt hatte ... Er verlangte einfach, was er wollte, nahm es und erteilte Befehle.

Was würde er jetzt empfinden, nachdem sie ihm getrotzt hatte? Jetzt, wo sie sich beinahe wieder in seiner Gewalt befand?

Sie schloß die Augen und versuchte, nicht an das zu denken, was ihr bevorstand. Unmöglich ... Er war hier. Erinnerungen bedrängten sie und beschleunigten ihren Herzschlag. Sie holte tief Luft, straffte die Schultern und bemühte sich, neue innere Kräfte zu sammeln. Immerhin war sie die Gräfin seit dem Tod ihres Vaters. Das Land und die Festung gehörten ihr. Und mit Gottes Hilfe wollte sie beides behalten.

»Großer Gott, meine Herrin!« Als sie Philippes Stimme an ihrer Seite hörte, öffnete sie die Augen. »Wieviele Männer er anführt!«

Auf ihren Pferden wirkten die Krieger so eindrucksvoll wie an Bord ihrer Drachenschiffe. Es sah so aus, als wären sie vom Satan persönlich geschult worden. Riesige Burschen mit Streitäxten und Schlagkeulen, mit muskulösen Armen, furchtlos, tollkühn und gefährlich.

Einmal hatten sie Melisande gerettet. Sie wußte, wie sie kämpfen konnten. Und an der Spitze des Heeres — *er*!

»Ich werde Euch in den Turm bringen«, murmelte Philippe, der die Ereignisse aufmerksam beobachtete. Offensichtlich mußten Geoffreys Männer sterben oder sich unterwerfen. Im Hof tobten immer noch erbitterte Kämpfe. Die Gräfin wurde nicht mehr gebraucht, um ihre Männer zu befehligen, also konnte sie sich an einen sicheren Ort zurückziehen.

»Ich bin durchaus imstande, für mich selber zu sorgen, Philippe«, beteuerte sie. »Rasch, kümmert Euch um unsere Leute!«

Ihre Entscheidung schien ihm zu mißfallen, doch sie gab ihm keine Zeit zu widersprechen. Sie eilte zu den Turmstufen und stieg hinauf, so schnell es das Gewicht ihrer Rüstung erlaubte. Nun mußte sie erst einmal ihre Gedanken ordnen. Wie sollte sie ihn begrüßen? War das überhaupt nötig? Gab es keine Möglichkeit, einfach davonzulaufen? Aber wollte sie das? Vielleicht war die Zeit gekommen, wo sie beide vereint werden sollten.

Eine Stufe war zerbrochen, von der Wucht einer herabstürzenden Axt getroffen. Melisande sprang über die Lükke hinweg und floh zu ihrem Turmzimmer. Dort riß sie sich hastig die Rüstung vom Körper, obwohl sie ihre eigene Feigheit verachtete. Aber sie hoffte, ihr Anblick wäre ihm auf dem Schlachtfeld entgangen und er würde nicht glauben, daß sie ihm das Tor absichtlich versperrt hatte.

Närrin, schalt sie sich. Feigling! Sie war hier die Gräfin, er nur der jüngere Sohn eines Königs, der sein Glück suchte und sich an ihrem rechtmäßigen Erbe bereichern wollte. Nein, sie brauchte weder Furcht noch Demut zu zeigen.

Zusammen mit der Rüstung hatte sie auch ihr Schwert fallen lassen. Nun hob sie es auf und schaute sich unbehaglich im Zimmer um.

Ihr Blick streifte das Bett, die kühlen, sauberen Leintücher und die Pelzdecke. Krampfhaft schluckte sie und zitterte wieder.

Hier wollte sie nicht zur Rede gestellt werden. Sie eilte hinaus zur Brustwehr und schaute in den Hof hinab. Ihr Herz drohte stehenzubleiben, als sie *seinem* Blick begegnete. Hitze und Kälte, Feuer und Eis . . .

2

Conar MacAuliffe saß auf seinem großen Schlachtroß und erwiderte ihren Blick. Endlich, dachte er. Da stand sie, die kleine Furie, hoch oben an der Brustwehr, in ihrer ganzen Schönheit. Er konnte es kaum erwarten, sie zwischen seine Finger zu bekommen. Umgeben vom Kampfgewühl, das allmählich erstarb, schaute er zu ihr hinauf. Durch die Rauchwolken, die von brennendem Öl und Flammenpfeilen aufstiegen, betrachtete sie ihn. Nie zuvor hatte ihn jemand so verächtlich angesehen, und er fragte sich, warum sie das wagte — jetzt, wo er sein Recht auf die Festung unter Beweis gestellt und gesiegt hatte.

Sie zitterte nicht. Vielleicht fühlte sie sich in Sicherheit, weil sie weit genug von ihm entfernt war, obwohl er sie mühelos mit wenigen Schritten erreichen konnte. Er brauchte nur abzusteigen und die steinerne Turmtreppe hinaufzustürmen.

Aber seine Nähe schien sie nicht zu erschrecken. Hochnäsig starrte sie herab, und er musterte sie prüfend. So lange hatte er sie nicht gesehen. Sie war eine ungewöhnliche Frau, sehr groß für ihr Geschlecht. Wenn sie ihm gegenüberstand, würde sie den Kopf kaum heben müssen, um ihm in die Augen zu sehen. Ihr üppiges, prachtvolles schwarzes Haar schimmerte wie eine mondlose Nacht.

Leicht gewellt wie Vogelgefieder lag es auf ihrem Rücken. Ihr Gesicht leuchtete hell wie Elfenbein mit rosigen Wangen und schön geschwungenen roten Lippen. Allen Göttinnen oder christlichen Engeln konnte sie das Wasser reichen.

Doch man mußte sie wohl eher mit den Göttinnen vergleichen, denn einige waren bekannt für ihr wildes Temperament und ihre Launen. Keinesfalls konnte man sie als Engel bezeichnen. Der würde sich freundlich und gütig zeigen, ohne diesen herausfordernden, vernichtenden Blick. Unbeugsamer Stolz straffte ihren Rücken. Nein, Demut zählte nicht zu ihren Tugenden, das wußte Conar längst.

Sie hatte sich nicht verändert und unterschied sich kaum von dem Kind, das ihm vor so langer Zeit begegnet war. Am Tag ihres Triumphes, den sie mir verdankt, erinnerte er sich und unterdrückte ein Grinsen. Aber das waren andere Zeiten gewesen. Damals hatten sie ihre Streitkräfte vereint und den Sieg errungen. Jetzt hatte sie seine Hilfe in Anspruch genommen und ihm das Tor verschlossen. Aber er war durch die Mauer gestürmt, und nun sollte sie ihm nicht noch einmal entrinnen. Weder Arglist noch Kampfkraft oder Zorn würden ihr nützen.

Lächelnd versuchte er, die Farbe ihrer Augen auszumachen, die er so gut kannte. Er klappte das Visier seines Helms hoch, wollte ihr sein Gesicht zeigen und fragte sich, ob dieser Anblick den Trotz aus ihrer Miene verbannen würde. Das geschah nicht.

Geschmeidig schwang er sich vom Rücken seines zuverlässigen Hengstes und tat den ersten Schritt. Daß er immer noch sein Schwert umklammerte, merkte er erst, als er das Gewicht des Stahls spürte. Auch Melisande hielt ihre Waffe in der Hand, trug aber die Rüstung nicht mehr, die sie vor dem Kampf angelegt hatte. Langsam näherte er sich dem Eingang zum Turm. Sie neigte sich ein wenig vor, um ihn zu beobachten. Die Farbe ihres Kleides, ein sanfter Malventon, unterstrich den pechschwarzen Glanz ihres Haars.

Warum hatte sie die Rüstung abgestreift? Weil sie glaubt, ich hätte sie draußen nicht bemerkt, überlegte er belustigt. Nie wieder würde er sie übersehen, und das mußte er ihr klarmachen, neben einigen anderen Dingen.

Wieder betrachtete er ihr Kleid, den fließenden Stoff, der sich jeder Bewegung anpaßte. Sie beugte sich noch weiter vor, und dann sah sie ihn nicht mehr, als er die Treppe hinaufrannte. Wenig später stand er ihr gegenüber, an der Stelle, wo eine Stufe zerbrochen war.

Zur Frau herangereift, war sie noch schöner als in seiner Erinnerung. Ihr Gesicht bildete ein vollkommenes Oval, mit hohen Wangenknochen und einem zierlichen, bezaubernden Kinn — obwohl sie es viel zu hoch emporreckte. Auch dem Reiz der vollen Lippen tat der zornige, verkniffene Zug keinen Abbruch. Doch dies alles wurde von den großen, weit auseinanderstehenden Augen überstrahlt.

Solche Augen gab es kein zweites Mal. Oberflächlich betrachtet, wirkten sie blau, manchmal auch malvenfarben wie das Kleid, das sie jetzt trug. Doch nun flackerten sie in dunklem Violett, wild wie der Nachthimmel, wenn die alten Götter zürnten, wenn ein Gewitter drohte, Blitze aufflammten und Donnerschläge krachten. Diese Augen konnten sogar den mächtigen Odin herausfordern und kannten keine Angst vor der Sterblichkeit.

Die Augen einer Siegerin . . . Aber der Sieger hieß Conar, und sie war die Beute, mochte sie seinen Blick auch noch so kühn erwidern.

Er biß die Zähne zusammen. Plötzlich fand er ihre Nähe schmerzlich.

Schon vor langer Zeit hatte sie die Macht besessen, Männer in ihren Bann zu ziehen. Der alte Ragwald war kein Narr gewesen, als er sie damals an die Spitze des Heeres gestellt hatte. Im ganzen Bereich der Christenheit kannte Conar keine schönere Frau, und außerhalb ebensowenig. Aber nicht nur ihre Schönheit wirkte unwiderstehlich. Sie strahlte noch etwas anderes aus, das ihn bei der ersten Begegnung zu dem Entschluß veranlaßt hatte, sie in ein Kloster zu schicken. Etwas, das seine Träume verfolgte, in dunkler Nacht und am hellichten Tag — etwas, das ihn zu oft aus dem Schlaf gerissen und in Schweiß gebadet hatte. Etwas, das ihn mit heißem Verlangen und wilder Vorfreude erfüllte. Vielleicht wußte sie selbst nichts von der betörenden Sinnlichkeit, die ihre Bewegungen, ihren Blick, sogar den Haß in ihren Augen prägte.

Er hatte sie bereits berührt, kannte alle faszinierenden, subtilen Züge ihrer Weiblichkeit. Und dieses Wissen war ein Fieber, das ihn stets begleitete und immer neue Sehnsucht weckte.

Niemals würde sie ihm verzeihen, wer er war. Doch das spielte keine Rolle. Nicht heute nacht, auch nicht in ferner Zukunft. Mit leiser Stimme brach er das Schweigen. »Wie liebenswürdig du mich begrüßt, Melisande — nach unserer langen Trennung . . .«

»Nur zu gern hätte ich dir einen noch wärmeren Empfang bereitet, mein teurer Wikinger. So viele brennende Pfeile flogen umher. Schade, daß es uns nicht gelang, dein kaltes nordisches Herz zu erhitzen!«

»Ich bin verletzt, Melisande, tief verletzt.«

»Oh, ich wünschte, es wäre so«, flüsterte sie.

»Eigentlich sollte man erwarten, du würdest dich zumindest bemühen, Höflichkeit zu heucheln. Nach allem, was du getan hast, wäre es mein gutes Recht, meine Finger um deinen schönen Hals zu legen — und zwar nach *deinen* Gesetzen. Vielleicht möchtest du andere Worte gebrauchen, um mich zu begrüßen?«

Sie lächelte sanft, aber in ihren Augen glühte immer noch heller Zorn. »Dein Wunsch sei mir Befehl.«

Auf sein Schwert gestützt, brach er in lautes Gelächter aus. »Das meinst du nicht ernst, Melisande. Aber bald werden solche Worte aus der Tiefe deines Herzens kommen. Dafür will ich sorgen, das verspreche ich dir.«

»Versprich nichts, was du nicht halten kannst, Wikinger.«

»Wenn ich etwas verspreche, halte ich es immer. Und wie ich dich vielleicht erinnern darf — ich wurde in Dubhlain geboren.«

»Du fährst auf Wikingerschiffen übers Meer . . .«

»Weil es die besten sind.« Seine Augen verengten sich, seine Stimme nahm einen harten Klang an. »Wie ich höre, wolltest du dich unserem alten Feind Geoffrey unterwerfen.«

Ihr Atem stockte. Sie hatte nicht gewußt, wie offenherzig ihre Männer mit ihm sprachen, wie rückhaltlos sie auf seine Macht vertrauten. »Ich . . .«, begann sie und unterbrach sich, als sie seine Wut spürte. »In Wirklichkeit hatte ich das nicht vor. Verdammt, begreifst du denn nicht? Ich versuchte, Menschenleben zu retten.«

»Wenn du noch einmal auf solche Gedanken verfällst ...«

»Was wird dann geschehen?«

»Ich werde nicht zögern, dich auszuziehen und halb totzuprügeln.«

»Niemals würdest du das wagen.«

»Möchtest du mich beim Wort nehmen?«

»Und wenn Geoffrey mich besessen hätte?« fragte sie kühl, obwohl in ihren violetten Augen immer noch ein wildes Feuer brannte.

»Nun, dann müßte ich mir gründlich überlegen, ob es sich lohnen würde, dich zurückzugewinnen. Aber du bist *meine* Beute, nicht seine. Ja, ich hätte dich Geoffreys Klauen unter allen Umständen entrissen. Was mir gehört, lasse ich mir nicht stehlen.«

»Du brauchst mir niemals irgendeinen Gefallen zu tun. Und hättest du auf meine Bitte gehört, wäre es nie soweit gekommen.«

»Hättest du meine Warnung beachtet, wärst du nicht in Gefahr geraten.«

»Aber dieses Schloß wäre . . .«

»Dieses Schloß besteht nur aus Holz und Stein.«

»In diesen Wänden aus Holz und Stein leben *Menschen*!« rief Melisande.

»Ich traf gerade noch rechtzeitig hier ein!« Wütend fluchte er und wich ihrem Blick aus. Wieder einmal wäre er fast zu spät gekommen. Mühsam rang er nach Fassung. Im Grunde war er ihr nichts schuldig gewesen.

»Dann . . .« Sie mußte mit sich kämpfen, um in ruhigem Ton zu sprechen. »Dann wirst du also eine Weile hierbleiben?«

»O Melisande . . .« Langsam verzogen sich seine Lippen zu einem Lächeln. »Kein Wort des Dankes, nachdem ich dir im allerletzten Augenblick doch noch zu Hilfe geeilt bin? Nur die kühle Frage, wie lange ich bleiben will? Hoffentlich nicht zu lange, was? Sicher wärst du jetzt glücklicher, hätte ein lodernder Dänenpfeil meine Brust durchbohrt. Tut mir leid, dich enttäuschen zu müssen.«

»Ja, das ist allerdings bedauerlich«, wisperte sie, dann verbesserte sie sich hastig. »Danke, daß du gerade zur rechten Zeit hierhergesegelt bist. Aber welchen Unterschied macht das schon? Ein Wikinger oder ein anderer . . .«

Zum Teufel mit ihr! Viel zu gut wußte sie, wie sie ihn mitten ins Herz treffen konnte. Er biß die Zähne zusammen und zwang sich, sein Temperament zu zügeln. »Nun, sollte ich beschließen, mit Geoffrey oder irgendeinem dänischen Jarl zu verhandeln, muß ich wenigstens nicht befürchten, es könnte dich kränken, wenn ich deine glorreiche Person zum Tausch gegen diese oder jene Vergünstigung anbiete.«

Endlich hatte er sie dazu gebracht, die Beherrschung zu verlieren. Er sah wilden Zorn in ihren Augen aufflammen. Blitzschnell hob sie ihr reichverziertes Schwert, doch seine Geistesgegenwart — in zahllosen Schlachten erprobt — befähigte ihn, den Angriff ebenso rasch zu parieren. Für eine kleine Weile bebten die aneinandergepreßten Klingen in der Luft, und er erwiderte Melisandes Blick, drohend und voller Wut. Plötzlich begann sie zu schreien. Ihr Fuß war auf der zerbrochenen Stufe ausgeglitten. Sie ließ das Schwert fallen, suchte Halt an der Wand, berührte aber nur glatten Stein.

Conar schleuderte seine Waffe zu Boden und fing Melisande auf, ehe sie stürzen konnte. Seine starken Arme umschlangen ihre Taille und preßten sie an seine Brust. Mühsam rang sie nach Luft, warf den Kopf in den Nacken, und all die stürmischen Gefühle, an die er sich so gut erinnerte, brannten in ihren Augen.

Unwillkürlich lächelte er. Gleichgültig, wie oft er sie schon gerettet hatte, sie haßte ihn. Aber er entsann sich auch noch anderer Dinge — wie es gewesen war, ihre seidige Haut und die Vollkommenheit ihres Körpers zu spüren. Heißes, schmerzhaftes Verlangen erfaßte ihn, doch jetzt fehlte ihm die Zeit, seinen Wünschen nachzugeben. »Du kleine Närrin! Nur um mir eins auszuwischen, würdest du dich selber umbringen. Nun, ich muß dich warnen. Heute fand nur ein Scharmützel statt, ein kleines Vorspiel künftiger Kämpfe, und so wahr mir Gott helfe . . .«

»Du glaubst doch gar nicht an Gott!« Verzweifelt grub sie die Finger in seine Arme, die sie noch fester umfingen, und versuchte ihn wegzuschieben, wenn sie auch wußte, wie sinnlos ihre Gegenwehr war.

Er schüttelte sie unsanft. »Meine Liebe, wir werden jetzt eine gemeinsame, geschlossene Front bilden. Du hast eine halbe Stunde Zeit, um dich vorzubereiten.

Dann wirst du mich unten im Burghof in aller Form willkommen heißen und wir beide werden meine Männer und deine Leute grüßen. Es dürfte noch genug Todesfälle geben. Dazu sollst du keinen Beitrag leisten.«

»Niemals habe ich das Leben meiner Leute aufs Spiel gesetzt«, entgegnete sie ärgerlich. »*Ich* war das Opfer.«

»Arme, kleine Märtyrerin . . .«

»Laß mich los!«

»Was für ein verlockender Vorschlag! Möchtest du die Treppe hinunterfallen? Welch ein Jammer wäre es, soviel Schönheit zu zerstören! Aber sei versichert, Melisande, ich werde dich niemals loslassen.«

»Fürchtest du nicht, ich könnte dich in der Nacht erstechen?« fragte sie verächtlich und bekämpfte noch immer die Kraft seiner Arme.

Er fühlte, wie aufreizend sich ihre Brüste hoben und senkten, hörte den verführerischen Klang ihrer atemlosen Stimme. Lächelnd neigte er den Kopf zu ihr. »Wenn ich heute nacht mit dir fertig bin, wirst du dich nicht mehr rühren können, das schwöre ich dir.«

Bei diesen Worten wurde sie blaß, erholte sich aber sofort wieder von ihrem Schrecken und trat gegen eine ungeschützte Stelle an seinem Schienbein. Beinahe hätte er einen Schrei ausgestoßen, beherrschte sich aber gerade noch rechtzeitig und sprang mit ihr auf die nächsthöhere Stufe. Zu seiner bitteren Belustigung klammerte sie sich lieber an ihn, als einen Sturz in den Tod zu riskieren.

Nach wenigen Schritten erreichte er das Turmzimmer und warf sie aufs Bett. Er sah, wie heftig ihr Puls an ihrem schönen weißen Hals pochte, und fragte höhnisch: »Ist das möglich, Melisande? Du fürchtest die Berührung eines *Wikingers*? Vielleicht erinnerst du dich gut genug. Verspürst du Angst oder Sehnsucht? Vorfreude oder Grauen? Keine Angst, im Augenblick finde ich keine Zeit für deine zärtlichen Arme. Aber eine lange Nacht erwartet uns ...«

»Schurke!« würgte sie hervor. »Du beschwörst die Hölle herauf, die uns beide verschlingen wird ...«

Entsetzt verstummte sie, als er sich auf den Bettrand setzte und sie wieder in seine Arme riß. »Himmel oder Hölle, meine Teure, vielleicht ein bißchen was von beidem ... Ich bezweifle, daß ich dir unerträgliche Qualen bereiten werde. So oder so, ich bin hier der Herr, und ich nehme mir mein Recht, auf Wikingerart.«

»Oh, du Ungeheuer!« schrie sie. »Du Bastard ...«

»Ich kann es kaum erwarten, wieder bei dir zu liegen. Heute nacht wirst du mir nicht entfliehen, Melisande.«

Unvermittelt ließ er sie los und erhob sich. Sie sank aufs Bett hinab, sprang aber sofort auf und wich vor Conar zurück. »Ich wollte nie vor dir fliehen«, wisperte sie. »Aber ich wurde hier gebraucht, und du kamst nicht. Du sagtest, du müßtest andere Dinge erledigen.«

»Im Haus meines Vaters«, erinnerte er sie verärgert. »Obwohl du nur den Wikinger in mir siehst — ich bin ein Prinz von Dubhlain und trage eine gewisse Verantwortung.«

»Ich auch!« stieß sie leidenschaftlich hervor.

»Um deine Pflichten werden wir uns nun kümmern. Wenn die Zeremonien beendet sind, will ich baden. Das wirst du ebenfalls tun. Also laß die nötigen Vorbereitungen treffen.«

»Nein, ich ...«, begann sie und bekämpfte den zitternden Klang ihrer Stimme. Doch das war überflüssig, denn sie wurden unterbrochen.

»Conar!« Beide zuckten zusammen und sahen Swen von Windsor auf der Schwelle stehen, den treuen Gefährten des Wolfs, stets an seiner Seite. Der hochgewachsene Mann hatte feuerrotes Haar und ein sommersprossiges, freundliches Gesicht, das von seiner ungeheuren Kampfkraft Lügen gestraft wurde. Als er Melisande entdeckte, verbeugte er sich rasch. »Meine Dame . . .«

»Seid gegrüßt, Swen«, murmelte sie.

»Mein Herr, Ihr werdet gebraucht. Wir wissen nicht, wie wir mit den Gefangenen verfahren sollen.«

»Ich komme sofort«, versprach Conar und beobachtete Melisande.

»Warte!« rief sie, dann zauderte sie. »Was — was hast du mit ihnen vor? Du kannst sie nicht einfach töten.«

Das widerstrebte auch ihm. Andererseits waren sie gefährliche Feinde. Statt einer Antwort senkte er nur den Kopf.

»Conar . . .«

»Wir sehen uns in einer halben Stunde.«

»Hoffentlich erleidest du einen langsamen, qualvollen Tod!« zischte sie.

»In einer halben Stunde. Und wenn dir etwas an deinen Leuten liegt, solltest du mich diesmal nicht herausfordern.« Abrupt kehrte er ihr den Rücken, sein weiter Mantel bauschte sich hinter ihm. Er legte eine Hand auf Swens Schulter, führte ihn hinaus, und die Tür fiel ins Schloß. »Bei allen Göttern, diese Frau ist das schlimmste Biest, dem ich je begegnet bin!«

»Mein Herr Wolf, eine so feindselige Gesinnung dürft Ihr nicht hegen«, meinte Swen leichthin und seufzte, als Conar ihm einen vernichtenden Blick zuwarf. »Vielleicht hättet Ihr das Mädchen nicht heiraten sollen, aber . . .«

»Was?«

Swen grinste. »Immerhin ist sie das schönste ›Biest‹, das ich kenne, und sie kann reizend sein.«

»Zu allen Leuten außer mir . . . Sie besaß eine beträchtliche Mitgift, und ich nahm sie zur Frau, als sie noch ein halbes Kind war, wegen dieses elenden Ragwalds.« Conar zögerte, dann fügte er langsam hinzu: »Und weil ich zu spät kam, um ihren Vater zu retten. Mein Onkel hatte ihm meinen Beistand versprochen. Aber wie gesagt, damals war sie fast noch ein Kind, und ich hätte nie gedacht . . .«

»Daß sie einen Wolf am Schwanz packen könnte?« Swens Lächeln erlosch sofort, als er merkte, daß sein Herr nicht in der Stimmung für solche Scherze war. Daran mangelte es ihm, seit Melisande ein Schiff von einem seiner Verwandten benutzt hatte, um hierherzugelangen. Natürlich, es ging um *ihr* Land, *ihr* Geburtsrecht, aber trotzdem . . . Alle hatte sie belogen und behauptet, sie besitze Conars Erlaubnis. Und bei seiner Rückkehr . . .

»Sie war ein Kind!« schrie er plötzlich.

Ein verdammt schönes Kind, dachte Swen. Angesichts Conars düsterer Laune beschloß er, seine Meinung für sich zu behalten. Melisande konnte die heftigsten Gefühle im Herrn der Wölfe erregen — seit er herausgefunden hatte, welch ein mutwilliges, unabhängiges Geschöpf seine gekaufte Braut war, wild entschlossen, selbst über ihr Leben und ihr Erbe zu bestimmen.

Von Anfang an war die Ehe stürmisch verlaufen, und der Kampf würde vorerst kein Ende finden. Offenbar erkannte Melisande, daß Conar plante, notgedrungen in der Festung zu bleiben, denn die Dänen versammelten sich zu Tausenden, um die Küste zu verwüsten.

»Nun ja, mein Herr . . .« Unbehaglich versuchte Swen, ihn zu beruhigen. »Stets habt Ihr Zurückhaltung geübt und sie ins Kloster geschickt, bis zu ihrer Volljährigkeit . . .«

»Was ihr in tiefster Seele zuwider war.«

Nachdenklich runzelte Swen die Stirn. Vielleicht hatte er die wahren Beweggründe des Wolfs mißverstanden. Trotz ihrer Jugend war Melisande schon damals sehr verführerisch gewesen, und Conar hatte vielleicht einer zu großen Versuchung entrinnen wollen. »Wie ich sagte, Ihr wart stets zurückhaltend, mein Herr.«

»Das hat jetzt ein Ende.« Conars blaue Augen funkelten wie Dolche, und Swen fragte sich, wen der Wolf erbitterter bekämpfen würde, die Dänen oder seine Frau. So oder so, die künftigen Tage drohten, sich in die Länge zu ziehen. Denn eins stand fest, wenn es auch kaum jemand erkannte, am allerwenigsten Melisande. Mochte ihr der Kriegsherr auch noch so heftig grollen, einen Teil seines Herzens hatte sie zweifellos erobert.

»Sucht Ragwald«, befahl Conar. »Er soll seine Leute am Hang oberhalb des Strandes versammeln. Ich werde nach den Gefangenen sehen, dann treffe ich Melisande im Burghof, und wir gehen gemeinsam zu den anderen.«

»Wie Ihr wünscht.« Prüfend musterte Swen seinen Herrn, der plötzlich lächelte.

»Keine Angst, sie wird kommen. Niemals würde sie das Leben ihrer Leute aufs Spiel setzen, das muß man ihr immerhin zugestehen.«

Im Hof angekommen, eilte Swen davon, um den Auftrag auszuführen. Conar schaute ihm eine Weile nach, straffte müde die Schultern und pfiff nach Thor. Sofort trottete der ebenholzschwarze Hengst zu ihm. »Wären die Frauen doch auch so gehorsam wie du«, flüsterte der Wolf, stieg auf und ritt aus der Festung.

Die Gefangenen bildeten eine buntgemischte Schar, etwa fünfundzwanzig, zur Hälfte Dänen, die ihn feindselig anstarrten. Die anderen hatten dem Befehl des närrischen Geoffrey unterstanden, der sich mit aller Macht nehmen wollte, was ihm nicht gehörte.

Ich müßte sie alle enthaupten lassen, dachte Conar. In seinen Augen verdiente es kein einziger, am Leben zu bleiben. Während er sie nacheinander betrachtete, trat ein Franke aus der Reihe, warf sich vor ihm auf die Knie und umklammerte seinen Fuß. »Gnade, großer Herr der Wölfe, ich flehe Euch an! Wir wurden in die Irre geführt . . .«

»Tötet ihn, Conar von Dubhlain!« schrie einer der Dänen in seiner Muttersprache. »Oder wir tun es selbst . . .«

Conar wandte sich zu Able, Brion und Sigfrid, die seine Gefangenen bewachten. Er spürte ihre innere Anspannung und erinnerte sich an die Bitte seiner Frau, niemanden zu töten. Daß er es zutiefst verabscheute, ein Menschenleben zu zerstören, ahnte sie nicht. Aber ebensowenig verstand sie, wie gefährlich Geoffreys Männer — und insbesondere die Dänen — sein konnten. Nur mühsam unterdrückte er einen Seufzer. »Teilt sie in zwei Gruppen. Der Schmied soll Hand- und Beinschellen für alle anfertigen. Bringt die Dänen ins Ostverlies unter dem Turm, die anderen ins lange Nebengebäude östlich von den Feldern. Und achtet darauf, daß alle wirklich gefesselt sind, denn wir können uns jetzt keinen Ärger leisten. Sie müssen streng bewacht werden, bis wir entscheiden, was mit ihnen geschehen soll.«

»Einige sind verletzt«, berichtete Brion.

»Dann schickt fachkundige Pflegerinnen zu ihnen und laßt sie behandeln, aber paßt gut auf.«

Sigfrid zuckte die Achseln. »Wir sollten sie enthaupten, dann wäre das Problem ein für allemal gelöst.«

»Vorerst nicht. Sobald diese Männer hier untergebracht sind, treffen wir unsere Leute am Hang über dem Meer. Es gibt einiges zu feiern. Meine schöne Frau und ich sind wieder vereint, dieses wundervolle Land befindet sich in unseren Händen. Natürlich stehen uns neue Kämpfe bevor, aber heute abend möchte ich feiern. Ich hoffe, das ist auch euer Wunsch.«

Er ritt durch die Lücke in der Festungsmauer in den Hof zurück und beschloß, sie sofort wieder instand setzen zu lassen. So schnell wie möglich war er hierhergekommen — und trotzdem fast zu spät. Aber vielleicht hatte er die Seereise gebraucht, um seinen Zorn zu bezähmen. Trotzdem war die lange Wartezeit eine Qual gewesen.

Seine Wut kämpfte mit Leidenschaft, die Sehnsucht nach Melisande verzehrte ihn. Einerseits ärgerte es ihn, daß er ihren Reizen so bedingungslos verfallen war, und andererseits hatte er stets befürchtet, etwas Schlimmes könnte ihr zustoßen.

Jetzt war er endlich hier, und diese Nacht gehörte ihm. Nichts in der Hölle oder in Walhall würde ihn zurückhalten.

Im Hof erwartete sie ihn, auf dem Rücken ihres prächtigen Schlachtrosses Warrior. Das hochbeinige Pferd betonte ihre würdevolle Haltung, und Conar dachte ebenso wie seinerzeit der alte Ragwald: Alle Männer werden ihr folgen. »Komm mit!« befahl er.

Wortlos ritt sie hinter ihm her zum Strand. Die Leute waren bereits versammelt — seine Seefahrer, die Wachtposten der Festung, die Bauern, die Schmiede und Handwerker, ihre Frauen und Kinder, der Priester mit seiner rundlichen Geliebten und ihren bloßfüßigen Sprößlingen. Eine sonderbare, bunt zusammengewürfelte Menge. Einige sprachen irisch ebenso wie norwegisch und fränkisch, andere beherrschten nur eine dieser drei Sprachen.

Conar ergriff Melisandes Hand und spürte, wie sich ihre Muskeln anspannten. Nur zu gern hätte sie sich losgerissen, doch sie tat es nicht. »Heute sind wir wieder vereint so wie es schon vor langer Zeit bestimmt war!« rief er. »Wir konnten den Feind zurückwerfen, aber noch größere Schlachten warten auf uns, denn er wird über das ganze Gebiet zwischen dieser Küste und Paris herfallen. Deshalb müssen wir gemeinsam kämpfen. So wie Melisande und ich zusammengekommen sind, soll es auch mit euch geschehen. Und heute abend werden wir unseren Sieg feiern.«

Freudengeschrei erklang, und alle stimmten ein — gleichgültig, ob sie die Worte verstanden hatten oder nicht. Er wiederholte sie in seiner Muttersprache Irisch, dann wechselte er in Melisandes Fränkisch über.

Doch da hatte sie bereits zu reden begonnen, fließend, mit melodiöser Stimme. Und fest entschlossen, ihre Untertanen auf eigene Faust zu regieren. *Mich* nicht, meine Liebe, versprach er ihr stumm. Viel zu oft hatte sie ihn zum Narren gehalten und seine verdammte Seele gestohlen. Das sollte sich in dieser Nacht alles ändern.

»Lächle doch und heb deine Hand!« bat er.

Und sie lächelte tatsächlich. Wie ein Engel, dachte er. Bewundernd jubelten ihr die Leute zu, huldigten ihrer Schönheit, und das mit Recht. Ihre Haare fielen wie ein glänzender schwarzer Umhang auf den goldgelben Mantel und hoben das ungewöhnliche Violett ihrer Augen hervor.

Sie schaute ihn an, immer noch ein gezwungenes Lächeln auf den Lippen. Freundlich winkte sie der Menge zu und zischte, ohne eine Miene zu verziehen: »Unseliger Bastard!«

Liebenswürdig erwiderte er das Lächeln und nickte den Leuten zu. »Deine Schmeicheleien werden mir noch zu Kopf steigen, Melisande.«

»Ich glaube kaum, daß da genug Platz dafür wäre.«

»Leider sind deine Pfeile nicht so treffsicher wie deine Worte. In dieser Hinsicht besiegst du uns alle — Dänen, Norweger, Iren und Schweden. Hier kann keiner so gut mit einer stählernen Waffe umgehen wie du mit deiner stacheligen Zunge.«

»Ja, vor diesen Stacheln solltest du dich in der Tat hüten«, erwiderte sie und lächelte die Leute strahlend an. »Die könnten deine ganze Muskelkraft und Macht in Stücke reißen.«

Da lachte er laut auf. »Nun, ich fühle mich deiner Zunge durchaus gewachsen.«

»Ich warne dich. Es könnte gefährlich werden.«

»Oh, ich liebe Gefahren.«

»Und vor allem liebst du es, Befehle zu erteilen.«

»Wie auch immer, ich bin der Sieger, ich werde über dieses Land herrschen und über dich. Also, küß mich, meine süße Hexe.«

»Lieber küsse ich eine Kröte!«

»Das glaube ich dir nicht. Ich verlange jetzt einen Kuß von dir, vor all diesen guten, treuen Menschen.«

»Wie wagemutig du bist, Wikinger! Fürchtest du nicht die Stacheln meines Kusses?«

»Solche Schmerzen nehme ich mit Freuden hin, wo immer deine Zunge mich berühren mag.«

Voller Genugtuung beobachtete er, wie sie trotz ihres Lächelns ihre Zähne zusammenbiß. Dann lenkte sie ihr Pferd näher zu ihm und bot ihm die roten Lippen. »Mögest du in der Hölle schmoren!« fauchte sie, ehe er sich herüberneigte und einen Kuß auf ihren Mund hauchte. Nur für einen kurzen Augenblick atmete er ihren süßen Duft unter dem ohrenbetäubenden Jubel der Menge ein.

»Merkst du, wie sie sich über unser Glück freuen?« fragte er leise.

»Wundervoll!« Sie lächelte und schaute tief in seine Augen, als würde sie ihn anbeten. »Oh, wie ich dich verabscheue!«

»Sei vorsichtig, Liebste. Ich glaube, ich könnte eine angenehmere Nacht erleben, wenn ich dich knebeln würde.«

»Aber du willst doch die besonderen Gefahren meiner Zunge genießen!«

»Genau das habe ich vor«, bestätigte er leise.

»Du bist ein Dämon!«

»Und du eine Hexe!«

Sie senkte ihre dunklen Wimpern, dann funkelten ihn die violetten Augen wieder an. »Wenn du erreicht hast, was du hier willst, solltest du mich vielleicht wieder allein lassen.«

»Wenn ich erreicht habe, was ich will? Liebste Gemahlin, ich habe noch gar nicht begonnen, mir alle meine Wünsche zu erfüllen. Jetzt werde ich das endlich tun. Sicher hast du nicht vergessen, daß wir verheiratet sind. Angeblich vergewaltigen und mißhandeln die Wikinger alle Frauen, also würde ich meine nordische Herkunft verleugnen, wenn ich mich anders verhielte . . . Oh, sieh doch, die Geistlichkeit! Wink ihnen zu und lächle, Melisande. Alle sollen wissen, wie glücklich wir miteinander sind.«

Sie gehorchte, und ihr strahlendes Lächeln erlosch noch immer nicht. »Herr der Wölfe . . . Eigentlich müßte man dich den norwegischen König aller Ungetüme nennen.«

»Mein Bruder ist Engländer«, erwiderte er seufzend, »und durch Heirat mit Alfred dem Großen verwandt.« Er sprach leise, spürte aber, daß es ihm immer schwerer fiel, sich zu beherrschen. »Und mein Großvater mütterlicherseits war einer der bedeutsamsten irischen Könige.«

»In der Tat! Und du bestreitest, zu den Schlächtern der Meere zu zählen?«

»Keineswegs!« Thor tänzelte ungeduldig, und Conar mußte ihn hart zügeln. »Die Schlächter der Meere? So müßtest du die Verwandtschaft meines anderen Großvaters nennen. Sei beruhigt, ich verleugne meine Herkunft nicht. Sie alle sind großartige Seefahrer.«

»Großartige Eindringlinge und Mörder . . .«

»Und Eroberer, meine Teure. Vergiß das nicht! Nicht einmal im Traum würde ich dem widersprechen, denn auch das ist ein Teil von mir.«

»Du hast überhaupt nichts erobert!«

»Oh, doch, wehrte Gemahlin!« Lächelnd drängte er seinen ebenholzschwarzen Hengst an ihre Stute heran. »Und ich schwöre dir, auch du wirst das bald erkennen.« Von seinen Gefühlen überwältigt, neigte er sich hinüber, schlang einen Arm um Melisandes Schultern und preßte seinen Mund auf ihren. Er zwang sie, die Lippen zu öffnen, schob seine hungrige Zunge zwischen ihre Zähne, und als sie sich wehrte, zerrte er sie aus Warriors Sattel und setzte sie auf seinen Schoß.

Verbissen bekämpfte sie ihn, grub ihre Finger mit aller Kraft in seine Oberarme, doch er ließ sie nicht los. Er schmeckte ihre Lippen — und erinnerte sich. Seine Zunge erforschte ihren Mund — und er erinnerte sich. Er spürte ihren warmen Atem, das Zittern ihres erhitzten Körpers, die vollen Brüste, die sich heftig hoben und senkten. Verzweifelt wand sie sich umher, doch sie konnte dem leidenschaftlichen Kuß nicht entrinnen, und der Jubel der Menge dröhnte in Conars Ohren wie das Rauschen seines eigenen Blutes.

Endlich erlahmte Melisandes Widerstand, der Druck ihrer Finger lockerte sich, ihre Lippen gaben nach. Da hob er den Kopf und sah ihre violetten Augen und den immer noch leicht geöffneten feuchten Mund. Unfähig, sein heißes Verlangen noch länger zu zügeln, flüsterte er: »Du wirst mir gehören, sofort — mag ich ein Wikinger sein oder nicht.« Triumphierend riß er an den Zügeln, und Melisande stieß einen halberstickten Schrei aus, als Thor sich aufbäumte und herumgeschwenkt wurde.

In wildem Galopp raste das große Streitroß zu den Festungsmauern vor den hoch aufragenden Türmen.

3

»Was tust du?« rief sie. Der Wind zerzauste ihr pechschwarzes Haar und peitschte es in Conars Gesicht.

»Ich nehme mir meine ehelichen Rechte. Darauf habe ich viel zu lange gewartet.«

Erschrocken starrte sie ihn an, wurde blaß, dann stieg das Blut brennend in ihre Wangen. »Es ist noch früh. Die Zeremonien ...«

»Die betreffen nur uns beide, meine Liebe. Sehnst du dich nicht danach? Du wolltest mich doch nie verlassen, oder? Und ich habe dich so schmerzlich an meiner Seite vermißt.« Im Burghof zügelte er Thor und sprang aus dem Sattel, Melisande fest an sich gepreßt.

»Nein!« flüsterte sie verzweifelt, doch er beachtete ihren Protest nicht und trug sie ins Turmzimmer hinauf. Im Kamin brannte ein kleines Feuer, und auf dicken Pelzdecken stand eine hölzerne Sitzbadewanne, aus der Dampf quoll.

Überrascht, daß Melisande seinen Befehl befolgt hatte, stellte er sie auf die Füße. »Wenn ich als erster bade, wirst du sicher weglaufen.« Er legte seinen Mantel und das Kettenhemd ab. »Immerhin war es sehr freundlich von dir, meinen Wunsch zu erfüllen.«

»Sei versichert — *ich* habe die Wanne nicht hierherbringen lassen.«

»Dann ist deine Dienerschaft viel klüger als du. Möchtest du vor oder nach mir baden?«

»Weder noch ...«

»Gewiß wäre es besser, du würdest vor mir in die Wanne steigen«, unterbrach er sie. »Ich fürchte nämlich, daß du vor mir fliehen willst. Aber wenn du nackt bist, wagst du dich vielleicht nicht an die Brustwehr oder in den Hof hinab. Andererseits sagtest du, ein Wikinger sei wie der andere. Also ist es dir wohl gleichgültig, ob du bei meinen Kriegern Gelüste erregst und überfallen wirst.«

Erbost hob sie das Kinn. »Mögest du in der Hölle schmoren!«

»Nun weiß ich, wie sich das Problem am besten lösen läßt.« Er streckte die Arme nach ihr aus. »Wir baden zusammen.«

Schreiend wich sie zurück — zu spät. Er packte sie, riß ihr den eleganten goldgelben Mantel von den Schultern und warf sie aufs Bett. Während sie sich verbissen wehrte, zog er ihr die Schuhe und Strümpfe aus. Um es ihm möglichst schwerzumachen, wand sie sich hin und her. Doch er ließ nicht ab, und die zarte Haut, die er berührte, spornte ihn noch an. Plötzlich blieb sie reglos liegen. »Bitte!« flüsterte sie.

Sein Daumen strich behutsam über ihre Wange. »Das hast du schon einmal im selben Ton gesagt.«

Ihre Blässe verriet ihm, daß sie sich ebenfalls daran erinnerte. »Geh weg von mir, du Schurke!«

»Wie du willst«, erwiderte er lächelnd und setzte sich auf den Bettrand. Dann zerrte er sie auf seine Knie, streifte das schöne malvenfarbene Kleid über ihre Schultern, und in seiner Hast zerriß er die feine leinene Unterwäsche. Das kümmerte ihn nicht.

In seinen Armen spürte er ihren nackten Körper, die schmale Taille, sanfte geschwungene Hüften und lange schlanke Beine, volle Brüste mit rosigen Knospen und ein verlockendes dunkles Dreieck zwischen den Schenkeln. Ihr wirres schwarzes Haar umschlang sie beide wie ein weiches, seidiges Netz. Ihre Nähe war eine süße Qual. Er spürte, wie rasend ihr Herz pochte, wie sie nach Atem rang und die Hitze, die in ihr brannte.

Ihre Fäuste hämmerten gegen seine Brust, doch er hielt sie unbeirrt fest, als er aufstand. Was sie früher getan hatte, erlaubte er jetzt nicht mehr. Sie durfte nicht fliehen, ihn nicht bekämpfen, ihm nicht aus dem Weg gehen, sonst würde die Gefahr des Todes oder der Gefangenschaft drohen, und er konnte sich nicht leisten, um sie zu feilschen.

»Ich möchte nicht mit dir verheiratet sein!« schrie sie und grub ihre Fingernägel in das dünne Lederwams, das seine Schultern bedeckte. »In meinem eigenen Zuhause lasse ich mich nicht knechten. Damals war ich ein Kind, und ich wollte nie . . .«

»Ach, die unschuldige Melisande! Du wolltest nichts von alldem, was du mir antatest?«

Doch, ich wollte es, dachte sie verzweifelt und haßte den Spott in seiner Stimme sowie seine starken Arme. Die Art seiner Berührung war zu bezwingend und viel zu verführerisch. Und es wäre viel zu leicht, ihn zu lieben . . . Niemals, gelobte sie sich.

Er war ein Wikinger. Wo er das Licht der Welt erblickt hatte und wie er sich nannte, spielte keine Rolle. Immer würde er sich nehmen, was er wünschte, und wenn er sich damit vergnügt hatte, warf er es einfach weg. Ein seltsames Schwindelgefühl überkam sie. So war es schon einmal gewesen. Himmel und Hölle in einem — nach seinen eigenen Worten. Oh, die Dinge, die er getan, die sie zu vergessen versucht hatte . . . »Laß mich los, oder ich kratze dir die Augen aus!« drohte sie.

Sofort gehorchte er, aber nicht so, wie sie es erhofft hatte. Er setzte sie kurzerhand in die Wanne. Vom warmen Wasser eingehüllt, schloß sie die Augen und betete um innere Kraft. Als sie nach einer Weile die Lider hob, hatte Conar sich ausgezogen. Ihr Mund wurde trocken, der Atem stockte ihr.

Schon in seiner Rüstung sah er eindrucksvoll aus, und jetzt, da er nackt vor ihr stand, noch großartiger. Er mochte alles verkörpern, was er behauptete, aber die äußere Erscheinung hatte ihm eindeutig sein Vater vererbt — ein Wikinger, vom Scheitel bis zur Sohle, fast einen Kopf größer als die meisten Männer. Starke Muskeln verrieten, wie gründlich er sich jahrelang auf harte Kämpfe vorbereitet hatte. Er besaß unglaublich breite Schultern, sehnige bronzebraune Arme und lange, wohlgeformte Beine, einen flachen Bauch und schmale Hüften, in deren Mitte sich rotgoldenes Haar kräuselte.

Hastig wandte Melisande den Blick vom erregten Zeichen seiner Manneskraft ab.

Heiße und kalte Schauer überliefen sie. So sehr sie ihn auch verabscheute, sie spürte, wie rasch das unwillkommene Feuer in ihr aufstieg. Wieder versuchte sie, sich vorzunehmen, ihm nicht nachzugeben. Doch sie hatte es bereits getan, weil die Faszination genauso groß war wie die Wut. Sie fühlte sich seit der ersten Begegnung zu ihm hingezogen und begehrte ihn auch jetzt noch heftiger, als sie ihn verabscheute. Und diesmal würde er ihre völlige Unterwerfung fordern. Stolz hob sie das Kinn. »Du kannst mich zwingen, aber nicht verführen«, erklärte sie kühl.

Die blauen Augen, von dichtem goldblondem Haar umrahmt, glitzerten belustigt, während er sich der Wanne näherte. Er trat hinter Melisande und beugte sich über sie. »Das ist schon in Ordnung. Einem Wikinger macht es nichts aus, Gewalt anzuwenden. Wir können das sehr gut.«

Sein warmer Atem streifte ihren Hals, und sie schrie auf, als er in die Wanne stieg und Wasser über den Rand schwappte. Conar setzte sich Melisande gegenüber, die Knie hochgezogen, seine Zehen berührten ihre. »O gesegnetes Eheleben!« seufzte er.

Wütend biß sie die Zähne zusammen. Sie spritzte ihn an, stand rasch auf und stieg aus der Wanne. Sofort folgte er ihr und packte sie, um sie wieder aufs Bett zu werfen. Sein schwerer, nasser Körper lag über ihr, seine Finger schlangen sich in ihre und hielten ihre Arme fest.

Und dann küßte er sie, obwohl sie versuchte, den Kopf zur Seite zu drehen. Seine Kraft war überwältigend. Als seine Zunge ihre Lippen öffneten und in ihren Mund eindrang, stöhnte sie protestierend und betete, das Feuer in ihr möge erlöschen.

Aufreizend spielte seine Zunge mit ihrer. Er strich über ihre Brüste, die Hüften, ohne den leidenschaftlichen Kuß zu beenden, und sie merkte nicht, daß ihre Hände jetzt frei waren und sich ins Laken krallten.

Nach einer Weile hob er den Kopf, schaute in ihre Augen, dann wanderte sein Mund über ihren Hals. Seine Zunge liebkoste die Vertiefung zwischen ihren Brüsten und umkreiste eine gerötete Warze. Leise schrie Melisande auf und schlang die Finger in sein Haar.

Er glitt langsam nach unten, streichelte ihre Hüften, hob sie ein wenig hoch, und ihr Atem stockte, als sie seine Zunge an der Innenseite eines Schenkels spürte. Wieder entfuhren ihr leise, lustvolle Schreie und sie wand sich, um Conar zu entrinnen, doch er kannte keine Gnade. Sie fühlte sich den intimen, fordernden Zärtlichkeiten hilflos ausgeliefert.

Immer weiter wagte sich die Zunge erregend und hungrig vor, zog sich spielerisch wieder zurück, aber nur, um einen neuen Angriff zu beginnen. Mit halberstickter Stimme rief Melisande seinen Namen, den sie so selten aussprach. Plötzlich spürte sie wieder das Gewicht seines Körpers, sein Mund suchte ihren, dann stützte er sich auf seine starken Arme, um ihr Gesicht zu beobachten. »Zwang oder Verführung?«

Zitternd schloß sie die Augen. »Zwang«, log sie.

Er lachte voller Triumph, nahm sie aber überraschend zärtlich in die Arme, ehe er sich mit ihr vereinte — mochte sie es wünschen oder nicht. Heftig erschauerte sie, während er stürmisch in sie eindrang. Sie schlang die Arme um ihn und biß in ihre Unterlippe. Sie glaubte zu sterben. Heiße Sehnsucht strömte durch ihren Körper. Zunächst bewegte er sich langsam und vorsichtig, um auf sie zu warten und sie mitzunehmen, um gemeinsam zum Gipfel der Lust emporzusteigen. Und das gelang ihm mühelos. Bald paßte sie sich seinem Rhythmus an, hob ihm die Hüften entgegen, und das behutsame Liebesspiel steigerte sich zu einem wilden Sturm. Heiße Wellen schienen beide Körper zu umbranden, und Melisande erwiderte Conars drängendes Verlangen mit derselben Glut. Der magische Höhepunkt flackerte wie gleißendes Licht in schwarzem Dunkel, Sterne fielen vom Himmel. Bebend und erschöpft genoß sie es, seinen muskulösen Körper zu spüren, bis er von ihr hinabglitt.

Sofort sprang sie auf, wütend und beschämt, haßte ihn, haßte sich selbst. Doch sie kam nicht weit. Seine Finger umschlossen ihr Handgelenk. »Wohin willst du gehen?«

»*Jetzt* brauche ich ein Bad.« Erfolglos versuchte sie, sich zu befreien und wich seinem Blick aus.

Zu ihrer Verblüffung ließ er sie los und setzte sich auf, von weichen Daunenkissen gestützt, die am geschnitzten Kopfende des Betts lehnten. Die Hände hinter dem Nacken verschränkt, beobachtete er Melisande. Ihre Worte ärgerten ihn, daran zweifelte sie nicht, aber offenbar konnte er sich in allen Lebenslagen beherrschen. Er ließ sich seinen Groll nicht anmerken und ermunterte sie: »Nur zu, meine Liebe.«

Rasch kehrte sie ihm den Rücken, stieg in die Wanne, sehnte sich nach dem warmen, beruhigenden Wasser. Aber es war schon abgekühlt, und sie umklammerte fröstelnd ihre angezogenen Beine. »Kannst du nicht wenigstens jetzt gehen?« fragte sie und hörte, wie er aufstand.

Er kniete hinter ihr nieder, hob eine ihrer Haarsträhnen hoch. »Wie grausam und gefühlskalt du bist, Melisande ... Ich danke allen Göttern und natürlich auch deinem Gott, daß ich dich nicht liebe. Sogar dein großartiger Gott würde mich bemitleiden, wäre ich für dich entflammt. Denn du trampelst gnadenlos auf den Herzen der Männer herum, aller Männer, deiner und meiner, die bereitwillig ihr Leben für dich opfern würden. Um dir zu dienen, stolpern sie geradezu übereinander. Sogar meine närrische Schwester und mein Bruder ließen sich von dir umgarnen.«

»Sie sind viel höflicher als du . . .«

»Obwohl sie Wikinger sind?«

»Immerhin kann man erkennen, daß auch irisches Blut in ihren Adern fließt.«

Sein leises Lachen klang ein wenig bitter.

»*Ich* bin keineswegs grausam!« rief sie. »Nicht *ich* bin es, die hier Befehle erteilt und Forderungen stellt und . . .«

»Und Eroberungen macht?«

»Wie ich bereits sagte — du hast nichts erobert.«

»Aber ich bin fest entschlossen, das zu ändern.«

»Du magst die ganze Welt erobern — mich niemals«, flüsterte Melisande. Seine Finger glitten über ihren Hals, und sie glaubte, die Berührung am ganzen Körper zu spüren, eine sonderbare Hitze in der Kälte des Wassers. Gequält biß sie sich auf die Lippen und bekämpfte ihr Verlangen. »Bitte, geh weg!«

»Ja, das muß ich wohl, denn es gibt einiges zu tun. Du solltest mich nicht allzu schmerzlich vermissen, denn ich werde bald wiederkommen. Und ich glaube, vorerst bist du nicht so müde, daß ich dir die ganze Nacht trauen könnte. Soweit ist es noch nicht.«

»Erspar mir deinen Spott! Niemals wirst du mich wirklich besiegen!«

Conar stand auf, schlüpfte in sein hautenges Beinkleid, das Leinenhemd und das Lederwams. Dann zog er seine Rehlederstiefel an. Die Rüstung ließ er liegen, aber er griff nach dem Schwert. Verwirrt zuckte Melisande zusammen, als die Stahlspitze ihr Kinn berührte. »Ich werde dich nie wieder verspotten.« Obwohl seine Stimme sanft klang, entging ihr der warnende Unterton nicht. »Für Spaß und Spiel habe ich keinen Sinn mehr. Was du in deinem jungen Leben gesehen hast, läßt sich nicht mit der Zukunft vergleichen. Ich werde meine ganze Kraft brauchen und keine Zeit finden, um mich mit dir abzugeben, so wie früher.«

»Mit mir abzugeben?« fauchte sie. »Verstehst du denn nicht? Ich mußte hierherkommen, weil du nicht konntest. Das ist mein Land, meine Festung . . .«

»Leider muß ich dich verbessern, meine Liebe. Du und die Festung und das Land wurden mir auf einem Schlachtfeld vor langer Zeit überantwortet. Und seit damals . . .«

»Oh, du widerwärtiger Tyrann! Du — du Wikinger . . .«

»Mußt du noch mehr sagen?« unterbrach er sie. Krampfhaft schluckte sie, als die Schwertspitze eine lange schwarze Locke von ihrer Brust hob und auf ihren Rücken fallen ließ, zum restlichen feuchten, zerzausten Haar. »Du wirst nicht mehr weglaufen — und nie wieder deine goldene Rüstung tragen. Wie leicht hätte Geoffrey dich heute in seine Gewalt bringen können!«

»Und wenn es geschehen wäre?«

»Dann hätten wir alle für deine Ehre sterben müssen, teure Gemahlin. Auch die wunderbaren Männer, die deinem Herzen angeblich so nahestehen. Wenn du auch glaubst, ein Wikinger wäre wie der andere, bedaure ich dir mitteilen zu müssen, daß ich der Wikinger bin, den du geheiratet hast. Übrigens, Geoffrey ist kein Wikinger. Er gehört zu *deinen* Leuten.«

»Genausogut könnte er ein Wikinger sein!« zischte sie.

»Ach ja, mit diesem Namen bezeichnest du alles, was verworfen und böse ist, nicht wahr, Melisande?«

Das Schwert schwebte über ihren Brüsten, und sie schob es erbost beiseite. »Ich dachte, du wolltest gehen.«

»O ja, aber vorher will ich dir noch klarmachen, daß ich zurückkommen werde.«

Hat ihn seine schöne blonde Runenleserin hierherbegleitet, fragte sie sich. Die verhaßte Eifersucht stieg erneut in ihr auf. Was wollte er von ihr, wenn er diese andere Frau auf allen Reisen mitnahm? Oh, wie sie das alles verabscheute! Aber er hatte sie wieder berührt, und nun empfand sie gegen ihren Willen schmerzlichen Kummer bei dem Gedanken, er könnte auch andere so betörend liebkosen. »Willst du die Nacht wirklich hier verbringen? Und was ist mit deiner . . .« Sie verstummte, brachte es nicht über sich, den Namen auszusprechen.

»Wen meinst du?«

»Das ist nicht so wichtig. Geh endlich . . .«

»Von wem sprichst du?« herrschte er sie an.

Zitternd drückte sie ihre Knie noch fester an die Brust. »Von Brenna! Deiner Wikingerin und Runenleserin . . .«

»Auch in ihren Adern fließt irisches Blut.«

»Zum Teufel mit euch allen!« schrie sie wütend, und Conar brach in schallendes Gelächter aus.

»Also bist du immer noch eifersüchtig, meine Liebe.«

»Keineswegs, ich bin froh, wenn du andere Wege gehst«, log sie kühl.

»Keine Angst, heute nacht werde ich keine anderen Wege gehen.« Plötzlich wurde er ernst. »Hör zu, Melisande, die Schlacht hat eben erst begonnen. Du kannst dir nicht vorstellen, welch eine schlimme Zukunft uns erwartet.«

Offenbar erkannte er nicht, wie grauenhaft die Vergangenheit gewesen war. »Laß mich jetzt endlich in Ruhe!« stieß sie hervor und starrte ihn zornig an. »Und wenn es unbedingt sein muß, komm zurück! Mir fehlt einfach die Kraft, dich hinauszuwerfen.«

»Ja, das stimmt.«

»Verschwinde endlich!«

»Du solltest bedenken, daß ich einen sehr leichten Schlaf habe. Wenn ich erwache und ein Messer an meiner Kehle spüre, werde ich skrupellos den Wikinger hervorkehren.«

Melisandes Wimpern senkten sich. »Das hast du schon oft genug getan.«

»Und zwar mit dem größten Vergnügen.« Nach einer

kurzen Pause fuhr er fort: »Schwere Zeiten kommen auf uns zu, Melisande, und deshalb warne ich dich. Du bist meine Frau. Und so wahr mir Gott helfe, vereint mit allen nordischen Göttern, du wirst dein Leben nicht mehr aufs Spiel setzen! Geoffrey begehrt nicht nur diese Festung, sondern auch dich. Der Mann an sich jagt mir zwar keine Angst ein, aber ich fürchte sein Bestreben, dich für sich zu gewinnen. Hör auf mich, Melisande! Von jetzt an wirst du allen meinen Befehlen gehorchen.«

Unglücklich starrte sie ihn an. »Ich kann nicht deine Frau sein. Zuviel steht zwischen uns! Ich . . .«

»Steig endlich aus der Wanne!« Er ließ das Schwert fallen, hob sie trotz ihrer verbissenen Gegenwehr aus dem Wasser und legte sie wieder aufs Bett. Rittlings kniete er über ihr. »Deine Haut sieht schon ganz verschrumpelt aus, und das willst du doch nicht? Außerdem zitterst du wie eine Kröte im Winter.« Mit einer Fingerspitze zeichnete er ihre Lippen nach. »Ob es dir gefällt oder nicht — so wird es sein. Magst du mich noch so sehr hassen und verabscheuen, ich bleibe bei dir.« Lächelnd neigte er sich zu ihr hinab und flüsterte: »Und ich, dein Ehemann, werde von jetzt an jede Nacht zu dir zurückkehren, um mit dir zu schlafen.«

»Rechne nicht damit, daß ich dich hier erwarten werde!« schrie sie ihn an.

»Doch, damit rechne ich«, warnte er sie.

Bestürzt spürte sie Tränen, die in ihren Augen brannten, und um sie nicht zu vergießen, preßte sie die Lippen zusammen. Sie wandte den Kopf zur Seite und beschloß zu schweigen, damit er sie endlich verließ.

Nach einer Weile stand er auf und ging aus dem Turmzimmer, das Schwert in der Hand. Fröstelnd ergriff Melisande die Pelzdecke, die am Fußende des Betts lag, und hüllte sich darin ein. Ihre Gedanken überschlugen sich. In dieser Nacht würde er wiederkommen, um bei ihr zu liegen, um eine richtige Ehe zu führen. Um sich zu nehmen, was ihm gehörte, um es festzuhalten.

Ein Schauer rann über ihren Rücken. Er hatte dem Allmächtigen gedankt, weil er sie nicht liebte. O Gott, bitte, laß nicht zu, daß ich ihn liebe, betete sie. Nein, das würde niemals geschehen, gelobte sie sich.

»Ich hasse dich!« rief sie. Das war kindisch, aber sie fühlte sich plötzlich so hilflos wie ein kleines Mädchen, so allein und verloren. »Ich hasse dich, ich hasse dich, ich hasse dich!« Unglücklich vergrub sie das Gesicht in den Händen. Es war die Wahrheit — und doch nicht. Sie haßte ihn, begehrte ihn, fürchtete ihn — liebte ihn. Aber zuviel stand zwischen ihnen.

Nein, nein, nein, ich liebe ihn nicht, redete sie sich ein. Schon vor langer Zeit hatte sie beschlossen, niemals solche Gefühle für ihn zu hegen.

Plötzlich zuckte sie zusammen. Sie hatte ein Geräusch in ihrem Zimmer gehört. War er schon jetzt auf lautlosen Sohlen zurückgekehrt? Erschrocken schaute sie zur Tür.

Aber es war nicht Conar, der sich ins Zimmer geschlichen hatte. Ein Schrei blieb in ihrer Kehle stecken. Geoffrey Sur-le-Mont, ihr meistgehaßter Feind. Groß, schlank, mit seinem grausamen hübschen Gesicht, den haselnußbraunen Augen voller Goldflecken, dem glatten dunklen Haar. Da stand er und starrte sie an, während sie die Felldecke enger um ihren Körper zog.

Sie holte tief Atem, wollte um Hilfe rufen, aber dazu fand sie keine Gelegenheit. Blitzschnell war er zu ihr geeilt, preßte seine Hand auf ihren Mund. Mit aller Kraft wehrte sie sich, aber sie war machtlos. Zwei seiner tüchtigsten Gefolgsleute standen ihm bei, Gilles und Jon de Lac.

»Bastarde!« keuchte sie, als Geoffrey ihren Mund freigab, doch im nächsten Augenblick riß er einen Streifen vom Laken und knebelte sie.

Die beiden anderen Männer holten die Felldecken, die vor dem Kamin lagen, und bevor sie Melisande darin einwickelten, fesselten sie ihr die Hände auf den Rücken.

Gilles warf sie über seine breite Schulter, und Geoffrey kicherte leise, als er ihre Haare packte, ihren Kopf hochhob und ihrem Blick begegnete. »Ich sagte, ich würde dich besitzen, Melisande, und jetzt ist es soweit. Auch diese Festung wird mir gehören, das schwöre ich bei Gott!«

Er ließ sie los, und sie schüttelte heftig den Kopf. Nachdem er den Knebel ein wenig gelockert hatte, würgte sie hervor: »Er wird dich töten!«

»Ah, glaubst du das? Vorhin belauschte ich einen Teil eures Gesprächs. Er wird wohl kaum vermuten, du wärst entführt worden, liebste Melisande. Immerhin hast du gedroht, du würdest nicht auf ihn warten — und er weiß nur zu gut, wie sehr du seine Gesellschaft verabscheust. Wenn er dann endlich merkt, daß du dich nicht freiwillig entfernt hast, wird es zu spät sein.«

»Niemals wird es euch gelingen, mich aus diesem Schloß zu schaffen!« zischte sie.

»Oh doch. Meine dänischen Freunde gleichen den nordischen Kriegern des Wolfs. Wir werden einfach so tun, als wären wir betrunken, und uns zwischen ihnen hindurchschlängeln. Auch wir beide werden feiern, Melisande, und nachholen, was schon vor Jahren hätte geschehen müssen.«

»Er wird dich in Stücke reißen, Geoffrey . . .«

»Allerdings!« fiel Gilles ihr ins Wort und schaute sich nervös um. »Wir müssen verschwinden, Graf Sur-le-Mont.«

Erst jetzt erkannte Melisande, daß sie die Gelegenheit nutzen mußte, solange sie nicht geknebelt war. Sie holte tief Luft und schrie. Sofort wurde ihr Mund wieder verschlossen.

»Und wenn sie den Knebel abschüttelt und wieder zu schreien versucht?« fragte Jon.

»Das wird ihr nicht gelingen«, versprach Geoffrey, ergriff einen Kerzenleuchter aus Messing, der auf der Truhe am Fußende des Betts stand, und schlug ihn so kraftvoll auf Melisandes Kopf, daß ihr die Sinne schwanden.

Irgendwann kam sie wieder zu sich, immer noch gefesselt und in die Felldecke gewickelt, über einen Pferderücken geworfen. Offensichtlich war es den Entführern geglückt, sie unbemerkt aus der Festung zu bringen. Und sie hatte keine Ahnung, wo sie sich jetzt befand.

»Ah, du bist wach, meine Schöne!« Geoffreys heisere Stimme drang in ihr Ohr. »Bald sind wir am Ziel. Wo, würdest du fragen — wenn du nur könntest. Ich meine die Ruinen der alten römischen Festung, wo dein Vater so viele Steine für sein wunderbares Schloß gefunden hat. Dort wird dich der Wikinger nicht aufspüren. Und wenn doch — nun, eine sehr große dänische Truppe wird unsere Stellung verteidigen. Diese Männer werden nach Rouen weiterreiten und später nach Paris. Plündern — das ist alles, was sie wollen. Und ich wünsche mir zweierlei - Macht und dich. Also muß der Wikinger sterben.«

Plötzlich zügelte er seinen Hengst, sprang aus dem Sattel und zerrte Melisande vom Rücken des braunen Pferds, auf das man sie gelegt hatte. Er nahm ihr den Knebel ab, und sie stolperte über einen Zipfel der Felldecken.

»Ein Mantel!« befahl er und hielt sie fest, ehe sie stürzen konnte. Alle Pelze glitten zu Boden. Beim Überfall im Turmzimmer war es ihm gleichgültig gewesen, daß seine Gefolgsleute Melisandes nackten Körper gesehen hatten. Nun schien er sich an Anstand und Schicklichkeit zu erinnern. Er band ihre Hände los und legte ihr einen Mantel um die Schultern, während einer der Männer die Pelze aufhob.

»Er wird dich töten, Geoffrey«, prophezeite sie, »und dich bis zur Unkenntlichkeit zurichten. Es sei denn, du läßt mich jetzt gehen . . .«

»Bist du so sicher, daß er dich suchen wird?« unterbrach er sie. »Glaubst du, er liebt dich genug, um alles aufs Spiel zu setzen?«

Kühl erwiderte sie seinen Blick. »Schon oft hat er sein Leben für mich gewagt.«

»Vielleicht. Aber wohl eher für deinen erstrebenswerten Besitz.«

»Er wird mich holen.«

»Weil er dich liebt?« spottete Geoffrey.

»Weil ich ihm gehöre.«

Wütend über ihre Gelassenheit, schüttelte er den Kopf. »Diesmal nicht, verstehst du? Sonst würde er alles opfern.«

Er zerrte sie zu dem braunen Pferd, hob sie hinauf, und sie wehrte sich nicht, aus Angst, er könnte ihr einen Arm oder ein Bein brechen, was jeden Fluchtversuch vereiteln würde. Die Zügel in der Hand, starrte er in ihre Augen. »Gilles reitet zu deiner Linken, Jon zu deiner Rechten, meine Teure. Eine falsche Bewegung, und ein Pfeil wird dein Bein durchbohren. Dann könntest du eine Woche lang nicht gehen. Aber das müßtest du gar nicht, um mir alle meine Wünsche zu erfüllen.«

Sie blickte geradeaus. »Wie weit ist es noch?«

»Da vorn siehst du die Ruinen im Mondlicht. Es dauert nicht mehr lange.«

Viel zu schnell erreichten sie die römische Festung, wo tatsächlich zahlreiche Dänen zwischen den alten Steinen und fast unsichtbar in den nächtlichen Schatten lagerten. Geoffrey stieg zerbröckelte Stufen hinab, die in einen unterirdischen Raum führten, und seine beiden Gefolgsmänner zerrten Melisande hinter ihm her. Sie biß in Gilles Hand, und er schrie wütend auf. Dann stieß er sie in den feuchten Keller hinab, und sie landete auf einem kalten Felsboden.

Als sie den Kopf hob, sah sie Geoffrey vor sich stehen. Ungerührt lächelte er sie an. »Jetzt muß ich mich um unsere Verteidigung kümmern, Melisande. Aber ich komme so schnell wie möglich zurück.«

Mühsam schluckte sie. Wie oft hatte sie versucht, gegen Conar zu kämpfen? Jedesmal Angst und zugleich Begierde, dann wachsende Faszination, das Leid der Trennung, der Eifersucht, neue Furcht. Und immer wieder diese schmerzliche Sehnsucht, die Liebe . . .

Und jetzt das! Sie wollte sterben. »Er wird mich holen, Geoffrey«, beharrte sie. »Ganz sicher.«

»Das werden wir ja sehen«, erwiderte er grinsend. Dann ging er davon, eine schwere Tür fiel ins Schloß, und Melisande blieb allein in der Finsternis zurück.

Sie kauerte am Boden, den geliehenen Mantel fest um die Schultern geschlungen, und unterdrückte ihre Tränen. »Er wird kommen!« schrie sie. Daran zweifelte sie nicht, denn er war der Herr der Wölfe, und kein Mann konnte ihm das Wasser reichen, keiner durfte sich nehmen, was ihm gehörte.

Großer Gott, laß ihn nicht sterben, betete sie, und schick ihn zu mir. Ich liebe ihn . . .

Aber warum sollte er sie retten? Von Anfang an hatte sie sich gegen ihn gewehrt, ihn herausgefordert, sich gelobt, ihn zu hassen. Würde er trotzdem nach ihr suchen? Begehrte er sie wirklich so sehr, trotz allem? Frierend und verängstigt legte sie den Kopf auf die Knie, und plötzlich wurde sie von Erinnerungen gewärmt, die wie stürmische Wellen heranströmten.

Ja, sie hatten einander gehaßt, aber in gewisser Weise auch geliebt. Der Tag ihrer ersten Begegnung schien in ferner Vergangenheit zu liegen — ein Tag, so ähnlich wie dieser . . .

II

VORHER …

4

An der französischen Küste, Sommer, a.d. 879

»Er ist da!« rief Melisande. »Vater ist wieder zu Hause!« Tag für Tag hatte sie in der vergangenen Woche die alte Römerstraße beobachtet, oft stundenlang, und stets gewußt, er würde sein Versprechen halten und vor ihrem dreizehnten Geburtstag zurückkommen.

Ragwald hatte an seinem Gelehrtenpult gesessen, den Kopf müde in die Hände gestützt. Jetzt stand er sofort auf und vergaß allen Ärger, den ihm sein junger Schützling zu bereiten pflegte. Auch er freute sich über die Heimkehr seines Herrn, denn dies waren gefährliche Zeiten für Reisende. Die Dänen und andere Wikinger machten Küsten und Flüsse unsicher, und um sich gegen sie zu verteidigen, hatten mehrere einheimische Grafen, Barone und reiche Landbesitzer ein neues Leben begonnen.

Wenn Ragwald in die Vergangenheit zurückblickte, fand er allerdings nicht, daß sich viel geändert hatte. Kampfstärke war schon immer wichtig gewesen, aber das Feudalsystem war erst in diesem Jahrhundert entstanden — offenbar durch die Ankunft der Wikinger gefördert. Die großen Herren bauten wehrhafte Schlösser, bildeten tüchtige Leute aus, die sie verteidigen sollten und hielten sich Vasallen, Frauen und Männer, die auf den Landgütern arbeiteten. Diese Vasallen sorgten für Nahrung und reiche Ernte. Zum Lohn dafür wurden sie beschützt. Das Gesetz lag in den Händen der Mächtigen. Ein Reisender konnte leicht überfallen werden und für immer verschwinden.

Ragwald trat neben Melisande an die Mauer der Brustwehr, und sie beobachteten, wie sich Graf Manon de Beauville mit seinem Gefolge der Festung näherte. Erleichtert lächelte der alte Mann. Eigentlich hätte er sich keine Sorgen machen müssen. Sein Herr zählte zu den mächtigsten Adeligen und gewiß auch zu den klügsten. Immerhin hatte er ihn, Ragwald, schon vor Jahren in Dienst genommen.

Zudem wußte Graf Manon, wie wichtig es war, aus den Fehlern und Triumphen der Vergangenheit zu lernen. Durch das Studium der Antike und des Einflusses, den die alten Römer auf die eroberten Völker ausgeübt hatten, erkannte er, wie vielfältig man die verschiedenen Gesteinsarten zu nutzen vermochte. Sein Schloß gehörte zu den schönsten im ganzen Land. Die Hauptgebäude standen auf einem Berggipfel, umgeben von einem tiefen Graben, vor dem sich eine Mauer erhob. Vier Türme ragten empor, einer zum Meer gewandt, die anderen nach Osten, Westen und Süden, verbunden durch Brustwehren aus Holz und Stein, die großartige Verteidigungsbastionen darstellten. Nur wenige Angreifer kamen der Festung zu nahe, denn die Wachtposten hinter den Mauern schossen zielsicher ihre brennenden Pfeile ab und schütteten siedendes Öl aus riesigen Kesseln hinab.

Stärke bedeutete Respekt, und so führten sie innerhalb der Schloßmauern ein friedliches Leben. Niemals wurden sie von Landsleuten attackiert, die noch größeren Ruhm suchten, und die fast unausweichlichen Angriffe der Dänen wurden sehr schnell zurückgeschlagen. Meistens tauchten sie nur auf, um zu stehlen und zu plündern, aber einige wollten sich Ländereien aneignen, jüngere Söhne, ohne Erbe in ihrer fernen Heimat. Doch wer immer gegen Graf Manon kämpfte, hielt bald nach leichterer Beute Ausschau. Entlang der Küste gab es viele ungeschützte Liegenschaften.

Die Augen mit einer Hand gegen die Sonne abgeschirmt, sah Ragwald den Grafen auf dem großen Hengst Warrior zwischen den Feldern heransprengen, gefolgt von Reitern mit Lindenholzschilden. Zwei trugen die Farben der Festung, Rot und Blau, geschmückt mit dem Bild kämpfender Widder. Dieses Emblem hatte Manons Großvater gewählt, im Dienste Charlemagnes.

Der Graf war ein attraktiver Mann mit dunklem Haar, nur von vereinzelten grauen Strähnen durchzogen. Sein sonnengebräuntes Gesicht betonte die tiefblauen Augen. Hoch aufgerichtet saß er im Sattel. Als er seine Tochter und Ragwald entdeckte, die ihn ungeduldig erwarteten, winkte er lächelnd und spornte sein Pferd an.

»Vater!« Überglücklich rannte Melisande zu den Stufen.

»Bei allen Heiligen, Melisande!« rief Ragwald ihr ärgerlich nach und rang die Hände. »Ihr seid die Erbin einer mächtigen Festung! Wollt Ihr nicht etwas mehr Würde zeigen?« Aber seine Worte verhallten in leerer Luft. Resignierend zuckte er die Achseln und folgte ihr über die Südtreppe in den Hof hinab.

Das Haupttor stand offen, Manon ritt hindurch, und seine Tochter stürmte ihm freudestrahlend entgegen. »Melisande!« Er zügelte Warrior, schwang ein Bein über den Pferderücken und sprang behende auf den Sandboden hinab. »Meine Süße, du hast mir so gefehlt«, beteuerte er und nahm sie zärtlich in die Arme.

»Endlich bist du wieder da!«

Ragwald bemerkte, wie der Graf beim Anblick seiner Tochter die Stirn runzelte. Kein Wunder – in den Monaten seiner Abwesenheit hatte sie sich sehr verändert. In ein paar Tagen würde sie ihren dreizehnten Geburtstag feiern, und sie war groß geworden, größer als manche Männer. In weichen Wellen fiel das rabenschwarze Haar auf ihren Rücken. Das Gesicht zeigte keine kindlichen Züge mehr. Mit ihren feingezeichneten hohen Wangenknochen, den weit auseinanderstehenden strahlenden Augen und der geraden Nase konnte Melisande neben allen Schönheiten der alten römischen und griechischen Sagen bestehen. Auch ihr Körper nahm frauliche Formen an.

Der alte Mann beschloß, seinen Herrn bald zu erinnern, daß er es bisher versäumt hatte, eine Ehe für das Mädchen zu arrangieren. Aber vorerst wollte er die Wiedersehensfreude der beiden nicht stören und blieb im Hintergrund.

Der Graf berichtete von den Geschenken, die er mitgebracht hatte, und Melisande fragte, ob es ihm gut ergangen sei. Und natürlich wollte sie ganz genau wissen, wo er überall gewesen war.

Während Manon seine Reise schilderte, legte er den einen Arm um seine Tochter, den anderen um Ragwald und führte sie zum Hauptturm. Im Keller wurden Essensvorräte und Waffen verwahrt, der Oberstock enthielt die Schlafzimmer. Die große Halle lag im Erdgeschoß, mit einem wuchtigen Kamin und einem Eichentisch, an dem mehrere Leute Platz fanden.

Alle freuten sich über die Heimkehr des Grafen, vom niedrigsten Vasallen bis zum reichsten Pächter. Die Diener drängten sich um ihren Herrn, begrüßten ihn, lauschten begierig seinen Geschichten über Paris, die Pilgerfahrt, die er dort begonnen hatte, und seinen Besuch beim Burgunderkönig. Dann eilten sie davon, um ein Festmahl vorzubereiten, das ihn willkommen heißen sollte.

Zu später Stunde, nachdem sich die Dienerschaft zurückgezogen hatte, saß er auf einem der Eichenstühle vor dem Kamin und beobachtete seine Tochter, die das Feuer schürte. Die Freude über seine Heimkehr rötete ihre Wangen immer noch, was auch Ragwald nicht entging. »Gerald hat uns während Eurer Abwesenheit oft besucht«, bemerkte er und meinte den Grafen des benachbarten Gebiets, einer Landzunge, die weit ins Meer hinausragte.

»Tatsächlich? Um nach dem Wohl meiner Festung zu sehen?« Manon lächelte. »Dann kennt er Philippe und Gaston schlecht, wenn er glaubt, sie könnten nicht für die Sicherheit dieser Mauern sorgen.«

Der alte Mann erwiderte das Lächeln nicht. »Ich mißtraue ihm.«

»Und worauf hat er es nach Eurer Meinung abgesehen?«

Ragwald zuckte die Achseln und schaute kurz zu Melisande hinüber. »Das weiß ich nicht. Vielleicht auf Eure Tochter.« Verwirrt wandte sie sich vom Kamin ab, starrte ihn an und zog die Nase kraus. Schon in jungen Jahren ist sie eine gute Menschenkennerin, dachte er.

»Unsinn, Gerald ist älter als ich«, widersprach der Graf.

»Das wäre kein Hindernis für eine Ehe. Und möglicherweise will er das Mädchen nicht für sich selbst haben, sondern für seinen Sohn Geoffrey.«

»Den mag ich noch weniger«, murmelte der Graf.

Erleichtert atmete Melisande auf, dann warf sie Ragwald einen triumphierenden Blick zu.

Doch er ignorierte sie und wandte sich wieder an Manon. »Sie ist Eure einzige Erbin . . .«

Mit energischer Stimme fiel der Graf ihm ins Wort. »Und nach dem Gesetz gibt es keinen Grund, warum eine Tochter ihren Vater nicht beerben sollte, wenn er keinen Sohn hat.«

Ragwald seufzte tief auf. »Dies ist eine starke Burg, mein Herr. Keiner, der sie kennt, hat es gewagt, sie anzugreifen. Und die Fremden, die einzudringen versuchten, richteten ihr Augenmerk sehr schnell auf leichtere Beute. Also wäre es durchaus möglich, daß jemand Eure Tochter zu heiraten wünscht, um sich in den Besitz der mächtigen Festung zu bringen.«

»Aber sie ist erst zwölf Jahre . . .«

»Fast dreizehn. Und manche Kinder werden schon bei der Geburt vermählt.«

»Versprochen«, korrigierte Manon den alten Mann.

»Wo liegt da der Unterschied?« fragte Ragwald ungeduldig. »Viele Mädchen in Melisandes Alter sind bereits Ehefrauen.«

»Nun, daran soll sie sich kein Beispiel nehmen«, erwiderte der Graf eigensinnig, dann zögerte er. »Es sei denn . . .«

Hastig trat Melisande hinter ihren Vater, legte ihm eine Hand auf die Schulter und schaute Ragwald an. »Wußtet Ihr, mein *teurer* Lehrer«, begann sie in honigsüßem Ton, »daß König Charlemagne seine Töchter nicht verheiratete, sondern bei sich behielt, unter seinem Dach, weil er sie mit niemandem teilen wollte?«

Ragwald winkte verächtlich ab. »Und welch ein elendes Leben diese Mädchen führten! Sie blieben ledig, nahmen sich Liebhaber und bekamen uneheliche Kinder.«

»Aber — ich bin ebenso gut ausgebildet wie ein Junge . . .«

»Glaubt Ihr auch, Ihr wärt so stark wie ein Mann?«

»Das nicht, aber so stark wie die besten Frauen. Ihr habt mich auf die Kräfte meines Geschlechts hingewiesen, Ragwald. Denkt an Fredegund, die Gemahlin des Königs Chilperic! Sie spann ihre Intrigen, bis seine erste Königin verstoßen und gemeuchelt wurde, und sobald sie an der Macht war, sorgte sie für zahlreiche Attentate.«

»Allerdings!« fauchte Ragwald. »Und dann wurde sie gefoltert und hingerichtet.«

»Oh, Ihr versteht nicht, worauf es ankommt!« rief sie und eilte aufgeregt hinter dem Stuhl ihres Vaters hervor. »Sie konnte genauso viel Staub aufwirbeln wie irgendein Mann.«

Müde schüttelte er den Kopf. Der Graf musterte seine

Tochter liebevoll und belustigt. Sie war ein unglaublich kluges, wissensdurstiges Mädchen, und trotz ihrer Jugend erkannte sie, was die Untertanen ihres Vaters erwarteten — daß sie heiraten und alle Macht ihrem Ehemann übertragen würde. Aber sie wollte behalten, was sie als ihr alleiniges Eigentum betrachtete. Ihr Entschluß stand fest.

»Und was sagen die Sterne, mein werter Astrologe?« fragte Manon lächelnd.

Manchmal schien er die alte Wissenschaft der Astrologie zu respektieren. Viel öfter amüsierte er sich allerdings darüber, so wie über die alten römischen Göttersagen, die Geschichten von Jupiter, der verschiedene Tiergestalten annahm, um Frauen zu verführen. Ragwald hätte das Studium der Sterne normalerweise verteidigt, aber an diesem Abend vermochte er es nicht. Neuerdings hatte er das seltsame Gefühl, er wäre irgendwie erblindet. Er beobachtete den Mond und wußte, wann die Gezeiten wechselten, wann die Menschen guter Dinge oder mißgelaunt waren, wann Babys geboren wurden oder wann gewissen Leuten der Wahnsinn drohte.

Doch statt der unmittelbaren Zukunft sah er nur eine grausige schwarze Leere, die ihm Angst einjagte. »Die Sterne künden, daß Eure Tochter heiraten muß, um ihrer Sicherheit willen«, antwortete er eindringlich.

»Vielleicht«, entgegnete der Graf leise und lächelte Melisande an. »Aber für mich ist sie immer noch ein Kind, und ich möchte ihre Meinung über die wenigen Männer hören, die ich möglicherweise in Erwägung ziehen werde.«

»Die Meinung eines Kindes!« gab Ragwald zu bedenken.

»Eines *gebildeten* Kindes«, betonte sie, die violetten Augen voller Genugtuung.

Der Lehrer wollte ihr mit dem Finger drohen, dann ließ

er seufzend die Hand sinken. Sein Schützling war viel zu altklug. Gedankenverloren starrte der Graf ins Feuer, beobachtete das phantastische Farbenspiel der Flammen, lauschte dem Knistern, dem Knacken der Holzscheite. »Ich möchte, daß sie aus Liebe heiratet.«

»Liebe!« wiederholte Ragwald verblüfft. Er war langsam auf und ab gegangen, und nun wandte er sich so plötzlich zu Manon, daß sein weiter, fadenscheiniger Mantel ihn umflatterte wie einen heidnischen Tänzer. »*Liebe*! Wer zerbricht sich denn über einen solchen Unsinn den Kopf, wenn sich eine vorteilhafte Heirat arrangieren läßt?«

»Nun, ich habe Melisandes Mutter geliebt«, erwiderte der Graf versonnen, »und als ich sie verlor, kam es mir nie in den Sinn, mich noch einmal zu vermählen. Liebe ist etwas Wunderbares, Ragwald. Auch Ihr müßtet es einmal damit versuchen.«

»Das soll wohl ein Scherz sein!«

»O nein, Vater meint es ernst«, versicherte Melisande.

Verwirrt schüttelte Ragwald den Kopf. »Graf Manon, wie Ihr Euch gewiß entsinnt, habt Ihr die Dame Mary auf Wunsch Eures Vaters geheiratet. Die Liebe wuchs erst später.« Er räusperte sich leicht verlegen. »Nach meiner Ansicht entsteht das Wunder der Liebe im Lauf der Zeit, durch das Zusammenleben.«

»Trotzdem will ich es meiner Tochter gönnen.«

»Mein Herr ...«

»Reden wir heute abend nicht mehr darüber. Ich bin erschöpft von der Reise, und nun will ich euch beiden die Geschenke geben.« Manon stand auf und ging zu einer der vielen Truhen, die man ins Schloß gebracht hatte. Mehrere Stricke umschlangen sie, und er zog sein Messer hervor, um sie zu durchschneiden. Dann hob er den Deckel hoch und ergriff einen Lederbeutel, den er Ragwald überreichte. »Das müßte Euch eine Weile beschäftigen, mein lieber Astrologe.«

»Und was ist es, mein Herr?«

»Schaut nur hinein, es wird Euch nicht beißen. Dieser Beutel enthält Heilkräuter. Ich kaufte sie einem griechischen Arzt ab, der im Dienst der Burgunderprinzessin steht. Ein sehr kluger Mann. Die Kräuter sind in der ganzen Welt gefragt.«

Ragwald lächelte erfreut. Auch die Chemie zählte zu den Wissenschaften, die er bevorzugte. Die Heilkräfte der Kräuter und die Kunst, sie möglichst wirksam zu mischen, faszinierten ihn. Vorerst vergaß er seine Sorge um Melisandes Zukunft.

»Und das ist für dich, meine liebe Tochter«, verkündete der Graf und nahm ein vergoldetes Kettenhemd aus der Truhe. Erstaunt legte Ragwald den Beutel beiseite und starrte es an. Es war ungewöhnlich engmaschig und würde den meisten scharfen Klingen standhalten. Trotzdem sah es schön und feminin aus. Üppige Verzierungen glitzerten im Feuerschein.

»Wie wundervoll, Vater!« rief Melisande entzückt.

»Du wirst es natürlich nur zu zeremoniellen Anlässen tragen.«

»Natürlich«, bestätigte sie und nahm das Kettenhemd fast ehrfürchtig entgegen.

»Bald wirst du es brauchen, denn du mußt in Zukunft öfter mit mir ausreiten und lernen, wie die Ländereien und die Festung verwaltet werden.«

»O Vater!« Glücklich und dankbar umarmte sie ihn.

Er küßte ihre Stirn. »Aber nun mußt du dich zurückziehen. Ich bin sehr müde.«

»Ja, sicher, Vater«, stimmte sie sofort zu und fragte sich reumütig, ob sie ihn vielleicht überanstrengt hatte. »Jetzt, wo du wieder zu Hause bist, macht es mir nichts aus, so früh schlafen zu gehen. Denn morgen kann ich mit dir zusammensein — und in all den nächsten Tagen und Wochen und . . .«

»Ich glaube, der Graf hat Euch ins Bett geschickt, Melisande«, fiel Ragwald ihr mit strenger Stimme ins Wort.

Lächelnd drückte sie einen Kuß auf seine Wange. »Auch Euch liebe ich, Ragwald. Gute Nacht.« Sie küßte und umarmte ihren Vater noch einmal, dann lief sie nach oben, das Kettenhemd immer noch in der Hand.

Ragwald setze sich und seufzte tief auf. »Mein Herr, viele Männer glauben, das Römische Reich wäre nur deshalb untergegangen, weil den Frauen zu viele Rechte zugestanden wurden.«

Da brach der Graf in schallendes Gelächter aus. »Wer so denkt, muß ein sehr schwacher Mann sein.«

»Wir leben in einer Feudalgesellschaft.« Eifrig beugte sich Ragwald vor. »Die Stärke dieser Festung beruht auf Eurer Macht, auf Euren Fähigkeiten. Und es ist die Pflicht einer Frau, ihrem Herrn Kinder zu schenken, seinen Haushalt zu führen . . .«

»Meine Tochter weiß ein Schwert zu schwingen. Ich habe sie bei ihren Übungen mit dem Waffenlehrer beobachtet.«

In seinen Augen ist sie einfach vollkommen, und er erkennt die Gefahren nicht, dachte Ragwald bedrückt. Er liebte Melisande ebenfalls, und gerade deshalb machte er sich Sorgen. »Sicher, sie ist klug und begabt, aber ein stärkerer *Mann* würde sie übertrumpfen. Habt Ihr das Kettenhemd erworben, damit Sie mit Euren Gefolgsleuten in den Krieg ziehen kann? Wollt Ihr sie von einem Schwert verwundet sehen, ihren Schädel von einer Schlagkeule gespalten? Einem Pfeil mag ihre Rüstung trotzen — ihr Hals sicher nicht.«

»Ich beabsichtige keineswegs, Melisande in den Kampf zu schicken, und sie soll das Kettenhemd nur zu zeremoniellen Zwecken tragen. Übrigens gebe ich ihr recht. Schon viele Frauen haben an Stelle ihrer verstorbenen Ehemänner oder unmündiger Söhne regiert. Und meistens . . .«

»Meistens fanden sie ein schlimmes Ende.«

»Nicht immer. Wir beide kennen unsere Geschichte, Astrologe.«

»Soll Melisande ihr Leben allein verbringen und nichts weiter tun, als ihr Eigentum zu verteidigen?«

»Nein. Aber sie ist stark genug, um ihre eigenen Entscheidungen zu treffen, und eine ausgezeichnete Schwertfechterin . . .«

» . . . die jeder starke Mann besiegen würde.«

»Ein schwächerer nicht.«

»Außerdem haßt sie den Krieg.«

»Wie wir alle.«

Stöhnend sank Ragwald tiefer in seinen Sessel hinab. »Habt Ihr noch etwas von dem hervorragenden Burgunderwein übrig, mein Herr? Den bräuchte ich jetzt nach Euren beängstigenden Reden.«

Der Graf lachte und stand auf. »Natürlich!« Er schürte das sterbende Feuer, dann füllte er die Becher für sich selbst und seinen alten Freund und Ratgeber. »So sorglos, wie Ihr vielleicht glaubt, bin ich nicht. Ich habe mir einige Männer, die meiner Tochter vielleicht würdig wären, sehr genau angesehen.«

»Und?«

Manon strich über sein Kinn. »Einer ist der Neffe eines Freundes, ein irischer Prinz.«

Krampfhaft schluckte Ragwald. »Der Sohn des norwegischen Wolfs?«

»Der Sohn des Mannes, der Dubhlain eroberte und aufbaute und die Tochter des Ard-Righs, des hohen irischen Königs, zur Frau nahm.« Der Graf lehnte sich in seinen Stuhl zurück. »Ich habe mächtige Feinde, und wir werden immer wieder von Eindringlingen bedroht. Wer könnte einer Invasion besser begegnen als der Nachfahre eines kriegerischen Geschlechts?«

Erschrocken schüttelte Ragwald den Kopf. »Ich glaube,

Ihr seid ver . . .« Doch dann unterbrach er sich hastig. So eng er auch mit dem Grafen befreundet war, er hielt es für unklug, ihn verrückt zu nennen. »Vorhin spracht Ihr von Liebe. Melisande erlebte zahllose Invasionen mit, und sie hörte all die Schreckensgeschichten. Glaubt Ihr, sie wird sich jemals in einen *Wikinger* verlieben?«

Gelassen zuckte Graf Manon die Achseln. »Genausogut könnte man ihn einen Iren nennen. Das hängt von der Betrachtungsweise ab. Hier seht Ihr einen Becher Wein, Ragwald. Er ist halb voll — oder halb leer. Doch es ist auf jeden Fall besser, den guten Wein zu genießen, als zu bedauern, daß sich keine größere Menge im Becher befindet. Und ich spreche von einem großartigen Wein.«

»Diese Logik verstehe ich nicht.«

Der Graf lächelte. »Nun, wir werden sehen. Ich habe lange und gründlich darüber nachgedacht. In unserer Nachbarschaft besuchte ich mehrere Adelsfamilien und beobachtete die Söhne. Gerald versichert mich seiner Freundschaft, und er zeigt Interesse an Melisande. Allerdings weiß ich nicht, ob er sie selbst zur Frau nehmen oder mit seinem Sohn vermählen will. Wie Ihr unentwegt betont, muß ich meine Stellung festigen. Deshalb habe ich diesen halben Wikinger hierher eingeladen. Die beiden jungen Leute sollen sich kennenlernen, und wenn sie keinen Gefallen aneinander finden, vergessen wir die ganze Sache.«

»Wie soll sich ein so blutjunges Mädchen, ein Kind, eine Meinung über einen Mann bilden!« erwiderte Ragwald ungehalten.

»Auch Conar von Dubhlain ist sehr jung, noch keine einundzwanzig. Trotzdem hat er schon an zahlreichen Feldzügen teilgenommen, mit seinem Vater, seinen Brüdern und Onkeln. Angeblich kann er ausgezeichnet mit seinem Schwert umgehen.«

»Das wird Melisande natürlich sofort beeindrucken.«

»Übrigens war er schon einmal hier, vor langer Zeit. Sein Onkel segelte oft an unserer Küste entlang — weniger als Eindringling, sondern vielmehr als Kaufmann. Wir haben einen Friedenspakt geschlossen, und Conar wäre es seinen Verwandten und seiner Ehre schuldig, meiner Tochter in allen Nöten beizustehen.«

Ragwald schnaufte geringschätzig. »Die Ehre eines Wikingers!«

»Wie gesagt, er ist ein ungewöhnlicher Wikinger. Durch ein Ehebündnis ist sein Bruder mit Alfred von Wessex verwandt. Und viele Mädchen in den Häusern, die ich besuchte, würden nur zu gern in die Arme eines Wikingers sinken — wenn es Conar wäre. Auch Euch müßte er eine angenehme Überraschung bereiten, mein Freund.«

Ein seltsames Unbehagen erfaßte Ragwald, und er fröstelte ein wenig. »Wann wird dieser irische Wikinger bei uns eintreffen?«

»Bald. Natürlich werden noch einige Jahre verstreichen, ehe ich Melisande erlaube, Hochzeit zu feiern.«

Wieder erschauerte Ragwald, dann versuchte er, seine unbestimmten düsteren Ahnungen zu verdrängen. »Ja, Ihr habt recht. Sie ist noch viel zu jung. Ein schönes Kind, das zu einer überaus reizvollen Frau heranwächst, aber eben noch ein Kind . . .«

Manon lachte. »Was den Wikinger angeht, werdet Ihr mich nicht von meinen Plänen abbringen. Glaubt mir, es ist ein vernünftiger Entschluß.«

»Darum bete ich.«

Beide schauten nachdenklich in die zuckenden Flammen. Trotz des warmen Feuerscheins fror Ragwald immer noch. Woran mochte es liegen? Die Sterne hatten ihm nichts verraten.

Schließlich brach der Graf das Schweigen. »Es ist angenehm, einen friedlichen Abend zu verbringen, nicht wahr, Ragwald?«

»In der Tat.«

Keiner ahnte, daß es der letzte friedliche Abend war, den sie miteinander teilten. Tragische Umstände sollten Manons Pläne ändern und Melisande zwingen, noch vor ihrem Geburtstag zu heiraten.

5

In dieser Nacht hatte Melisande kaum geschlafen, und sie war zeitig aufgestanden. Sie eilte zur Brustwehr hinaus, um zu beobachten, wie die Festung zum Leben erwachte, und fröstelte in der kühlen Morgenluft.

Die Wachtposten, die während der Nachtstunden Dienst taten, saßen zusammengesunken da und dösten. In der Bäckerei hatte die Arbeit schon begonnen, und der süße Duft frischen Brotes wehte aus dem Burghof herauf. Melisande hörte auch den Hammer des Schmieds, den Gesang eines Milchmädchens. Ein Tag wie jeder andere . . .

Plötzlich entdeckte sie einen Reiter, der den Grat im Osten überquerte und sich der Festung näherte, aus der Richtung, wo Geralds Ländereien lagen. Neugierig hob sie die Brauen.

Gerald selbst hatte sie während der Abwesenheit ihres Vaters oft besucht. Das war ihr keineswegs ungewöhnlich erschienen. Allerdings mochte sie den Mann nicht, und sie verachtete seinen Sohn. Geoffrey war zwanzig, aber mit ihren knapp dreizehn Jahren fühlte sie sich viel älter und reifer. Er verbrachte seine Tage, indem er die Hunde quälte oder seine jüngeren Geschwister zu bestehlen suchte. Immerhin sah er recht gut aus — hochgewachsen, gut gebaut und mit hübschem Gesicht. Aber ein eigenartiges Flackern in seinen Augen und sein schiefes Grinsen mißfielen ihr. Seine Mutter war schon lange tot, und in seinem Zuhause ging es ziemlich chaotisch zu. Alle Leute fragten sich, wann Gerald wieder heiraten würde, und Melisande vermutete, daß er ein Auge auf sie geworfen hatte. Oft genug tuschelten die Dienstboten darüber.

Bei diesem Gedanken lief ihr ein Schauer über den Rücken. Marie de Tresse, ihre junge Zofe, hatte ihr vorsorglich all die Dinge erklärt, die eine Braut wissen mußte. Aber Melisande fand die Beobachtungen viel aufschlußreicher, die sie in den Ställen gemacht hatte, angesichts des tierischen Liebeslebens. Wenn sie sich vorstellte, sie müßte sich mit Gerald auf solche Weise vereinen, wurde ihr übel. Aber sie vertraute auf ihren Vater, der ihr eine so gräßliche Ehe sicher nicht zumuten würde.

Ebensowenig konnte sie sich vorstellen, Geralds Sohn zu heiraten, jeden Abend mit ihm beisammenzusitzen und zuzuschauen, wie er seine abgenagten Fleischknochen auf die Nasen der Hunde warf. Das wird Vater niemals zulassen, sagte sie sich.

Aber ihr Unbehagen wuchs, als der Reiter näher kam. Würde er eine Botschaft überbringen, die Manon de Beauvilles Tochter betraf? Und würde die Weigerung des Vaters, sie mit Gerald zu vermählen, ernsthafte Schwierigkeiten heraufbeschwören, vielleicht sogar einen Kampf? Sie eilte zum Turmzimmer ihres Vaters, einem großen Raum, in dessen Mitte ein breites Bett mit Baldachin stand, umgeben von Tischen, Stühlen und Truhen. Der Graf war bereits angekleidet und schob gerade das Schwert in die Scheide an seiner Taille.

»Vater!« rief Melisande aufgeregt, als sie in sein Schlafgemach stürmte, und er tröstete sie sofort.

»Beruhige dich, ich habe unseren Besucher gesehen und werde ihm entgegenreiten.«

»Du denkst doch nicht an ein Arrangement mit Gerald . . .«

Lächelnd küßte er ihren Scheitel. »Gewiß nicht, Melisande. Sollte ich dich einem Mann anvertrauen, muß er erst einmal beweisen, daß er dich verdient. Du bist etwas ganz Besonderes — sehr klug, weit über deine Jahre hinaus. Und du hast dein Herz auf dem rechten Fleck. Du kennst unsere Verantwortung für die Menschen, die auf diesen Ländereien leben und von uns abhängig sind, und ich weiß, daß du ihr Wohl vor dein eigenes stellst. Deshalb bin ich stolz auf dich, und ich werde dich nur mit einem Mann verheiraten, der deiner würdig ist.«

Sie stellte sich auf die Zehenspitzen, schlang die Arme um seinen Hals und küßte seine Wange. »Wenn ich so geworden bin, dann nur, weil ich den weisesten, gütigsten Vater von der ganzen Welt habe . . .« Sie verstummte, als sie Schritte hinter sich hörte, und drehte sich rasch um. Philippe, der Hauptmann der Schloßwache, war eingetreten.

»Mein Herr, Gerald wartet vor dem Tor und bittet Euch um ein Gespräch — außerhalb Eurer Mauern, so daß niemand lauschen kann. Angeblich droht uns allen eine große Gefahr.«

Hinter Philippe tauchte Ragwald auf. »Das gefällt mir nicht, Graf Manon.«

»Nun, wenn er mich vor einer Gefahr warnen will, muß ich wohl oder übel herausfinden, worum es geht.« Seufzend wandte er sich noch einmal zu seiner Tochter. »Denk an meine Worte, Melisande — immer.«

Er stieg die steinernen Stufen hinab, die von der Brustwehr in den Hof führten. Man hatte bereits sein Pferd aus dem Stall geholt, und er schwang sich in den Sattel. Dann befahl er der Wache, das Tor zu öffnen, und ritt hinaus.

Beklommen stand Melisande oben an der Brüstung und beobachtete die Ereignisse. Andere Reiter überquerten den Grat, und sie erkannte zu spät, was da unten geschah. Gerald hatte ihren Vater in eine Falle gelockt. Nun führte er ihn vom Tor weg. Arglos folgte ihm der Graf.

Die Reiter galoppierten zielstrebig auf ihn zu. So viele ... Und die meisten gehörten nicht zu Geralds Gefolge. Es waren Wikinger mit kegelförmigen Helmen, pelzbesetzten Stiefeln und fremdartigen Schilden. Wikinger wie jene, die gekommen waren, um ganze Küstenstriche zu verwüsten, wie jene, gegen die Graf Manons Männer die Festung schon so oft verteidigt hatten.

Wikinger, die für Gerald kämpften.

Allein wären sie machtlos gegen Vater, dachte Melisande, ebenso wie Geralds Soldaten. Aber mit vereinten Kräften ...

Sie schrie auf und sah, wie der Vater sich zu ihr wandte. Auch die Wache im Burghof hatte die Gefahr erkannt. Einige Männer sprangen auf ihre Pferde und sprengten zum Tor hinaus, andere rannten hinterher — zu spät. Entsetzt beobachtete Melisande, wie Gerald das Schwert gegen ihren Vater zog, der ein ausgezeichneter Fechter war und den ersten Streich parierte, auch den zweiten und dritten.

Doch dann galoppierten die Reiter vom Grat herab, direkt auf ihn zu. Ein Dutzend Klingen glänzte im Morgenlicht, der silbrige Stahl färbte sich rot. Schluchzend sank Melisande auf die Knie.

Alle Männer des Grafen stürzten sich jetzt in den Kampf, aber sie kamen zu spät. Sie sahen ihren Herrn von seinem Streitroß Warrior fallen, und da brach heillose Verwirrung aus. Wild und planlos schlugen sie um sich, gellendes Geschrei übertönte das Klirren der Schwerter.

Der reiterlose Warrior trottete in den Hof, und da schwand Melisandes letzte Hoffnung dahin. Es gab keinen Zweifel mehr, ihr Vater war tot. Sie kroch zur Mauer, lehnte sich dagegen, rang mühsam nach Atem, versuchte, gegen den brennenden Schmerz anzukämpfen, der ihre Brust erfüllte. Sie hatte ihren Vater verloren. Wie sollte sie ohne ihn weiterleben? Heiße Tränen strömten über ihre Wangen, und sie begann, wieder zu schreien, aber niemand hörte sie. Ragwald war davongeeilt, die Brustwehr entlang, fassungslos angesichts des grausamen, heimtückischen Angriffs.

Das Leid war so übermächtig, daß Melisande zunächst nicht klar denken konnte. Doch der Gedanke an den Vater gab ihr schließlich die Kraft, sich zusammenzureißen und aufzustehen. Gerald war gekommen, um ihren Vater zu töten, die Seele der Festung zu zerstören. Sicher glaubte er nun, er hätte leichtes Spiel mit den führerlosen Männern innerhalb der Mauern. Es gab nur noch Philippe, ihren Hauptmann, an dessen Weisungen sie sich halten konnten. Doch nach dem Verlust ihres Herrn würden sie mutlos und halbherzig kämpfen.

Ragwald hatte Melisande auch mit militärischen Strategien vertraut gemacht, und so wußte sie, daß der Feind stets versuchte, zuerst den Anführer der gegnerischen Streitkräfte zu töten, um Verwirrung zu stiften. Genau das hatte Gerald getan, mit Hilfe seiner verbündeten Wikinger. Das Tor der Festung stand offen. Jetzt konnte er sich nehmen, was er wollte. Niemand würde ihn aufhalten, schon gar nicht, wenn er dem König in Paris Treue schwor. Denn von dort würde niemand aufbrechen, um kleine Streitigkeiten in einem gesetzlosen Land zu schlichten, wo der Besitzer der stärksten Festung seine eigenen Gesetze erließ ...

Entschlossen trat Melisande wieder an die Brustwehr. Gerald dachte, nachdem er ihren Vater ermordet hatte, würde er über ihr Schicksal bestimmen und ihr Erbe an sich reißen können. Doch das würde sie nicht gestatten. Lieber wollte sie sterben. Sie schaute in den Hof hinab, wo Warrior allein und herrenlos stand. Und dann erinnerte sie sich an das schöne vergoldete Kettenhemd, das ihr der Vater geschenkt hatte. Für zeremonielle Anlässe.

An diesem Abend würde eine Zeremonie stattfinden. Sie mußten den Grafen in der Schloßkapelle aufbahren, die Totenwache halten — und allein schon deshalb weiterleben und Gerald in seine Schranken weisen.

Melisande blickte zum Himmel hinauf und betete leise. »Lieber Gott, gib uns die Kraft, ihn zu besiegen. Laß den Feind sterben — oder mich, wenn es mir mißlingt, ihn zu schlagen.« Sie eilte in ihr Turmzimmer, legte das Kettenhemd an und wollte wieder hinauslaufen. Doch sie fiel auf die Knie und faltete die Hände. »Allmächtiger, steh mir bei im Kampf gegen diesen Mann und hilf mir, ihn in die Hölle zu schicken!«

Sie sprang auf und ergriff das Schwert, das genau in die kunstvoll verzierte Scheide am Kettenhemd paßte, und erschauerte plötzlich, von Todesangst erfaßt. Doch ihr Vater war bereits tot, und der Gedanke an ein Leben ohne ihn flößte ihr noch größere Furcht ein. Seine Worte hallten in ihrem Herzen wider. »Du kennst unsere Verantwortung für die Menschen, die auf diesen Ländereien leben und von uns abhängig sind, und ich weiß, daß du ihr Wohl vor dein eigenes stellst . . .«

Welchen Lohn hatte Gerald seinen Männern für die Eroberung des Schlosses versprochen? Die Frauen und Mädchen, die hier wohnten? Die Milchmädchen, die Näherinnen, die Zofen, Köchinnen und Bäuerinnen? Ihre Kleider, ihr Geschirr, die bescheidenen Juwelen? Die Silberkelche in der Kapelle und die goldenen Kreuze? Ein Teil der Männer ermordet, die restlichen versklavt . . . An das Los, das der Feind ihr selbst zudachte, wollte Melisande gar nicht erst denken. Der Tod wäre vorzuziehen.

Von diesem Gedanken erfüllt, stand sie auf. Zeit ihres Lebens würde sie Gerald und sein Gefolge und die Wikinger hassen. Mochte es ein kurzes oder ein langes Leben sein.

Am anderen Ende der Brustwehr sah Ragwald eine neue Gefahr heraufziehen, die seinen Atem stocken ließ. Meeresungeheuer näherten sich, Drachenköpfe, die sich mit jeder schaumgekrönten Welle aus dem Wasser hoben, die Zähne gefletscht. *Wikingerschiffe.* Sie schienen über die stürmische See zu springen. Der Tag, am Morgen noch sonnenhell, hatte sich verfinstert. Graue Wolken stiegen am Horizont empor, zackige Blitze rasten über den Himmel, als hätten sich der nordische Gott Odin und sein Sohn Thor verbündet, um die Erde mit Flammenschwertern anzugreifen.

Drachenschiffe ... Ragwald beobachtete sie noch eine Weile, dann rannte er in den Hof hinab und rief nach einem Pferd, das ihm sofort gebracht wurde. Rasch stieg er auf, ritt zum Tor hinaus und durch das Kampfgetümmel, das er kaum beachtete, als wäre er unsterblich. An der Küste angekommen, sprang er von seinem Hengst. Der Meereswind wehte ihm das weiße Haar ins zerfurchte Gesicht. Nur seine grauen Augen wirkten plötzlich alterslos.

Ein Mann, der die Astrologie zu seinen besonderen Talenten zählte, hatte diese große Katastrophe nicht vorhergesehen. Erst Geralds Angriff — und jetzt das! Großartige, grausige Schiffe. Wie konnte ein Prophet Glaubwürdigkeit erlangen, wenn er diesen Tag nicht vorausgeahnt hatte? Sicher, am letzten Abend war er von jenem seltsamen Frösteln befallen worden, aber ohne zu wissen, warum. Sonst hätte er Manon gewarnt.

Jetzt war der Graf tot, niedergemetzelt von Schwertern und Schlagkeulen. Eine Streitaxt hatte den edlen Kopf beinahe vom Rumpf getrennt. Dieser Triumph war Gerald, seinem entfernten Verwandten, nur mit Hilfe der marodierenden Dänen gelungen, die unentwegt die Flüsse und Küsten Frankreichs verpesteten.

Schon lange gelüstete es Gerald nach diesem Stück Land, wo hohe Felsen einen sicheren Hafen umgaben, wo man den Sand der Strände in fruchtbares Erdreich verwandeln konnte. Von Anfang an hatte er Manon die schöne Festung geneidet, deren weißer Stein sich so eindrucksvoll vom Blau des Himmels und des Meeres und den dunklen Wäldern abhob.

Ragwald drehte sich um und sah, daß der Kampf fast verloren war. Die meisten Gefolgsleute des Grafen flüchteten in wilder Panik — gute, treue Männer, aber wofür sollten sie jetzt noch kämpfen, nachdem ihr Herr gefallen war? Offenbar fanden sie es besser, die Sicherheit der Wälder zu suchen, ihre Frauen und Kinder zu retten, mit ihnen zu fliehen. Solche Männer brauchten eine starke Hand, die sie lenkte und leitete, jemanden, der hinter ihnen stand, für den sie kämpften und ihr Leben wagten.

Und nun blieb nur noch Manons junge Erbin übrig. Ragwald holte tief Luft, starrte wieder aufs Meer hinaus und versuchte, seine Gedanken zu ordnen.

Was würden diese Schiffe anrichten, wenn Manons Krieger nach dem Kampf gegen Gerald keine neuen Kräfte sammeln konnten? Der alte Mann schwang sich wieder auf sein Pferd, galoppierte den Hang hinauf, wo immer noch vereinzelte Fechtkämpfe stattfanden, zum Burgtor, das jetzt fest verschlossen war.

Nur wenige Leute waren innerhalb der Mauern geblieben. Es gab nur noch einen einzigen Ausweg, die Kapitulation. Sonst würden sie von Geralds Truppe überwältigt werden — oder von den Seefahrern aus dem Norden. »Ich brauche Melisande!« schrie er die Wachtposten an. »Sofort!«

Zögernd gingen sie auf ihn zu. Die junge Herrin würde

in ihrem Zimmer auf die bitteren Neuigkeiten warten, vielleicht von ihrer Zofe Marie de Tresse getröstet.

Grimmig saß Ragwald im Sattel. Sicher, sie würde zutiefst verzweifelt sein. Doch er kannte sie besser als jeder andere. Wenn er sie rief, würde sie kommen. Ein Küchenmädchen beugte sich blaß vor Angst über die Brustwehr. »Ihr könnt doch kein *Kind* in diesen Kampf schicken, Ragwald, zusammen mit *Männern*!«

Wenn die Männer tot sind, habe ich nur noch dieses Kind, dachte er. Außerdem ist sie kein Kind mehr ...

Da hörte er ihre Stimme, sanft und melodisch, aber auch stark und entschlossen. »Öffnet das Tor!« Sie ritt durch den Hof, nicht auf ihrer kleinen Stute Mara, sondern auf Warrior, dem Streitroß des toten Grafen. Ein Zittern durchlief ihren Körper, und ihr Blick verriet die ganze Trauer um den Vater. Aber Ragwald sah keine Tränen über die elfenbeinweißen Wangen fließen. Nein, sie war kein Kind mehr. Den Kopf hoch erhoben, die Schultern gestrafft, lenkte sie den Hengst würdevoll zu ihm. Und sie trug das Kettenhemd, das sie am vergangenen Abend bewundert hatten, ihre üppig verzierte goldene Rüstung. Das dichte, dunkle Haar fiel fast bis zu den Knien hinab. Für eine solche Anführerin würden die Männer kämpfen und, wenn es sein mußte, sterben.

»Ihr habt es gehört?« fragte Ragwald leise. »Euer Vater ist tot. Jetzt seid Ihr die Gräfin.«

Ihre Unterlippe bebte, und ihre schönen violetten Augen schwammen in Tränen, die sie aber nicht vergoß. Wortlos nickte sie.

»Schreckliche Gefahren bedrohen uns alle«, fuhr er leise fort. »Und Ihr seid unsere einzige Hoffnung. Könnt Ihr an der Spitze unserer Männer reiten?«

Die Angst, die in ihrem Blick flackerte, erlosch sofort wieder. »Ich bin die Gräfin und ...« Abrupt verstummte sie, als ein gräßliches Geräusch in den Hof drang, der dumpfe Aufprall einer Streitaxt, die Knochen zersplitterte, gefolgt von einem gellenden Schmerzensschrei. Melisande wurde noch bleicher, fügte aber unbeirrt hinzu: »Ich bin die Gräfin, und ich werde unsere Männer anführen.«

Auch Ragwald mußte Tränen unterdrücken. Wehmütig betrachtete er dieses schöne Mädchen, das er erzogen und unterrichtet hatte — und das jetzt in einen fast aussichtslosen Kampf ziehen mußte. Was würde mit Melisande geschehen, wenn sie eine Niederlage erlitt? In jenem seltsamen Alter zwischen Kindheit und Frauentum war sie so verletzlich, so unschuldig. Schweren Herzens verneigte er sich. »Nun werden wir unsere Männer zusammentrommeln, Gräfin.«

Das Tor schwang auf, und sie ritten hindurch. Die meisten Mitglieder der Schloßwache hatten das Schlachtfeld verlassen und strebten den Wäldern entgegen. »Ihr müßt mit ihnen sprechen, Melisande . . .«, begann Ragwald, aber sie brauchte seinen Rat nicht mehr.

»Meine Freunde!« rief sie. »Wir müssen kämpfen! Niemals dürfen wir den Schurken, die meinen Vater verraten haben, dieses Land überlassen! Geralds Mordgesellen sollen uns nicht bestehlen, versklaven oder töten!«

Die Flüchtlinge hielten inne. Schwerter klirrten wieder, einer der Feinde fiel vor die Füße des hochgewachsenen Hauptmanns Philippe. Sobald er Melisandes Ruf gehört hatte, rannte er zu ihr und kniete nieder. »Gräfin! Was können wir gewinnen? Selbst wenn wir diese Bastarde bezwingen — blickt doch aufs Meer! Zahllose Drachenschiffe steuern unsere Küste an!«

Erst jetzt sah Melisande die Wikingerflotte. Ragwald hatte es vorgezogen, nichts davon zu erwähnen, und nun las er angstvolle Verwirrung in ihren Augen. »Vielleicht wollen sie uns nicht bekämpfen«, versuchte er sie zu beruhigen. Jemand mußte ihnen entgegeneilen, um Hilfe flehen, eine Belohnung versprechen. »Ein eigenartiges Volk ... Und wenn das keine Schweden oder Dänen, sondern Norweger sind, stellen sie sich vielleicht auf *unsere* Seite.« Er kannte seine Pflicht. Jahrelang hatte er als Graf Manons Adjutant fungiert, Botschaften überbracht, Friedensverträge ausgehandelt. Auch jetzt mußte er sein Bestes tun. Und Melisande würde hierbleiben, eine schimmernde, goldene Gestalt, die ihren Männern neuen Mut gab, so daß sie weiterkämpften, bis Verstärkung eintraf. Ja! Die Neuankömmlinge *mußten* ihnen beistehen!

»Was für seltsame Wikinger!« rief Philippe. »Seht doch! Der Mann an diesem Ruder hinter dem Drachenbug!«

Zum erstenmal richtete Melisande ihren Blick auf Conar MacAuliffe, und aus unerklärlichen Gründen erregte er sofort feindselige Gefühle in ihrem Herzen. Mochte Ragwald ihn auf ihre Seite ziehen oder nicht — alles in ihr sträubte sich gegen diesen Mann. Noch nie war sie einem solchen Krieger begegnet.

Der Himmel war immer dunkler geworden, wilde Stürme peitschten das weißschäumende Meer. Doch der Wikinger stand an Bord seines Schiffes, ohne zu schwanken, einen Fuß im pelzbesetzten Lederstiefel auf das Ruder gestützt, die kräftigen Arme vor der Brust verschränkt. Goldblondes Haar spiegelte das schwache Tageslicht wider, und über seinem Kettenhemd trug er einen Mantel, der Melisande an die irischen Gäste ihres Vaters erinnerte. Eine große Spange mit keltischem Emblem hielt den Umhang über der Schulter zusammen.

Seltsam — einerseits sah der Mann wie ein Wikinger aus, andererseits nicht. Wie heißer Stahl durchschnitt sein Schiff das Wasser, während er hoch aufgerichtet dastand, selbstsicher und würdevoll. Plötzlich hatte Melisande das Gefühl, daß er sie anschaute — obwohl sie seine Augen nicht erkennen konnte. Er musterte sie, daran zweifelte sie nicht, und sicher sah er nur ein Kind in ihr.

»Ein merkwürdiger Wikinger . . .«, begann Ragwald, dann hielt er den Atem an. »Oh, das ist *er*! Großer Gott, welch ein Narr ich war! Ich hätte es wissen müssen. Das ist *er*!« Als sie ihn verwirrt anstarrte, erklärte er hastig: »Conar MacAuliffe, der Sohn des Wolfs, der Enkel des Ard-Righ von Irland. Durch ein Ehebündnis mit Alfred von Wessex verwandt.«

Diesen Namen kannte Melisande. Alfred war der bedeutsamste König, der je auf der anderen Seite der Meeresenge gelebt hatte. Unermüdlich kämpfte er für sein Volk, hielt seine Stellung in zahllosen Schlachten und zwang den Dänen Verträge auf.

Und dieser Wikinger war mit ihm verwandt?

Plötzlich schrie Philippe auf und zeigte zum Grat im Südosten. »Da reitet Gerald! Der Bastard! Erst jetzt kehrt er mit seinen Männern zurück. So ein Feigling! Erst lockt er unseren Grafen in eine tückische Falle und läßt ihn ermorden, dann zieht er sich zurück, bis der Kampf fast beendet ist, und jetzt, wo unsere Streitkräfte völlig geschwächt sind, taucht er wieder auf.«

»Ihr müßt Eure Männer zu Euch rufen, Melisande!« mahnte Ragwald. »Inzwischen hole ich Hilfe.«

»Von diesen Heiden auf dem Meer?« rief sie erbost.

»Das versteht Ihr noch nicht, liebes Mädchen. Später will ich Euch alles erklären, aber jetzt muß ich zur Küste reiten. Diese Heiden werden uns tatsächlich beistehen.«

»Ragwald!«

»Ruft Eure Männer zusammen, Gräfin!« wiederholte er hastig. »Sie müssen kämpfen! Sofort!«

Er galoppierte davon, und sie fühlte sich unendlich einsam, trotz der zahlreichen Männer, die das Schlachtfeld übersäten, tot oder lebendig. Ja, sie war allein, denn ihren vergötterten Vater gab es nicht mehr, den gütigen Mann, der ihr Leben geprägt, ihr Würde und Anstand beigebracht, stets hinter ihr gestanden und sie geliebt hatte, viel inniger, als man einen Sohn lieben konnte.

Nein, unmöglich ... Er durfte nicht tot sein, ihr starker, mächtiger Beschützer. Wie unbesiegbar war er ihr stets erschienen — und nun wagte sie nicht, dort hinzuschauen, wo er reglos am Boden lag.

Doch dann verdrängte sie diese schmerzlichen Gedanken. Jetzt war sie die Gräfin, trug die Verantwortung für ihre Leute, und nur Gott mochte wissen, was mit ihnen geschehen würde, sollte es ihnen nicht gelingen, Geralds Streitkräfte zurückzuschlagen.

Sie öffnete die Lippen, um nach ihren Kriegern zu rufen, doch die Stimme blieb ihr in der Kehle stecken. So viele Männer waren ringsum verstreut, starke Männer, die noch vor kurzem gelebt und geatmet und gelacht hatten. Jetzt lagen sie in ihrem Blut, niedergemetzelt, verstümmelt.

Mühsam bezwang sie die Angst und das Grauen. Der Vater durfte nicht ungerächt bleiben. Und so zog sie ihr Schwert aus der Scheide und schwang es in die Luft. »Für Gott und unser Recht, meine Freunde! Für meinen Vater! Für unser Leben! Folgt mir!«

6

Warrior, das erprobte Schlachtroß, sprang vorwärts, und wenige Tage vor ihrem dreizehnten Geburtstag führte Melisande ihre Truppe in den Kampf. Der Wind riß an ihren Haaren, und sie beugte sich tief über den Pferdehals, von wachsender Angst erfaßt.

Sie wollte ihr Schwert nicht schwingen, nicht spüren, wie es in menschliches Fleisch drang, und kein Blut fließen sehen. Und ebensowenig wollte sie selbst kalten

Stahl oder das gnadenlose Gewicht einer Streitaxt fühlen.

Doch jetzt gab es kein Zurück mehr. Ringsum hörte sie Klingen klirren und die Schlachtrufe der Männer. Warrior blieb stehen und erwartete ihren Befehl. Ihre Finger umklammerten den Schwertknauf. Sie sah einen von Geralds Kriegern auf sich zukommen, einen stämmigen Mann mit rotem Haar und wild flackerndem Blick, und sie hob blitzschnell ihre Waffe.

Plötzlich wurde er von hinten angegriffen und stürzte vornüber, direkt auf ihr Schwert. Seine weitgeöffneten, erstaunten Augen starrten sie an und schlossen sich nicht, als er starb. Ein Schrei stieg in ihrer Kehle auf, aber sie wagte nicht, ihn auszustoßen, ihren Leuten das Grauen zu zeigen, das sie quälte. Warrior tänzelte vor und wieder zurück.

An ihrer Seite erklang Philippes Stimme. »Gebt das Zeichen zum Rückzug, Gräfin! Wir sind in der Minderheit und müssen Euch in Sicherheit bringen. Überlaßt Gerald die Festung . . .«

»Nein!« unterbrach sie ihn. Tränen brannten in ihren Augen. Niemals würde sie vor dem Mann kapitulieren, der ihr den geliebten Vater genommen hatte.

Aufgeregt galoppierte Gaston de Orleans zu Philippe. »Wir müssen die Gräfin retten, denn sie ist alles, was wir jetzt noch haben. Seht doch, wie die Männer ihr gehorchen! Nur sie kann uns neue Hoffnung schenken. Sie darf nicht sterben!«

»Ich glaube, wir müssen uns ergeben!« rief Philippe atemlos. »Wenn wir auch unser Bestes versucht haben, der Feind ist bei weitem in der Überzahl.«

»Heiliger Himmel!« Der ältere, erfahrene Gaston lenkte sein Pferd näher zum Hauptmann heran und sprach etwas leiser, im erfolglosen Bemühen, seine Worte vor Melisande geheimzuhalten. »Versteht Ihr denn nicht? Gerald ist fest entschlossen, dieses Kind zu töten. Deshalb dürfen wir nicht kapitulieren. Wir müssen fliehen.«

»Er will sie töten?« Philippe schüttelte den Kopf. »Unsinn, er begehrt sie ebenso wie dieses Land! Außerdem würde er nicht wagen, sie zu ermorden, nachdem wir uns unterworfen haben.«

»Aber wenn sie gegen ihn kämpft und . . .« Gaston warf Melisande einen kurzen Blick zu und verstummte.

Um ihre Angst zu verbergen, biß sie auf ihre Lippen. Nur zu deutlich erkannte sie die schreckliche Situation, in der sie sich befanden. Die Männer waren ihrem Ruf gefolgt, und nun drohte ihnen eine vernichtende Niederlage. Während Philippe und Gaston beratschlagten, sah sie eine neue Gefahr — sie waren von den anderen abgeschnitten. In ihrer Nähe entdeckte sie Gerald, der sein Schwert schwang.

Ein Blutsverwandter, der gegen uns kämpft, dachte sie bitter. Ihr Vater war sein Vetter zweiten Grades gewesen — und trotzdem von seiner Hand gestorben, nach all den Wohltaten, die der großzügige Graf ihm jahrelang erwiesen hatte. Voller Haß starrte sie ihren Feind an.

Er war ein hochgewachsener, kräftig gebauter Mann, etwas älter als ihr Vater, mit einem schmallippigen, schiefen Lächeln, dem sie nie getraut und das sie stets mit Unbehagen erfüllt hatte aus unerklärlichen Gründen. Es war ihr immer unangenehm gewesen, seine Wange zu küssen, und meistens hatte sie versucht, ihm aus dem Weg zu gehen. Jetzt wußte sie, warum.

Als sie seinem Blick begegnete und seine triumphierende Miene sah, hätte sie am liebsten ihr Schwert nach ihm geschleudert.

Plötzlich trat eine seltsame Stille ein. Die Klingen klirrten nicht mehr, das Geschrei erstarb. Alle beobachteten, wie Gerald auf seinem weißen Hengst zu Melisande ritt, und warteten ab, was nun geschehen würde. »Übergebt mir meine kleine Kusine, Philippe!« forderte er grinsend. »Dann könnt Ihr ebenso wie Eure ganze Truppe die Waffen strecken und am Leben bleiben.«

»Ihr habt den Grafen auf niederträchtigste Weise in den Tod gelockt«, erwiderte der tapfere Gaston. »Und nun sollen wir Euch seine Tochter überantworten?«

»Falls ich Euch auf einen wesentlichen Punkt hinweisen darf — Ihr habt keine andere Wahl.«

»Du darfst meinen Männern nichts antun, Gerald!« rief Melisande und kämpfte wieder mit den Tränen. Unwillkürlich schaute sie zur Leiche ihres Vaters hinüber. Er lag immer noch an der Stelle, wo er gefallen war, und dieser Anblick erfüllte sie mit wilder Rachsucht.

Entschlossen drückte sie die Fersen in Warriors Flanken und sprengte ihrem Feind entgegen, ehe Gaston oder Philippe einzugreifen vermochten.

Die Männer ringsum beobachteten ungläubig, wie sie aus dem Sattel schnellte, sich auf Gerald stürzte und ihn zu Boden riß. Gellend verfluchte er sein Gefolge, das ihn entgeistert angaffte und nicht begriff, wie es einem so zarten Mädchen gelungen war, einen starken, erprobten Krieger vom Pferd zu werfen.

Melisandes Fingernägel kratzten seine Wangen blutig, und er schrie erbost: »Verdammt, schafft mir diese Teufelin vom Hals!« Zitternd vor Zorn, hob sie ihr Schwert, aber bevor sie zustechen konnte, wurde sie an beiden Armen gepackt und von Gerald weggezerrt.

Blut rann an seinem Hals hinab, und er wischte es wütend weg. »Dafür wirst du bezahlen, meine süße Kusine.« Mühsam stand er auf und schwankte unter dem Gewicht seines Kettenhemds. »Du elende kleine Bestie!« Zu seinen Leuten gewandt, befahl er: »Tötet sie alle — jeden einzelnen ihrer infernalischen Beschützer!«

»Du hast versprochen, sie zu schonen, wenn du mich in deiner Gewalt hast!« protestierte Melisande.

Seine haselnußbraunen Augen blinzelten sie an, dann lächelte er. »Dazu besteht jetzt kein Anlaß mehr, nachdem du so sanftmütig und fügsam zu mir gekommen bist.« Mit erhobener Stimme fuhr er fort: »Metzelt sie alle nieder! Und du ...« Sein ausgestreckter Zeigefinger wies auf Melisande. »Du wirst lernen, mir zu gehorchen, oder einen langsamen, qualvollen Tod erleiden.«

»Das wagst du nicht! Der König würde dich hinrichten.«

»Nun, wir werden sehen ...« Er griff nach einer ihrer ebenholzschwarzen Haarsträhnen und zog sie zu sich heran, hob sie auf sein Pferd und sprang hinter ihr auf. »Was für ein hübsches Kind du bist! Vielleicht kann ich meinen Haß lange genug unterdrücken, um zu beobachten, wie dich meine dänischen Freunde zu ihrer Sklavin machen. Und möglicherweise ist einer sogar bereit, dich zu beschützen und zu warten, bis du erwachsen wirst ... So oder so, vorerst bist du mir hilflos ausgeliefert.« Triumphierend blickte er sich um und schrie: »Schaut her! Ihr alle seid meine Zeugen! Das Mädchen und die Festung gehören mir!«

Seinen Worten folgte ein seltsames Schweigen, eine Grabesstille, die eine halbe Ewigkeit zu dauern schien und dann auf unvermutete Weise durchbrochen wurde. Von Geralds starken Armen umschlungen, die ihr beinahe die Luft abwürgten, spürte Melisande, wie die Erde unter den Hufen seines Hengstes bebte.

Reiter galoppierten über den Grat unter *seiner* Führung. Hoch aufgerichtet saß er auf einem pechschwarzen Pferd, das ebenso überlebensgroß wirkte wie sein Herr. Der wehende Mantel betonte die breiten Schultern des Wikingers, das Kettenhemd funkelte im schwachen Sonnenlicht, das nun zwischen den Wolken hervorschimmerte. Er trug einen kegelförmigen Helm mit Nasenplatte, der nur die Augen und das energische, in kaltem Zorn verkantete Kinn freiließ.

Seine Augen leuchteten aus dem silbrigen Helm, in einer Farbe, die Melisande nie zuvor gesehen hatte, blau wie der Himmel an einem Sommertag, wie das Meer. Sie schienen alles auf einmal zu registrieren und durch alles hindurchzuschauen.

Nur fünfzehn Schritte von ihr entfernt, zügelte er seinen Hengst, und sie zitterte am ganzen Körper. Diesen Mann fürchtete sie noch mehr als Gerald, was keinen Sinn ergab, denn ihr grausamer Verwandter würde nicht zögern, ihre Kehle zu durchschneiden. Aber er besaß nicht jene unglaubliche Macht, die der Fremde ausstrahlte, die bis zu ihrer Seele vordrang, alles forderte und keinen Widerstand duldete.

Aber was bildet er sich eigentlich ein? Einfach hierherzureiten . . . Glaubt er, wir hätten noch nie gegen Wikinger gekämpft und einem fränkischen Grafen würde es an Kriegern mangeln, die seine spärliche Truppe in Stücke reißen könnte?

Erbost biß sie die Zähne zusammen. Oh, wie sie diese Wikinger haßte, insbesondere die Dänen, die diese Küste bedrohten, seit sie zu denken vermochte . . . Sie hatten gemordet, geplündert, wehrlose Frauen vergewaltigt — und sich schließlich mit Gerald verbündet, für welchen Lohn auch immer. Nur mit dänischer Hilfe war es ihm gelungen, den Herrn dieser Festung zu töten.

Alle Wikinger sind gefährliche Ungetüme, dachte Melisande. Und der eine, dem sie sich jetzt gegenübersah, flößte ihr noch mehr Furcht ein als alle anderen zusammen.

Noch nie hatte sie einen so großen, starken Mann gesehen, der so gelassen und würdevoll auf seinem Pferd saß. Seine Kleidung und der Harnisch brachten seinen wohlgeformten Körper vollendet zur Geltung. Sollte sie jemals den nordischen Gott Thor beschreiben müssen, den mächtigen, wütenden Herrn der Schlachten und des Donners, würde sie sich an diesen Mann erinnern.

»Wer zum Teufel seid Ihr?« herrschte Gerald ihn an.

In den Augen hinter dem Silberhelm schien ein blaues Feuer zu brennen. »Conar MacAuliffe von Dubhlain – ein Freund Manon de Beauvilles, der da drüben in seinem Blut liegt, und deshalb *Euer Feind*. Zumindest sieht es so aus.«

Melisande spürte, wie Gerald sein Schwert aus der Scheide riß. »Noch ein Feind?« fragte er. »Diese Entscheidung liegt ganz bei Euch. Wenn Ihr wollt, könnt Ihr diesem fränkischen Halunken, mit dem Ihr Euch zusammengetan habt, in den Tod folgen.«

»Laß das Mädchen los!« befahl Conar, und sein eisblauer Blick streifte Melisande.

Geralds Arme umfingen sie noch fester. »Nur über meine Leiche, Wikinger!«

Ein kurzes Schweigen entstand, die Luft schien zu vibrieren. Dann verzogen sich die Lippen des Wikingers langsam zu einem Lächeln, das seine durchdringenden Augen nicht erreichte. Seine Stimme klang leise, aber gefährlich, und ein spöttischer Unterton schwang darin mit. »Wollt Ihr dieses Mädchen als Schutzschild mißbrauchen?«

»Wenn ich sterbe, stirbt sie auch.«

»Oh, Ihr hinterhältiger Narr, das bezweifle ich.« Plötzlich galoppierte der Wikinger auf Gerald zu, der keine Zeit fand, Melisandes Kehle zu durchschneiden. Nun hielt er sie tatsächlich wie einen Schild vor sich, drückte ihren Rücken schmerzhaft an seine Brust. Sie sah seine Hände, die ihre Oberarme umfaßten, rotgefleckt vor Zorn. Mühsam schien er nach Atem zu ringen, und sie beschloß, die Gunst des Augenblicks zu nutzen.

Heftig bäumte sie sich auf, neigte den Kopf zur Seite und schlug ihre Zähne in seine rechte Hand. Seine ganze Aufmerksamkeit hatte dem Wikinger gegolten. Nun fluchte er laut, lockerte seinen Griff, und sie riß sich sofort los, sprang vom Pferd und rannte davon.

Ein schriller Schmerzensschrei folgte ihr, und sie drehte sich um. Einer von Geralds Männern hatte versucht, einen Dolch auf sie zu schleudern. Doch daran war er gehindert worden. Das Schwert des Wikingers hatte seine Hand durchbohrt. Ohne seinen Angriff gegen Gerald zu unterbrechen, hatte Conar ihr das Leben gerettet.

Von heller Wut getrieben, spornte Gerald sein Pferd an, um dem Wikinger zu begegnen. Die Szene schien aus Walhall zu stammen. Zwei Krieger rasten durch graue Nebelschwaden unter dunklen Wolken aufeinander zu. Es sah so aus, als würden die Pferdehufe den Boden kaum berühren. Schwerter blitzten und klirrten, hastig wandte sich Melisande von dem schrecklichen Anblick ab. Plötzlich brach lauter Jubel aus, und sie wollte sich wieder umdrehen. Doch da eilte Philippe zu ihr, hob sie hoch und trug sie zu ihren Männern.

»Was ist geschehen?« rief sie. »Laßt mich sehen . . .«

»Darauf solltet Ihr verzichten.«

»Wer . . .«

»Der Wikinger hat gesiegt.« Nach einer kurzen Pause fügte Philippe hinzu: »Und Geralds Kopf sitzt nicht mehr auf seinen Schultern.«

»Oh . . .« Melisande preßte eine Hand auf ihren Mund. Nach allem, was sie gesehen hatte, durfte ihr jetzt nicht übel werden. Sie mußte Haltung bewahren und ihren ganzen Mut zusammennehmen. Wie durch ein Wunder war ihr Zuhause gerettet worden, und nun würde sie beweisen, daß sie ihre Stellung mit Hilfe von Philippe, Gaston und Ragwald halten konnte.

»Steigt auf, Gräfin!« Philippe half ihr in den Sattel des großen Hengstes Warrior.

Ein kalter Schauer durchlief ihren Körper, als sie über das Schlachtfeld hinwegblickte. Geralds Männer waren zurückgewichen. Unbehaglich warteten sie am Hang unterhalb des Grats. Sie wagten nicht zu fliehen.

Die Krieger des Wikingers bildeten eine dichtgeschlossene Reihe hinter ihrem Anführer. Und in einiger Entfernung wartete Melisandes Truppe. Tiefe Stille breitete sich aus, nicht einmal ein Pferdehuf scharrte, so als hätten die Tiere Angst, sich zu bewegen.

Nach dem Tod des Grafen hätten seine Männer beinahe die Schlacht verloren. Nun lag Geralds Leiche am Boden, und *seine* Streitkräfte zeigten Verwirrung. Wenn wir wollten, dachte Melisande, könnten wir die tückischen Angreifer niedermähen wie erntereifen Weizen. Die Versuchung war groß.

Meeresnebel umwehte die reglosen Gestalten, und plötzlich hob sich Conars funkelndes Schwert aus den grauen Schleiern. Sein Siegesruf galt auch als Warnung, und er brauchte nicht vorzupreschen. Die Angreifer, Dänen und Einheimische gleichermaßen, schwangen ihre Pferde herum und verschwanden hinter dem Grat.

Das Schwert des Wikingers zeigte immer noch zum Himmel empor, als würde er Kraft aus einem Bündnis mit dem Donnergott schöpfen. Sein schwarzer Hengst bäumte sich auf und landete wieder auf allen vieren, als der Wikinger sich zu Melisande wandte. Trotz der Entfernung glaubte sie, die eisige Glut in seinen blauen Augen zu erkennen.

Was hatten Ragwald, die Männer ihres Vaters und sie selbst getan, um diesen Sieg zu erringen? Hatten sie sich Teufeln und Dämonen verkauft — mit Heiden paktiert? Welchen Preis würden sie zahlen müssen? Er ritt auf sie zu, und sie war unfähig, seinem durchdringenden Blick auszuweichen. Entschlossen straffte sie die Schultern. Ihr Vater hatte stets beteuert, eines Tages würde dieses Land ihr gehören. Krampfhaft schluckte sie und beschloß, vor diesem hochmütigen Mann nicht zu zittern. Dafür gab es auch gar keinen Grund, denn sie stammte aus edlem fränkischem Geblüt und war die Tochter ihres Vaters.

Würdevoll sprach sie: »Seid bedankt für Eure Hilfe. Wir heißen Euch alle willkommen und bieten Euch unsere Gastfreundschaft an.«

Er antwortete nicht sofort, und sie fragte sich, ob er ihre Sprache verstand. Dann funkelten seine Augen belustigt. »Tatsächlich? Ihr heißt mich willkommen? Und wer seid Ihr, wenn ich fragen darf?«

»Gräfin Melisande.«

»Oh! Nun, dann werdet Ihr noch viel mehr tun, als mich willkommen zu heißen, Gräfin.«

»Und das wäre?«

»Ihr werdet mir gehorchen, kleines Mädchen.«

»Wie könnt Ihr es wagen!« rief sie ärgerlich. »Ich kenne Euch nicht einmal, und einem heidnischen Wikinger werde ich niemals gehorchen!«

»Melisande!« flüsterte Philippe an ihrer Seite. »Bedenkt bitte, was er getan hat . . .«

»Er ist ein Wikinger!« zischte sie.

»Mein Herr! Mein Herr!« Ragwald galoppierte heran. Wie Melisande wußte, stieg er nur im äußersten Notfall auf ein Pferd. Und er sah sehr seltsam aus auf dem großen Streitroß, mit wehendem Mantel, das Haar wild zerzaust.

»Ja, Ragwald?« Der Wikinger nickte ihm zu.

Kannten sich die beiden? Natürlich! Nun entsann sich Melisande, daß der alte Mann zur Küste geritten war, um Conars Hilfe zu erbitten, um sie vor Gerald und seinen Streitkräften zu retten. Und irgendwie ahnte sie, daß Ragwald schon vor dieser Begegnung von dem Mann gehört hatte.

»Melisande!« Ihr Lehrer und Ratgeber warf ihr einen warnenden Blick zu. »Wir stehen in der Schuld des Prinzen von Dubhlain.«

»Dann müssen wir unsere Schuld begleichen.«

Der Heide mit dem christlichen Namen schaute an ihr

vorbei auf Ragwald. »Ist das wirklich Gräfin Melisande?« Diese Tatsache schien ihm zu mißfallen.

»O ja, mein Herr, und so schön, wie ich es versprochen habe . . .«

»Aber sie ist noch ein Kind!« rief Conar.

Entrüstet starrte sie ihn an. Ein Kind, das den Mord an seinem Vater beobachtet, sich in den Kampf gestürzt und seine Sache keineswegs schlecht gemacht hatte! »Wie ich bereits sagte, mein Herr *Wikinger*«, fauchte sie, »wir werden alles tun, was in unserer Macht steht, um unsere Schuld zu bezahlen.«

Er sah sie noch immer nicht an. »Ein *Kind*!« wiederholte er.

»Es war die Absicht ihres Vaters, Euch mit ihr zu vereinen«, erklärte Ragwald hastig. »Natürlich erst in einiger Zeit. Er hoffte, Ihr beide würdet gewisse Gefühle füreinander entwickeln. Jetzt haben sich die Umstände allerdings geändert, und wir können nicht warten. Diese Festung braucht einen Herrn, sonst wären wir tagtäglich solchen Angriffen ausgesetzt . . .«

»*Was*?« rief Melisande fassungslos, aber niemand beachtete sie. Wie ungewöhnlich — da sie doch eben noch so wichtig gewesen war . . .

»Mein Herr!« fuhr Ragwald eindringlich fort. »Sicher wird es noch einige Zeit dauern, bis Ihr die Ehe vollziehen könnt, aber die Hochzeit muß sofort stattfinden. Ich beschwöre Euch! Wenn Ihr auch eine Weile warten müßt, um Eure Braut zu umarmen — Ihr werdet reiche Ländereien gewinnen. Die Festung habt Ihr bereits gesehen, ein wahres Juwel der Baukunst . . .«

»Die Festung gehört *mir!*« würgte Melisande hervor. Sie glaubte zu ersticken und starrte Ragwald an, als hätte er den Verstand verloren. Ja, er mußte verrückt geworden sein. Es gab keine andere Erklärung. Sie hatten Gerald besiegt, und nun versuchte der alte Mann, diesen Wikinger hier festzuhalten! »Das ist *mein* Schloß!« betonte sie, als beide Männer sich zu ihr wandten. »*Ich* bin hier die Gräfin!«

Der Blick des Wikingers richtete sich wieder auf Ragwald. »Ein sehr *unmanierliches* Kind!«

»Was?« fauchte Melisande.

»Und ein sehr schönes!« entgegnete Ragwald.

Conar musterte Melisande, und sie hatte das Gefühl, er würde sie mit den Augen ausziehen. »Sicher wird sie mir viel Ärger machen«, meinte er müde.

»Mein Herr, ich flehe Euch an . . .«

Mit kalter Stimme fiel der Wikinger dem alten Mann ins Wort. »Besichtigen wir erst einmal die Festung.«

Stocksteif vor Zorn, saß Melisande auf ihrem Streitroß. Ragwald versuchte, diesen Heiden zu veranlassen, sie zu heiraten, und benutzte das Schloß als Köder. Und weil Conar an ihr keinen Gefallen fand, wollte er nun erkunden, ob die Festung ein besserer Lohn für seine Hilfe wäre. »Oh, das ist einfach unfaßbar und unverzeihlich!« schrie sie. »Dieser Hochmut . . .«

»Euer Benehmen ist unverzeihlich, mein Kind«, erwiderte der Wikinger leise. Zu Ragwald gewandt, fügte er hinzu: »Von nun an werde ich für ihre Erziehung sorgen. Ich weiß, wo sie gezähmt werden kann.«

Plötzlich merkte sie, daß sie von zahlreichen Männern umringt wurden, von den Gefolgsleuten ihres Vaters und den Wikingern. Vor so vielen Zuhörern wollte sie nicht streiten. »Niemals werde ich tun, was Ihr verlangt, Ragwald«, flüsterte sie dem alten Mann zu. »Zur Hölle mit Euch!« Sie schwenkte Warrior herum und galoppierte zu den Festungsmauern.

Obwohl das große Schlachtroß schnell wie der Wind dahinsprengte, hörte sie wenig später Hufe hinter sich donnern. Sie drehte sich um, gerade rechtzeitig, um zu sehen, wie ein starker Arm nach ihr griff. Schreiend trat sie in Warriors Flanken — zu spät. Sie wurde aus ihrem Sattel gerissen, auf das Pferd des Wikingers hinübergezerrt, und seine Arme umklammerten sie, während er weiterritt. Der kalte Stahl seines Kettenhemds preßte sich an ihres, und die Hitze seiner Brust durchdrang den Harnisch wie ein flammendes Inferno.

Das Tor schwang auf, und Conar drosselte seinen Hengst erst, als sie den Hof erreicht hatten. »Was für ein Rüpel Ihr seid!« kreischte Melisande und versuchte, sich loszureißen. »Dazu habt Ihr kein Recht!« Sie zerrte an den Händen, die sie festhielten, an großen, erstaunlich wohlgeformten Händen mit schmalen Fingern. »Ich beiße Euch!« drohte sie. »Damit konnte ich bereits Gerald überrumpeln, und es sollte mir auch bei Euch gelingen . . .«

Sie verstummte, denn er sprang vom Pferd, hob sie herunter und ließ ihre Füße über dem Boden baumeln. »Wenn Ihr mich beißt, kleines Mädchen, versohle ich Euch den Hintern, bis Ihr nicht mehr sitzen könnt.«

»Was bildet Ihr Euch eigentlich ein . . .«

Seine Augen verengten sich, dann lachte er. »Wie konnte ich mich nur auf einen solchen Pakt einlassen! Ein Kind zu heiraten!«

»Ich werde Euch niemals heiraten! Und wenn Ihr jemals Hand an mich legt . . .«

»Das werde ich mir noch überlegen, kleine Gräfin«, unterbrach er sie mit sanfter Stimme. »Und was die Hochzeit betrifft — nun, wir werden sehen.« Er stellte sie auf den Boden, hielt sie aber immer noch fest, und sie hörte, wie die anderen Reiter in den Hof kamen. Da erinnerte sie sich an ihren Vater, der tot auf dem Schlachtfeld lag.

»Laßt mich gehen!« bat sie leise. »Ihr könnt die Festung besichtigen, aber ich muß . . .«

»Was?«

Melisande kämpfte mit den Tränen. »Jetzt muß ich mich um meinen Vater kümmern.«

Da ließ er die Hände sinken. »Also gut, dann geht.« Sie eilte zum Tor, doch er rief nach ihr, und sie drehte sich um. »Ich gebe Euch einen guten Rat, Melisande. Was immer Ihr empfinden mögt — solche Wutanfälle vor den Männern werde ich nicht mehr dulden, verstanden?«

»Ich bin hier die Gräfin.«

Conar trat einen Schritt auf sie zu. »Nun, ich will versuchen, Euch den Stand der Dinge etwas genauer zu erklären, teure *Gräfin*. Wenn Ihr Euch nicht so benehmen könnt, wie es Eure Lebenslage erfordert, werde ich Euch bessere Manieren beibringen.«

»Von einem *Wikinger* lasse ich mir überhaupt nichts beibringen!« stieß sie zwischen zusammengebissenen Zähnen hervor.

»Täuscht Euch nicht!«

»Dazu habt Ihr kein Recht . . .«

Sein Blick wanderte zu den hohen Türmen hinauf. »Dann muß ich wohl oder übel ein Kind heiraten, um dieses Recht zu erlangen.« Wütend wollte sie davonlaufen, doch er umfaßte ihre Hand. »Und nach der Hochzeit, kleines Mädchen . . .«

»Was ist dann?« fragte sie und warf herausfordernd den Kopf in den Nacken.

»Dann seid Ihr in meiner Macht, und ich werde Euch lehren, wie man sich bei Wikingern und anderswo benimmt.«

Mit der ganzen Kraft ihrer Verzweiflung riß sie sich los und ergriff die Flucht. Nein, niemals würde sie sich einem solchen Mann ausliefern . . .

Und während sie diesen Vorsatz faßte, hörte sie Conars schallendes Gelächter hinter ihrem Rücken.

7

Voller Dankbarkeit erkannte Melisande, daß bereits andere für ihren Vater gesorgt hatten. Er lag nicht mehr auf dem Schlachtfeld. Während sie sich suchend umschaute, spürte sie Ragwalds knochige, aber erstaunlich starke Hand auf ihrer Schulter. »Sie haben ihn in die Kapelle gebracht«, erklärte er. »Nun werde ich Euch zu ihm führen.«

Erbost schüttelte sie seine Hand ab und starrte ihn an, als würde sie ihn für den schlimmsten Verräter der Welt halten. »Ich weiß, wo die Kapelle ist. Und ich lege keinen Wert auf Eure Begleitung.«

Er seufzte tief auf. »Hört mir zu . . .«

»O Ragwald, wir haben gesiegt, und Ihr handelt einen Pakt mit diesem *Wikinger* aus! Aber wir brauchen ihn nicht. Ich hasse ihn, und ich werde ihn niemals heiraten. Dazu könnt Ihr mich nicht zwingen. Der Graf ist tot, *ich* bin jetzt die Gräfin!«

»Bei der Seele Eures Vaters, Mädchen, seid doch vernünftig!«

»Das bin ich — und durchaus imstande, die Festung mitsamt den Ländereien allein zu verwalten. Von Gerald droht mir keine Gefahr mehr, nachdem der Wikinger ihn enthauptet hat . . .«

»Ihr seid ein sehr schwaches, sehr junges Mädchen«, unterbrach er sie, »und unfähig, diese Männer zu führen, die heute für Euch gekämpft und ihr Leben aufs Spiel gesetzt haben. Übrigens fiel die Wahl Eures Vaters auf den *Wikinger,* wie Ihr ihn zu nennen beliebt.«

»Die Wahl meines Vaters?« fragte sie verblüfft.

»Conar MacAuliffe kann Hilfe von der anderen Seite des Meeres herbeirufen und die Dänen bezwingen, weil er ebenso hart zu kämpfen weiß wie sie. Und Ihr seid noch viel zu jung, um die Macht zu ergreifen, Melisande.

Nach dem Tod Eures Vaters liegt Euer Wohl in meinen Händen.«

»Dann bereitet diesem bösen Spiel ein Ende!«

Traurig sah er in ihre Augen. »Als ich erfuhr, mit wem der Graf Euch vermählen wollte, war ich zunächst dagegen. Aber jetzt glaube ich, daß diese Heirat Eure einzige Möglichkeit ist, hier die Stellung zu halten.«

Entschlossen hob sie das Kinn. »Ich weigere mich, auf diesen Handel einzugehen«, erwiderte sie und erschrak über die Panik, die in ihr aufstieg, als sie sich auszumalen versuchte, welch ein Schicksal sie an der Seite des Wikingers erwarten würde. An ihr lag ihm nichts, er wollte nur die Festung haben und ihr »Manieren beibringen«. Wie demütigend wäre eine solche Ehe! »Ich werde davonlaufen ...«, begann sie und verstummte plötzlich, da sie leise Schritte hinter ihrem Rücken hörte. Rasch drehte sie sich um.

Wikinger umzingelten Ragwald und Melisande — sonderbare Männer, manche so hellblond, daß sie fast weißhaarig wirkten, andere mit Sommersprossen und rotem Haar, einige sehr dunkel. Teils trugen sie nordische Kleidung, teils jene keltischen Juwelen und Mäntel, die für Irland typisch waren.

Melisande zählte zehn Männer, die sich ehrerbietig vor ihr verneigten. Einer trat vor, fast so groß wie sein Anführer, breitschultrig, mit kastanienrotem Haar. »Euer Vater liegt aufgebahrt in der Kapelle, Gräfin. Begleitet uns, wenn Ihr für seine Seele zu beten wünscht. Astrologe, mein Herr Conar möchte sich nun mit Euch besprechen.«

Heiße Tränen brannten in Melisandes Augen, doch sie kämpfte tapfer dagegen an. »Ihr alle wollt mit mir in ein christliches Gotteshaus gehen?« fragte sie sarkastisch.

Doch es gelang ihr nicht, den großen Wikinger zu beleidigen. »Unsere Insel ist schon sehr lange eine Hochburg des christlichen Glaubens, meine Dame. Eines Tages müßt Ihr dorthin reisen. Ihr werdet staunen.«

»Eure Insel!« entgegnete sie verächtlich. »Und in dieser Hochburg des christlichen Glaubens baut Ihr Eure Drachenschiffe?«

»Melisande!« zischte Ragwald.

»Nun, ist es so?«

Unbeirrt lächelte der Wikinger. »O ja, Gräfin. Aus König Olafs Reich übernahmen wir alles Gute und vereinten es mit den Vorzügen unserer alten Heimat. Dadurch entstand eine neue, wunderbare Lebensweise, die uns Kraft gibt und die wir sehr zu schätzen wissen.«

Ehe sie antworten konnte, umklammerte Ragwald ihren Arm und führte sie zu den Mauern zurück. »In all den Jahren habe ich Euch unterrichtet. Und es mißfiel mir stets, daß der Graf Euch Flausen in den Kopf setzte, denn die Welt da draußen ist hart und grausam. Das muß man Euch mit allem Nachdruck klarmachen. Sicher, Ihr seid sehr klug, weit über Eure Jahre hinaus, und überaus mutig für ein Mädchen. Immerhin habt Ihr Euch heute nachmittag in tödliche Gefahr begeben. Und nun wollt Ihr nicht verstehen, wie wichtig diese Heirat ist — für Euch selbst und für alle, die hier leben. Sind Euch diese Menschen gleichgültig? Wollt Ihr mit ansehen, wie sie immer wieder angegriffen und letztendlich niedergemetzelt werden, nur weil Ihr einen einzigen Mann fürchtet, nachdem Euch Geralds gesamte Truppe keine Angst einjagen konnte?«

»Ich fürchte ihn nicht!« fauchte sie wütend.

»Was habt Ihr dann gegen ihn einzuwenden?«

»Dieser Wikinger ist mir ganz einfach widerwärtig.«

»Das ist kein Grund, die Hochzeit abzulehnen«, meinte Ragwald ärgerlich.

»Außerdem bin ich viel zu jung für eine Ehe.«

»Manche Mädchen werden schon vermählt, während

sie noch in der Wiege liegen. Überlegt doch, wenn ihr ihn jetzt heiratet, werdet Ihr ihn wahrscheinlich jahrelang nicht wiedersehen. Aber Ihr seid gestärkt — und in Sicherheit. Begreift Ihr das nicht?« Ragwald senkte die Stimme. »Habt Ihr keine Achtung vor dem Andenken Eures Vaters, vor seinem Wunsch? Gerade jetzt dürft Ihr Euch nicht wie ein Kind aufführen, Melisande!«

»Nun, ich bin doch ein Kind. Immer wieder weist Ihr auf meine Jugend hin. Und *er* nennt mich ›kleines Mädchen‹!«

»Ihr sollt Euch nicht wie ein *verwöhntes* Kind benehmen, sonst wird sich Euer Vater noch im Grab umdrehen.«

Falls Ragwald beabsichtigt hatte, sie schmerzlich zu verletzen, so war ihm das gelungen. Wieder einmal krampfte ihr tiefe Trauer um den toten Vater das Herz zusammen. Als sie den Burghof erreichten, herrschte sie Ragwald an: »Also gut, Astrologe, bestimmt über mein Schicksal! Was Ihr wünscht, soll geschehen. Aber bietet mir nie wieder Euren Rat an!« Abrupt kehrte sie ihm den Rücken und ließ ihn stehen.

Ohne die Männer zu beachten, die ihr folgten, eilte sie zum Nordturm, wo sich die Schloßkapelle befand. Zahlreiche Leute hatten sich vor dem Eingang versammelt, bleich vor Trauer, manche mit tränennassen Wangen. Schweigend traten sie beiseite, um ihrer Gräfin Platz zu machen, und sie überquerte die Schwelle. Dahinter hielt sie inne, bis sich ihre Augen an das trübe, rauchige Kerzenlicht gewöhnt hatten.

Die Kapelle war sehr einfach eingerichtet. Zwischen schlichten Holzbänken führte ein Mittelgang, mit einem roten Teppich bedeckt, zum Altar, vor dem der Graf auf einer Bahre lag. Jemand hatte ihm das Blut vom Gesicht gewaschen, ein Laken verhüllte seinen Hals, so daß man die tiefe Schnittwunde nicht sah. Die Augen waren geschlossen, die Finger schlangen sich um den Knauf seines Schwerts.

Bei diesem Anblick konnte Melisande die Tränen, die sie so lange bekämpft hatte, nicht mehr zurückhalten. Sie schluchzte laut auf, verschwendete keinen Gedanken an die Leute vor der Tür, die sie belauschen mochten, und eilte zu der Bahre. Verzweifelt kniete sie neben ihrem Vater nieder. Seine entspannten Züge sahen aus, als würde er noch leben. Doch als sie seine Hand berührte, fühlte sich die Haut eiskalt an.

»Nein, nein, nein, nein!« schrie sie immer wieder und wischte ihre Tränen weg, die auf seine erstarrten Finger gefallen waren. Er durfte nicht tot sein, sie *mußte* noch einmal seine Stimme und sein Lachen hören. Weinend warf sie sich über ihn, umarmte ihn, als könnte sie seinen reglosen Körper erwärmen und ihm neues Leben einhauchen.

Plötzlich fühlte sie starke Arme, die sie umfingen und von der Bahre wegzogen. Vergeblich wehrte sie sich. Und dann blickte sie in die blauen Augen des Wikingers, der ihren Vater gerächt hatte und nun seine Stelle einnehmen würde. »Laßt mich allein!« flehte sie.

»Hier könnt Ihr nicht länger bleiben, Melisande. Ihr würdet vergehen vor Kummer.« Neue Tränen rannen über ihre Wangen, und er drückte behutsam ihren Kopf an seine breite Brust. »Pst, seid ganz ruhig. Ich weiß, der Schmerz überwältigt Euch, aber mit der Zeit wird er verebben.«

»Niemals!« wisperte sie. Da hob er sie hoch und trug sie aus der Kapelle durch die Menschenmenge.

Die Dunkelheit brach herein. Erst vor wenigen Stunden hatte der Schloßherr den Tod gefunden. Und er war schon jetzt so kalt, so steif und für immer entschwunden. Neues, heftiges Schluchzen erschütterte Melisandes Körper, und Conar strich sanft das zerzauste Haar aus ihrem tränenfeuchten Gesicht. Wenig später setzte er sie in der Halle auf einen der reichgeschnitzten Stühle vor dem Kaminfeuer.

Stille erfüllte den großen Raum, obwohl sich mehrere Männer eingefunden hatten. Da stand Ragwald, würdig und hoch aufgerichtet, und Melisande begegnete seinem sorgenvollen Blick. Auch Conars rothaariger Freund war erschienen, zusammen mit Philippe und Gaston und einigen anderen.

Der rothaarige Wikinger brachte seinem Herrn einen Kelch, und Conar, der vor Melisande kniete, drückte das Gefäß in ihre Hand. »Das ist Glühwein. Trinkt ihn, er wird Euch helfen.«

»Nichts wird mir helfen.«

»Doch, die Zeit.«

Sie nahm einen Schluck. In der Halle herrschte immer noch Schweigen, und sie spürte die Macht, die der Mann vor ihr ausstrahlte. Aufmerksam beobachtete er, wie sie den Kelch immer wieder an die Lippen setzte. Sie war es gewohnt, Wein zu trinken. Sogar kleine Kinder bekamen ihn manchmal zu den Mahlzeiten, weil keine anderen Getränke serviert wurden.

Es war jener schwere Wein, den ihr Vater aus Burgund mitgebracht hatte. Diese Erinnerung trieb ihr beinahe wieder Tränen in die Augen. Rasch leerte sie den Kelch und spürte, wie der Alkohol sie erwärmte und den Schmerz allmählich betäubte.

Nach einer Weile erwiderte sie den kühlen, gebieterischen Blick des Fremden, der plötzlich über ihr Leben bestimmte. Abschätzend musterte er sie, bis sie die Lider senkte und ihm den Kelch zurückgab. Er stand auf, ging zu seinen Männern und wandte sich wieder zu ihr. »Vorhin haben wir die Dokumente Eures Vaters gefunden, Melisande.« Offenbar wartete er auf eine Antwort, und als er keine erhielt, fuhr er fort: »Er hat bereits einen Ehevertrag mit eindeutigen Bedingungen für Euch abgefaßt. Wollt Ihr ihn lesen?«

Ihr Atem stockte. Das konnte sie einfach nicht glauben. Ihr Vater hatte tatsächlich geplant, sie mit diesem Mann zu verheiraten? Obwohl er ihr doch stets versprochen hatte, ihre Wünsche zu berücksichtigen, wenn er einen Ehemann für sie aussuchen würde ... Vor lauter Bestürzung konnte sie zunächst nicht antworten. Sie fühlte sich verraten und bitter enttäuscht. Also hatte auch ihr Vater an ihren Fähigkeiten gezweifelt, wie alle anderen. Es gibt keinen Ausweg, sagte sie sich. Heftiger Zorn erhitzte sie genauso wie der Glühwein. Nein, in Zukunft würde sie sich nicht mehr lächerlich machen. Nie wieder würde sie davonlaufen — nur, um sich von diesem Wikinger zurückholen zu lassen.

Sie erhob sich und merkte, wie unsicher sie auf den Beinen stand. Doch das zeigte sie nicht. Sie war froh, daß sie trotz ihrer jungen Jahre etwas größer war als einige kleine Männer, die in der Halle standen, aber nicht größer als *er*. Ich will mich nicht vor ihm fürchten, gelobte sie sich und erklärte kühl: »Es ist wohl unnötig, daß ich diese Dokumente lese. Zu Ehren meines Vaters werde ich seinen Wunsch erfüllen.« Vorwurfsvoll starrte sie Ragwald an.

»Könnt Ihr es ertragen, in die Kapelle zurückzukehren, Melisande?« fragte Conar und ging auf sie zu.

»In die Kapelle?«

Er nickte. »Wenn wir heiraten, soll es ordnungsgemäß geschehen — vor Gott und den Menschen.«

»Obwohl die Leiche meines Vaters vor dem Altar liegt?«

»Gerade deshalb. Braucht Ihr noch etwas Zeit?«

»Das glaube ich nicht«, murmelte Ragwald unbehaglich. Dann zuckte er bedrückt die Achseln, als sich der Wikinger zu ihm wandte. »Es gibt nichts mehr, was Melisande sich überlegen müßte, und es wäre auch überflüssig, wenn sie eine Weile allein bliebe ...«

»Weil sie davonlaufen könnte?« fragte Conar und beobachtete lächelnd, wie der alte Mann wortlos den Kopf senkte. »Niemand läuft mir davon, Ragwald. Denn ich laufe schneller. Und in diesem Fall muß sie selbst ihre Entscheidung treffen. Nun, Melisande, braucht Ihr noch etwas Zeit?«

Eines Tages *werde* ich dir davonlaufen, dachte sie, weit, weit weg. Sie ballte die Hände, schmerzhaft gruben sich ihre Fingernägel ins Fleisch. Aber jetzt hatte sie keine Wahl. Sie mußte den Willen ihres Vaters ehren und an all die Menschen denken, für die sie verantwortlich war — die Bauern, die Schmiede, die Handwerker, die Milchmädchen, nach dem Tod des Grafen so schwach, so verwundbar . . . Wenn sie den Wikinger heiratete, würde er ihnen Schutz bieten. »Ich bin bereit, und ich laufe nicht davon«, versicherte sie und lächelte wehmütig. »Und ich könnte die Hochzeit ohnehin nicht verhindern, oder? Wenn ich mich weigere, die Kapelle zu betreten, würde eine Ferntrauung stattfinden. Was immer ich auch sage, es ändert nicht das geringste.«

»Die Kirche verlangt Eure Zustimmung«, entgegnete der rothaarige Wikinger.

Verächtlich schüttelte sie den Kopf. »Das wird zwar behauptet, aber in wirklich wichtigen Dingen hat eine Frau nichts zu bestimmen. Ich erinnere mich an die Hochzeit einer Kusine. Sie war nicht einverstanden, aber ihr Bräutigam packte einfach ihren Kopf und drückte ihn nach unten, so daß sie zum richtigen Zeitpunkt nickte. Würde auch mir eine solche Demütigung drohen?«

»Gewiß nicht, Gräfin . . .«, begann der Rotschopf.

»Doch, das ist sehr gut möglich.« Conars kühle blaue Augen schienen Melisande zu durchbohren. »Soll es soweit kommen?«

»Warum tut Ihr das?« fragte sie. »Der Gedanke, ein *Kind* zu heiraten, hat Euch doch gründlich mißfallen.«

»Kinder wachsen heran.« Lässig zuckte er die Achseln. »Und ich habe dieses Land erobert. Dafür lohnt es sich, auf meine junge Frau zu warten.«

»Inzwischen könntet Ihr in einer Schlacht fallen«, gab sie zu bedenken, »und ohne einen Erben und Stammhalter sterben.«

»Ihr seid ein sehr kluges Kind, und vielleicht muß ich gar nicht so lange warten.« Ungeduldig wandte er sich ab und ging zu dem großen Tisch, wo die Dokumente lagen. »Hiermit schwöre ich, den Wünschen Graf Manons zu entsprechen, was seine Tochter und sein Eigentum betrifft. Das bezeuge ich mit meiner Unterschrift und meinem Siegel.« Er griff nach einem Federkiel und setzte seinen Namenszug auf ein Pergament. Eine Kerze wurde ihm gebracht, Wachs tropfte auf den Vertrag. Der Wikinger drückte den Ring hinein, den er am kleinen Finger trug, und so war das Abkommen rechtskräftig. »Sollen wir jetzt gehen, Melisande?«

»Ist meine Unterschrift nicht erforderlich?«

Langsam schüttelte er den goldblonden Kopf. »Euer Vater hat dieses Dokument bereits unterzeichnet. Das genügt.«

Wieder stieg heißer Zorn in ihr auf. Warum hatte der Vater ihr das angetan und sie einfach in eine Welt hineingestoßen, in der ihre Gedanken und Wünsche nichts bedeuteten? Melisande biß die Zähne zusammen. In dieser Welt zählte der Wille einer Frau nicht. Sie blieb das Mündel ihres Vaters, bis sie heiratete, und dann wurde der Ehemann ihr Vormund. Beinahe wäre sie wieder auf den Stuhl gesunken, doch sie beherrschte sich. Der Wikinger würde schon noch merken, daß sie zur Unabhängigkeit erzogen worden war, daß sie gelernt hatte, selbständig zu denken, ihr Schicksal in die eigene Hand zu nehmen. Und wenn er das nicht verstand, würde ihm seine Ehe die Hölle auf Erden bereiten.

»Gehen wir.« Mit schnellen Schritten verließ sie die Halle, fest entschlossen, die Tränen nicht zu vergießen, die hinter ihren Lidern brannten. Vor *seinen* Augen wollte sie nicht weinen. Aber trotz ihrer Mühe verschleierte sich ihr Blick, als sie die Stufen zum Hof hinabeilte.

Inzwischen war es völlig dunkel geworden, das Klagegeschrei verstummt. Man hatte die Toten vom Schlachtfeld geholt, die Verletzten versorgt. Fackeln verbreiteten ein unheimliches Licht. In dieser Nacht schien kein Mond.

Plötzlich spürte Melisande die Hand des Wikingers an ihrem Ellbogen. »Es macht einen besseren Eindruck, wenn Ihr an der Seite Eures Auserwählten zur Kapelle geht«, sagte er leise.

»Ihr seid der Auserwählte meines Vaters, nicht meiner.«

»An diesem besonderen Abend möchte ich Wortgefechte mit Euch vermeiden.«

»Dann solltet Ihr lieber nicht mit mir sprechen.«

Seine Finger umklammerten ihren Arm etwas fester. Er tat ihr nicht weh, gab ihr nur zu verstehen, daß er die Macht besaß, ihren Kopf vor dem Altar notfalls nach unten zu drücken. »Auch ich bin müde und bedrückt.«

»Euer Vater liegt nicht aufgebahrt in der Kapelle.«

»Ich bedaure Euren Verlust zutiefst, Gräfin, und nur deshalb bin ich bereit, Euch heute abend manches zu verzeihen.«

»Oh, und morgen nicht mehr?«

»Morgen solltet Ihr Euch in acht nehmen. Je länger ich Euch kenne, desto deutlicher merke ich, wie altklug Ihr seid, wie eigensinnig, dreist und tollkühn.«

»Ich bin so, wie mein Vater mich erzogen hat«, fauchte sie.

Vor der Kapelle blieben sie im Kreis einer großen Menschenmenge stehen. Ragwald verlas den Ehevertrag, gab das Bündnis zweier edler Häuser bekannt und teilte den

Leuten mit, warum die Trauung sofort vorgenommen werden mußte.

Conar wandte sich wieder zu Melisande. »Ihr müßt lange genug am Leben bleiben, um diese schöne Festung und die Ländereien mit Erben zu versorgen, Gräfin. Deshalb rate ich Euch dringend, Euren Eigensinn und Eure Tollkühnheit zu bezähmen.«

»Wo ist denn der verdammte Priester?« murmelte Ragwald.

»Hier bin ich!« Vater Matthew eilte herbei. Den ganzen Tag hatte Melisande ihn nicht gesehen. Er gehörte nicht gerade zu den tapfersten Schloßbewohnern. Wahrscheinlich hatte er sich während der Kämpfe in den Lagerräumen unterhalb der Kapelle versteckt.

Melisande bezweifelte nicht, daß der Wikinger bereits mit ihm geredet und ihm das Versprechen abgenommen hatte, die Trauung zu vollziehen — ohne Rücksicht auf ihre eigenen Wünsche — und ihm somit die Festung zu überantworten. Wirres, schneeweißes Haar hing in Vater Matthews Stirn. Seine kleinen schwarzen Augen streiften sie nur kurz, dann schaute er hastig weg. Im Grunde war er ein sanftmütiger, freundlicher Mann. Sicher bekümmerte es ihn, was hier geschah, aber er tat nichts, um es zu verhindern.

Die Nachtluft kühlte das Kettenhemd, und es fühlte sich wie Eis auf Melisandes Körper an. Gequält schloß sie die Augen, ein kalter Wind streichelte ihre Wangen. Vater Matthew stieg die Eingangsstufen der Kapelle hinauf, nannte die Namen und Titel der Braut und des Bräutigams. Wie eindrucksvoll ... Er war der Sohn des Königs von Dubhlain, der Enkel des hohen Königs von Irland und eines bedeutsamen norwegischen Jarls. Und er ist und bleibt ein Wikinger, dachte sie.

»Melisande!« zischte Ragwalds Stimme in ihr Ohr. Rasch hob sie die Lider und merkte, daß sie dem Priester nicht mehr zugehört, die weiteren Vorgänge nicht beachtet hatte.

»Schließt Ihr diese Ehe aus freiem Willen, Gräfin?« wiederholte Vater Matthew.

Nein!

Er räusperte sich, aber nun ergriff der ungeduldige Bräutigam das Wort. »Schließt Ihr diese Ehe aus freiem Willen?«

Sicher wird er nicht mehr lange warten und meinen Kopf nach unten drücken, dachte Melisande. Mein Vater wollte es so. Und ich habe bereits versprochen, seinen Wunsch zu erfüllen, all den Menschen zuliebe, die vom Herrn und der Herrin dieser Festung abhängig sind. »Ja!« fauchte sie. »Aus freiem Willen!«

Die eisblauen Augen musterten sie, diesmal mit einer gewissen Hochachtung.

»Ein Ring!« flüsterte Ragwald dem Wikinger zu. »Ihr müßt ihr den Ring vor der Kapellentür geben, das ist sehr wichtig. Dann können wir eintreten.«

Conar steckte den Ring, mit dem er den Ehevertrag besiegelt hatte, an Melisandes Daumen. Fest schlang sie die Finger darum, damit er nicht zu Boden fiel. Sonst hätten ihre Untertanen verzweifelt aufgestöhnt, in der sicheren Überzeugung, der dänische Feind würde sie schon am nächsten Morgen alle niedermetzeln, oder eine Heuschreckenplage die Ernte vernichten.

Der Priester kündigte den Beginn der Hochzeitsmesse an, und Melisande warf dem Mann an ihrer Seite einen zynischen Blick zu. »Ihr nehmt tatsächlich an einem christlichen Gottesdienst teil?«

»Allerdings, wenn es erforderlich ist.« Er nahm ihren Arm und führte sie in die Kapelle.

Als sie ihren toten Vater sah, strauchelte sie und wäre gestürzt, hätte Conar sie nicht festgehalten. »Ich kann es nicht«, wisperte sie.

»Ihr müßt. Stützt Euch auf mich.«

Halb benommen stand sie die Zeremonie durch, wie in einem verschwommenen Traum. Der Priester sprach von ihrem Vater, von seiner Güte und seinem schrecklichen Ende. Dann erläuterte er die Hintergründe der überstürzten Hochzeit, die notwendig sei, um die Widerstandskraft der Festung zu sichern. Schließlich betonte er, Conar MacAuliffe habe Gerald getötet, den Mörder des Grafen Manon, und deshalb gezieme es dem Rächer, die Herrschaft in diesem Schloß zu übernehmen. Endlich wurde die Trauung vollzogen, und Melisande mußte wieder angestoßen werden, ehe sie ihr Jawort gab. Für sie spielte es inzwischen keine Rolle mehr, was sie sagte. Sie hätte auch zwanzig Kobolde aus dem Wald geheiratet. Und während sie neben Conar vor dem Altar kniete, hörte sie wie aus weiter Ferne die Stimme des Priesters, der sie zu Mann und Frau erklärte, vor Gott und den Menschen.

Völlig erschöpft, konnte sie sich kaum erheben, aber Conar half ihr auf die Beine. Seine Lippen berührten flüchtig ihre Wangen. Kein Jubelgeschrei begleitete das Brautpaar, als es die Kapelle verließ und zum Südturm zurückkehrte.

Marie de Tresse erwartete ihre Herrin, legte ihr einen Arm um die Schultern und führte sie die Treppe hinauf zu den Schlafgemächern. Als sie zu dem Zimmer kamen, das Melisandes Vaters bewohnt hatte, blieb sie stehen, starrte durch die offene Tür, wollte hineingehen und seine Sachen berühren.

»Nein«, flüsterte Marie sanft. »Nicht jetzt.« Müde und widerstandslos folgte ihr Melisande den kleinen Flur hinab zu ihrem eigenen Raum.

Die Zofe befreite sie vom Kettenhemd, und Melisande sank auf ihr Bett. Lautlos schluchzte sie, und Marie wischte ihr die Tränen von den Wangen.

Als Ragwald eintrat, kehrte Melisande allen beiden den Rücken. Der alte Mann ergriff den Arm der Zofe. »Laßt sie jetzt in Ruhe. Sie muß sich ausweinen.«

Die Tür fiel ins Schloß, Melisande war allein. Eine junge Braut — und Vollwaise. Obwohl so viele Menschen in der Festung waren, fühlte sie sich einsam wie nie zuvor in ihrem Leben.

8

Erst am nächsten Morgen dachte Conar ernsthaft über seine altkluge kleine Braut nach. Brenna veranlaßte ihn, dieses Kind mit neuen Augen zu sehen. Sie zählte zu den Lieblingshofdamen seiner Mutter, und ihr Vater war ein hervorragender Krieger und enger Freund Olafs.

Mit dieser Frau teilte Conar das Erbe der leidenschaftlichen Verteidiger von Irland und der entschlossenen norwegischen Seefahrer. In derselben Woche geboren, waren sie schon in der Kindheit gut befreundet gewesen, und sie liebten einander wie Bruder und Schwester. Natürlich hatte er genug richtige Geschwister — Leith, den Ältesten und Erben des Königs, die Brüder Bryan, Bryce und Conan, die Schwestern Elizabeth, Megan und Daria. Und in diesem Haus voller lebhafter Persönlichkeiten hatte auch Brenna ihren Platz gefunden.

Sie begleitete Conar auf allen Reisen. Für die Kriegskunst interessierte sie sich nicht, und sie blieb den Schlachtfeldern stets fern, war aber in vielen Dingen seine rechte Hand. Vor vielen Jahren hatte Mergwin, der greise Ratgeber seines Großvaters, der nordischen Runen und der alten Druidenweisheit kundig, die Hand des Mädchens berührt und es zu seiner Schülerin erklärt.

Erst seit einiger Zeit wußte Conar, was Mergwin in

Brenna gesehen hatte. Sie besaß die Fähigkeit, die Gedanken der Menschen zu lesen, zu erkennen, ob sie logen oder die Wahrheit sagten. Wenn sie jemandem ins Herz schaute, konnte er ihr seine Beweggründe nicht verbergen.

Natürlich verstand sie auch die Runen zu deuten, doch das vermochten viele Leute. Als katholischer Prinz — sein Vater hatte aus Liebe zur Mutter den christlichen Glauben angenommen — legte Conar keinen großen Wert auf die Botschaft der Runen und hielt sie eher für einen amüsanten, manchmal auch faszinierenden Zeitvertreib. Andererseits hatte er sich stets auf Mergwins Prophezeiungen verlassen, so wie die ganze Familie. Der alte Druide blickte oft in die Zukunft und warnte sie vor Gefahren, betonte aber immer wieder, mit ihren Taten würden sie ihr Schicksal selbst beeinflussen. Und er schärfte ihnen ein, die Kraft des Geistes spiele im Leben eine ebenso große Rolle wie die körperliche Stärke.

Conar glaubte, es müßte einen Himmel und eine Hölle geben, und er fand es nicht so wichtig, ob das Jenseits von einem einzigen Gott oder von Odin und seinen Heerscharen bewohnt wurde, ob die Menschen nach Walhall strebten oder zu den Wolken hinauf. Und so war es ihm auch gleichgültig, ob Brenna die Runen las oder die Sterne deutete oder den Allmächtigen um Hilfe bat - oder ob sie die alten Druidenrituale praktizierte, die Mergwin ihr beigebracht hatte. Jedenfalls suchte Conar ihren Rat, ohne zu fragen, woher sie ihr Wissen bezog.

An seinem ersten Morgen in der Festung erwachte er immer noch erschöpft. In seinen Schläfen pochte es, seine Muskeln schmerzten, und er spürte die geringfügigen Wunden, die er bei den letzten Kämpfen davongetragen hatte. Er lag im Bett des verstorbenen Schloßherrn, und das bedrückte ihn. Obwohl er dem Mann nur ein einziges Mal begegnet war während des Segelunterrichts bei seinem Onkel, hatte er Manon sofort gemocht, seine Klugheit und Gerechtigkeit bewundert, ebenso seinen Humor.

Als Conar in die Festung eingeladen worden war, hatte er gedacht, dem Grafen würde Gefahr drohen, aber nicht erwartet, sofort nach seiner Ankunft kämpfen zu müssen — zu spät, um den Tod seines Gastgebers zu verhindern.

Sobald er die Augen aufschlug, sah er Melisande. Vielleicht hatte ihn ihre Anwesenheit sogar geweckt, denn er schlief nie besonders tief. Sie stand auf der Schwelle und starrte ihn an, das Gesicht wachsbleich, die ungewöhnlichen, von dichten dunklen Wimpern umrahmten violetten Augen voller Verzweiflung. Sicher war sie gekommen, um die Sachen des toten Vaters zu sichten, und hatte nicht erwartet, ihren Ehemann hier anzutreffen.

Conar setzte sich im Bett auf. Da wurde sie noch blasser und ergriff die Flucht.

»Melisande!« rief er ihr nach, doch sie kehrte nicht zurück. Er pflegte nackt zu schlafen, und das hatte sie vermutlich erschreckt, ebenso wie die Narben an seinen Schultern, die Spuren zahlreicher Schlachten. Außerdem haßte sie ihn, obwohl er sie vor einer durchschnittenen Kehle bewahrt hatte — oder vor dem grausigen Schicksal, vom Mörder ihres Vaters vergewaltigt und versklavt zu werden.

Nein, meine Narben stören sie kein bißchen, entschied er. Aber es mißfällt ihr, mich im Bett ihres Vaters zu sehen. Und anscheinend weigert sie sich nach wie vor, mir zu gehorchen. Nun, sie wird es schon noch lernen.

Er stand auf, schlüpfte in sein enges Beinkleid und die Stiefel, zog ein Leinenhemd und eine Tunika an. An diesem Tag mußte er keine Rüstung tragen, aber in seinem Stiefelschaft steckte immer ein Messer. Und er verzichtete nur selten auf sein Schwert. Während er die Schnalle seines Waffengurts schloß, brachte ein Junge warmes Waschwasser, das Conar in sein Gesicht spritzte.

Dann verließ er das Zimmer und bewunderte erneut die Anlage der Festung. Über der großen Halle im Hauptturm befanden sich die Schlafgemächer, darunter die Vorratsräume. Ein stetiger Durchzug sorgte für frische Luft. Von Mergwin angewiesen, hatte er die altrömische Bauweise studiert, und deren Vorteile fand er nun in diesem Schloß. Ein tiefer Graben umgab die Mauern, zur Zeit trocken, aber notfalls konnte er leicht mit Meereswasser gefüllt werden.

Als er die Halle betrat, sah er Swen, der einen nordischen Namen trug, aber mit seinen roten Haaren und Sommersprossen wie ein waschechter Ire aussah, und Brenna am Tisch sitzen. Die Tafel war mit hübsch geschnitzten Holztellern und Kelchen gedeckt, und die Diener hatten Ale und große Platten voller Räucheraal, anderen Fischen, Geflügel, Wildfleisch und frischem Brot aufgetragen. Plötzlich verspürte Cōnar heftigen Hunger. Der vergangene Tag war so ereignisreich verlaufen, daß niemand ans Essen gedacht hatte.

Er nahm Platz, und Brenna schenkte ihm Ale ein.

»Wie hast du geschlafen?« fragte sie.

»Einigermaßen.«

Unsicher schaute sie ihn an. »Eigentlich dachten wir nicht, daß wir hierbleiben würden.«

»Das habe ich auch nicht vor. Zu Hause gibt es zu viele Schwierigkeiten.«

»In dieser Festung auch.« Sie füllte einen Teller und stellte ihn vor ihn hin. »Und sie ist jetzt dein Zuhause. Dein Vater würde sagen, daß du einen wunderschönen Besitz erobert hast.«

»Und er würde auch sagen, solch ein Besitz müßte zu gewissen Zeiten ohne seinen Herrn auskommen. Ich habe noch nicht allzu ausführlich mit Manons Ratgeber Ragwald gesprochen, doch ich vertraue ihm, und er ist sicher imstande, das Schloß und die Ländereien zu verwalten. Außerdem werde ich nicht lange wegbleiben.«

»Niemand kann diesen Mauern ausreichenden Schutz bieten, solange das Mädchen hier lebt.«

Conar runzelte die Stirn, lehnte sich zurück und verschränkte die Arme vor der Brust. »Also gut, Brenna, was willst du mir sagen? Was für einen Unterschied macht es, wo das Mädchen bleibt?«

»Seid Ihr denn blind, mein Herr?« rief Swen ungläubig, und Conar seufzte ärgerlich.

»Wovon redet ihr beide?«

»Hast du dir das Mädchen angesehen?« fragte Brenna leise. Als Conar verständnislos blinzelte, fügte sie hinzu: »Manon lud dich ein, weil er sich von wachsenden Gefahren bedroht sah — und wegen seiner Tochter. Als Erbin dieser Festung wäre sogar ein häßliches Mädchen eine gute Partie. Aber man spricht weit und breit von Melisandes Schönheit. Schon viele Männer haben sie gesehen. Und sie wird allmählich älter.«

»Manons Tochter ist noch keine dreizehn Jahre«, wandte Conar ein.

»Aber *deine Frau* sieht hinreißend aus«, betonte Brenna.

Ungeduldig schob Conar seinen Kelch zur Seite. »Für mich ist sie ein Kind. Ich willigte in diese Heirat ein, weil Ragwald mich so beharrlich darum anflehte, weil ich diese Leute nicht schutzlos ihrem Schicksal überlassen mochte und — ja, weil mir ein reiches Erbe angeboten wurde. Aber das Mädchen muß erst heranwachsen, da waren wir uns doch alle einig.«

»Viele Mädchen treten schon mit dreizehn Jahren in den Ehestand. Und vielleicht erinnerst du dich, in welchem Alter du dich zum erstenmal für das zarte Geschlecht interessiert hast?«

»Was weißt du denn davon ...«, begann er, sah Brennas Lächeln und verstummte. Ihr konnte man nichts verheimlichen. Wann hatte er das erste Mal in den reizvollen Armen eines Milchmädchens gelegen? Sicher war er damals älter gewesen als seine blutjunge Frau, aber nicht viel. Trotzdem — das ließ sich nicht vergleichen. »Wie auch immer, ich weigere mich, die Ehe schon jetzt zu vollziehen. Du kennst mich gut genug, meine Freundin, also müßtest du verstehen, daß ich keine Lust habe, mich an einem Kind zu vergreifen . . .«

». . . wenn du überall mühelos Abwechslung findest«, unterbrach sie ihn sanft. »Aber eins mußt du bedenken. Was dir reizlos erscheint, könnte anderen gefallen. Hier wäre sie nicht sicher, und ihre Anwesenheit erhöht die Gefahr, die der Festung droht, während du verreist bist.«

»Ich habe sie geheiratet. Das war doch der Sinn der Zeremonie — als Ehefrau wird sie sich alle begehrlichen Männer vom Leib halten.«

»Solange die Ehe nicht vollzogen ist, kann sie sehr leicht wieder aufgelöst werden«, warnte Swen, »sogar auf gesetzlichem Weg. Auch der Papst läßt sich in manchen Fällen überzeugen, sollte man Wert auf kirchlichen Segen legen.«

»Ihr beide schlagt mir also vor, dieses feindselige Waisenkind zu vergewaltigen?« fragte Conar erbost.

»Natürlich nicht«, erwiderte Brenna und warf eine goldblonde Haarlocke über die Schulter. »Aber ich rate dir, das Mädchen ganz genau anzuschauen und dann in Sicherheit zu bringen.«

In diesem Augenblick kam Melisande in die Halle, und Conar musterte seine Frau zum erstenmal gründlich. Er mußte Brenna und Swen recht geben.

Am Vortag hatte ihr Kettenhemd gewisse Dinge verborgen. Ihr schlanker und geschmeidiger Körper rundete sich bereits an den richtigen Stellen. Für ihr Alter war sie erstaunlich groß. Glänzendes ebenholzschwarzes Haar fiel auf ihren Rücken. Und das Gesicht wies trotz der kindlichen Züge unverkennbar auf die künftige Schönheit hin, beherrscht von großen, faszinierenden, ausdrucksvollen violetten Augen. Ja, sie würde zu einer außergewöhnlichen Frau heranwachsen, und er durfte kein Wagnis eingehen. Schon jetzt war sie eine wandelnde Versuchung, und viele Männer zogen es vor, blutjunge Mädchen zu heiraten oder in ihr Bett zu holen.

Ein seltsamer heißer Schauer durchfuhr Conars Glieder. Erst am vergangenen Tag war er in dieses Land gekommen, als Gast, um Zukunftsmöglichkeiten zu erforschen — aber ohne zu ahnen, wie schnell sich sein Leben ändern würde. Jetzt besaß er eine Festung, nachdem er deren Erbin geheiratet hatte. Wenn ihn eine kindliche Braut auch nicht reizte — den Gedanken, ein anderer könnte sich an ihr vergehen, ertrug er nicht.

Brenna neigte sich zu ihm und flüsterte: »Du kannst die Hälfte deiner Männer hierlassen, zum Schutz des Schlosses, aber nicht Melisande. Man muß mit täglichen Angriffen rechnen. Sollte die Festung in deiner Abwesenheit eingenommen werden, wird es dir vermutlich gelingen, sie zurückzuerobern. Aber deiner Frau würde es übel ergehen. Deshalb beschwöre ich dich — bring sie in Sicherheit!«

Langsam ging Melisande auf Conar zu, und er sah, wie anmutig und würdevoll sie sich bewegte. Sie blieb vor ihm stehen, ohne seine Tischgefährten zu beachten, wenn er auch zu beobachten glaubte, daß sie Brenna einen kurzen, feindseligen Blick zuwarf. »Du hast kein Recht, im Bett meines Vaters zu schlafen.«

»So, meinst du?« erwiderte er gedehnt und musterte sie wieder. Sie trug ein malvenfarbenes Hemd und darüber eine Tunika in dunklerem Violett, das zu ihren Augen paßte.

»Er liegt noch nicht einmal in seinem Grab!« zischte sie.

Erbost, weil sie vor anderen Leuten in diesem Ton mit

ihm redete, sprang er auf. »Natürlich habe ich ein Recht auf das Bett deines Vaters, denn ich bin sein Nachfolger — der neue Schloßherr. Und wenn du in Zukunft solche Dinge mit mir erörtern willst, sollten wir uns zurückziehen.« Zu Brenna und Swen gewandt, fügte er hinzu: »Entschuldigt mich bitte, ich muß mit der Gräfin ein Gespräch unter vier Augen führen.«

»Ich habe dir nichts mehr zu sagen . . .«, begann Melisande und wollte davoneilen, doch er packte ihren Arm.

»Dafür habe ich dir sehr viel zu sagen.«

»Ich werde nicht . . .«

»O ja, du wirst!« Conar hörte, wie sie tief Luft holte, und erriet ihre Absicht, seine Hand zu zerkratzen. Blitzschnell hob er sie hoch, warf sie über seine Schulter und ignorierte ihren Wutschrei. Er trug sie die Treppe hinauf, ins Schlafzimmer des Grafen. Dort setzte er sich aufs Bett und legte Melisande quer über seinen Schoß, mit dem Gesicht nach unten.

Wie er nun vorgehen sollte, wußte er nicht recht. Auf keinen Fall wollte er ihr weh tun. Er hatte sie in der Kapelle an der Seite ihres toten Vaters gesehen und wußte, wie sehr sie unter dem Verlust litt. Sicher hing ihr widerspenstiges Verhalten zum Teil mit ihrer qualvollen Trauer zusammen. Aber wenn sie auch zur Unabhängigkeit erzogen worden war, von ihrem Ehemann durfte man nicht erwarten, daß er ein solches Benehmen dulden würde. Das mußte er ihr deutlich klarmachen. Er öffnete den Mund, aber statt wohlgesetzter Worte brachte er nur einen Schmerzensschrei hervor, als Melisande ihre Zähne in seinen Schenkel grub.

»Du kleine Hexe!« fauchte er und vergaß seine guten Vorsätze, keine Gewalt anzuwenden. Hart landete seine flache Hand auf ihrem Hinterteil — einmal, zweimal, immer wieder. Dann zügelte er sein Temperament, zog sie hoch und stellte sie auf die Füße. Als sie vor ihm zurückwich, las er keine Reue in ihren großen, tränenfeuchten Augen, sondern nur Zorn und Haß.

»Wie kannst du es wagen!« kreischte sie.

»Wenn du dich nicht ordentlich aufführst, werde ich es noch oft wagen.«

»Mein Herr!« Ragwalds Stimme drang vom Flur herein, dann eilte der alte Mann ins Zimmer, legte einen Arm um Melisandes Schultern und zog sie an sich. »Sie wollte Euch nicht beleidigen . . .«

»Genau das wollte ich!« widersprach sie wütend.

Conar verschränkte die Arme vor der Brust und konnte nicht glauben, daß das alles tatsächlich geschah. Statt dieses schöne, wilde Kind zu zähmen, das er geheiratet hatte und das neben seiner Unschuld bereits eine sonderbare Sinnlichkeit ausstrahlte, sollte er sich jetzt eigentlich um den Wiederaufbau der zerstörten Mauer kümmern. Außerdem mußte er überlegen, wie viele Männer gebraucht wurden, um die Festung zu verteidigen, und wie lange seine Abwesenheit dauern durfte. Und nun starrte er in stürmische violette Augen, die wahrlich nichts Gutes verhießen.

Doch dann beschloß er, sich nicht zu ärgern, sondern kurzen Prozeß zu machen. Im Grunde war die Situation lächerlich. Melisande war seine Frau, er würde nicht mit ihr streiten, sondern einfach seine Befehle erteilen. Die würde sie befolgen, und damit basta. »Sie ist gefährlich in ihrem Ungestüm, Ragwald. Überlaßt alles Weitere mir, und wenn ich mit ihr fertig bin, wird sie wissen, wie sie sich zu benehmen hat.«

»Mein Herr, bedenkt doch bitte, was sie erdulden mußte, und seid nachsichtig! Habt Mitleid!«

»Ich will sein Mitleid nicht!« rief Melisande. »Er soll aus meinem Haus und aus dem Bett meines Vaters verschwinden — und sich nicht an meinem Erbe vergreifen!«

Von neuem Zorn erfaßt, stand Conar auf und ging mit

großen Schritten zu ihr. Ohne den alten Mann zu beachten, der sie zu schützen suchte, umklammerte er ihre Oberarme und hob sie empor, so daß er ihr auf gleicher Höhe in die Augen blicken konnte. »Dieses Erbe gehört jetzt mir, teure Gräfin, verstehst du das? Und Ihr, Astrologe, schafft mir Eure unschuldige kleine Schönheit aus den Augen, ehe ich sie in ihrem Zimmer fesseln und knebeln lasse!«

Obwohl sie wehrlos war, gab sie nicht klein bei. »Das hier ist mein Zimmer! Das Schlafgemach meines Vaters!«

Sie trieb ihn fast zum Äußersten, und er war nahe daran, seine Drohung wahrzumachen. Aber irgend etwas in ihrer verzweifelten Miene rührte ihn. Er mußte ihr tatsächlich zugute halten, daß sie eben erst ihren geliebten Vater verloren hatte. Außerdem bewunderte er ihren Mut, den er allerdings eher jugendlichen Leichtsinn nannte. Niemals hätte sie Gerald so tollkühn entgegenreiten dürfen, dachte er. Wäre sie schon gestern in meiner Obhut gewesen, hätte ich sie viel empfindlicher gestraft als vorhin.

Fluchend stellte er sie auf die Beine und schob sie zu Ragwald hinüber. »Kümmert Euch um sie, und ich empfehle Euch dringend, Eurer jungen Schülerin Vernunft beizubringen. Mir selber ist das zu mühsam.« Voller Ungeduld verließ er das Zimmer und kehrte in die Halle zurück.

Inzwischen hatten sich mehrere Schloßbewohner zu Brenna und Swen gesellt, darunter Philippe, der Hauptmann, und Gaston, dessen älterer Berater.

Auf dem Tisch lagen die Pläne der Festung, und Conar beugte sich interessiert darüber, erneut fasziniert von der gründlich durchdachten, strategisch perfekten Bauweise. Diese Festung müßte jeder Belagerung standhalten, sagte er sich. Die Türme waren so postiert, daß man nach allen Seiten schauen und eventuelle Gefahren frühzeitig erkennen konnte. Die einzigen Schwachstellen lagen wahrscheinlich innerhalb der Mauern. Oder in einem tückischen Verrat, so wie Gerald ihn am Vortag geübt hatte.

»Ein prachtvoller Besitz!« meinte Swen, und Philippe nickte stolz.

Conar musterte ihn etwas genauer. Ein tüchtiger Hauptmann, dachte er, in dessen fähige Hände ich die Festung unbesorgt übergeben kann. Auch Gaston dürfte ein kluger, erfahrener Krieger sein, und beide kennen dieses Schloß in- und auswendig. »Swen, ich möchte diese Pläne gründlich studieren. Seht Euch mit Philippe und Gaston um und erstattet mir dann Bericht. Die Schäden müssen sofort behoben werden. Ich habe meinem Vater versprochen, möglichst bald heimzukehren.«

»Ja, mein Herr!« erwiderte Swen.

Auch Brenna schloß sich den Männern an, und Conar blieb allein mit den Plänen zurück. Wenig später hörte er leise Schritte auf der Treppe, die zur Halle herunterführten, hob den Kopf und sah Melisande auf sich zukommen.

»Ich störe dich nur ungern bei der genüßlichen Betrachtung deiner Beute.« Ihre haßerfüllten Augen straften den sanften Klang ihrer Stimme Lügen. »Aber . . .« Nach kurzem Zögern fuhr sie fort: »Vater Matthew erkundigte sich, wann die Totenmesse stattfinden soll, und ich erklärte ihm, am besten in dieser Stunde. Also gehe ich jetzt in die Kapelle.«

Mühsam beherrscht, ballte er die Hände. Am liebsten hätte er seine Finger um diesen schönen, schlanken Hals gelegt. »Du wirst dann in die Kapelle gehen, wenn ich es befehle.«

»Es ist mein Vater, den wir bestatten.«

»Und es ist deine Pflicht, mir zu gehorchen.«

»Du hast kein Recht, meinem Vater ein christliches Begräbnis zu verwehren.«

»Das habe ich keineswegs vor …« Ärgerlich unterbrach er sich. Nun wollte sie ihn schon wieder in einen Streit verwickeln, so als wären sie beide Kinder. Das würde ihr nicht gelingen. Er stand auf und verneigte sich höflich. »Du möchtest deinen Vater jetzt begraben? Gut, dann soll es geschehen.« Als er zu ihr ging, wandte sie sich rasch ab, um zu fliehen, doch er packte sie bei den seidigen schwarzen Haaren und zerrte sie zurück. »Ich werde dich begleiten, Melisande. Hast du trotz deiner Eile auch dem treuen Gefolge deines Vaters mitgeteilt, daß wir ihm nun die letzte Ehre erweisen werden?«

Wütend riß sie ihm ihr Haar aus der Hand. »Ragwald verständigt alle Leute innerhalb der Mauern, und er wird von der Brustwehr aus die Außenposten rufen.«

»Also, dann gehen wir.« Er umfaßte ihren Ellbogen, und obwohl ihr die Berührung widerstrebte, wehrte sie sich nicht dagegen. Schweigend suchten sie den Nordturm auf. Die Kapelle füllte sich bereits. Philippe und Gaston standen neben dem aufgebahrten Grafen, der jetzt von einem weißen Tuch verhüllt wurde. Zu seinen Füßen kniete Ragwald, und Melisande schüttelte Conars Hand ab, um sich an der Seite ihres alten Lehrers niederzulassen.

Vater Matthew trat vor den Altar und sprach in bewegenden Worten über die Güte und Großmut seines verstorbenen Herrn, über sein viel zu frühes gewaltsames Ende. Leises Schluchzen erfüllte den Raum. Sogar in den Augen hartgesottener Krieger schimmerten Tränen.

Auch Conar trauerte um den außergewöhnlichen Mann, der diese schöne Festung erbaut und ihn hierher eingeladen hatte. Erst vor kurzer Zeit war sein Großvater zu Grabe getragen worden, der Ard-Righ von Irland. Er erinnerte sich noch gut, wie schmerzlich ihn der Verlust getroffen hatte, und sein Herz krampfte sich zusammen, während er seine kindliche Frau beobachtete, die so unglücklich hinter der Bahre kniete. Wenn sie doch aufhören würde, ihn zu bekämpfen ... Vielleicht könnten sie dann irgendwie zu einer Einigung gelangen.

Nach der Messe begann Manon de Beauvilles letzte Reise. Seine engsten Freunde trugen ihn zur Familiengruft, die unterhalb der Vorratsräume lag. Eine Doppeltür führte ins Dunkel der Krypta. Nur einige Fackeln spendeten Licht und wiesen den Weg zum steinernen Sarkophag, wo der Graf seine ewige Ruhe finden sollte.

Bis jetzt war seine Tochter nicht vor Kummer zusammengebrochen, und wenn sie geweint hatte, dann lautlos. Aber als Vater Matthew die letzten Worte sprach und sich alle zum Gehen wandten, blieb sie stehen. »Gebt mir eine Fackel, Philippe. Ich möchte ihn noch nicht allein lassen.«

Ihre Absicht mißfiel ihrem Ehemann. Der Feuerschein konnte die schwarzen Schatten im Hintergrund der Krypta nicht erreichen. Allzu viele Tote waren hier nicht bestattet, doch Conar sah die Umrisse einiger weiß verhüllter Gestalten auf den steinernen Podesten. An der Seite des Grafen lag vermutlich seine längst verstorbene Frau.

Ein gespenstischer Ort, dachte Conar, und gewiß nicht geeignet für ein junges Mädchen. »Das wäre unklug, Melisande«, mahnte er.

Hastig trat Philippe vor. »Mein Herr, ich flehe Euch an, erlaubt mir, hier bei ihr zu bleiben. Ich werde dafür sorgen, daß sie bald nach oben geht.«

Conar zögerte, dann seufzte er. »Nein, guter Mann, Ihr begleitet die anderen hinaus. Ich kümmere mich um meine Frau.«

Nur widerwillig nickte Philippe. Ehe er die Krypta verließ, steckte er seine Fackel in einen Wandhalter. Conar war mit Melisande allein. Sie kniete nicht nieder, stand zu Füßen ihres Vaters und neigte den Kopf. Ihre Augen sah er nicht, nur das dunkle Haar, das im Flammenlicht glänzte.

Er wartete geduldig, während die Zeit langsam verstrich. Die Fackel brannte herab. Schließlich ging er zu seiner Frau. »Komm jetzt mit mir.«

»Er wird so einsam sein, für immer in dieser Finsternis.«

»Sicher ist er längst im Himmel, wenn er nur die Hälfte der guten Taten begangen hat, die man ihm nachsagt.«

Nach einer Weile blickte sie auf. »Im Himmel? Oder in Walhall?« Sogar hier, an diesem ehrwürdigen Ort, versuchte sie, ihn herauszufordern.

Doch er zwang sich zur Ruhe und erwiderte kühl: »Vielleicht ist beides dasselbe. Und nun müssen wir endlich gehen.«

»Nur noch ein Gebet«, flüsterte sie, und er sah Tränen über ihre Wangen rollen — Tränen, die sie bisher so tapfer zurückgehalten hatte.

Da hob er sie hoch, und diesmal ließ sie es widerstandslos geschehen. Schluchzend preßte sie ihr Gesicht an seine Brust. Er trug sie aus der Krypta, schloß die schwere Tür hinter sich und schaute ins schwache Licht, das von der Treppe herabdrang.

Welch ein seltsames Gefühl, Melisande auf den Armen zu halten ... Er staunte selbst über die Zärtlichkeit, die sie in ihm weckte, und plötzlich wünschte er sich, sie zu trösten, sie stets zu beschützen.

Er setzte sich mit ihr auf die unterste Stufe, streichelte ihren Kopf, atmete den süßen Duft ihres weichen Haares ein. Behutsam wiegte er sie hin und her und spürte, wie das heftige Schluchzen ihren ganzen Körper erschütterte. Beruhigend sprach er auf sie ein und versicherte, der Schmerz würde nachlassen, nur die Erinnerungen seien unauslöschlich.

»Wie kannst du das wissen?« wisperte sie.

»Auch mir wurde ein Mensch genommen, der mir sehr nahestand. Wie dein Vater war er allseits beliebt.«

»Ein Wikinger?«

»Nein«, entgegnete er leicht belustigt, »der Ard-Righ, mein Großvater mütterlicherseits — einer der bedeutsamsten hohen Könige Irlands, die jemals die Herrscher von niedrigerem Rang um sich versammelt haben. Seiner Kraft und Weisheit verdanken wir den Frieden, in dem wir jetzt leben.«

Eine Zeitlang schwieg sie, dann sagte sie leise: »Aber du siehst jeden Tag den Tod.«

»Nicht jeden Tag. Ich suche ihn nicht. Eigentlich . . .«

Seine Stimme erstarb, und Melisande fragte zu ihrer eigenen Überraschung: »Was wolltest du sagen, Wikinger?«

Er seufzte. »Meine Mutter haßte es, wenn wir alle in der Kriegskunst unterwiesen wurden. Sie wünschte, das Schicksal ihrer Söhne würde sich auf irischem Boden in einem friedlichen Leben erfüllen. Aber mein Vater erklärte ihr, der Friede könne nur durch Stärke gesichert werden, und deshalb sei es die Pflicht ihrer Söhne, kämpfen zu lernen. Und tatsächlich — als mein Großvater starb und mein Onkel Niall den Platz des Ard-Righ einnahm, brach ein Krieg aus. Wir alle mußten zu den Waffen greifen, um den Frieden in unserem Land zu erhalten. Ich glaube, darin lag die größte Leistung meines Großvaters. Er wußte, wann man kämpfen und wann man verhandeln mußte. Und daß er sich niemals einfach zurücklehnen durfte, um zu warten, bis der Friede zu ihm kam.«

»Auch mein Vater wußte das. Seit er denken konnte, fielen die Dänen, die Norweger und die Schweden über uns her«, fügte Melisande hastig hinzu. »Also baute er eine starke Festung, deren Anblick allen Angreifern den Mut nahm. Doch dann wurde er schmählich hintergangen . . .« Plötzlich merkte sie, daß sie auf Conars Schoß saß, eine Hand an seine Brust gelegt hatte und daß seine

Tunika naß von ihren Tränen war. Rasch stand sie auf. »Ich fühle mich jetzt besser und ich werde nicht mehr weinen.« Sie wich vor ihm zurück, als er sich ebenfalls erhob, und ihre Augen leuchteten sogar im trüben Halbdunkel. »Du hast meinen Vater geehrt, und dafür danke ich dir. Eins muß ich dir trotzdem sagen, ich bin mit seiner Wahl nicht einverstanden, und ich finde, Ragwald hat sich abscheulich benommen. Du natürlich auch, aber du bist ein Wikinger, während er ein Christ ist und . . .«

»Melisande«, unterbrach er sie, »fast ganz Irland ist christianisiert.«

Doch sie achtete nicht auf seinen Einwand. »Außerdem war Ragwald der Freund meines Vaters und auch meiner. Er hätte es besser wissen müssen. Und wenn ich auch in deiner Schuld stehe, nachdem du Rache an Gerald geübt hast — diese aufgezwungene Ehe lastet schwer auf meiner Seele. Für mich bist und bleibst du ein Wikinger, einer von diesen Horden, die uns schon so lange heimsuchen. Und vergiß nicht, dein Vater ist widerrechtlich ins Land deiner Mutter eingedrungen. Deine Herkunft kann ich dir nicht verzeihen. Deshalb werde ich dir bis zu deiner Abreise aus dem Weg gehen.«

Diese hochmütigen Worte verschlugen ihm zunächst die Sprache. Mit schmalen Augen starrte er sie an. Sie eilte an ihm vorbei die Treppen hinauf, und er hätte sie zurückhalten können, aber er ließ sie gehen. »Was für ein Narr ich bin!« flüsterte er den kalten Wänden zu. »Nie wieder wird sie mich mit ihrer Dreistigkeit überrumpeln!« Nach einer Weile folgte er ihr ins Tageslicht hinaus.

Der Graf war bestattet, seine Untertanen hatten ihn beweint, aber nun mußte das Leben weitergehen. Kinder hüteten ihre Gänseschar, aus der Schmiede drang lautes Hämmern, der Duft von gebratenem Fleisch wehte durch den Hof. Conar wollte sich wieder in den Südturm zurückziehen, um die Pläne zu studieren, aber als er Melisande mit einem Wachtposten beim Brunnen stehen sah, hielt er inne. Der Junge war kaum älter als sechzehn Jahre und schien sie zu trösten. Er strich über ihr Haar, und sie lächelte wehmütig.

Wie vertraulich sie miteinander sprachen, wie sanft und melodiös Melisandes Stimme klang . . . Von unerklärlicher Wut erfaßt, ballte Conar die Fäuste und ging mit langen Schritten in den Südturm.

Inzwischen war die Tafel wieder gedeckt worden. Er setzte sich, begann zu essen, und bald leisteten ihm Philippe, Swen und Gaston Gesellschaft. Bereitwillig beantworteten sie seine Fragen nach der Festung.

Auch Ragwald kam herein und nahm zögernd Platz. Eine Zeitlang starrte er auf seinen Teller, dann schaute er Conar an und unterbrach das Gespräch. »Mein Herr, wenn ich fragen darf — wo ist Melisande? Ich fürchte, sie hat noch nichts gegessen.«

»Das wird sie sicher tun, wenn sie hungrig ist.«

»Aber . . .«

»Wahrscheinlich widerstrebt es ihr, mit mir am selben Tisch zu sitzen, Ragwald. Und sie wird sich auch sonst von mir fernhalten. In nächster Zukunft wird es keine Verständigung zwischen uns geben.«

Die anderen sahen Melisande noch nicht, aber er spürte ihre Anwesenheit und beobachtete aus den Augenwinkeln, wie sie zur Treppe schlich — offenbar entschlossen, allen zu entfliehen und ihr Zimmer aufzusuchen. Oder das Zimmer ihres Vaters — sein Zimmer.

»Mein Herr!« entgegnete Ragwald besorgt. »Soviel ich weiß, wollt Ihr nach Irland zurückkehren, nachdem Ihr unsere Position hier gestärkt habt. Dann würde ich Melisande betreuen, so wie immer . . .«

»Melisande wird sofort nach Irland segeln. Dort soll sie heranwachsen und in meinem Sinn erzogen werden.« Zu seiner Genugtuung sah Conar sie mitten in der Bewegung erstarren, während sie auf Zehenspitzen vorbeizuhuschen versuchte.

»Und wo genau wäre das?« erkundigte sich Ragwald bestürzt.

»Eine meiner Tanten ist Nonne. Bei ihr wird Melisande die nächsten Jahre verbringen.«

Jetzt schnappte sie vernehmlich nach Luft und vergaß ihre Absicht, unbemerkt nach oben zu flüchten. Sie rannte zum Tisch, besaß aber genug Geistesgegenwart, um außerhalb von Conars Reichweite stehenzubleiben. »Du wirst mich nicht in ein Kloster schicken!«

»Doch, denn ich halte das für die beste Lösung. Vorerst sollte die Ehe nicht vollzogen werden, darüber sind wir uns alle einig. Andererseits darfst du nicht dir selbst überlassen bleiben.«

»Ich gehöre hierher!«

»Seit gestern gehörst du auch nach Irland.«

»Ich soll in einem Kloster dahinvegetieren?«

Empört wandte sie sich zu Ragwald. »Ihr sagtet, wenn ich ihn heirate, würde ich ihn jahrelang nicht sehen. Weil er mich hinter Klostermauern verschwinden lassen will? Ist das der Grund?«

Schuldbewußt senkte der alte Mann den Kopf. »Mein Herr, wenn Ihr Euch das noch einmal überlegen würdet . . .«

»Das ist unnötig!« fiel Melisande ihm ins Wort. »Ich werde einfach nicht abreisen.« Und dann stürmte sie wütend davon.

Conar holte tief Luft und stand auf. Gegen seine eigene Frau durfte er keinen Kampf verlieren — schon deshalb nicht, weil sie noch ein Kind war. Ein schönes Kind mit violetten Augen und einem liebenswürdigen Lächeln, das sie für wesentlich jüngere Männer reservierte . . . »Morgen geht sie an Bord eines Schiffes, Ragwald. Und Ihr müßt hierbleiben.«

»Aber . . .«

»Ihr laßt Euch viel zu leicht von ihr beeinflussen, guter Freund. Und seid beruhigt, es gibt keine sanftmütigere, freundlichere, klügere Frau als meine Tante. Sie wird Melisande gut betreuen.« Mit diesen Worten verließ er die Halle, und alle wußten, daß er seine Frau nun vor vollendete Tatsachen stellen würde.

Wie er im Oberstock feststellte, hatte sie sich im Zimmer ihres Vaters eingesperrt. Er zögerte, dann warf er sich fluchend gegen die Tür. Obwohl der Lärm bis nach unten zur Tischgesellschaft drang, rammte er seine Schulter immer wieder gegen das Holz. Und als er Melisande schreien hörte, wußte er, daß der Riegel bald brechen würde.

Endlich flog die Tür auf, und Conar sah seine Frau hinter dem großen Bett stehen. Offenbar plante sie davonzulaufen, denn sie trug einen schweren Mantel und hielt einen Ranzen in der Hand. Seufzend schüttelte er den Kopf. Warum nur war er mit diesem Mädchen gestraft worden? »Wohin willst du gehen?«

»Weg!« wisperte sie. »Und ich komme erst zurück, wenn du verschwunden bist. Ich bin hier die Gräfin.«

»Morgen fährst du nach Irland.«

»Nein . . .«

»Doch.« Krachend schlug er die Tür hinter sich zu, dann setzte er sich und lehnte sich dagegen, die Hände bequem im Nacken verschränkt.

»Was tust du?«

»Ich passe auf dich auf — bis morgen früh. Beim ersten Tageslicht bringe ich dich auf eins meiner Schiffe, notfalls mit Gewalt.«

»Dann schreie ich, so laut ich kann, und meine Männer werden ihre Waffen gegen dich erheben!«

»Nun, das werden wir ja sehen.«

Sie dachte gar nicht daran, vor ihm zu kapitulieren.

Und es dauerte mehrere Stunden, bis sie den Ranzen fallen ließ und erschöpft aufs Bett sank.

Irgendwann in der Nacht schlief er ein, doch er spürte es sofort, als sie seinen Körper von der Tür wegzuschieben versuchte. »Laß das!« mahnte er.

Wütend sprang sie zurück und sank wieder aufs Bett. »Oh, ich hoffe inständig, du wirst einen langsamen, elenden Tod erleiden — und die Götter werden dir Walhalls Pforten verschließen!«

»Das wird noch lange nicht geschehen. Ich bin ein ausgezeichneter Krieger.«

»Irgendwann stirbt jeder.«

»Das stimmt. Aber mich wird deine böse Zunge eher in den Tod treiben als ein feindliches Schwert.«

»Du wirst bitter bezahlen für alles, was du mir antust!«

»Dafür zahle ich schon jetzt.«

»Laß mich hierbleiben!«

»Nein, mein Entschluß steht fest.«

»Dann besinne dich anders!«

»Niemals. Und ich kann es kaum erwarten, bis der Tag anbricht.«

»Ich reise nicht ab!«

»O ja, und wenn ich dich gefesselt und geknebelt aufs Schiff schleifen muß.«

Während die Sonne aufging, stand Conar an der Küste und beobachtete vier seiner Schiffe, die sich dem rosig schimmernden Meereshorizont näherten. Lächelnd schüttelte er den Kopf. Was für einen eisernen Willen Melisande besaß . . . Doch sie war abgereist, und er stellte sich vor, daß seine Leute sie vielleicht gerade aus dem Laken wickelten, in das er sie eingeschnürt hatte.

Immer wieder schmähte sie sein Wikingerblut. Nun erschien es ihm wie eine ironische Gerechtigkeit, daß er sein christliches irisches Erbe nutzen konnte, um sie zu bändigen.

Er lachte laut auf, dann hielt er plötzlich inne und erinnerte sich, was in ihm vorgegangen war, als er sie mit dem jungen Mann beim Brunnen hatte stehen sehen. Würde sie sich verändert haben, wenn er ihr das nächste Mal begegnete? Würden ihre leidenschaftlichen violetten Augen seinem Blick immer noch so herausfordernd standhalten?

9

Auf der Fahrt nach Wessex, Sommer, a.d. 884

»Wir nähern uns der Küste!« rief Bryan seinem Bruder zu. Conar hatte in den Wind geblickt, der die Schiffsreise nach Osten beschleunigt hatte. Nun drehte er sich lächelnd um und sah das Land — englischen Boden, beherrscht von Alfred dem Großen, dem schon zu Lebzeiten legendären König.

Dort besaß Eric MacAuliffe Ländereien, von Alfred verliehen, zum Dank für den Beistand während des erbitterten Kampfs gegen die dänischen Eindringlinge.

Während Conar das Meeresufer betrachtete, stieg neuer Zorn in ihm auf. Nach all den Jahren konnte Melisande seine Gefühle immer noch in Aufruhr bringen wie niemand anderer. An jenem Morgen, kurz nach der Hochzeit, hatte er ernsthaft beabsichtigt, ihre Gesellschaft vorerst zu meiden, aber nicht geahnt, wie oft sie sich von *ihm* trennen und wie mühelos sie seine Familie um den Finger wickeln würde.

Bald nachdem er sie nach Irland geschickt hatte, war er selbst dorthin zurückgekehrt, in der festen Überzeugung, seiner energischen Tante Bede wäre es gelungen, das wilde Mädchen zu zähmen. Doch wie er bei seiner Ankunft in Dubhlain erfuhr, hatte Melisande ihre gesamte neue Verwandtschaft bezaubert. Ihr Wissensdurst beeindruckte die Nonne dermaßen, daß sie ihren Schützling auf einer Pilgerfahrt quer durchs Land mitgenommen hatte. Auch Conars Bruder und seine Schwägerin Marina begleiteten sie sowie eine Auswahl der verläßlichsten Wachtposten. Seine Mutter versicherte, es bestehe kein Grund zur Sorge und Bede sei ganz begeistert von dem Mädchen.

»Melisande ist so unglaublich klug«, schwärmte Erin.

Und unglaublich tückisch, dachte Conar, aber er schwieg, weil seine Mutter so froh und zufrieden wirkte. Er saß an ihrem schönen Tisch in der großen warmen Halle von Dubhlain, und sie schlang die Arme um seinen Hals. »Erzähl mir von den Ländereien, die du erobert hast! Melisande vermißt ihr Zuhause sehr. Es muß wunderschön sein.«

Vielleicht sollte er erleichtert aufatmen, weil sich seine Frau in guten Händen befand — vor allem nicht in seinen eigenen. Später kam der König hinzu, und nachdem die Mutter sich zurückgezogen hatte, schilderte Conar ausführlich den Kampf um die Burg Manon de Beauvilles und die darauffolgenden Ereignisse. »Ich ließ die Mauern und Türme befestigen und verstärkte die tüchtige Schloßwache mit einem Teil meiner eigenen Leute. Ein bemerkenswertes Schloß, Vater. Der Graf verstand sehr viel von der Baukunst und übernahm die besten Errungenschaften der alten Römer, die er anhand einer nahen Ruine studiert hatte.«

»Trotzdem ist er Lug und Trug zum Opfer gefallen.« Olaf goß noch einmal Wein in den Kelch seines Sohnes.

»Ich habe seinen Mörder getötet.«

»Ja, das weiß ich, aber der Sohn des Verräters ist am

Leben. Du mußt dich in acht nehmen, denn dieser Feind wird dich immer wieder angreifen.«

»Vermutlich. Deshalb habe ich das Mädchen hierhergeschickt. Da ich Niall versprochen hatte, ich würde ihm helfen, Irland zusammenzuhalten, konnte ich nicht lange in der Festung bleiben. Und ich wagte nicht, Melisande zurückzulassen.«

Conars Vater beugte sich vor. »Du mußt sie stets im Auge behalten.«

»Hat sie euch soviel Ärger gemacht?«

»Ärger?« Lächelnd schüttelte Olaf den Kopf. »Sie ist ein wahrer Engel.«

»Sprichst du von Melisande?«

»Hier hat sie alle Herzen gewonnen, schon nach kurzer Zeit.«

»Vater, ehe sie dich vollends umgarnt, muß ich dir etwas sagen — sie verabscheut alle Wikinger, und daß ich nur ein halber bin, spielt für sie keine Rolle.«

Olaf lachte leise. »Auch deine Mutter verabscheut die Wikinger. Trotzdem leben wir seit vielen Jahren glücklich zusammen, und die Schiffe, die mit ihrem Segen aus unseren Häfen segeln, sind von norwegischer Bauart.« Er schwieg eine Weile, dann meinte er: »Es war ein kluger Entschluß, Melisande hierherzusenden. Aber viele Männer werden dir diese Ehe und das reiche Erbe neiden. Deshalb sollte sie von nun an immer in deiner Nähe bleiben.«

»Oder an einem sicheren Ort.«

Olaf nickte. »Ich weiß nicht, ob dir klar ist, was für ein erstaunliches Mädchen du für dich gewonnen hast.«

»Von Melisandes Klugheit konnte ich mich bereits überzeugen, ebenso von ihrer Fähigkeit, andere Menschen zu betören. So, wie es aussieht, hat sie meine Familie im Sturm erobert . . .«

»Wenn sie dich im Augenblick auch mehr ärgert als beglückt — sie ist eine außergewöhnliche Frau, die so manchen Mann reizen dürfte mit oder ohne Erbe.« Lebhaft stand Olaf auf, rückte Becher und Obstschüsseln zurecht, um eine Landkarte nachzubilden. »Hier haben wir Irland, hier Alfreds Wessex, da sind Gent und Brügge, die dänischen Stützpunkte. Und nun denk an das gesetzlose Chaos, das schon so lange an der Küste herrscht! Seit Charlemagne gab es keinen Führer, der die fränkischen Königreiche zu stärken vermochte. Als Ludwig der Fromme starb und das Land zwischen seinen Söhnen aufgeteilt wurde, öffneten sich den Dänen Tür und Tor. So sehr ich es auch bedaure, so etwas über diese Wikinger sagen zu müssen, mein Sohn — die meisten sind Söldner und kämpfen für jedes Heer, das sie gut bezahlt. Oft sehen sich die Krieger dieses oder jenes Herrn einem Feind gegenüber, der kurz zuvor an ihrer eigenen Seite gekämpft hat. Nun hält Alfred die Dänen von England fern, und die kriegerischen Eindringlinge suchen nach neuen Jagdgründen. Wir alle müssen in den nächsten Jahren unsere Verteidigungsbastionen festigen. Und du, Conar, mußt verhindern, daß deine Frau in die Hände eines Mannes fällt, der eure Ehe mühelos annullieren lassen könnte, um sie selbst zu heiraten. Ich warne dich! Die Erbin einer so schönen Liegenschaft mit sicherem, natürlichem Hafen ist eine begehrenswerte Beute. Deshalb solltest du stets für Melisandes Wohlergehen sorgen.«

»Das würde ich gern tun, Vater, aber nun hat sie dir die Erlaubnis zu dieser Reise quer durchs Land abgerungen.«

»Ich dachte, du würdest nichts dagegen haben.«

Conar hob eine Hand. »Schon gut, es macht mir nichts aus.« Und das stimmte. Er hatte Melisande nach Irland geschickt, um sie vorerst loszuwerden. Trotzdem war er jetzt verstört. Einerseits wollte er nicht, daß sie ihm zur Last fiel, und andererseits . . . Sein Vater brauchte ihn nicht zu ermahnen. Von nun an würde er sie nicht mehr aus seinen wachsamen Augen lassen, wenn er auch glaubte, bei Bede wäre sie in Sicherheit.

Obwohl Melisande im Schutz seines Bruders auf Reisen ging, fühlte sich Conar beunruhigt. Seit dem Tod seines Großvaters hing der Frieden in Irland oft an einem seidenen Faden. Schon vierzehn Tage nach seiner Heimkehr wurden sie in den Norden gerufen und halfen Onkel Niall, Ulster vor dänischen Eindringlingen zu schützen.

Der Angriff wurde zurückgeschlagen, noch ehe alle irischen Könige ihre Streitkräfte sandten.

Wenn der Feldzug auch lange dauerte, so erlitten sie keine allzu schlimmen Verluste. Die Iren hatten zu kämpfen gelernt. Viele einstige Feinde Olafs des Weißen zählten nun zu seinen eifrigsten Anhängern. Sie wußten, wie gut er es verstand, die Strategien im Krieg gegen die früheren gemeinsamen Gegner — die Dänen — zu planen.

Olaf stand an der Seite seines Schwagers Niall von Ulster, des neuen Ard-Righs, und die Treue, die sie einander hielten, festigte alle Bande in irischen Kreisen.

Der Feldzug verlief erfolgreich, schien aber kein Ende zu nehmen. Olaf ritt zwischendurch immer wieder nach Dubhlain, aber Conar fühlte sich verpflichtet, in Nialls Stellung auszuhalten. Die Sicherung seines Landbesitzes in Frankreich mußte warten. Swen schickte Nachrichten nach Dubhlain, die von dort zu seinem Herrn in den Norden gelangten. Es gab nichts zu befürchten, die Festung an der Küste Frankreichs befand sich in guten Händen. Ebenso wie Melisande. Er dachte kaum an sie.

Als er nach Dubhlain zurückkehrte, waren über zwei Jahre verstrichen, seit er seine junge Frau zuletzt gesehen hatte. Nun stürzte sie ihn in große Verwirrung. Bei seiner Ankunft saß sie mit Erin in der Schloßhalle, so ruhig und würdevoll, daß er sie zunächst gar nicht bemerkte. Doch als er sie dann entdeckte, fragte er sich, wie er sie hatte übersehen können. Eine erstaunliche Veränderung war mit ihr vorgegangen.

Ihr Körper zeigte weiblichere Formen, das Violett ihrer Augen hatte sich vertieft. Conar fand sie unglaublich schön, und er erkannte sofort, daß sie kein Kind mehr war. Nur eins hatte sich nicht verändert — der Haß in ihren Augen. Sie konnte ihm noch immer nicht verzeihen. Trotzdem begrüßte sie ihn formvollendet, was ihn ein wenig belustigte, bot ihm beide Wangen zum Kuß dar und erkundigte sich höflich nach seinem Befinden. Dann ergriff sie allerdings die Flucht, sobald es der Anstand erlaubte.

Zu seiner Überraschung kam sie zu ihm ins Zimmer, nachdem er ein Bad bestellt hatte, wahrte Abstand, vertrat jedoch sehr entschieden ihren Standpunkt. »Nun bin ich schon über zwei Jahre hier.«

Müde überlegte er, warum sie ihn ausgerechnet jetzt plagen mußte. Er legte einen Waschlappen über seine Augen und lehnte sich in der Holzwanne zurück. »Ja, in der Tat.«

»Ich kam auf deinen Wunsch in dieses Land . . .«

»Weil du keine Wahl hattest.«

»Die ganze Zeit war ich eine eifrige Schülerin und ein guter Hausgast. Das werden dir deine Mutter und dein Vater bestätigen.«

»Mein Vater, der Winkinger?« spottete Conar und hörte, wie sie sich der Wanne näherte. Etwas unsicher entfernte er den Lappen von seinen Augen und beobachtete sie argwöhnisch. »Was willst du?«

»Ich möchte nach Hause fahren.«

Seufzend lehnte er sich wieder an den Wannenrand. Dann zuckte er verblüfft zusammen, als er Melisandes Hände auf seinem Rücken spürte. Mit Hilfe des Waschlappens seifte sie ihn ein, massierte seine Schultern und lockerte die angespannten Muskeln.

»Natürlich hast du hier Verpflichtungen«, fuhr sie fort, »aber ich glaube, meine Heimkehr ist dringend erforderlich.«

»Mein Nacken.«

»Was?«

»Ein bißchen höher . . . Massier mir den Nacken.«

Genüßlich überließ er sich ihren Fingern, die alle Verkrampfungen lösten. Ihrem geliebten Vater hatte sie sicher oft solche Dienste erwiesen und sich dabei entsprechende Fähigkeiten angeeignet. Erneut wurde ihm bewußt, wie verändert sie war. Ihr süßer Duft stieg ihm in die Nase, und ihre Berührungen wirkten sinnlich.

Er biß die Zähne zusammen, starrte ins Wasser und merkte, wie die Anspannung auf andere Art in seinen Körper zurückkehrte. Beinahe stöhnte er bei dem Gedanken, wie viele Männer glauben mochten, Melisande wäre längst alt genug, um *alle* ehelichen Pflichten zu übernehmen.

Noch nicht! So lange er keine richtige Ehe mit ihr führte, brauchte er seine Lebensweise nicht zu ändern. Nicht weit von seinem Elternhaus entfernt, außerhalb der Mauern von Dubhlain, stand ein kleines Bauernhaus. Dort wohnte eine schöne goldblonde Witwe namens Bridget, die oft genug sein Verlangen stillte, ohne Forderungen zu stellen. Nein, er war nicht bereit, irgend etwas daran zu ändern.

Aber diese zarten und doch kräftigen Finger an seinem Nacken weckten ein unwillkommenes Feuer — und einen neuen Gedanken, mit dem er noch lange nicht gerechnet hatte. *Bald*. Schon jetzt könnte er Melisande in sein Bett holen, sie war unverkennbar zur Frau herangereift.

»Nun?« fragte sie.

»Was meinst du?«

»Darf ich nach Hause fahren? Gewiß wären einige Ritter deines Vaters bereit, mich zu begleiten . . .«

»Nein«, fiel er ihr ins Wort. Nachdem er soeben die verführerische Wirkung ihrer Reize festgestellt hatte, sollte er sie anderen Männern anvertrauen?

»Wie bitte?« Sie ließ die Hände von seinen Schultern sinken und eilte ans andere Ende der Wanne, die Augen dunkel vor Zorn.

»Ich habe nein gesagt, Melisande.«

»Aber ich bin so lange hiergeblieben, widerstandslos . . .«

»Keineswegs! Als ich zum erstenmal nach unserer Hochzeit in Dubhlain eintraf, warst du verreist. Und du bist sicher nur deshalb so fügsam hiergeblieben, weil mein Vater, der *Wikinger,* ein strenges Auge auf dich geworfen hat.«

Ihre Lippen zitterten. »Ich *muß* nach Hause!«

»Nein.«

»Du verstehst das nicht . . .«

»Mein Entschluß steht fest. Und wenn du mir nicht mehr die Schultern massieren willst, kannst du jetzt gehen.« Als sie sich nicht von der Stelle rührte, fügte er hinzu: »Es sei denn, du möchtest zu mir in die Wanne steigen. Lange genug habe ich mich zurückgehalten, deiner *süßen* Unschuld zuliebe. Aber da du mir so hartnäckig Gesellschaft leistest, gewinne ich beinahe den Eindruck, es könnte dich drängen, endlich deine ehelichen Pflichten zu erfüllen.«

Das Blut stieg ihr in die Wangen. Hastig wandte sie sich ab und ging zum Herdfeuer, über dem ein dampfender Kessel hing. »Ach ja, meine ehelichen Pflichten . . . Ich werde dein Bad etwas erwärmen.«

Zu spät erkannte Conar ihre Absicht. Kochend heißes Wasser ergoß sich über seinen Rücken. Mit einem wilden Wutschrei sprang er aus der Wanne, gerade noch rechtzeitig, um gefährlichen Brandwunden zu entrinnen.

Von panischer Angst erfaßt, starrte Melisande seinen

nackten Körper an. Klirrend fiel der Kessel zu Boden. Sie wollte fliehen, aber Conar packte sie an den Haaren und riß sie in seine Arme.

Vielleicht war es für beide eine Offenbarung. Er hatte nicht geahnt, wie heftig es ihn erregen würde, ihre weichen Brüste unter dem dünnen Leinenkleid zu spüren, fest an seine harten Muskeln gepreßt. Und die intime Nähe seines erhitzten Körpers traf sicher auch Melisande völlig unvorbereitet. Er hörte, wie sie den Atem anhielt und spürte ihren beschleunigten Herzschlag. Nein, seine Leidenschaft konnte ihr nicht entgehen. Er schaute ihr eindringlich in die Augen. »Inzwischen mußt du die Trauer um deinen Vater einigermaßen verwunden haben, und ich sehe keinen Grund mehr, dich zu schonen. Deshalb will ich dich warnen. Versuch nie wieder, mich anzugreifen! Du würdest es bitter bereuen.«

»Bitte!« flüsterte sie. »Laß mich los!«

Conar erfüllte ihren Wunsch, dann fluchte er erbost, weil sie ihn blitzschnell gegen das Schienbein trat, ehe sie aus dem Zimmer floh.

Während der nächsten Wochen ging sie ihm aus dem Weg. Das fiel ihr nicht schwer, denn seine Mutter hatte ihr Räume im Stockwerk oberhalb seines Schlafgemachs zugewiesen, im Glauben, die Aussicht auf den Fluß würde Melisande über die Sehnsucht nach dem heimischen Meer hinwegtrösten.

Pflichtbewußt erschien sie zu den Mahlzeiten und beantwortete höflich Conars Fragen, was sie vermutlich nur tat, um den guten Eindruck nicht zu beeinträchtigen, den sie auf seine Familie gemacht hatte. Widerwillig bewunderte er Melisandes Klugheit. Ihre irischen und norwegischen Sprachkenntnisse, bereits in der Heimat erworben, hatte sie mühelos perfektioniert.

Er selbst und seine Geschwister beherrschten die Sprachen der Nachbarvölker jenseits der Meere, denn sein Vater hatte erkannt, daß ein Teil seiner großen Kinderschar in ferne Länder ziehen mußte, und für die nötige Vorbereitung gesorgt. Graf Manon hatte seiner Tochter wahrscheinlich eingeprägt, sie müsse die Sprachen der Wikinger verstehen, die seine Festung immer wieder attackierten. Dies sei ein notwendiger Selbstschutz und hilfreich bei eventuellen Verhandlungen.

Im Schloß Dubhlain unterhielt sich Melisande angeregt mit Conars Schwestern und Brüdern, gebrauchte deren Sprache so fließend, als wäre sie hier geboren. Leith, Conan, Elizabeth und Megan besuchten häufig die königliche Residenz, zusammen mit ihren Kindern, die munteres Leben ins Haus brachten. Die jüngste Schwester Daria und Eric hielten sich meistens an König Alfreds Hof auf. Bryan und Bryce, zwei beziehungsweise vier Jahre jünger als Conar, ergriffen bei den Tischgesprächen lebhaft die Initiative, wann immer sie nach Hause kamen. Viel öfter standen sie ihrem Onkel Niall gegen die Dänen bei. Und jedesmal, wenn sie in den Krieg zogen, schaute die Mutter ihnen bedrückt nach, obwohl sie längst daran gewöhnt war. Früher hatte sie ihre Brüder für den Frieden kämpfen sehen, jetzt mußte sie um ihre Söhne bangen.

Manchmal speiste auch Bede in Olafs Schloß, sie schien zu glauben, Conars Wünsche erfüllt zu haben, was die Erziehung seiner Gemahlin betraf. In den ersten Monaten hatte sie Melisande bei sich im Kloster aufgenommen, ihre Studien überwacht und ihr tadellose Manieren beigebracht. Jetzt gab es nichts mehr an der jungen Dame auszusetzen.

Offensichtlich hatte sie ihre Schwiegereltern liebgewonnen und mit Bryce und Bryan Freundschaft geschlossen. Conar sah sie immer wieder mit den beiden lachen. Und dann leuchteten ihre Augen. Als er Melisande einmal beobachtete, spürte er den Blick seines Vaters und mußte ihm recht geben. Sie war tatsächlich ein Mädchen, das die Männer nicht nur mit ihrer Schönheit zu bezaubern wußte. Seine Brüder standen völlig im Bann ihres Charmes.

Nicht lange nach seiner Heimkehr überbrachte eines der Schiffe, die ständig zwischen Dubhlain und der fränkischen Festung verkehrten, eine Nachricht von Swen. Conars Anwesenheit in seinem neuen Zuhause sei dringend erforderlich. Man habe beunruhigende Aktivitäten in den benachbarten Ländereien bemerkt, im Westen des Grats. Geralds Sohn schien einen Angriff zu planen.

Conar zog es vor, seiner Frau zu verschweigen, was er erfahren hatte. Aber er wußte nicht, daß sie regelmäßig lange Briefe von Ragwald erhielt und auch beantwortete, um ihren Leuten zu Hause über alle Ereignisse in Dubhlain zu berichten. Entschlossen erklärte sie ihrem Mann, sie würde ihn nach Frankreich begleiten, er aber lehnte ebenso entschieden ab.

Sie widersprach nicht mehr, und das hätte ihn warnen müssen. Beinahe wäre es ihr gelungen, ihn zu überlisten. In der Nacht vor seiner Abreise blieb er sehr lange bei Bridget, seiner Geliebten. Danach schlich er ins Schloß seines Vaters, möglichst leise, um niemanden zu wecken.

Und da entdeckte er Melisande. Genauso lautlos huschte sie die Treppe hinab, einen weiten Mantel mit Kapuze um die Schultern gehängt und einen Lederranzen in der Hand. Offensichtlich wollte sie sich auf einem seiner Schiffe verstecken. Er wartete, bis sie in die Halle kam, und beobachtete sie im schwachen Schein des Kaminfeuers, von wachsendem Zorn erfaßt. Um ihn zu hintergehen, hatte sie nur so getan, als würde sie sich seinen Anordnungen fügen.

Vorsichtig schaute sie sich um, sah ihn aber nicht, weil er vor der Tür im Schatten stand. Als sie nach dem Riegel greifen wollte, berührte sie Conars Brust und schrie beinahe auf. Rasch preßte er ihr eine Hand auf den Mund.

»Wohin des Weges, Gräfin?« flüsterte er in ihr duftendes Haar und gab ihre Lippen frei.

»Ich wollte nur im Mondlicht spazierengehen. Laß mich los . . .«

Trotz ihres erbitterten Widerstands hob er sie hoch und trug sie die Treppe hinauf. Sie begann erneut zu schreien, und er mußte ihr wieder den Mund zuhalten. Statt ihr Zimmer aufzusuchen, brachte er sie in sein eigenes, warf sie aufs Bett, schloß die Tür und schob den Riegel vor. Als er zu ihr zurückkehrte, war sie aufgesprungen und starrte ihn herausfordernd, aber auch ängstlich an.

An die Tür gelehnt, verschränkte er die Arme vor der Brust. »Nun, was hattest du vor?«

»Das sagte ich bereits«, erwiderte sie eigensinnig. »Ein Spaziergang im Mond . . .«

»Vielleicht zu den Schiffen?«

Melisandes Augen verengten sich. »Vielleicht hatte ich Sehnsucht nach dir und wollte sehen, wann du endlich von deiner Hure zurückkommen würdest.«

»Was ich zu bezweifeln wage . . .« Langsam ging er zum Bett und blieb vor seiner Frau stehen. »Aber ich wußte natürlich nicht, wie aufmerksam du meine Aktivitäten verfolgst. Ich gewann stets den Eindruck, daß du in meiner Abwesenheit am glücklichsten wärst.«

Melisande senkte die Lider mit den dichten Wimpern. »Das stimmt«, wisperte sie.

»Trotzdem leidest du so sehr unter unserer morgigen Trennung, daß du dich auf einem meiner Schiffe verstecken willst? Übrigens konnte ich nicht ahnen, wie sehr dich meine Lebensweise stört. Fühlst du dich vernachlässigt? Hättest du mir deine leidenschaftlichen Gefühle gezeigt, wäre ich niemals auf den Gedanken gekommen, woanders zu schlafen.«

»Es kümmert mich nicht, wo du schläfst!« zischte sie. »Meinetwegen bei der Schafherde deines Vaters!« Wenn er auch in gleichmütigem Ton gesprochen hatte, so spürte sie doch seine Erschöpfung und seinen Zorn. Vorsichtig trat sie einen Schritt zurück. »Ich will nur eins — nach Hause fahren.«

Seufzend legte er seinen Umhang ab und warf ihn auf die Truhe am Fußende des Betts. »Vorerst kannst du nicht nach Frankreich reisen, Melisande.«

»Das werden wir ja sehen.« Sie wollte an ihm vorbeilaufen, aber er packte ihr Handgelenk und warf sie wieder aufs Bett.

»Gar nichts werden wir sehen. Es wäre zu gefährlich. Du bleibst hier.«

Erbost starrte sie ihn an, und er las in ihren Augen, was sie vorhatte — zum Schein in ihr Zimmer zurückzukehren und später erneut die Flucht zu wagen. Er kniete neben ihr nieder und löste die Spange, die ihren Mantel an der Schulter zusammenhielt. »Was tust du?« fragte sie erschrocken und versuchte, seine Hände festzuhalten, doch er wehrte sie ab, gab keine Antwort und schleuderte den Umhang beiseite.

Fast schmerzhaft umklammerte er ihre Schultern. »Vielleicht sollte ich meine nächtlichen Aktivitäten auf dich konzentrieren. Es wäre an der Zeit . . .«

»Nein!« unterbrach sie ihn mit zitternder Stimme. »Ich bleibe hier, das verspreche ich . . .«

»Natürlich bleibst du hier. Das sagte ich bereits.«

»Wenn ich jetzt in mein Zimmer gehen darf . . .«

Da erhob er sich, drückte sie rücklings aufs Bett und streckte sich neben ihr aus. »Du wirst hier schlafen, Melisande«, entgegnete er und schlang einen Arm um ihre Taille. »Und zwar reglos und stumm — bis ich merke, daß du alt genug bist, um all die süßen Pflichten einer Ehefrau zu erfüllen.«

Ausnahmsweise fügte sie sich widerstandslos in ihr Schicksal. Während der restlichen Nacht wagte sie sich nicht zu rühren. Er selbst konnte kein Auge zutun. Unentwegt roch er den verführerischen Duft ihres Haars, spürte ihren warmen Körper. Und wann immer sie sich im Schlaf bewegte, erkannte er viel zu deutlich, daß sie zur Frau erblüht war. Es war eine betörende, aber grausame Qual, ihre Brüste an seinem Rücken zu spüren. Die Hitze seines Verlangens verblüffte ihn, und er biß ärgerlich die Zähne zusammen. Wahrscheinlich betet sie jeden Tag um meinen Tod, sagte er sich. Sie haßt mich, sie bekämpft mich. Nein, er wollte sie nicht begehren, nur zähmen. Er zwang sich, an die Stunden mit Bridget zu denken, doch sie schienen plötzlich zu verblassen.

Er wartete das Morgengrauen nicht ab und ging schon vorher an Bord — in der beruhigenden Gewißheit, daß Melisande ihm nicht folgen konnte. Sein Bruder Bryce bewachte sie. Auch Olaf wußte um die Gefahr, in der sie schweben würde, hätte sie ihren Mann begleitet. Niemals würde er ihr gestatten, das Schloß zu verlassen. Erleichtert wurde Conar an der Küste Frankreichs von Swen, Brenna, Philippe, Gaston und Ragwald begrüßt. Der alte Mann war sichtlich enttäuscht, da er sich vergeblich auf ein Wiedersehen mit Melisande gefreut hatte, verstand aber die Beweggründe ihres Ehemanns.

Während sie in der großen Halle saßen, berichtete Swen von einem Grafen namens Odo, der in der Nähe lebte und sehr schnell zu Macht und Ansehen gelangt war.

Erst neulich hatte er die Festung besucht. »Natürlich haben wir ihn in Eurem Namen großzügig bewirtet, mein Herr. Nur eins gibt mir zu denken. Er möchte Euch und den jungen Geoffrey, Geralds Erben, so schnell wie möglich veranlassen, einen Friedensvertrag zu unterzeichnen. Ich erklärte ihm, sicher sei es schwierig, mit dem Mann Frieden zu schließen, dessen Vater den Grafen Manon ermordet hat. Aber Odo will Euch unbedingt sehen.

Übrigens ist ihm die Gefahr, die uns von den Dänen droht, durchaus bewußt.«

»Dann müssen wir ihn über meine Rückkehr verständigen.«

»Ich war bereits so frei, das zu erledigen, denn ich nahm an, daß Ihr in dieser Woche eintreffen würdet.«

Conar nickte, dann gestand er, die Reise habe ihn ermüdet. Er würde sie alle am nächsten Morgen wiedersehen. Zufrieden stellte er fest, wie gut es seinen fränkischen Untertanen ging. Der Handel zwischen dieser Küste und Irland florierte. Von hier aus segelten die Schiffe mit Wein, Salz und Webstoffen nach Dubhlain und kehrten mit Metallgeräten, erstklassigen Waffen aus den Werkstätten seines Vaters, Schafwolle und den wertvollen Juwelen zurück, für die seine Heimat berühmt war.

Inzwischen hatte man das gesamte Eigentum des verstorbenen Grafen aus seinem Schlafzimmer entfernt und durch Conars Sachen ersetzt. Auf dem Waschtisch lag sein Kamm aus Schildpatt. Offenbar erwarteten die Dienstboten, er würde nicht mehr getrennt von seiner Frau schlafen, denn er fand auch Dinge, die ihr gehörten — darunter eine schöne Haarbürste und ihr vergoldetes Kettenhemd. In dieser Nacht lag er wieder wach und fragte sich, warum. Rastlos warf er sich umher. Er mußte Melisande endlich vergessen, denn er hatte soviel anderes zu überlegen. Aber auch die Gedanken an Odo und Geoffrey verfolgten ihn. Endlich sank er in einen unruhigen Schlaf und stand schon zeitig auf, keineswegs erfrischt und ausgeruht. Wie er plötzlich erkannte, gab es in seinem Leben kein wichtigeres Ziel, als den Besitz dieser Festung und seine Ehe zu verteidigen. Was von beidem ihm mehr bedeutete, wußte er nicht genau.

In den nächsten Tagen ließ seine innere Anspannung etwas nach. Schmerzlich hatte er Brenna und Swen vermißt. Nun genoß er das Wiedersehen, und er freute sich auch, daß Philippe und Gaston in unwandelbarer Treue zu ihm standen.

Gaston und Ragwald dienten ihm als Boten während der Monate, in denen er einen regen Meinungsaustausch mit Graf Odo pflegte. Auch bei der ersten Begegnung ritten die beiden Franken hinter ihm und bekundeten ihre unwandelbare Loyalität gegenüber dem Mann, der Graf Manons Erbin geheiratet hatte. Sie geleiteten den Gast in die Halle und nahmen Platz.

Schon bald empfand Conar Bewunderung für Odo. Der zehn Jahre ältere Mann legte mehr Wert auf Taten als auf Worte, ein kluger Krieger mit dem nötigen Weitblick. Er war nicht so groß wie der Wikinger, doch der hatte den Körperbau des Vaters geerbt und überragte fast alle seine Geschlechtsgenossen. Aber mit seinen breiten Schultern, dem schwarzen Haar und den haselnußbraunen Augen sah der Graf sehr eindrucksvoll aus.

Sie sprachen über König Alfred, der sein englisches Reich so erfolgreich verteidigte, daß die Dänen nun anderswo nach leichterer Beute suchten. Dann schnitt Odo das Thema einer Friedenspolitik im eigenen Land an, und Conar antwortete, so ehrlich er es vermochte. »Vorerst weigere ich mich, einen Vertrag mit Geoffrey zu unterschreiben. Vielleicht ist er unschuldig und will tatsächlich Frieden mit mir schließen. Aber Vertrauen muß erst einmal verdient werden, Graf Odo. Sein Vater hinterging Manon, den Vater meiner Frau, und ermordete ihn. Doch wer weiß, nach einiger Zeit . . .«

Odo nickte und beugte sich vor. »Man könnte gewisse Arrangements treffen, dann könntet Ihr in Geoffreys Nachbarschaft ruhiger schlafen.« Nach einer kurzen Pause fuhr er fort, und Conar hörte interessiert zu. »Wenn Ihr mit Melisande nach Rouen reiten und Euer Ehegelübde vor einem Bischof bekräftigen würdet, wäre Euch die Anerkennung des Papstes sicher.«

»Das läßt sich regeln. Ich werde die nötigen Vorbereitungen treffen.«

»Ihr müßt mich einmal mit Eurer Frau besuchen. Dann sollten wir unsere Angelegenheiten noch einmal erörtern. Wir dürfen nicht zu lange warten.«

Conar stimmte zu, und nachdem sein Besucher davongeritten war, merkte er, daß gewisse Schloßbewohner das Gespräch in der Halle belauscht haben mußten. Wenig später setzten sich Brenna, Philippe, Swen, Gaston und Ragwald zu ihm an den Tisch.

»Nun, Astrologe, was haltet Ihr von dem Mann?« erkundigte sich Conar.

Der alte Lehrer schaute Brenna an. Offensichtlich hatte sich zwischen den beiden ein inniges Einvernehmen entwickelt, und sie konnten sich mit Blicken verständigen. »Nun, ich glaube, Odo wird bald der mächtigste Aristokrat in Frankreich sein«, antwortete Ragwald.

»Und was meinst du, Brenna? Kann man ihm trauen?«

Nur zögernd nickte sie. »Odo selbst kennt keine Tücke. Aber ich fürchte, in seinem eifrigen Streben, eine geschlossene fränkische Front zu schaffen, wird er vielleicht manchmal auf Menschen bauen, die es nicht verdienen. Andererseits hängt das Schicksal dieses Volkes von seiner Stärke ab. Gewiß ist er ein guter Verbündeter.«

»Nun, dann werde ich Melisande hierherbeordern, so wie er es vorgeschlagen hat.« Conar verbarg sein Unbehagen. Endlich hatte er aufgehört, an sie zu denken, und sich auf seine Geschäfte konzentriert. Erst seit kurzem kannte er die faszinierende Witwe eines flämischen Barons, die in der Stadt westlich von der Festung wohnte. Gelegentlich verspürte er Gewissensbisse, wenn er seine neue Geliebte besuchte, aber er konnte endlich wieder ruhig schlafen. Und jetzt sollte dieses angenehme Leben wieder von seiner Frau mutwillig gestört werden?

Doch das ließ sich nicht umgehen. Zunächst hatte er

beabsichtigt, seinem Vater zu schreiben und ihn zu bitten, Melisande nach Frankreich zu schicken. Doch dann beschloß er, sie abzuholen. Er schickte ihr eine Nachricht, um sie auf seine Ankunft vorzubereiten, erwähnte aber nicht, daß er sie nach Hause bringen wollte. Sollte sie ruhig noch eine Weile im Ungewissen bleiben. Während seiner Abwesenheit hatte sie sicher viel gelernt, aber Demut und Gehorsam zählten wohl kaum zu ihren neuerworbenen Tugenden. Sie war stolz wie eh und je, daran zweifelte er nicht, und viel zu sehr auf ihre Unabhängigkeit bedacht.

Zu seiner größten Bestürzung traf er sie nicht an, als er das Schloß von Dubhlain betrat. Auch sein Vater begrüßte ihn nicht, und das war sehr merkwürdig. Nichts war vorbereitet, obwohl Erin, eine leidenschaftliche Verfechterin der berühmten irischen Gastfreundschaft, alle Gäste, auch fremde Leute, reichhaltig bewirtete. Und wenn ein Sohn heimkehrte, hätte sie am liebsten den Mond vom Himmel heruntergeholt. Nun saß sie unglücklich in der Halle, ließ eine Mahlzeit vorbereiten und schaute Conar an, die smaragdgrünen Augen voller Sorge. »Wir hatten keine Ahnung, daß du kommen würdest.«

»Aber ich habe Melisande den Zeitpunkt meiner Ankunft mitgeteilt.«

»Dann muß es sich um ein Mißverständnis handeln.« Erin runzelte die Stirn. »Vor einer Woche ist sie mit Daria und Bryce nach Wessex zu Erics Festung gesegelt. Offensichtlich hat sie deine Botschaft nicht erhalten.«

Heller Zorn ließ das Blut in seinen Ohren rauschen. »Doch, Mutter, ganz bestimmt.«

»Dein Vater und ich gaben ihr die Erlaubnis zu dieser Reise. In der Obhut deiner Geschwister kann ihr nichts zustoßen. Sie werden nicht einmal in die Nähe der fränkischen Küste geraten.«

»Schon gut. Gewiß wird Eric gut auf sie aufpassen.«

»Es tut mir wirklich leid, Conar. Sie lebt nun schon so lange bei uns, daß ich sie fast wie eine Tochter liebe. Und als sie erklärte, wie gern sie Alfreds England kennenlernen würde, sahen wir keinen Grund, ihr diesen Wunsch abzuschlagen. Natürlich werde ich Eric sofort benachrichtigen und ihn bitten, deine Frau zurückzubringen.«

Conar schüttelte den Kopf. »Bemüh dich nicht, ich hole das Mädchen selbst. Vielleicht will Bryan mit mir segeln, denn hier dürfte im Augenblick alles unter Kontrolle sein. Morgen früh reise ich ab.« Er küßte die Stirn seiner Mutter und wandte sich zum Gehen, aber ihre sanfte Stimme hielt ihn zurück.

»Sie ist kein *Mädchen* mehr, sondern eine Frau. Das solltest du bedenken.«

»Natürlich, Mutter.«

Ob Mädchen oder Frau — er glaubte nicht, daß sich irgend etwas zwischen ihnen verändert hatte. Oder doch?

Während er die Küste von Wessex ansteuerte, überlegte er immer noch, ob Melisande seine Nachricht erhalten hatte. Wahrscheinlich schon. Und um auf ihre ganz besondere Weise zu antworten, war sie einfach verschwunden.

»Streicht die Segel!« befahl er seinen Männern und hörte wenig später, wie die flatternden Planen eingeholt wurden. Er stand im Bug seines Drachenschiffs und betrachtete die Festung seines Bruders, die immer näher rückte. Eric eilte zur Küste herab, um ihn zu begrüßen, begleitet von seiner Frau Rhiannon und den Kindern. Auch Bryce und Daria erschienen und winkten begeistert. Alle waren versammelt, das Gefolge und viele alte Freunde. Nur Melisande fehlte.

Mühsam unterdrückte Conar seinen Zorn. Wo zum Teufel mochte die kleine Hexe stecken? Aber er würde sie finden — und sie zwingen, ihn gebührend zu begrüßen.

10

»Er ist da.«

Bestürzt sprang Melisande auf. Sie hatte am Flußufer mit nackten Füßen im kühlen Wasser gesessen und den schönen Sommernachmittag genossen.

Sie war nicht allein hierhergekommen. Gregory von Mercia, ebenfalls Erics Hausgast, leistete ihr Gesellschaft — ein hübscher Junge, ein Jahr älter als sie mit kastanienbraunem Haar und freundlichem Lächeln. Unermüdlich bemühte er sich um Melisande. Sie ritten miteinander aus, gingen auf die Jagd und führten lange Gespräche. — Manchmal schwiegen sie einträchtig, so wie jetzt am Wasserrand.

Solche stillen Augenblicke wußte sie zu schätzen, denn dann konnte sie ihrer Phantasie freien Lauf lassen. Auch diesmal schwelgte sie in angenehmen Tagträumen, bis sie von Mergwin gestört wurde, dem sonderbaren Mann, der ein enger Freund des verstorbenen irischen Ard-Righs gewesen war.

Melisande hatte gedacht, vorerst würde Conar nicht zu ihr kommen, sondern nach seiner Ankunft in Dubhlain beschließen, das Wiedersehen noch eine Weile hinauszuschieben und sich seinen Seelenfrieden etwas länger zu erhalten. Wie schade, daß sie sich getäuscht hatte — ausgerechnet jetzt, wo sie zum erstenmal seit Jahren wieder Freude am Leben fand, sogar an so einfachen Dingen wie diesen beschaulichen Stunden am Fluß . . .

Er strömte außerhalb der Festungsmauern dahin, und niemand fand es unschicklich, wenn sie mit Gregory hierherritt, denn er war ein vorbildlicher junger Edelmann, der ihr nie zu nahe trat. Nicht einmal Eric, der Schloßherr, hatte etwas gegen diese Ausflüge einzuwenden.

Er ähnelte seinem Bruder Conar geradezu unheimlich,

und bei der ersten Begegnung war Melisande erschrocken zusammengezuckt.

Aber dieser Sohn des norwegischen Wolfs war von viel sanfterem Gemüt als Conar. Höflich hatte er sie in seinem Haus begrüßt, lächelnd die Brauen gehoben und sich gewundert, warum um alles in der Welt sein Bruder in Frankreich blieb und seine Frau hierherschickte.

Hastig erklärte Melisande, Conar habe sie nicht zu ihm gesandt. Daria habe ihr angeboten, sie mitzunehmen. Und Bryce sei gern bereit gewesen, seine Schwester und seine Schwägerin nach Wessex zu begleiten. Conars kühlen Brief, der seine Heimkehr ankündigte und sie zu dieser Reise veranlaßt hatte, erwähnte sie natürlich nicht.

Eric fand es durchaus schicklich, daß sie unter dem Schutz ihres Schwagers auf Reisen ging, noch dazu, da Erin und Olaf ihr die Erlaubnis gegeben hatten.

Während Melisande ihn genauer betrachtete, bemerkte sie nun doch kleine Unterschiede zwischen ihrem Mann und seinem älteren Bruder. Zum Beispiel hatte Conar etwas hellere, viel kältere Augen. Aber die Abstammung von Olaf war beiden deutlich anzumerken, sie zeigte sich im Körperbau und sogar in den Bewegungen.

Wenn sie es Conar auch niemals gestanden hätte — ihr Schwiegervater war ihr im Lauf der Monate ans Herz gewachsen. Er war streng, aber gerecht, und diese Eigenschaften hielten sein seltsames irisch-norwegisches Königreich ebenso zusammen wie die Aufmerksamkeit, die er allen Menschen zu schenken pflegte. Seit jenem Tag, an dem sie als blinder Passagier zu fliehen versuchte, behielt er sie wachsam im Auge. Eines Tages ritt er sogar mit ihr aus und versuchte, ihr zu erklären, wie gefährlich es wäre, wenn sie in die falschen Hände geriete. Sie lächelte freudlos. »Gefährlich für wen? Das Land an der fränkischen Küste ist mein Erbe. Ich trage die Verantwortung für die Leute, die dort leben, und müßte sie schützen. Aber auf Conars Wunsch bin ich in Dubhlain gefangen.«

»O nein, du bist keine Gefangene«, versicherte der König und schien sie prüfend zu mustern. »Aber wegen gewisser Umstände mußt du deiner Heimat vorerst fernbleiben. Bald wirst du zurückkehren. Und du wächst schnell heran. Wenn du deinem Mann Söhne und Erben schenkst, wird es euch beiden die Kraft geben, dein Zuhause zu verteidigen, das du so innig liebst.«

Sie wurde blaß und verschwieg dem Mann, den sie beinahe wie einen Vater schätzen gelernt hatte, daß sie sich nicht vorstellen konnte, jemals ein Kind von Conar zu empfangen. Außerdem wäre dies das letzte, was sie von ihren Zukunftsängsten befreien würde. Bedrückt dachte sie an seine eisigen blauen Augen in jener Nacht, als er sie bei ihrem Fluchtversuch ertappte und sie dann stundenlang wach gelegen und die Hitze seines Körpers gespürt hatte.

Nach einem Besuch bei seiner Geliebten war er sehr spät nach Hause gekommen — vor der Reise nach Frankreich, als er seine lästige Frau natürlich nicht gebrauchen konnte. Dort wollte er sich lieber seiner schönen blonden Runenleserin widmen.

Einerseits erschien er Melisande völlig fremd, andererseits kannte sie ihn sehr gut. Er beherrschte ihr Leben mit so eiserner Faust, daß sie ihn zutiefst verabscheute. In ihren Träumen begegnete sie ihm auf dem Schlachtfeld, schwang ihr Schwert und sah ihn zu ihren Füßen um Gnade winseln.

Seit sie Gregory von Mercia kannte, neigte sie in solchen Träumen dazu, ihrem Mann das Leben zu schenken, wenn er bereit wäre, die Ehe annullieren zu lassen. Sie malte sich aus, wie sie mit Gregory in Frankreich leben und für Land und Leute sorgen würde, so wie sie es von ihrem Vater gelernt hatte. Manchmal weckten solche

Wünsche gewisse Schuldgefühle, denn Conars Familie bewachte sie zwar mit Argusaugen, behandelte sie aber sehr freundlich und machte ihr die Gefangenschaft erträglich. Was immer Olaf behaupten mochte, sie kam sich vor wie in einem Kerker. Niemals würde sie das Schloß von Dubhlain verlassen und nach Frankreich segeln können.

Aber seit der Ankunft in Wessex schöpfte sie neue Hoffnung. Von hier aus, da sie nicht so streng beaufsichtigt wurde, mochte ihr die Flucht gelingen. Ein aufregender Gedanke . . .

Rhiannon, Erics schöne Frau mit dem goldblonden Haar, war überaus liebenswürdig und amüsant. Natürlich nahm sich Melisande in acht, sagte kein einziges unfreundliches Wort über Conar oder über die Gefühle, die sie ihrem Mann entgegenbrachte.

Deshalb gestattete ihr die Schwägerin große Freiheiten. Und da Melisande meistens mit Daria zusammen war, der die Brüder trotz ihres übermütigen Temperaments rückhaltlos vertrauten, sah niemand einen Grund zur Besorgnis, wenn die beiden jungen Frauen ausritten und die Umgebung erforschten.

Zwischen Melisande und ihrer jüngsten Schwägerin entstand eine enge Freundschaft. Alle anderen Menschen, die ihr nahestanden, hatte sie verloren. Marie de Tresse, Gaston und Philippe waren in Frankreich geblieben, ebenso wie Ragwald. Nie hätte sie geglaubt, daß sie den alten Tyrannen so vermissen würde. Sie schrieb ihnen regelmäßig und erhielt auch Antwort. Doch die letzten Briefe konnten sie nicht erreichen, da sie — vor Conars Ankunft gewarnt — Darias gerade rechtzeitig erfolgte Einladung nach Wessex bereitwillig angenommen und vor der Abreise keine Zeit gefunden hatte, um den Lieben zu Hause ihre neue Anschrift mitzuteilen.

Obwohl Eric ihr sehr freundlich begegnete, fühlte sie

sich in seiner Gegenwart etwas unwohl, weil er Conar so ähnlich sah, und sie ging ihm tunlichst aus dem Weg. Um so eifriger spielte sie mit seinen kleinen Kindern, Garth und Aleana.

Sie genoß auch Mergwins Gesellschaft. Noch nie in ihrem Leben hatte sie einen so uralten Mann gekannt, und er faszinierte sie. Er bot einen phantastischen Anblick, hochgewachsen und knochendürr, in flatternden Roben, mit einer ungebärdigen silbernen Mähne und einem Bart, der bis zu den Knien hinabhing. Seine Augen, fast von der gleichen Farbe wie das Haar, schienen alles zu sehen — viel zuviel nach Melisandes Geschmack. Manchmal beobachtete er sie mißbilligend, aber sie mochte ihn trotzdem. Wenn er sie auch hin und wieder ermahnte, so schilderte er doch sehr interessante Begebenheiten aus der irischen und englischen Geschichte, sprach über die Vergangenheit ihres eigenen Landes — und die Zukunft.

Er erinnerte sie an Ragwald, was ihr ein wenig über das quälende Heimweh hinweghalf. Eins störte sie allerdings an ihm — offenbar war er der einzige, der ihre freundschaftliche Beziehung zu Gregory in einem weniger unschuldigen Licht sah.

»Meine Dame«, sagte er nun in aller Entschiedenheit, »ich wiederhole — *er* ist da.«

Gregory runzelte die Stirn und schaute von der plötzlich erbleichten Melisande zu dem alten Mann auf. »*Wer* ist da?« fragte er lächelnd und zog die nackten Füße aus dem Wasser.

»Conar MacAuliffe«, erklärte sie, und Mergwin verneigte sich vor dem jungen Mann.

»Der Ehemann dieser Dame«, ergänzte er.

Verächtlich winkte sie ab. »Die Dame hat keinen Ehemann, nur einen grausamen Tyrannen.«

»Herrn Erics Bruder?« murmelte Gregory unbehaglich.

Am liebsten hätte sie ihn geschüttelt. »Es gibt nichts zu befürchten.«

»Allerdings nicht«, bestätigte Mergwin ironisch und wandte sich wieder zu dem Jungen. »Die Dame scheint keinerlei Angst zu empfinden, oder?«

»Nicht die geringste«, stieß Melisande zwischen zusammengebissenen Zähnen hervor. Und ich fürchte mich wirklich nicht, redete sie sich ein. Sie war nur bitter enttäuscht und wütend. Um sie möglichst schnell loszuwerden, hatte Conar sie gleich nach der Hochzeit übers Meer geschickt. Und jetzt, da sie endlich wieder Freude am Leben fand und ein bißchen Freiheit genoß, mußte er plötzlich auftauchen. Nun, sie war kein Kind mehr. Er konnte sie nicht dauernd herumkommandieren, und diesmal würde sie ihn erst dann sehen, wenn es *ihr* beliebte.

»Vielleicht möchtet Ihr mich ins Haus begleiten, Melisande«, schlug Mergwin ärgerlich vor. »Mittlerweile haben die Schiffe sicher angelegt, und wenn Euer Gemahl feststellt, daß Ihr nicht zur Küste geeilt seid, um ihn zu begrüßen . . .«

»Ich *eile* nirgendwohin.«

»Vielleicht . . .«, begann Gregory voller Sorge.

»Nein!« fauchte sie. »Mergwin, geht ins Haus und heißt ihn willkommen, wenn das Euer Wunsch ist. Ich lasse ihn grüßen, und richtet ihm bitte aus, ich würde später kommen . . .« Plötzlich verstummte sie und fröstelte ein wenig, als ihr bewußt wurde, daß sie unter Vorspiegelung falscher Tatsachen hierhergereist war. Andererseits — wäre sie nicht gewaltsam aus ihrer Heimat weggebracht worden, müßte ihr Mann nicht so weite Wege zurücklegen, um sie aufzusuchen.

»Gut, ich werde Euch bei Conar entschuldigen«, entgegnete Mergwin, »und ihm sagen, Ihr würdet bald kommen. Sehr bald.«

»Das habe ich nicht vor . . .« Doch da ging er bereits davon. Er war mein Freund, dachte sie bitter, aber das spielt jetzt keine Rolle mehr.

Mergwin hatte dem Ard-Righ gedient, dann dessen Tochter und Schwiegersohn. Und natürlich konnte ein Sohn von Olaf und Erin gar nichts Böses tun . . . Sobald Conar auf der Bildfläche erschien, würde Mergwin nur noch auf ihn hören, und sie, Melisande, mochte sehen, wo sie blieb.

Seufzend schaute sie dem alten Mann nach. Vielleicht sollte sie ihm folgen . . . Nein! Sie wollte Conar nicht früher sehen als unbedingt nötig, und sie würde sich nicht hinter der Robe des greisen Druiden verstecken.

Gregory stand barfuß am Ufer und schluckte krampfhaft, das hübsche junge Gesicht voll echter Sorge. »Glaub mir, du solltest wirklich ins Haus gehen, Melisande. Sonst machst du alles noch schlimmer. Irgendwann *mußt* du ihm gegenübertreten. Er ist dein Mann.«

Sie ging zu ihm, schüttelte den Kopf, legte die Hände auf seine Schultern, um Trost zu finden. Zärtliche Zuneigung erfüllte ihr Herz. »Vielleicht muß ich nicht mehr zu ihm zurückkehren.«

»Aber . . .«

»Ja, ich habe ihn geheiratet. Mein Vater war soeben in einer Schlacht gefallen, und meine Leute dachten, wir alle wären auf Conars Macht angewiesen, nur er könnte uns vor den Feinden schützen. Aber nach der Hochzeit trennten wir uns sofort. Ich war sehr jung, und wir führten niemals eine richtige Ehe. Eigentlich übernahm er nur die Rolle meines Vormunds. Jetzt bin ich alt genug, um meine eigenen Entscheidungen zu treffen. Ich besitze schöne Ländereien, Gregory — die gehören *mir*«, nicht ihm, verstehst du? Vielleicht . . .«

Sein Atem stockte, und er schaute sie an. Sehnsucht strahlte aus seinen Augen, nach ihr oder dem Versprechen einer wunderbaren Zukunft — sie war sich nicht ganz sicher. Aber plötzlich erschien ihr seine Nähe unglaublich süß. Einladend duftete das Gras, das sanfte Plätschern des Bachs lullte ihre Gedanken ein, und sie sah Gregorys Mund so dicht vor ihrem. Sie neigte sich vor, ohne genau zu wissen, was sie tat oder beabsichtigte oder was sie verlockte. Ihre Lippen berührten seine — so weich, so nachgiebig. Sie empfand kein Verlangen, nur eine angenehme Wärme in ihrem Herzen. Vorsichtig berührte er ihre Wange, hob den Kopf, um ihren Blick und ihren Kuß zu erwidern.

Plötzlich hörte sie, wie ihr Name gerufen wurde, und dachte, eine Mauer aus Eis würde sie umschließen. »Melisande!«

Nie zuvor war ihr Name in so kaltem, ätzendem Zorn ausgesprochen worden. Ein Schauer rann über ihren Rücken. Sie drehte sich nicht um, aber Gregory beobachtete Conar und trat rasch von ihr zurück. So schnell, daß sie gestürzt wäre, hätte sie nicht mühsam ihr Gleichgewicht gehalten. In seinen Augen las sie unverhohlene Angst, dann sah sie ungläubig, wie er auf die Knie fiel und den Kopf senkte. »Mein Herr! Verzeiht mir!« Als er aufstand, wandte sie sich endlich um.

Offensichtlich hatte ihr Mann nicht warten wollen, bis sie freiwillig zu ihm kommen würde. Er saß auf seinem großen schwarzen Streitroß in einem purpurnen Mantel mit Hermelinbesatz. Die Schulterspange zeigte das Emblem der Wölfe, die Insignien seines Vaters aus dem Hause Vestfold, während der Schwertknauf mit den keltischen Kreuzen von Irland geschmückt war. Schweigend musterte er seine Frau und den jungen Mann mit feurigen, aber eiskalten blauen Augen.

Nein, ich habe keine Angst, sagte sie sich. Er hatte sie aus Frankreich verbannt, und seither wurde sie gewaltsam daran gehindert, in ihre Heimat zurückzukehren. Ohne einen Gedanken an sie zu verschwenden, führte er sein Leben so, wie es ihm beliebte. Plötzlich war sie fest entschlossen, eine Annullierung ihrer Ehe zu erwirken.

Sie fuhr mit der Zunge über ihre Lippen und ärgerte sich, weil Conar ihren jungen Freund dermaßen einschüchterte. Andererseits konnte sie es verstehen. Hoch aufgerichtet saß er im Sattel, wie aus Granit gemeißelt, mit wehendem goldblondem Haar. Sie holte tief Luft, nahm ihren ganzen Mut zusammen, schwor sich, ihm nie wieder zu gehorchen. »Du bist also gekommen, Wikinger«, bemerkte sie leichthin.

Er lenkte Thor zum Ufer des Bachs, und Gregory versuchte mit bebenden Fingern, sein Schwert aus der Scheide zu ziehen. Ehe es ihm gelang, berührte Conars Klinge seine Hand. »Laß die Waffe stecken, mein Junge.«

»Du wirst ihm nicht weh tun . . .«, begann Melisande, aber die eisblauen Augen ließen sie zu ihrer eigenen Bestürzung verstummen.

»Nein, ich tue ihm nicht weh. Mit Kindern kämpfe ich nicht.«

Gregory sank wieder auf die Knie und küßte Conars Stiefel. »Seid bedankt für Eure Gnade, mein Herr.«

Seine Unterwürfigkeit erschütterte Melisande zutiefst. »O Gregory!«

Conar lächelte kühl. »Vermutlich glaubt sie, du würdest bereitwillig für sie sterben, Gregory. Aber ich bin nicht bereit, einen jungen Verwandten meines Bruders niederzumetzeln, nur weil meine Gräfin sich so albern benimmt. Geh nach Hause, mein Junge! Sofort!«

»Ja, Mylord«, stimmte Gregory beflissen zu und sprang auf. So schnell er konnte, rannte er zu seinem Pferd, schwang sich in den Sattel und galoppierte davon.

Und Melisande war plötzlich allein mit Conar, ihrem Mann, dem Fremden, den sie so gut kannte.

Durchdringend schaute er sie an, und sie fröstelte wieder, zwang sich aber, ruhig stehenzubleiben und den kühlen Blick zu erwidern. Bis in alle Ewigkeit schien sich das Schweigen auszudehnen. Sie hörte nur den Bach gurgeln, den Wind in den Zweigen flüstern, die Vögel zwitschern.

»Nun?« fragte Conar schließlich.

Hochmütig hob sie die Brauen, fest entschlossen, ihre Furcht zu verbergen. »Was — nun?«

Er stieg ab, und sie wich zurück, bis sie von einem Baumstamm aufgehalten wurde.

»Du kamst wohl gar nicht auf den Gedanken, es könnte mich ärgern, daß du über das Meer nach England flohst, sobald du jene Nachricht von mir erhalten hattest?« fragte er gedehnt. »Und als ich hier ankam, fandest du es überflüssig, mich gemeinsam mit den anderen zu begrüßen und meinen Unmut ein wenig zu besänftigen?«

Unmut? Nein, es war viel mehr — heller Zorn. Sie sah, wie heftig der Puls in seinem Hals zuckte. Vielleicht hätte sie ihn doch nicht herausfordern sollen. Schon so oft hatte sie ihn bekämpft und jedesmal verloren. Doch in dieser Hinsicht war sie noch ein Kind gewesen. Jetzt ließ sie sich nicht mehr wie ein unmündiges kleines Mädchen behandeln. Trotzig reckte sie das Kinn hoch. »Sicher wirst du's verstehen, wenn ich mir deine Botschaften nicht zu Herzen nehme. Vor über zwei Jahren hast du mich weggeschickt, in ein Laken eingeschnürt. Deshalb kann ich kaum glauben, daß du dich vor Sehnsucht nach mir verzehrst.«

Seine Stimme klang gefährlich leise. »Am liebsten würde ich dich auch jetzt in ein Laken schnüren. Ich begreife einfach nicht, wie du dich benimmst. Hast du denn keinen Funken Verstand?«

»Verstand?« Entsetzt schnappte sie nach Luft, als seine Schwertspitze durch die Luft schnellte und ihren Hals berührte.

»Sehr viele Männer würden Anstoß an deinem Verhalten nehmen. Bei jeder Gelegenheit erregst du meinen Zorn, und nun ertappe ich dich auch noch dabei, wie du einen armen Jungen im Wald zu verführen suchst.«

War sie zu weit gegangen? Würde er ihre Kehle durchschneiden? Sie rang nach Atem, forschte in Conars Augen nach irgendeiner Spur von Gefühlen, sah aber nur blauen nordischen Frost. Sie hatte ihn also beleidigt. Und was er ihr antat, zählte überhaupt nichts.

Sollte er sie doch umbringen! Erbost schob sie das Schwert beiseite. »Auch ich habe sehr oft Anstoß an deiner Handlungsweise genommen. Du grollst mir also, weil ich bei deiner Ankunft nicht sofort zum Strand gelaufen bin, um Gnade zu erflehen? Und es stört dich, daß ich in deinem Familienkreis Freunde gefunden habe? Bitte, vergib mir, wenn ich nicht vor Angst erzittere! Und wie willst du mich strafen? Willst du mein Land und mein gesamtes Eigentum stehlen? Ich glaube, das hast du bereits getan.«

»Nimm dich in acht, Melisande! Sicher finde ich einen Weg, um Rache zu üben.«

»Wenn du mir nach echter Wikingerart den Hals durchschneidest, wird dir das wenig nützen. Sollte ich sterben, geht mein Vermögen an den nächsten männlichen Erben meines Vaters.«

Conar steckte sein Schwert in die Scheide zurück. »Du bist einfach unmöglich. In all den langen Monaten haben sich deine Manieren nicht gebessert.«

Wie ruhig und unbesiegbar er wirkte ... Aber bis jetzt habe ich mich nicht unterkriegen lassen, dachte sie zufrieden. Wenn sie bloß den Baumstamm nicht an ihrem Rücken spüren würde, wenn ihr Mann nicht so dicht vor ihr stünde, so hoch aufgerichtet ... »Ganz sicher bin ich in der Obhut deiner Familie reifer geworden, so wie du es gewünscht hast«, widersprach sie.

»Mag sein. Aber es wäre wohl besser gewesen, wenn ich selber für deine Reife gesorgt hätte.«

Beklommen preßte sie ihre Hände an die rauhe Rinde. »Sollten wir nicht ins Haus gehen?«

»Das finde ich nicht.« Er trat noch einen Schritt näher, stützte eine Hand gegen den Baum, zur Rechten ihres Kopfs. Obwohl sie eben noch Genugtuung empfunden hatte, weil sie ihm so gefaßt gegenüberstand, war sie jetzt versucht, nach links zu springen und davonzulaufen. Doch sie zwang sich wieder zur Ruhe. »Ich bin genau da, wo ich sein will, Melisande«, fuhr Conar fort. »Bei meiner Frau. Das bist du doch, erinnerst du dich? Meine Frau!«

Sie wich seinem Blick aus. »Nur durch einen Vertrag, der nichts bedeutet.«

»Der alles bedeutet. Und das wirst du schon noch lernen.«

»Für dich zählt er doch nichts . . .«

»Du bist eine kleine Närrin. Die ganze Zeit habe ich versucht, deine Gefühle zu berücksichtigen. Deine Abneigung gegen mich . . .«

»Abneigung?« unterbrach sie ihn. »Was für ein mildes Wort! Ich *verabscheue* dich!«

»Verzeih mir, wenn ich dein sanftes kleines Herz so sträflich unterschätzt habe, Melisande. Aber eins solltest du bedenken. Der Junge kann von Glück reden, daß er nicht älter ist. Andernfalls hätte ich keine Gnade gekannt.«

Die verhaltene Leidenschaft, die in seiner Stimme mitschwang, versetzte sie erneut in Angst. Zuerst hatte sie gewünscht, er würde Conar tapfer entgegentreten, doch ihr Mann war älter und viel erfahrener. Natürlich sah er in dem jungen Burschen keinen ernst zu nehmenden Gegner. Würde er sich doch noch anders besinnen und Vergeltung üben? »Hier ist nichts geschehen!« wisperte sie wütend auf sich selbst, denn sie hätte viel lieber geschrien. Plötzlich fiel ihr wieder ein, was sie sich vorgenommen hatte. »Aber wenn du mir mißtraust, dann lassen wir unsere Ehe annullieren. Ich flehe dich an . . .«

»Nichts ist geschehen?« fiel er ihr ins Wort und hob die goldblonden Brauen.

»Nichts«, beteuerte sie. »Frag doch Gregory! Er wird es bei seinem Gott schwören, denn er ist ein christlicher Edelmann . . .«

»Wie lobenswert!« spottete Conar. Sicher kann ich ihm nicht das Wasser reichen.«

»Sprich mit ihm, wenn du willst!«

»Ich habe nicht die geringste Absicht, mich mit diesem armen, vernarrten Jungen zu unterhalten.«

»Aber wenn du an meinen Worten zweifelst . . .«

»Ich werde die Wahrheit schon noch herausfinden.«

O Gott, wenn er noch näher kam ... Nun wünschte sie inständig, sie hätte die Gefahr erkannt und seine Familie zum Strand begleitet, um ihn zu begrüßen. Alles, nur das nicht, was ihr jetzt drohte . . . Viel zu intensiv spürte sie seine Kraft, seine Vitalität, die Hitze seines Körpers.

Und der Zorn in seinen Augen . . . Reglos stand er da. Er berührte sie nicht, aber es genügte ihr, in sein Gesicht zu schauen, um zu wissen, daß er sich nur mühsam beherrschte. Sein Hemdsärmel war zurückgeglitten, und sie sah die sehnigen Muskeln des Arms, der sich gegen den Baumstamm stützte.

Es dauerte lange, bis er das Schweigen brach. »Wir führen keine richtige Ehe, nicht wahr?« Entsetzt erkannte sie, daß er ihr Gespräch mit Gregory belauscht haben mußte. Hätte sie nicht am Baum gelehnt, wäre sie zu Boden gesunken.

»Es ist sehr unhöflich, zuzuhören, wenn andere Menschen miteinander reden«, würgte sie hervor.

»Ich bin kein richtiger Ehemann, sondern nur dein Vormund.«

Ihre Wangen färbten sich dunkelrot. »Du hättest nicht lauschen dürfen.«

»Und du hättest nicht solchen Unsinn reden sollen.«

Könnte sie doch fliehen, ganz gleichgültig, wohin ... Aber wenn sie nur einen Schritt machte, würde er sie packen, und sobald er sie berührt hätte ... »Ich habe nur die Wahrheit gesagt«, verteidigte sie sich tapfer. »Das Land gehört mir. Und du interessierst dich nicht für mich, das war in diesen letzten Jahren offensichtlich. Unsere Ehe ließe sich mühelos annullieren, wenn wir beide zustimmen. Du könntest gehen, wohin immer du willst, und wärst frei ...«

»Ach ja. Das Land und die Festung gehören dir. Ich bin nur der Mann, der sein Leben dafür gewagt hat. Aber alles ist *dein* Eigentum.«

»Oh, zum Teufel mit dir!« Was für ein Tyrann er war! Da stand er und verurteilte sie, nur weil sie Gregory einen unschuldigen Kuß gegeben hatte — während er sich zahllose Geliebte hielt, ganz zu schweigen von seiner kostbaren Brenna.

Plötzlich sah sie sich um alle ihre Träume betrogen, und in ihrer Wut beging sie die vielleicht größte Dummheit ihres Lebens.

Sie zerkratzte mit den Fingernägeln seine Wange, ehe er sich wehren konnte.

»Nein!« schrie sie, als er ihr Handgelenk umklammerte, und sie versuchte, sich mit aller Kraft loszureißen. Er zerrte sie vom Baum weg, und sie grub ihre Nägel in seine Hand, doch das schien er gar nicht zu spüren.

»Ich habe dir Zeit gegeben, damit du in Ruhe heranwachsen kannst, Melisande«, herrschte er sie an. »Obwohl man mir oft genug sagte, du wärst alt genug, um das Bett deines Ehemanns zu teilen. Jetzt bin ich mit meiner Geduld am Ende. Du hältst dich für erwachsen, also wirst du eine neue Welt kennenlernen.«

Endlich konnte sie sich von seinem Griff befreien. »Ich will *meine* Welt! Meine Heimat, mein Land! *Dich* will ich nicht!«

»Dein Land und deine Heimat sind mit deinem Ehemann eng verbunden, Melisande.«

»Ich werde unsere Ehe für ungültig erklären lassen — ob du mir nun hilfst oder nicht!«

Seine Kinnmuskeln waren angespannt. Er stand einige Schritte von ihr entfernt, seinen Fuß auf einen Felsblock gestützt. Melisande wußte nicht, von welchem Dämon sie besessen war, aber ihr Mann schaffte es immer, sie zur Weißglut zu bringen. Plötzlich warf sie sich mit ihrem ganzen Gewicht auf ihn. Triumphierend spürte sie, wie er das Gleichgewicht verlor. Der großartige Prinz Conar fiel in den plätschernden Bach, und sein wunderschöner Mantel wurde klatschnaß. Aber ehe sie fliehen konnte, packte er den Saum ihrer blauen Leinentunika, die sie über einem Bliaud* trug.

»Laß mich los!« kreischte sie und zerrte an ihrem Kleid.

»Niemals lasse ich dich gehen!«

Im nächsten Augenblick lag sie neben ihm im Bach, durchnäßt bis auf die Haut. Sofort sprang sie auf und rannte davon.

Aus dem seichten Wasser ragten runde Steine heraus, und sie sprang von einem zum anderen. Wenigstens für eine kleine Weile mußte sie Conar entrinnen, irgendwo im Schatten Zuflucht suchen, um ihr rasendes Herz und ihre aufgewühlten Nerven zu beruhigen. Wenig später hielt sie inne, hüpfte auf einem Bein und rieb den anderen Fuß, den sie sich an einem Felsen angeschlagen hatte.

Als sie ein Geräusch hörte, glaubte sie, Conar würde ihr folgen. Sie drehte sich rasch um, konnte ihn aber nirgends entdecken. An beiden Ufern wuchsen dichte Bäume, die ihr die Sicht versperrten. Lichtstrahlen sickerten

---

* Hemdkittelartiges Obergewand beider Geschlechter im zehnten- bis vierzehnten Jahrhundert. (Anm. d. Ü.)

zwischen schwankenden Zweigen hindurch. Sie kniff die Augen zusammen, hielt noch einmal erfolglos nach ihm Ausschau, dann eilte sie weiter.

Und da sah sie ihn.

Er war auf sein Pferd gestiegen und am Bach entlanggeritten, um sie zu überholen. Wütend biß sie die Zähne zusammen und machte kehrt. Das Streitroß sprengte ins Wasser, schnitt ihr den Weg ab, und als sie erneut eine andere Richtung einschlug, kam er ihr wieder zuvor.

»Was soll das?« schrie sie. »Kann der große Herr der Wölfe seine Frau nicht zu Fuß einfangen?«

Lächelnd neigte er sich aus dem Sattel herab. »Mir ist jedes Mittel recht, um mein Ziel zu erreichen. Und wie ich bereits sagte — ich lasse dich niemals gehen.« Er sprang vom Pferderücken, hohe Fontänen spritzten empor, als seine Stiefel ins Wasser tauchten. Atemlos wich Melisande zurück, stolperte über einen Stein und stürzte nach hinten.

Aber ehe sie ins Wasser fallen konnte, wurde sie von Conars Armen umfangen. Mit langen Schritten trug er sie ans Ufer und legte sie auf einen Nadelteppich unter hoch aufragenden Tannen. Heftig zitterte sie, aber nicht nur wegen ihrer nassen Kleider. Rittlings kniete er über ihr, und sie flüsterte verzweifelt: »Laß mich gehen!«

»Wie oft soll ich dir das noch erklären? Niemals!«

Mit beiden Fäusten versuchte sie, gegen seine Brust zu trommeln, aber er umklammerte ihre Handgelenke. Sie schaute in seine Augen und wollte darin lesen, als er sich herabneigte und ihre Arme über ihren Kopf auf den Boden preßte.

Bei der ersten Begegnung und auch später hatte sie stets gefröstelt. Nun glaubte sie, alle Flammen der Hölle würden sie durchdringen. Ihr Atem ging viel zu schnell.

Und trotz dieser seltsamen Hitze bebte sie immer noch. Sie betrachtete seine markanten Gesichtszüge, die verwirrende Farbe seiner Augen, seine breite Brust, spürte die harte Muskelkraft seiner Arme, die sie festhielten.

Von Anfang an hatte sie ihn gehaßt. Zumindest glaubte sie das. Doch jetzt erkannte sie zu ihrer Bestürzung, daß sie nicht *ihn* haßte — nur das, was er ihr antat. Und sie empfand nicht nur Zorn, sondern auch noch etwas anderes — was genau, wußte sie nicht. Er war eine Herausforderung, und sie hatte es stets genossen, ihm zu trotzen, allerdings in der Hoffnung, irgendwann zu siegen.

Jetzt, da er sich über sie beugte, fürchtete sie ihn auf eine völlig neue Weise wie nie zuvor. Sie hatte keine Angst vor ihm, sondern vor den Gefühlen, die er in ihr weckte, vor ihrer plötzlichen Sehnsucht nach irgendwelchen Dingen, die sie nicht verstand.

Unglücklich schüttelte sie den Kopf. »Eine Annullierung unserer Ehe wäre wirklich sinnvoll. Dein Herz blieb immer im Land deines Vaters. Dort würdest du zuerst kämpfen und nicht in Frankreich. Und du willst mich ja gar nicht. Du wünschst dir etwas ganz anderes.«

»Nichts anderes«, entgegnete er. »In diesem Augenblick gibt es auf der ganzen Welt nichts anderes, was ich mir wünschen würde.«

»Gehen wir doch ins Haus!« bat sie verzweifelt. »Deine Familie wird dich schon vermissen.«

»Jetzt zieht es dich auf einmal in die Festung zurück?«

»Bitte . . .«

»Ah, meine Liebe . . .« Sein kühler Blick schien bis auf den Grund ihrer Seele zu dringen. »Jetzt ist es zu spät für deine Bitte, denn ich muß dir klarmachen, daß eine Annullierung unserer Ehe nicht in Frage kommt.«

Entsetzt schaute sie ihn an, während sie die Bedeutung seiner Worte erkannte. »Nein . . .« Aber seine Lippen erstickten ihren Protest.

11

Als er zum Bach geritten war, um Melisande zu suchen, hatte er nicht genau gewußt, was er tun sollte. In seinem Zorn war er nahe daran gewesen, sie an den Haaren zu packen und in die Festung zu schleifen. Aber ihr Anblick verdrängte solche Gedanken sofort.

Schon bei der letzten Begegnung hatte er die Veränderung bemerkt. Immer schneller verwandelte sie sich vom Kind zur Frau. Aber auf die Schönheit, die ihm jetzt gegenüberstand, war er nicht vorbereitet.

Ihre schlanke, biegsame Gestalt strahlte eine ihm neue Sinnlichkeit aus, die noch von anmutigen Gesten unterstrichen wurde. Und ihr zauberhaftes, ungewöhnliches Gesicht . . . Die Wangen waren schmaler geworden und verliehen ihr eine faszinierende Reife, die Wimpern wuchsen noch dichter, das seidige, ebenholzschwarze Haar fiel in weichen Wellen über die Schultern hinab. Aber am stärksten beeindruckte ihn das leuchtende, tiefe Violett ihrer Augen. Noch nie im Leben hatte er etwas Schöneres gesehen als dieses Geschöpf, das er sein eigen nennen durfte. Aus dem hübschen, vorlauten Kind war eine betörende Frau geworden.

Es überraschte ihn keineswegs, daß sie ihn weder an der Küste noch in der Festung erwartet hatte. Immer würde sie alles tun, was in ihrer Macht stand, um ihn zu ärgern. Aber es hatte ihn verblüfft, sie in der Gesellschaft des jungen Gregory anzutreffen und das ernsthafte Gespräch zwischen den beiden zu belauschen. Das erinnerte ihn an jenen Tag, an dem er sie zusammen mit dem jungen Wachtposten beim Brunnen in ihrem heimischen Burghof beobachtet hatte. Die Eifersucht, die ihn jetzt befiel, erstaunte ihn selbst. Er konnte kaum atmen, sein Herz klopfte wild, und er mußte seine ganze Willenskraft aufbieten, um sich zu beherrschen.

Als er auf sie zuging, las er in ihren Augen, daß sie ihn immer noch bekämpfen wollte, entschlossener denn je. Nicht nur das — wie er wenig später erfuhr, strebte sie sogar eine Annullierung der Ehe an. Von diesem Plan mußte er sie sofort abbringen.

Er hatte sie geheiratet und Graf Manons Festung übernommen. Nun gehörte Melisande und ihr Erbe ihm. Sein Schicksal und ihres waren unwiderruflich miteinander verknüpft.

Er begehrte Melisande mit heißem Verlangen, das noch keine andere Frau in ihm erregt hatte. Kühl und durchnäßt von ihrem Sturz in den Bach lag sie unter ihm, das Fleisch wie Marmor, die Lippen wie Rosenblätter — ganz warm. Er schob seine Zunge zwischen ihre Zähne und versuchte, mit ihrer zu spielen, aber zunächst rührte sie sich nicht. Er kostete den süßen Geschmack ihres Mundes und erkundete einen unendlichen Reichtum an Feuer und Hitze.

Doch dann wand sie sich unter ihm. »Bitte!« flehte sie, als er den Kopf hob. »Eine so lange Trennung steht zwischen uns. Ich kenne dich nicht mehr, und ich bin nicht gewöhnt an . . .«

»An Küsse?« fragte Conar leise dicht an ihren Lippen. »Vorhin hast du diesen jungen Sachsen geküßt, und zwar keineswegs ungeschickt.«

Sie versuchte, ihn wegzuschieben, stemmte sich aber vergeblich gegen seine Brust und konnte auch nicht unter ihm hervorschlüpfen. Erbost sah sie in seine Augen. »Du hast kein Recht . . .«

»Meinst du?«

»Jahrelang wurde ich von dir vernachlässigt . . .«

»Das tut mir unendlich leid. Nun will ich dieses Versäumnis wiedergutmachen.« Zum zweitenmal küßte er sie und ließ eines ihrer Handgelenke los, um ihre Wange und die zarte Haut zu streicheln. Die freie Hand an seine

Schulter gepreßt, bäumte sie sich auf, doch sie war seiner Kraft nicht gewachsen.

Sie schmeckte nach süßem Wein und Minze. Immer leidenschaftlicher erforschte seine Zunge ihren Mund. Melisande stöhnte halb erstickt, und Conar richtete sich wieder auf. Während sie mühsam Luft holte, glühte tiefe Verachtung in ihren violetten Augen. »Du kannst doch nicht hier — im Wald, am Ufer ...«

»Oh, ich liebe Bäche und Wälder, meine teure Gemahlin. Das Schwanken der Zweige, die Küsse sanfter Brisen ... Und wie ich dich erinnern darf — mit einem anderen Mann warst du nur zu gern hier.«

Entrüstet schüttelte sie den Kopf. »Du hast eine freundschaftliche Geste mißdeutet!«

»So? Dann warte auch ich auf einen solchen Freundschaftsbeweis.«

»Ein harmloser Kuß ...«

»Überhaupt kein Kuß«, unterbrach er sie geringschätzig.

»Und du kannst das viel besser, nicht wahr?« zischte sie.

»Allerdings. Sogar du müßtest den Unterschied bemerken.«

»Dein nasses Wikingerschwert liegt im Gras«, versuchte sie ihn abzulenken. »Womöglich rostet es.«

»Bald wird mein Wikingerschwert in der Scheide stecken.«

Sie wurde so blaß, daß sie ihn von ihrer Unschuld überzeugte. Nie war sie weiter gegangen als bis zu jenem kindlichen Kuß, den sie mit Gregory geteilt hatte. Trotzdem konnte Conar sie nicht schonen. Solange sie Jungfrau blieb, würde sie mit der Hoffnung leben, die Ehe annullieren lassen zu können.

Neue Wut stieg in ihm auf. Was wollte sie eigentlich. Er war rechtzeitig nach Frankreich gekommen, um sie zu retten, und hatte den Mörder ihres Vaters getötet. Zahlreiche Ehen wurden arrangiert, und Melisandes Los konnte nun wirklich nicht so schlimm sein.

Doch solche Überlegungen spielten nur eine zweitrangige Rolle. Wie heiß er dieses Mädchen begehrte, erschien ihm viel wichtiger. Aber trotz seines drängenden Verlangens empfand er plötzlich Mitleid. Er wollte seine eigene Frau nicht vergewaltigen. Und vielleicht hing seine Zurückhaltung auch mit gewissen Schuldgefühlen zusammen. Warum hatte er sie so sträflich vernachlässigt? Unsinn, sagte er sich. Das brauchte ihn nicht zu bedrücken, nachdem sie von Anfang an feindselig und hochnäsig gewesen war. Und nun? Vielleicht hatte er schon bei der Hochzeit geahnt, daß er eines Tages den Preis für Melisandes reiches Erbe zahlen und ihrer Schönheit rettungslos verfallen würde.

»Nach so langer Zeit . . .«, wisperte sie, als sie sein Zögern spürte. »Nicht hier, nicht jetzt, nicht so!«

Ausnahmsweise lag in ihren Augen nur eine eindringliche Bitte, sonst nichts, und sie eroberten einen kleinen Teil seines Herzens. »Wenn nicht jetzt . . .«

»Ich flehe dich an!«

Langsam schüttelte er den Kopf. »Welchen Vorteil bringt es mir, wenn ich warte? Du bist viel zu eifrig bestrebt, mir davonzulaufen, Melisande.«

»Heute nacht werde ich alles wiedergutmachen«, versprach sie. »So, wie es sein muß.«

»Ah, du versuchst also, Zeit zu gewinnen.«

»Ich hatte jahrelang Zeit. Was bedeuten ein paar Stunden mehr oder weniger?«

»Sehr viel, wenn es um dich geht. Ich frage mich, ob ich diese günstige Gelegenheit nicht nutzen sollte.« Conar lächelte ironisch. »Womöglich werde ich tausend Tode sterben, wenn ich mich jetzt von dir trenne . . .«

»Das ist dir noch nie schwergefallen.«

»Aber die Zeiten ändern sich. Vor allem du bist anders geworden.«

»Ich werde dich heute nacht nicht enttäuschen, glaub mir.« Wieder versuchte sie, ihn wegzuschieben, ihres Sieges schon fast sicher.

Aber so leicht ließ er sie nicht davonkommen. Er neigte sich wieder hinab. »Meine Liebe, ich wünsche mir eine bereitwillige Ehefrau, frisch gebadet, parfümiert und voller Erwartung . . . Versprichst du mir das, Melisande?«

»Ja.«

Es fiel ihm schwer, sie gehen zu lassen, denn sein Verlangen war keineswegs erloschen. Doch er mußte herausfinden, ob sie Wort halten würde. Er sprang auf und reichte ihr eine hilfreiche Hand. Als sie vor ihm stand, senkte sie den Blick und wollte sich abwenden, aber er hielt ihren Arm fest. »Ich möchte nur mein Pferd holen«, erklärte sie.

»Reit mit mir. Dein Pferd kann uns folgen.«

Er merkte ihr an, daß sie widersprechen wollte, so wie sie gegen alle seine Vorschläge protestierte. Doch sie schwieg, und er spürte ihr Zittern, während er sie auf Thors Rücken hob. Er stieg hinter ihr auf, ritt zu ihrer weißen Stute, die am Ufer des Bachs festgebunden stand, und löste die Zügel, um sie zur Festung zu führen.

Am Tor des schönen Gebäudes, das sich über den Meeresklippen erhob, warf Melisande mißtrauisch einen Blick über die Schulter. »Warum bist du plötzlich zu mir gekommen?«

»Das erkläre ich dir heute abend — meine Herzallerliebste.«

Sie fluchte leise, und als Conar im Hof die Pferde zügelte, wollte sie hinunterspringen, aber er hielt sie fest. Nachdem er abgestiegen war, griff er nach ihr.

»Ich brauche deine Hilfe nicht!« fauchte sie.

»Laß uns doch endlich Frieden schließen, Melisande.«

»Frieden? Nicht mit mir! Zu lange wurde ich vernachlässigt und der Freiheit beraubt.«

Er hob sie lächelnd vom Pferd und drückte ihren nassen Körper an seinen, so daß ihre Füße den Boden nicht berührten. Unwillkürlich legte sie ihre Hände auf seine gleichfalls nassen Schultern. »In Zukunft werde ich dich nicht mehr vernachlässigen«, versprach er. »Und was die Freiheitsberaubung angeht — die hast du dir selber zuzuschreiben.«

»Conar!« Sein Bruder Eric rief nach ihm, und er stellte Melisande auf die Beine. Sie wandte sich so unverhofft ab, daß ihre langen nassen Haare durch die Luft flogen und in sein Gesicht klatschten. Aber ehe sie davoneilen konnte, packte er sie unsanft an der Schulter und drehte sie zu sich herum. Eric kam näher und runzelte die Stirn. »Wie ich sehe, hast du deine Frau gefunden. Stimmt was nicht?«

Diese Frage war verständlich, denn beide steckten in triefend nasser Kleidung.

Conar drückte seine Frau grinsend an sich. »Alles in bester Ordnung. Melisande warf mich vor lauter Wiedersehensfreude in den Bach.« Er spürte, wie sie zusammenzuckte, aber sie widersprach ihm nicht. »Du frierst, meine Liebe. Geh hinein und nimm ein Bad. Ich komme gleich zu dir.«

Wortlos rannte sie davon, und Eric schlug auf Conars Schulter. »Trinken wir etwas von dem köstlichen Wein, den du mir mitgebracht hast.«

»Aber ich bin klatschnaß.«

»Dann laß ich den Wein in deine Räume bringen.«

In der Halle trafen sie Rhiannon, die gerade die Sitzordnung an der Tafel festlegte, und Eric erzählte ihr, Conar und seine Frau seien in den Bach gefallen.

Rhiannon nickte. »Ich habe bereits eine Wanne und heißes Wasser in ihr Zimmer geschickt.« Zögernd wandte sie sich an Conar. »Sie wohnt am Ende des Flurs, und ich ließ deine Sachen in den Raum daneben bringen. Hinter dem Wandteppich findest du eine Verbindungstür. Ist dir das recht?«

Vorsichtig, um ihr schönes blaues Kleid nicht naß zu machen, küßte er sie auf die Wange. »Wunderbar!«

»Du bekommst auch bald eine Badewanne.«

»Und . . .«, begann Eric.

»Und eine Karaffe Wein«, unterbrach sie ihn belustigt.

»Danke, meine Liebste.« Eric drückte ihr einen zärtlichen Kuß auf die Lippen, und als Conar die beiden beobachtete, wurde ihm das Herz schwer.

Zum erstenmal beneidete er seinen Bruder — nicht um diese schöne, starke Festung, die er im Dienst eines großen Königs befehligte, sondern um seine harmonische Ehe und die Kinder. Glück und Fröhlichkeit erfüllten dieses Haus bis in den letzten Winkel. Vor diesem Augenblick hatte er nicht gewußt, daß er sich nach solchen Dingen sehnte. Er war zu beschäftigt gewesen, hatte für die irische Heimat gefochten, dann sein eigenes Land errungen und gekämpft, um es zu behalten. Melisandes Land.

Während er mit Eric die Treppe hinaufstieg, biß er die Zähne zusammen. Und sie beklagte sich, weil sie vernachlässigt worden war! Was hätte er denn tun sollen? Er hatte ein Kind geheiratet und warten müssen, bis es herangewachsen war.

Sie betraten sein Zimmer, wo bald Dienstboten erschienen und eine hölzerne Wanne mit dampfendem Wasser füllten. Rasch legte Conar seine nasse Kleidung ab und stieg dankbar ins warme Bad. Eric reichte ihm einen Becher Wein.

»Du würdest eine großartige Ehefrau abgeben, lieber Bruder«, meinte Conar grinsend.

Eric hob die Brauen, dann lachte er. »Wenn man dich so leicht zufriedenstellen kann, muß irgend etwas in deinem

Leben fehlen.« Er sank in einen geschnitzten Stuhl vor dem Kamin, legte die Füße auf einen mit Hirschfell bezogenen Schemel und prostete seinem Bruder zu. »Auf dein Wohl!«

»Und auf deines.« Conar schwieg eine Weile. Schließlich zuckte er die Achseln. »In meinem Leben fehlt eine ganze Menge. Aber wenn ich in die Vergangenheit zurückblicke, weiß ich nicht, wie ich das hätte ändern sollen.«

»Ich verstehe nicht, warum du unzufrieden bist. Man nennt dich bereits den fränkischen Wolf, den großen Retter aus dem Hause Vestfold. Im Kampf an der Seite unseres Vaters und Onkel Nialls bist du zu Ruhm und Ehren gelangt. Und du hast die Dänen an der fränkischen Küste so triumphal besiegt, daß man immer noch davon spricht.«

Conar lehnte sich in der Wanne zurück und tauchte seinen Kopf unter, dann richtete er sich wieder auf und rieb das Wasser aus seinen Augen. »Etwas zu erobern und es dann festzuhalten — das ist zweierlei«, seufzte er müde. »Seit ich auf Graf Manons Einladung an der Küste Frankreichs landete und siegreich für seine Festung kämpfte, höre ich immer neue Gerüchte über ein gewaltiges Dänenheer, das sich versammelt, um in die fränkischen Königreiche einzudringen und bis nach Paris vorzurücken.«

»Diese Gerüchte sind auch mir zu Ohren gekommen«, erwiderte Eric. »Alfred hat sein südliches Königreich sehr wirksam verteidigt, und die Dänen sind es leid, ihn anzugreifen. Deshalb schauen sie sich nach neuen Gefilden um. In Frankreich sieht es anders aus als bei uns. Dort gibt es keine einige Front. Das Land ist zersplittert, seit es zwischen Lothar und seinen Brüdern, Charlemagnes Erben, aufgeteilt wurde. Die Macht liegt in den Händen der Adelsherrn, die ihre starken Festungen halten, so wie du.«

»Vielleicht. Ich habe ein Bündnis mit einem gewissen Grafen Odo geschlossen, und ich glaube, wir werden das Land erfolgreich verteidigen. Aber es gibt auch Feinde.«

»Zum Beispiel Geoffrey, der Sohn Geralds, der benachbarte Graf?«

Erstaunt hob Conar die Brauen. »Woher weißt du das?«

»Viele Reisende kommen zu uns, Gaukler, Sänger, Lautenspieler — ganz zu schweigen von unserer großen, redseligen Familie. Übrigens wirst du in einem langen Gedicht gewürdigt, das ausführlich schildert, wie du deine Frau aus den Armen eines Ungetüms befreit hast.«

»Tatsächlich?«

Eric stand auf, um Conars Becher nachzufüllen. »Während dieses Werk vorgetragen wurde, beobachtete ich Melisande. Sie schaute so unglücklich aus, als wäre sie von einem Ungetüm ans andere geraten.«

Obwohl Conar wußte, daß sein Bruder scherzte, umklammerte er krampfhaft den Wannenrand und konnte seinen Zorn nur mühsam bezähmen. Am liebsten wäre er aus dem Wasser gesprungen, um Eric zu Boden zu werfen, so wie damals in der Kinderzeit, als sie sich unentwegt gebalgt hatten. Aber er lehnte sich zurück und legte einen Waschlappen über seine Lider. »Wenn ich mich recht entsinne, war deine Frau bei der ersten Begegnung keineswegs von dir begeistert. Und falls unsere redselige Familie die Wahrheit erzählt — hat sie nicht deinen Schenkel mit einem Pfeil durchbohrt?« Er spürte eine Hand auf seinem Scheitel, die ihn nach unten drücken wollte. Rasch verschwand er im Wasser, tauchte prustend wieder auf und warf den nassen Lappen auf die schöne Tunika seines Bruders.

»Oh, der Segen einer vielköpfigen Familie!« murmelte Eric und verdrehte die Augen.

Conar grinste, dann wurde er wieder ernst. »Meine Frau glaubt, ich hätte sie grausam behandelt.«

»Man merkt ihr nicht an, was sie denkt. Sie ist nett und höflich, geht mir aber aus dem Weg. Um so lieber ist sie mit Rhiannon, Daria und Bryce zusammen. Sie spielt gern mit den Kindern, und sie verstehen sich großartig mit ihr. Aber so nahe sie Daria und Rhiannon auch steht, ich bezweifle, daß sie ihnen ihr Herz ausschüttet. Immerhin ist Daria deine Schwester, und Melisande weiß, wie eng alle Mitglieder unserer Familie verbunden sind. Deshalb kann sie dem Mädchen nicht vollends vertrauen. Übrigens, deine Frau ist ungewöhnlich klug und begabt. Ich sah sie im Hof mit Bryce fechten, die beiden lernen sehr viel voneinander.«

Ärgerlich schüttelte Conar den Kopf. »An dem Tag, als ich sie kennenlernte, trug sie ein vergoldetes Kettenhemd und führte ihre Truppe an — und fiel direkt in die Hände des Feindes. Verwundert es dich, daß ich sie ständig unter Aufsicht stellen muß?« Plötzlich runzelte er die Stirn. »Und sie erteilt nicht nur Fechtunterricht. Als ich heute zum Bach kam, umgarnte sie gerade Rhiannons jungen Verwandten.«

»Gregory?«

»Sie brachte ihm die Grundbegriffe des Liebesspiels bei.«

»Was?« rief Eric erschrocken.

»Keine Angst. Ich glaube, sie wollte ihn nur veranlassen, sie vor mir zu retten. Der Junge führte sicher nichts Böses im Schild. Er bat mich sofort um Verzeihung.«

»Eigentlich ist er noch ein Kind.« Eric seufzte. »Aber in diesem Alter sind wir beide schon oft mit unserem Vater geritten, da er wußte, welch harte Kämpfe auf uns zukamen. Übrigens holt Alfred jetzt alles nach, was er in jenen schweren Zeiten an Bildung versäumt hat. Er verbringt sehr viel seiner Zeit mit Musikern, Mathematikern und anderen Gelehrten. Wie ich höre, versucht er, Gregory für das Priesteramt zu begeistern, aber letzten Endes wird er ihm die Entscheidung überlassen. Und wenn der Junge Interesse an der holden Weiblichkeit zeigt ... Jedenfalls muß ich mich bei dir entschuldigen, Conar, denn deine Gräfin wohnt unter meinem Dach ...«

»Freiwillig, Eric. Sie kam hierher, um mir eins auszuwischen, und du brauchst dir wirklich keine Vorwürfe zu machen.« Conar zögerte kurz. »In ihren Augen bin ich ein Ungeheuer, ein abscheulicher Wikinger. Aber glaube mir, ich wollte sie niemals grausam behandeln, so oft sie mich auch in Versuchung führte. So viel steht auf dem Spiel. Gerald war ein entfernter Verwandter ihres Vaters und tötete ihn trotzdem. Und sein Sohn begehrt sowohl Melisande als auch ihre Festung.«

»Niemals würde die Kirche eine Ehe zwischen Melisande und ihrem Vetter sanktionieren, selbst wenn sie frei wäre.«

»Ich weiß nicht, ob du die Situation richtig einschätzt. In Irland gibt es viele Könige, und die meisten erkennen die Autorität des Ard-Righ an. Hier in Wessex hat Alfred lange und erbittert gekämpft — nicht nur, um zu herrschen, sondern auch, um Gesetze zu erlassen, die den Menschen das Leben erleichtern. Du hast recht — die fränkischen Länder sind gespalten, die Könige schwach. Die Adelsherren bauten ihre eigenen Bastionen, um die Angreifer abzuwehren, und nur der Stärkste wird diese schweren Zeiten überdauern.«

»So ist die Welt nun einmal, mein Bruder.«

»Aber wenn dieser Mann meine Frau entführen würde, könnte er Mittel und Wege finden, um sie zu behalten. Und falls er glaubt, ihr Tod verschafft ihm größere Vorteile als ihre Gesellschaft, würde er wohl kaum zaudern und ihr die Kehle durchschneiden.«

»Soweit würde er sicher nicht gehen!«

»Das weiß ich nicht. Eins steht jedenfalls fest. Er würde die erstbeste Gelegenheit nutzen, um sie in seine Gewalt zu bringen.«

»Würden die anderen Burgherren das zulassen?«

Langsam schüttelte Conar den Kopf. »Das ist einer der Gründe, warum ich sie jetzt nach Frankreich mitnehmen möchte. Wir werden als Graf Odos Gäste nach Rouen reiten, um unser Ehegelübde vor einem Bischof zu erneuern. Odo meint, das würde mein Recht auf Melisande und ihr Land bekräftigen. Immerhin ist sie die Erbin.«

»Du hast dein Anrecht auf ihre Festung bereits verdient«, erwiderte Eric. »Und du scheinst etwas zu vergessen. Auch ohne Melisande bist du ein mächtiger Mann, der Enkel eines bedeutsamen Ard-Righs, der Sohn des großen Königs von Dubhlain und ein Prinz des norwegischen Hauses Vestfold.«

»Und was bedeutet das?«

»Sollten die Dänen scharenweise über dich herfallen, würdest du staunen, wie viele Krieger dir zur Seite stünden.«

»Danke«, erwiderte Conar lächelnd.

»Keine Ursache. Du wirst also nicht lange hierbleiben?«

»Nein. Es ist an der Zeit, meinen Anspruch auf die Festung zu untermauern. Je früher ich die kirchliche Trauung in Rouen vollziehe, desto besser. Davon ist Graf Odo fest überzeugt. Bald wird sich Geoffrey mit den Dänen gegen mich verbünden. Und ich möchte seiner Rachsucht und Habgier einen Riegel vorschieben. Melisande muß zweifelsfrei mit mir verheiratet sein.«

»Ich verstehe. Dann segle los, sobald es die Gezeiten erlauben. Darf ich etwas vorschlagen?«

»Ja, natürlich.«

»Ein Erbe würde deine Position stärken.«

»Das weiß ich, mein Bruder.«

»Du hast ziemlich lange gewartet.«

»Nun werde ich nicht mehr zögern.«

»Also . . .«, entgegnete Eric gedehnt und wandte sich zur Tür. »Sollten wir heute nacht schrilles Geschrei hören, werde ich Rhiannon versichern, daß du deiner Frau keineswegs die Kehle durchschneidest.«

Conar stöhnte. »Falls du hier nichts Besseres zu tun hast, als mich zu hänseln . . .«

»Schon gut, ich gehe ja schon. Wir sehen uns unten in der Halle. Beeil dich, wir essen gleich. Ich glaube, das wird eine sehr unterhaltsame Mahlzeit.« Grinsend verließ Eric das Zimmer.

Conar starrte zu dem Wandteppich hinüber, der die Verbindungstür verbarg. Hatte Melisande sie schon entdeckt? Wahrscheinlich nicht, sagte er sich und lächelte. Er fühlte sich versucht, aus der Wanne zu steigen und tropfnaß nach nebenan zu gehen, um festzustellen, ob seine Vermutung zutraf. Aber er hatte schon so lange gewartet. Und es interessierte ihn, ob Melisande ihr Versprechen halten würde.

Als das Wasser abkühlte, kletterte er aus der Wanne. Er entschied sich für einfache Kleidung, ein Hemd mit Tunika und enger Hose. Aus alter Gewohnheit legte er den Waffengurt an, sogar im Haus seines Bruders. Sein Schwert trug er stets bei sich, das Messer steckte wie immer im Stiefelschaft. Nicht einmal in Wessex war der Frieden gesichert, und man mußte allezeit wachsam bleiben.

In der Halle sah er, daß auch seine Brüder Bryce, Bryan und Eric bequeme Kleidung gewählt hatten. Seine Schwester Daria — nicht so groß wie Melisande, aber elegant und würdevoll — erschien in einem dottergelben Kleid mit goldbrauner Tunika. Diese Farben ließen ihre blauen Augen noch heller strahlen. Lebhaft unterhielt sie sich mit ihren Brüdern, und es fiel Conar wieder einmal auf, wie hübsch sie aussahen — Bryan und Bryce dunkelhaarig wie die Mutter, Eric und Daria goldblond wie der Vater. Alle in dieser Familie hielten fest zusammen. Manchmal waren sie wie eine Insel gewesen, vereint gegen jene, die ihr nordisches oder irisches Erbe verdammten.

Brenna und Mergwin saßen am Feuer, in ein angeregtes Gespräch vertieft. Sie hatten sich lange nicht gesehen, und jetzt gab es natürlich viel zu erörtern. Sicher planen sie unsere Zukunft, dachte Conar belustigt. Swen, der ihn ebenso wie Brenna auf dieser Reise begleitet hatte, scherzte mit Bryce und Bryan.

Lächelnd ging Rhiannon auf Conar zu und küßte seine Wange, dann hängte sie sich bei ihm ein. »Du wirst neben mir sitzen, mein reiselustiger Schwager. An deiner anderen Seite plaziere ich Melisande und links von ihr Bryce.«

Er neigte sich hinab und flüsterte ihr ins Ohr: »Und wo steckt meine Liebste?«

»Oh . . .« Rhiannon hob die Brauen. »Sie müßte jeden Augenblick herunterkommen.«

Aber Melisande ließ sich nicht blicken. Rhiannon zögerte die Mahlzeit hinaus, und schließlich murmelte sie nervös, sie würde eine Dienerin nach oben schicken, die sich nach dem Befinden der jungen Frau erkundigen sollte.

Wenig später kehrte das Mädchen zurück und verneigte sich vor der Hausherrin. »Die Dame läßt Euch bitten, ohne sie mit dem Essen zu beginnen. Sie wurde plötzlich krank und muß sich entschuldigen. Nun versucht sie zu schlafen.«

Drückendes Schweigen erfüllte die große Halle, und Conar spürte, wie sich alle Blicke voller Unbehagen auf ihn richteten. »Es fällt mir schwer zu glauben, daß sie diese Mahlzeit tatsächlich versäumen möchte.« Er zwang sich zu einem höflichen Lächeln und verbeugte sich vor Rhiannon. »Verzeih mir, ich will selbst nach ihr sehen. Vielleicht kann ich sie doch noch dazu überreden, uns Gesellschaft zu leisten.«

Von Zorn getrieben, rannte er die Treppe hinauf und nahm immer zwei Stufen auf einmal. Die schwere Holztür am Ende des Flurs war verschlossen, und er hätte sich am liebsten mit der Schulter dagegen geworfen. Doch dann holte er tief Luft, klopfte an und hörte ein leises Stöhnen. »Ich bin's, Melisande! öffne die Tür!«

»Unmöglich! Ich kann nicht aufstehen.«

Er runzelte unschlüssig die Stirn. Nein, im Haus seines Bruders wollte er keine Türen aufbrechen. Aber er würde nicht ohne seine Frau in die Halle zurückkehren. Und so eilte er in sein eigenes Zimmer, schob den Wandvorhang beiseite und öffnete die Verbindungstür.

Lautlos betrat er den Nebenraum. Auch dort mußte er einen Gobelin zur Seite ziehen. Melisande sah und hörte ihn nicht. Sie saß am Fußende des Betts in einer schönen silbrigen Tunika über einem blauen Gewand und bürstete ihr langes Haar. Dabei starrte sie angstvoll zur Tür, die in den Flur führte, als erwartete sie, daß ihr Mann sich jeden Augenblick gewaltsam Zugang verschaffen würde.

Eine Zeitlang stand er reglos mit verschränkten Armen da und beobachtete sie. Schließlich erhob sie sich, schlenderte zu einem Fenster und schaute in den Hof hinab. Die letzten Sonnenstrahlen weckten bläuliche Glanzlichter in ihrem Haar, und Conar verspürte dasselbe Verlangen wie nachmittags am Bach. Immer deutlicher wurde er sich der fesselnden Sinnlichkeit bewußt, die dieses schöne Mädchen ausstrahlte. Meine feindselige Frau, dachte er. Offenbar nahm sie ihr Versprechen, was diesen Abend betraf, nicht ernst. Aber wie er zugeben mußte, war sie tatsächlich blaß. Sie schien angstvoll abzuwarten, welche Schritte er jetzt unternehmen würde ... Als sie sich umdrehte, sah sie ihn, zuckte verwirrt zusammen und stieß einen leisen Schrei aus. Ihr Blick irrte zur Flurtür, dann biß sie sich auf die Unterlippe.

»Schade, daß du so krank bist«, begann er spöttisch.

Jetzt stieg dunkle Röte in ihre Wangen. »Wahrscheinlich, weil ich völlig durchnäßt war ... Es tut mir so leid. Wenn du mir nur heute abend verzeihen würdest ...«

»Natürlich.« Er ging zu Melisande und berührte ihr Gesicht. »Glücklicherweise hast du kein Fieber, meine Liebe. Trotzdem möchte ich dich auskleiden und ins Bett bringen. Ich werde unseren Gastgebern ausrichten lassen, daß ich bei dir bleibe.«

»Nein, das darfst du nicht! Du mußt die Gesellschaft deiner Familie genießen . . .«

» . . . und dich *vernachlässigen*? Wenn du krank bist?«

»Du hast mich jahrelang vernachlässigt!« fauchte sie und vergaß ihre Taktik.

»Ah, meine liebreizende Frau, wie sie leibt und lebt!« entgegnete er lächelnd. »Allem Anschein nach bist du kerngesund. Du kannst jetzt meinen Arm nehmen und mich nach unten begleiten. Oder wir ziehen uns aus und sinken ins Bett. Letzteres würde ich vorziehen.«

»Du bist abscheulich! Zweifelst du an meinem Wort?«

»Allerdings.«

»Ich sagte doch, ich fühle mich nicht gut . . .«

»Unsinn, dir fehlt überhaupt nichts — abgesehen von den Kopfschmerzen, die dir meine Ankunft in Wessex bereitet hat. Nun, wie entscheidest du dich, Melisande?« Sie eilte an ihm vorbei zur Tür und hielt inne, als sie den Riegel sah, den sie vorgeschoben hatte. Verwundert drehte sie sich zu Conar um. »Hier gibt es noch eine zweite Tür, die in mein Zimmer führt«, erklärte er.

Notgedrungen blieb sie stehen. Er ging zu ihr und hob ihr Kinn mit einem Zeigefinger hoch. Nur zu gern hätte sie seine Hand weggeschlagen, das wußte er, aber sie rührte sich nicht und bezähmte ihre Wut. »Was willst du?«

»Du hast gesagt, du würdest dich heute abend so verhalten, wie es einer Ehefrau geziemt. Nun sollst du dein Versprechen wiederholen.«

»Aber ich fühle mich nicht gut«, beharrte sie würdevoll.

»Du wirst Wort halten, meine Liebe, es sei denn, du fällst tot um.«

»Was für ein Flegel du bist!« zischte sie. »Du führst dich auf wie ein . . .«

»Ein Wikinger?« Schweigend starrte sie ihn an, und er fügte hinzu: »Vielleicht. Aber ich glaube eher, daß ich mich wie ein normaler Ehemann benehme.«

»Jedenfalls kannst du deine Herkunft nicht verleugnen.«

Sein Gelächter klang ein wenig hohl. Mit einer tiefen Verbeugung überließ er ihr den Vortritt. »Wie auch immer, du wirst dein Versprechen halten. Dafür will ich sorgen.«

12

Melisande eilte wütend davon. Noch bevor sie die Treppe erreichte, holte Conar sie ein, umfaßte ihren Ellbogen und zwang sie, langsamer zu gehen. »Wir werden gemeinsam in die Halle gehen, meine Liebe.«

Ihre Lider mit den dichten dunklen Wimpern senkten sich über die Augen. Sie schwieg eine Weile, und er ahnte, wieviel Willenskraft sie das kostete. Als sie die Hälfte der Stufen hinabgestiegen waren, hob sie den Kopf und forderte ihn spöttisch heraus: »Wozu die Mühe? Die Familie hier weiß doch, daß wir uns mehr oder weniger fremd sind.«

»Aber einige von den Familienmitgliedern wissen auch, wie bald sich das ändern wird«, entgegnete er leichthin. »Mein Bruder rechnet sogar mit gellendem Geschrei in dieser Nacht.«

Sie wurde dunkelrot. »Mußt du denn alles mit deiner Familie besprechen?«

»Mit wem sonst? Du hast mir doch soeben erklärt, wie fremd wir uns sind.« Er schaute ihr lächelnd in die Augen. »Benimm dich ordentlich!«

Inzwischen hatten sie den Fuß der Treppe erreicht, und er führte seine Frau zur Tafel, wo die anderen warteten. »Melisande!« Besorgt sprang Rhiannon auf und eilte ihnen entgegen. »Fühlst du dich auch wirklich besser?« Sie berührte die Wange ihrer Schwägerin. »Hast du kein Fieber?«

»O nein«, antwortete Conar an Melisandes Stelle. »Der Sturz in den Bach hat sie etwas mitgenommen, das ist alles. Aber jetzt möchte sie unbedingt mit uns essen.«

Melisande warf ihm einen vernichtenden Blick zu, dann erwiderte sie Rhiannons Lächeln. »Ich freue mich sehr auf eure Gesellschaft.«

»Nun, nachdem alle so lange auf dich gewartet haben ...« Conars Finger umschlossen ihren Arm etwas fester. »Wollen wir uns endlich setzen, meine Liebe?« schlug er vor, aber es war eher ein Befehl als eine Frage. Er geleitete sie zu ihren Plätzen an der langen, U-förmigen Tafel.

Während er ihr den Stuhl zurechtrückte, beobachtete er, daß sie Bryce anlächelte, und er verspürte unerwartete Neidgefühle. Offenbar stand sie seinem jüngeren Bruder sehr nahe. Er hätte sogar Eifersucht verspürt, aber er vertraute allen seinen Geschwistern. Niemals würde Bryce ihn hintergehen.

Rasch kehrte Melisande ihrem Mann den Rücken und unterhielt sich mit Bryce über Pferde und die Geschichte von Wessex. Bald diskutierten sie lebhaft. Conar hörte eine Weile zu, aber dann wandte er sich zu Rhiannon, die an seiner anderen Seite saß. Ihre silbergrauen Augen musterten ihn forschend. »Du mußt Geduld haben«, bat sie leise. »Nach allem, was ich mir zusammenreimen kann, mußt du deine Frau wie ein Tyrann behandelt haben.« Als er die Brauen hob, vertiefte sich ihr Lächeln. »Du erinnerst mich so sehr an Eric und an deinen Vater. Gerade dann, wenn ihr nur das Beste wollt, verliert ihr die Beherrschung. Gib dir selber eine Chance! Vielleicht wirst du herausfinden, daß du deine Frau magst.«

»Nie habe ich behauptet, ich würde sie nicht mögen. Sie bezaubert mich sogar.«

»Oh, du meinst wohl, du begehrst sie.« Inzwischen war Rhiannon lange genug mit Eric verheiratet, und wenn sie mit ihren temperamentvollen Schwägern sprach, nahm sie kein Blatt mehr vor den Mund. »Aber ich wollte dir empfehlen, sie zu mögen — zu *lieben*. Sei nicht gekränkt, wenn ich so offen spreche, aber ihr bedeutet mir beide sehr viel.«

Er griff nach ihrer Hand. »Niemals könntest du mich kränken, schöne Schwägerin. Aber glaub mir, ich habe nichts gegen meine Frau. Es ist nur ...« Nach kurzem Zögern fügte er hinzu: »Bei fast jeder Gelegenheit bringt sie mich in Wut. Für sie bin ich nur ein elender Wikinger, sonst nichts.«

Nachdenklich hob sie ihren Weinkelch an die Lippen und nippte daran. »Du mußt bedenken, daß Melisande die geschichtlichen Zusammenhänge kennt. Seit dem Angriff auf Lindesfarne im Jahr 797 fürchteten wir alle den Zorn der Nordländer. Und es fällt uns oft schwer, sie als Verbündete zu akzeptieren.« Sie sah, wie sich seine Augen verengten. »Conar, du mußt es zugeben — die Wikinger fallen gnadenlos über ihre Feinde her, plündern ganze Städte, morden und vergewaltigen die Frauen.«

Plötzlich beugte sich Eric vor und suchte den Blick seines Bruders. »Spricht sie von mir?«

Conar schüttelte den Kopf. »Diesmal meint sie wohl eher mich«, entgegnete er trocken.

Als Rhiannon ihren Mann anlächelte, hauchte er einen Kuß auf ihre Lippen, und Conar schaute diskret woandershin. Er ergriff den Becher, der zwischen ihm und seiner Frau stand, so wie es Sitte war. Dabei berührte er ihre Hand, und ihre Blicke trafen sich kurz.

Offenbar hatte sie sich nicht mehr mit ihrem jungen Schwager unterhalten und ebensowenig Conars Gespräch mit Rhiannon belauscht. Ihre Aufmerksamkeit galt Mergwin und Brenna, die weiter unten an der Tafel saßen. Hastig zog sie ihre Finger vom Kelch zurück, als hätte sie sich verbrannt.

»Bitte, trink du zuerst«, forderte Conar sie auf.

»Nein, mein Gemahl, das ist *dein* Vorrecht.«

Er reichte ihr den Becher. »Trink etwas Wein, Melisande. Du wirst eine Stärkung brauchen.«

»Ja, ganz sicher ...« In einem Zug leerte sie den Kelch. »Und ich glaube, ich brauche noch mehr.«

Er bedeutete der jungen Dienerin, den Kelch nachzufüllen.

»Wie lange wirst du hierbleiben?« erkundigte sich Bryce bei seinem Bruder.

Eigentlich wollte Conar wahrheitsgemäß antworten, doch er erinnerte sich, wie brennend diese Frage seine Frau interessierte. Und so erwiderte er ausweichend: »Das weiß ich noch nicht. Es hängt vom Wind ab.«

Bryce runzelte die Stirn. Gewiß, der Wind und die Gezeiten beeinflußten eine Schiffsreise, aber Conar hatte gelernt, bei jedem Wetter zu segeln. Doch er verfolgte das Thema nicht weiter und beteuerte statt dessen, er freue sich über das Wiedersehen.

»Auch ich genieße die Gesellschaft meiner Familie«, entgegnete Conar. »Und Melisande ist entzückt über meine Ankunft. Sie fühlte sich so — vernachlässigt.«

»Ja, ich bin überglücklich«, bestätigte sie, und er spießte grinsend mit seinem Messer ein Stück Fleisch auf. Der Tisch war reichlich gedeckt, mit Wildschwein-, Reh-, Hasenfleisch und Geflügel, alles köstlich gewürzt und langsam über dem offenen Feuer gebraten. So sollte ein Haus geführt werden, dachte er. Könnte Melisande sich jemals für häusliche Pflichten begeistern? Ihr würde es wohl besser gefallen, das Regiment in ihrer Festung zu führen, ihr vergoldetes Kettenhemd anzulegen und ihren Ehemann ständig zu erzürnen.

Vielleicht sind solche Gedanken unfair, überlegte er. Sie war lange nicht zu Hause . . .

Rhiannon hatte ihn gebeten, seine Frau zu mögen. Aber er mochte sie ohnehin. Wenn sie ihn auch ärgerte, so war ihre Feindseligkeit wenigstens offen und ehrlich. Sie forderte ihn heraus, wie es nur wenige Frauen wagten. Und gerade ihre Kühnheit fürchtete er, die ihr Leben gefährdete.

Melisande spürte seinen prüfenden Blick und wandte sich zu ihm. Unsicher errötete sie und griff wieder nach dem Kelch, den er ihr aus der Hand riß. »Du sollst angenehm entspannt sein – und nicht vor Trunkenheit einschlafen, ehe du dein Versprechen eingelöst hast.«

»In deiner Nähe werde ich mich niemals angenehm entspannt fühlen«, fauchte sie.

»Dann wirst du lernen, so zu tun.« Mühsam bezähmte er seine Wut.

Plötzlich verstummten die Gespräche, als ein junger Mann vor den Tisch trat. Nach einer tiefen Verbeugung stellte er sich als William, Sohn des Padraic, vor, Seneschall und Geschichtenerzähler im Hause Eric MacAuliffes. Wie die Hausherrin sprach er sächsisch, aber mit irischem Akzent. Er verkündete, an diesem Abend würde er einen anderen MacAuliffe ehren, den Grafen, der eben erst über das Meer gereist sei. Hinter ihm begann ein Lautenspieler zu musizieren, und der Erzähler berichtete vom Reichtum Irlands, von Conars Familie, seiner Fechtkunst, seinen Heldentaten. Ausführlich schilderte er, wie Olafs Sohn gerade rechtzeitig an der Küste Frankreichs eingetroffen sei, um ein Mädchen aus höchster Not zu retten. Er habe den Tod seines Gastgebers gerächt und dessen Tochter für sich gewonnen. Den Blick auf Melisande gerichtet, erklärte der Erzähler, ein tapferer Krieger sei mit einer einzigartigen Schönheit belohnt worden. Während er sich erneut verneigte, klatschte die Tischgesellschaft Beifall — nur Melisande nicht.

Sie erhob sich und bat den Erzähler, er möge ihr die Laute seines Musikers leihen.

»Offenbar will sie dich auf ihre Weise willkommen heißen«, flüsterte Bryce seinem älteren Bruder zu, der die Stirn runzelte. »Schon oft hat sie uns mit ihren Darbietungen erfreut. Sie besitzt eine Engelsstimme.«

Dem konnte Conar nur beipflichten. Sie sang glockenhell, und ihre Finger glitten mühelos über die Lautensaiten. Ihre wohlklingende Stimme faszinierte ihn so sehr, daß er zunächst kaum auf die Worte achtete. Das Lied handelte von einem glücklosen Krieger, zum Seefahrer und Plünderer geboren, der in den Meereswellen starb.

Wie Conar wußte, war eine Seeschlacht gemeint, in der Alfred über dänische Schiffe gesiegt hatte. Aber Melisande bezeichnete den Angreifer nicht als Dänen, sondern als Wikinger, der seine gerechte Strafe erlitten hatte. Nur zu gut erkannte ihr Mann, auf wen sie anspielte.

Nach dem Ende des Vortrags applaudierten die begeisterten Zuhörer wieder. Kein Wunder, dachte Conar. Sie hatte wie eine Lerche gesungen und sah bildschön aus. Der Feuerschein zauberte bläuliche Glanzlichter in ihr schwarzes Haar. Die großen violetten Augen strahlten, von langen dunklen Wimpern umrahmt. Ein sanftes Lächeln umspielte die vollen Lippen.

Sie gab die Laute dem Eigentümer zurück und ging zum Ende der Tafel, um sich mit Daria zu unterhalten. Wenig später sah Conar, wie Mergwin sie beobachtete und verblüfft die Brauen zusammenzog. Und dann begann ihre erstaunlichste Darbietung des Abends. Mit einer Hand griff sie sich an die Stirn, preßte die andere auf den Magen und stöhnte leise.

Während Conar sich vorbeugte und sie aufmerksam musterte, rannte Bryce zu ihr. Daria setzte sie auf einen Stuhl und ließ sich kaltes Wasser bringen, um ihrer Schwägerin die Stirn zu kühlen. Auch Rhiannon eilte zu ihrem Hausgast.

»Es ist nicht schlimm«, versicherte Melisande mit einem schwachen Lächeln.

Natürlich nicht, dachte ihr Mann grimmig und fand die allgemeine Besorgnis um ihr Wohl völlig überflüssig. Er stand auf, und seine Augen verengten sich, als er sie aus der Ferne beobachtete. Plötzlich erhob sie sich. »Verzeiht mir. Ich glaube, ich brauche nur meinen Schlaf. Es tut mir so leid — am ersten Abend, da Conar hier ist . . .«

Rhiannon drehte sich zu ihm um, die Augen voller Besorgnis, und er las auch eine Warnung darin. Wehe ihm, wenn er seine Frau quälte . . .

»Ja, sie muß sofort ins Bett.« Er ging am Tisch entlang und hielt hinter Mergwins Stuhl inne.

»Ich bringe dich nach oben, Melisande«, erbot sich Daria, »und Conar kann hierbleiben.« Großer Gott, dachte er, glaubt sie ernsthaft, meine Frau würde es bedauern, wenn sie mir den Abend verdürbe? Er legte eine Hand auf Mergwins Schulter. »Ist sie krank?« flüsterte er ihm ins Ohr.

»Vielleicht ein bißchen geschwächt — von der Aufregung . . .«

Conars Finger gruben sich etwas fester in die Schulter des alten Druiden, der mitgeholfen hatte, ihn und seine Geschwister aufzuziehen. »Ist sie krank?« wiederholte er.

»Nein«, gab Mergwin zu.

»Danke.« Conar bahnte sich einen Weg durch das Gedränge rings um Melisande und sah unverhohlenes Entsetzen in ihren Augen, als er sie auf die Arme nahm. »Niemals würde ich dir erlauben, in deinem beklagenswerten Zustand die Treppe hinaufzusteigen, meine Liebe. Du könntest stürzen und dich verletzen, und dann wäre ich zu Tode betrübt.«

»Aber du bist eben erst angekommen und hast deine Geschwister kaum gesehen!«

»Gewiß haben sie Verständnis für meine Sorge um dich.«

»Ja, natürlich, Conar«, versicherte Rhiannon. »Wenn ich euch irgend etwas nach oben schicken soll . . .«

»Sobald meine Frau im Bett liegt, wird ihre Unpäßlichkeit schnell vergehen«, fiel Conar ihr ins Wort. »Besten Dank und gute Nacht.« Mit langen Schritten durchquerte er die Halle. Auf der Treppe schwieg sie, krallte die Finger in seinen Oberarm und starte ihn erbost an, doch das kümmerte ihn nicht. Nur eins zählte für ihn — er würde sie zwingen, ihr Versprechen zu halten. Mit einer Schulter stieß er die schwere Tür auf, die sie ihm vorhin verschlossen hatte. Als er sie nicht allzu sanft aufs Bett fallen ließ, fluchte sie. Er schob den Riegel vor, dann wandte er sich zu ihr. Inzwischen war sie aufgesprungen, offenbar in der Absicht, durch die Tür zu fliehen, die in sein Zimmer führte. Rasch vertrat er ihr den Weg. »Du hast mir dein Wort gegeben«, erinnerte er sie.

»Aber ich bin krank!« protestierte sie, wich zurück und senkte die Lider. »Und zu schwach . . .«

Verächtlich schüttelte er den Kopf. »So schwach wie ein kerngesunder Ochse, meine Liebe.«

»Wie kannst du es wagen! Was weißt du denn schon von mir? Du hast kein Recht auf mich, und wenn du mich anrührst, schreie ich . . .«

Sie holte tief Luft, aber der Schrei blieb ihr in der Kehle stecken, als Conar sie packte und wieder aufs Bett warf. »Schrei nur, Melisande, so lange und so laut du willst. Soll dich doch jeder im Haus hören! Niemand wird sich einmischen, wenn ein rechtmäßig verheirateter Mann seine ehelichen Rechte fordert. Schrei nach Herzenslust!

Dann werden alle wissen, daß du endgültig zu mir gehörst und daß ich dich niemals gehen lasse.«

Blaß und reglos lag sie da. »Ja, das ist alles, was du willst«, flüsterte sie, »den Vollzug der Ehe, die Garantie für deinen Grafentitel, dein Recht auf meinen gesamten Besitz.«

Zum Teufel mit ihr! Wie konnte seine Familie auf Melisandes Heuchelei hereinfallen? Aber irgend etwas hatte in ihrer Stimme mitgeschwungen, das sein Mitleid erregte, trotz seines Zorns, seiner Begierde und Entschlossenheit. Er beugte sich hinab, strich über ihre Wange, spürte die weiche Haut unter seiner rauhen, kampferprobten Hand. »Da irrst du dich. Nichts wünsche ich mir so sehr wie dich.«

Sie wich seinem Blick aus. »Das glaube ich nicht.«

»Nach dieser Nacht wirst du es glauben.«

»Aber — ich kann nicht . . .«

Er sah, wie heftig der Puls in ihrem Hals pochte. Fürchtete sie sich tatsächlich? Die mutige Melisande? »Seltsam«, erwiderte er. »Ich hatte gedacht, Manons Tochter würde stets halten, was sie verspricht.«

Jetzt hatte er die richtigen Worte gefunden, um sie mitten ins Herz zu treffen. Sie schaute ihn an, und ein sonderbares Gefühl erfaßte ihn. Seit dem ersten Augenblick des Wiedersehens hatte sie ihn immer wieder in Wut gebracht. Er war drauf und dran gewesen, sie einfach zu nehmen, schnell und gewaltsam. Aber nun drängte es ihn, ganz sanft mit ihr umzugehen und sie behutsam ins Reich der Liebe einzuführen. »Frisch gebadet, parfümiert und voller Erwartung«, erinnerte er sie. »Ich gebe dir etwas Zeit. Und wenn ich zurückkehre, wirst du dein Versprechen einlösen.«

Er ging in den angrenzenden Raum und schloß nachdenklich die Tür. »Narr!« schalt er sich selbst, trat vor den Kamin und hielt die Hände über die schwachen Flammen. Würde sie jetzt nach unten laufen, Rhiannon anjammern und behaupten, sie sei schwer krank und brauche während der ganzen Nacht den Beistand einer Dienerin? »Nein, meine Liebe, es muß geschehen, noch heute abend«, flüsterte er dem Feuer zu. Geduldig wartete er und wünschte, dieser besondere Kampf wäre bereits überstanden.

Die Flammen erhitzten sein Gesicht. Schließlich kehrte er zur Verbindungstür zurück. Würde er sich gezwungen sehen, seine Frau noch einmal aus der Halle hier heraufzutragen?

Mit leisen Schritten betrat er ihr Zimmer. Nein, sie war nicht geflohen. Sie stand vor dem Kamin, wandte ihm den Rücken zu, und sie trug ein dünnes Hemd, beinahe in der Farbe ihrer Augen. Das offene Haar, frisch gebürstet, hing in weichen Wellen herab, schimmernd wie die kostbarste Seide, die man an den Küsten des Mittelmeers kaufen konnte. Unter dem zarten Stoff zeichneten sich ihre schön geschwungenen Hüften ab.

Conar ging zu ihr, legte die Hände auf ihre Schultern. Als er ihr Haar hochhob, spürte er ihr Zittern. Er preßte die Lippen an ihren Hals, und ihr Puls beschleunigte sich.

Eine malvenfarbene Kordel hielt das Gewand am Ausschnitt zusammen. Er zog daran, und es glitt mit sanftem Flüstern zu Boden. Melisande schrie leise auf, während er ihre Schulter küßte und ihren Rücken streichelte. Dann drehte er sie zu sich herum. »Ich glaubte, du wärst weggelaufen.«

Ihre nackten Brüste berührten sein Hemd, und sie schluckte mühsam. »Wenn ich etwas verspreche, halte ich es auch.«

»So? Oder dachtest du vielleicht, ich würde dich überall finden — wohin immer du geflohen wärst?«

Flehend schaute sie in seine Augen. »Bitte — könnten wir's hinter uns bringen?«

»Wie du willst, meine Liebe.« Er hob sie hoch und fühlte wieder, wie schnell sie seine Leidenschaft wecken konnte. Behutsam ließ er sie aufs Bett gleiten und legte sich zu ihr. Nur zu gut wußte er, wie mühsam sie gegen das Bedürfnis ankämpfte, aufzuspringen und zu flüchten. Sie starrte zur Decke, zuckte leicht zusammen, als seine Fingerspitzen durch die Vertiefung zwischen ihren Brüsten und über ihren Bauch wanderten. Wie schön sie war . . . Ihre milchweiße Haut fühlte sich an wie Seide. Sie hatte eine zierliche Taille, sanft gerundete Hüften und große, feste, wohlgeformte Brüste. Die Warzen glichen dunklen Rosenknospen. Zwischen den Schenkeln wölbte sich ein verführerisches Dreieck aus zartem, ebenholzschwarzem Kraushaar.

Während Conar sie streichelte, merkte er, daß sie einen Schrei unterdrückte. Lächelnd beugte er sich über sie. Sein Kuß verschloß ihr die Lippen, zwang sie auseinander, und seine Zunge suchte ihre. Dann hob er den Kopf, und Melisande rang keuchend nach Luft. »Ich kann nicht atmen . . .«

»Das ist auch nicht nötig.« Wieder küßte er sie von wachsendem Verlangen erfüllt. Ihre Finger umfaßten seine Schultern.

Ob sie ihn wegstoßen wollte, wußte er nicht, und es spielte auch keine Rolle. Voll und ganz kostete er den süßen Geschmack ihres Mundes aus. Nach einer Weile richtete er sich wieder auf und schaute in ihre leicht verschleierten Augen, während er eine ihrer Brüste umfaßte und mit dem Daumen aufreizend über die Spitze strich. Ihr Atem stockte, krampfhaft schluckte sie und starrte Conar an.

Ohne den Blick von ihrem Gesicht abzuwenden, umschloß er die Brustwarze mit seinem Mund. Seine Hände wanderten über die Hüften und Schenkel, nur das süße, verlockende Dreieck berührte er nicht. Dann strich er ganz zart über das feine Kraushaar mit den Fingerspitzen und der Handfläche.

Während er immer noch in ihre angstvollen Augen sah, drangen seine Finger zwischen die rosigen Lippen ihrer Weiblichkeit. Erschrocken hielt sie den Atem an, hob die Knie, drehte den Kopf hin und her. Um sie festzuhalten, legte er sich mit seinem halben Körper auf ihren und fuhr fort, sie intim zu liebkosen. Er suchte die empfindsamsten Stellen und spürte, wie sie feucht wurden.

Dieses Liebesspiel schien alle Höllenflammen in Conar zu entfachen. Instinktiv hatte Melisande versucht, die Beine zusammenzupressen, aber nicht protestiert. Er bekämpfte das schmerzhafte Verlangen in seinen Lenden. Seinen Wunsch, sie möge baden und sich parfümieren, hatte sie immerhin erfüllt, wenn er auch ihre erwartungsvolle Freude vermißte. Ihr eigener süßer Duft mischte sich erregend und verlockend mit Flieder. »Schau mich an!« befahl er, und als sie gehorchte, die Augen immer noch voller Abwehr, neigte er sich lächelnd hinab und küßte sie. Sie wich ihm nicht aus, öffnete sogar ein wenig die Lippen, und er eroberte die süßen Tiefen ihres Mundes.

Wieder streichelte er ihre Hüften und das ebenholzfarbene Dreieck. Seine Lippen küßten ihre Brüste und den Bauch, und er beobachtete ihr Gesicht, während er weiter hinunterglitt. Sie hatte die Augen geschlossen, ihre Finger krallten sich ins Laken. Er liebkoste sie, dann berührte seine Zunge das zarte rosa Fleisch, das seine Finger eben erst geweckt hatten. Sie schrie auf und versuchte, sich umzudrehen, aber er hielt ihren Schenkel eisern fest.

Ihre Lippen formten ein »Nein«, doch das verzweifelte Flüstern blieb unhörbar. Langsam bewegte er seine Zunge, fühlte Melisandes heftiges Zittern, kostete sie immer begieriger. Ihre Hände zerrten an seinem Haar, dann wieder am Laken. Ein wildes Feuer durchströmte ihn, als ihr

Körper auf die betörenden Liebkosungen antwortete. Gnadenlos setzte er den verführerischen Angriff fort, ignorierte das Rauschen des Blutes in seinen Ohren, die Qual seiner Begierde.

Plötzlich stieß Melisande einen Schrei aus und wand sich umher, dann erstarrte sie. Triumphierende Freude erfaßte ihn, nachdem es ihm gelungen war, ihr Erfüllung zu schenken. Nun lag sie erhitzt und feucht vor ihm, was seine Leidenschaft noch steigerte. Er stand auf, schlüpfte rasch aus seinen Stiefeln und der Hose. Währenddessen drehte sie sich zur Seite und zog die Knie an die Brust.

»O nein, meine Liebe!« Er drehte sie auf den Rücken. Ohne das Hemd abzustreifen, kniete er sich über sie und breitete ihr Haar zu einem Ebenholzfächer aus. Sie schloß die Augen, um seinem Blick zu entrinnen und der Erkenntnis, wie schnell er ihre Lust geweckt hatte. Ihre Lippen berührend, flüsterte er: »Koste, wie deine eigene Leidenschaft schmeckt!« Seine Zunge glitt in ihren Mund, dann hob er den Kopf. Entschlossen sank er zwischen ihre Schenkel. Ihr Gesicht war fast so weiß wie das Laken. Als er in sie eindrang, biß sie auf ihre Lippe. Sie wollte nicht schreien, und er bewegte sich so vorsichtig wie möglich. Aber als er das letzte Hindernis überwand, konnte sie einen halberstickten Schrei nicht unterdrücken und zitterte vor Schmerz. Zärtlich umarmte er sie.

»Jetzt ist es überstanden«, versuchte er sie zu trösten. In ihrem Schoß spürte er das heftige Pulsieren seines Verlangens, das verzweifelt nach Befriedigung strebte. Aber er hielt sich zurück, streichelte beruhigend ihre Hüften. Sie preßte das Gesicht an seine Schulter, ihre Finger gruben sich in seine Arme. Da konnte er es nicht länger ertragen und begann sich zu bewegen. Ihr Körper umschloß ihn, wie für ihn geschaffen. Immer tiefer drang er in sie ein, und seine heiße Begierde wuchs. Fest drückte er Melisande an seine Brust, der Rhythmus beschleunigte sich, getrieben von der Sehnsucht nach Erlösung. Mit beiden Händen umfaßte er ihre Hüften und zwang sie, sich ihm entgegenzuheben, die süße Lust erneut zu suchen, die sie eben erst kennengelernt hatte.

Immer enger verschmolzen die beiden erhitzten Körper, und dann glaubte Conar, tausend Flammen würden in ihm auflodern. Die Erfüllung glich einem Sturm, der ihn heftig erschütterte. Beinahe wäre er mit seinem ganzen Gewicht auf Melisande hinabgesunken, doch im letzten Augenblick beherrschte er sich, gerade rechtzeitig, um ihr Zittern zu spüren, den Beweis, daß er sie ein zweites Mal zum Gipfel der Lust geführt hatte.

Er glitt zur Seite, rang nach Luft und betrachtete ihr Gesicht. Ihre Augen starrten wieder zur Zimmerdecke hinauf. Als sie seinen Blick spürte, senkte sie die Lider und wandte sich ab. Er preßte die Lippen zusammen, erstaunt über die Freude, die sie ihm geschenkt hatte, aber bitter enttäuscht von der Feindseligkeit, die sie immer noch zu empfinden schien. »War es so barbarisch, meine Liebe?« spottete er leise.

»Wie auch immer, ich mußte es ertragen. Mir blieb nichts anderes übrig.«

Er streichelte ihren schönen Rücken. »Da hast du völlig recht. Du mußtest dein Wort halten. Und ich dachte, du würdest davonlaufen.«

Plötzlich drehte sie sich zu ihm um, ihre violetten Augen waren dunkel vor Zorn. »Und wenn ich geflohen wäre — hättest du mich dann in Ruhe gelassen?«

Er stützte sich lächelnd auf einen Ellbogen, fasziniert vom Anblick ihrer vollen Brüste. »Vielleicht.«

Wütend fluchte sie und versuchte, sich wieder abzuwenden, aber er nahm sie lachend in die Arme und bezwang ihre Gegenwehr. »Nein, wahrscheinlich nicht. Ich bin ein Wikinger. Überall hätte ich dich aufgespürt und mich an dir vergangen. Das wolltest du doch hören?«

»Wäre das geschehen?« zischte sie.

»Das werden wir niemals wissen. Weil du mich erwartet hast, gebadet und parfümiert und angenehm entspannt — zumindest tatest du so.«

»Nun sind deine Wünsche erfüllt. Die Ehe ist vollzogen, und was ich besitze, gehört endgültig dir. Wärst du wenigstens jetzt so gütig, mich in Ruhe zu lassen? Alles, was du wolltest, hast du erreicht.«

Conar strich über eine glänzende schwarze Locke, die auf ihrer Schulter lag und sich so seidig und sinnlich, so erregend anfühlte. »Ich sagte doch, ich will nur dich, Melisande.«

»Und mein gesamtes Eigentum.«

»Dich«, wiederholte er entschieden, setzte sich auf und zerrte das Hemd über seinen Kopf. Ihr Blick streifte seine breite Brust, die muskulösen Arme, und sie bemerkte, wie sein Verlangen erneut wuchs.

»Nein«, flüsterte sie und versuchte wegzurücken.

»Ja«, erwiderte er und zog sie unter seinen Körper.

Ihre Hände stemmten sich gegen seine Schultern, aber ihre Lippen öffneten sich weich und süß unter seinem Kuß.

13

Irgendwann schlief sie endlich ein, und die Nacht schien die sanfte, verschwommene Unwirklichkeit eines Traums anzunehmen. Conars Arme zu spüren, die sie umschlangen, seine Schulter unter ihrem Kopf, das sanfte Streicheln seiner Finger ... Sie hatte so erbittert gekämpft, um sich dann völlig zu unterwerfen. In ihren Träumen gestand sie sich die Intimität, die sie nun mit ihrem Mann teilte, seine Zärtlichkeit und die Magie seiner Berührung ein.

Welchen Zorn hatte jene erste intime Berührung geweckt, so arrogant gefordert und durchgeführt ... Aber der Gedanke an die Erregung, die er in ihr entfacht hatte, überwältigte sie sogar im Traum. Es wäre unmöglich gewesen, sich gegen Conar zu wehren und zu siegen. Aber den Kampf gegen sich selbst hätte sie besser bestehen müssen.

Von jetzt an werde ich mich ihm verweigern, gelobte sie sich. Aber sie brach diesen Eid, als er erwachte, und fügte sich erneut seinen Wünschen. Später schlummerte sie wieder ein, und sobald sie die Augen öffnete, begegnete sie Conars eindringlichem Blick. Unwillkürlich fand sie sein Gesicht attraktiv. Das wollte sie nicht sehen, sich nicht eingestehen, wie großartig er aussah. Aber wie konnte sie es jetzt noch bestreiten? Während er sie betrachtete, spürte sie ein inzwischen vertrautes Zittern in ihrem Körper. Die Gefühle hatten sich verändert und ließen sich nicht mehr zurückverwandeln. Jetzt würde sie ihm nie mehr entrinnen.

Seine Hand umfaßte ihre Wange. »Wir werden unsere Ehe nicht annullieren lassen, Melisande.«

Darüber hatte sie am Vortag mit Gregory gesprochen. Jene Szene schien einer fernen Vergangenheit anzugehören. Jetzt war sie ein anderer Mensch und lebte in einer anderen Welt. Immer noch erschöpft, schloß sie die Augen. Conars Stimme streichelte ihr Ohr. »Das weißt du doch, meine Liebe?«

Sie drehte sich zur Seite, kehrte ihm den Rücken, doch das hielt ihn nicht zurück. Sanft, aber besitzergreifend strich er über ihre nackte Hüfte. Und seine Zärtlichkeit trieb ihr seltsamerweise heiße Tränen in die Augen.

»Wir werden unsere Ehe nicht annullieren lassen«, wiederholte er leise, aber mit Nachdruck. Sie mußte antworten, sonst würde er sie wieder berühren — und erregen.

»Ja, mein Herr Wikinger, ich weiß, daß eine Annullierung jetzt unmöglich ist.« Sie hoffte, damit würde er sich zufriedengeben. Aber seine Hand blieb auf ihrer Hüfte liegen. Viel zu deutlich spürte sie seine Nähe, seinen warmen Körper, sein Verlangen, das neuerlich wuchs. Aber er schwieg, obwohl sie sicher war, daß er nicht schlief.

Wie sollte sie selbst Ruhe finden, wenn er so dicht hinter ihr lag? Aber schließlich sank sie vor Erschöpfung in tiefen Schlaf.

Als sie am späten Vormittag erwachte, war sie allein. Noch nie war sie an einem Morgen so müde und zerrissen von widersprüchlichen Gefühlen gewesen. Als sie sich erinnerte, was sie in seinen Armen empfunden hatte, erschauerte sie.

Sie hatte beschlossen, diese Nacht tapfer zu ertragen, und sich niemals ausgemalt, was die Dunkelheit ihr bescheren würde. Und jetzt, am hellichten Tag, war sie völlig verwirrt. Von Anfang an hatte Conar ihren Zorn geweckt, sie aber auch tief beeindruckt. Vielleicht war die Anziehungskraft schon immer dagewesen — und sie hatte sich instinktiv gegen diese eigentliche Ursache ihrer Feindseligkeit gewehrt. Ein Großteil ihrer Wut hatte seiner Lebensweise gegolten. Sie selbst sollte keusch und fromm bleiben, während er seinen Vergnügungen nachging. Eine Frau hielt er sich in Dubhlain, wahrscheinlich auch eine in Frankreich. Und Brenna begleitete ihn auf Schritt und Tritt, neigte den blonden Kopf zu ihm, lachte über seine Scherze, berührte seinen Arm, gab ihm mit sanfter Stimme Ratschläge.

Bede hatte sich über Melisandes Groll gegen die Ungerechtigkeiten dieser Welt amüsiert und erklärt, eine Frau müsse nun mal ein anderes Schicksal erdulden als ihr Mann, da es ihre Aufgabe sei, ihm Erben zu schenken. Aber Conar hatte sein großes Erbe durch seine Gemahlin gewonnen. Und deshalb fand sie ihr Los um so ungerechter. Wenigstens war ihre Situation, wenn sie auch darüber geklagt hatte, erträglich gewesen. Aus der Ferne hatte Conar seine Macht nicht so spürbar ausüben können, aber seit der Nacht ist eine Veränderung eingetreten, mit der sie nie gerechnet hatte.

Stöhnend vergrub sie das Gesicht im Kissen. Sie wollte vergessen, was geschehen war, sich einreden, sie wäre immer noch unberührt und wüßte nicht, welche Gefühle ein Mann in einer Frau entfachen konnte. »Nein!« wisperte sie und schlug mit der Faust aufs Bett. Das Laken glitt zu Boden, und als sie es aufhob, sah sie die kleinen Blutflecken. »Oh, ich hasse dich!« flüsterte sie und trommelte mit beiden Fäusten auf das Kissen. »Ich hasse dich!«

Plötzlich hörte sie Conars Stimme. »Das bedaure ich aufrichtig, meine Liebe.« Sie drehte sich um und sah, daß er wieder durch die Tür hinter dem Wandteppich eingetreten war. Seine Stimme klang eisig, und Melisande fröstelte. Unwissentlich hatte sie ihn beleidigt. Gäbe es ein bißchen Wärme in seinem nordischen Herzen, hätte sie ihn vielleicht sogar verletzt. Nein, diese Macht besaß sie nicht. Sie hatte nur wieder einmal seinen Zorn erregt.

Unbehaglich setzte sie sich auf. Sie war ihm gegenüber im Nachteil, denn er hatte sich bereits angekleidet. Über dem engen Beinkleid und dem Leinenhemd trug er eine Tunika. Und den Waffengurt mit dem ungewöhnlichen Schwert, dessen Knauf das keltische Emblem zeigte. Im Stiefelschaft steckte das Messer. Er wirkte unbesiegbar, und plötzlich krampfte sich Melisandes Herz zusammen. Jeder Mann konnte von einem Pfeil getötet werden. Jeder Mann bestand aus Fleisch und Blut. Das wußte sie, denn sie hatte ihren Vater sterben sehen.

Plötzlich erkannte sie in bestürzender Klarheit, daß sie Conars Tod nicht wünschte. Er war ihr ein Dorn im Auge, sie wollte ihm entfliehen, sie haßte ihn. Trotzdem wollte sie niemals vor seiner Leiche stehen. Das würde er mir nicht glauben, dachte sie müde, und das spielte auch keine Rolle, denn sie hatte nicht vor, ihm jemals zu gestehen, was sie empfand. Seine frostigen blauen Augen ließen sie erschauern. Unwillkürlich hatte sie sich aufgesetzt, und nun merkte sie, daß er ihre nackten Brüste betrachtete. Rasch zog sie das Laken bis ans Kinn und klammerte sich an die letzten Reste ihrer Würde. »Ist es dir noch niemals in den Sinn gekommen, anzuklopfen, ehe du eine Tür öffnest und einen Raum auf die übliche Weise betrittst?«

Sein Blick war unergründlich. »Als ich dich verließ, schliefst du tief und fest. Ich wußte nicht, daß du schon wach bist, und ich wollte dich nicht stören.« Seine Stimme nahm einen spöttischen Klang an. »Daß ich Zeuge deines Wutausbruchs wurde, geschah nicht in böser Absicht.«

»Und was führt dich zu mir?«

»Heute ist es zu spät, um mit den Gezeiten loszusegeln. Morgen früh will ich aufbrechen. Du mußt deine Vorbereitungen treffen. Sicher kannst du deine Sachen sehr schnell packen. Du bist ja auch in Windeseile hierhergefahren.«

»Ich kann sehr schnell packen, wenn ich verreisen möchte. Aber da du es nicht für nötig befandest, mir deine Pläne mitzuteilen . . .« Sie unterbrach sich und zuckte die Achseln. »Unter diesen Umständen sehe ich keinen Grund, meine Sachen so schnell wie möglich zu packen, nur um dich bei Laune zu halten.«

Conar schwieg einen Moment, dann kam er zum Bett. »Dann pack eben nicht. Begleite mich ohne Kleider, meinetwegen so nackt, wie du jetzt hier sitzt. Du wirst auf jeden Fall mit mir kommen.«

»Ich bin die Gräfin, die Erbin«, erinnerte sie ihn erbost. »Du irrst dich, wenn du glaubst, du könntest mich wie eine Dienerin herumkommandieren.«

»Niemals würde ich dich wie eine Dienerin herumkommandieren, denn ich hatte noch keine, die so mutwillig und eigensinnig gewesen wäre. Mittlerweile solltest du mich kennen. Ich habe gesagt, du kommst mit mir, und dabei bleibt es.«

Wie sollte sie ihn bekämpfen, wie ihre Lage ändern? Und wie lange würde er ihre Gesellschaft suchen, ehe er wieder verschwand, um sich mit Brenna oder einer anderen Frau zu vergnügen? Rasch senkte sie die Augenlider, um ihre Gedanken nicht zu verraten. »Nie bittest du um irgend etwas, Wikinger!« zischte sie. »Und deine Befehle klingen so, als würdest du mit der Peitsche knallen. Vielleicht würde man dir bereitwilliger gehorchen, wenn du lernen könntest, auch andere Meinungen gelten zu lassen.«

Er setzte sich auf die Bettkante, neigte sich zu ihr, und sie wich zurück, das Laken fest an die Brust gepreßt. »Ich habe auf dich und deine Wünsche gehört, Melisande, und dir sogar geschrieben, um dich auf meine Ankunft vorzubereiten. Das war ein Fehler. Ich hätte meinen Vater verständigen sollen. Nachdem du meinen Brief erhalten hattest, betörtest du meinen unvorsichtigen kleinen Bruder mit deinem Lächeln und flohst hierher, so schnell du nur konntest. Wenig später fingst du an, dich mit dem armen jungen Narren Gregory zu verschwören. Ein Glück, daß ich den Beweis deiner Unschuld fand, der dich heute morgen so erzürnte. Sonst wäre ich womöglich versucht gewesen, seinen Hals zu durchschneiden trotz seines zarten Alters.«

»Meine nächsten Reisen werde ich so planen, daß sie mich weit weg von den Domänen deiner Familien führen. Was habe ich denn verbrochen? Nichts weiter als deine Geschwister hierherzubegleiten! Nächstes Mal werde ich in weite Fernen segeln.«

»Ein nächstes Mal wird es nicht geben, Melisande.« Er stand auf und wandte sich zur Tür. »Morgen früh fahre ich zur Küste Frankreichs.«

»Nach Hause!« rief sie atemlos. Conar ging davon, und in ihrer Aufregung vergaß sie ihre Blößen. Sie sprang aus dem Bett, rannte nackt hinter ihm her und ergriff seinen Arm. »Du bringst mich nach Hause?«

Er drehte sich zu ihr um, und sie spürte das blaue Feuer seiner Augen auf ihrer Haut brennen. Hastig ließ sie ihn los und trat zurück. Sie hob instinktiv die Arme und wollte sie vor der Brust verschränken, erkannte aber, was sie mit dieser Geste nicht verbergen konnte.

»Du bringst mich nach Hause?« wiederholte sie.

Wortlos kam er auf sie zu. Sie flüchtete ins Bett zurück und zog das Laken über ihren Körper, das er aber sofort wieder wegriß. Mit einem Schrei wollte sie aufspringen, aber Conar hielt sie unbarmherzig fest. Jetzt funkelten seine Augen belustigt, aber in seinem Blick lag noch ein anderer Ausdruck, den sie inzwischen nur zu gut kannte. Sie stemmte sich gegen seine Brust, aber er streckte sich neben ihr aus auf einen Ellbogen gestützt und den anderen Arm um ihre Taille gelegt. »Freust du dich auf deine Heimkehr, Melisande? Wirst du zufrieden und glücklich mit einem verhaßten Wikinger zusammenleben, wenn du nur zu Hause sein kannst?«

Sie versuchte zu antworten, aber ihr Mund wurde trocken, als seine Hand sich langsam zu ihrer Brust hinauftastete. Mühsam schluckte sie, dann würgte sie hervor: »Hör auf! Du hast mir befohlen, meine Sachen zu packen.«

»Hast du plötzlich beschlossen, mir zu gehorchen?« fragte er und hob die Brauen.

»Es ist schon spät«, erwiderte sie und versuchte, seine Hand wegzuschieben. »Hellichter Tag ...«

»Vielleicht fasziniert mich gerade das Tageslicht.« Aufreizend strich seine Handfläche über ihre Brustwarze. Gegen ihren Willen fuhr ein heißer Strom durch ihren Körper und weckte ein unerwünschtes Verlangen. Sie biß die Zähne zusammen und bekämpfte die brennenden Tränen. Die Macht, die Conar über sie besaß, erschien ihr weniger hassenswert als die Gefühle, die er in ihr erregen konnte. Noch einmal versuchte sie energisch, seine Hand wegzustoßen. Und diesmal gelang es ihr. Sie konnte sogar zur Seite rutschen und aufspringen.

Wütend schrie sie ihn an: »Jahrelang hast du mich vernachlässigt. Und nun forderst du . . .«

»Um so eifriger bemühe ich mich jetzt, dich nicht mehr zu vernachlässigen«, unterbrach er sie spöttisch.

»Aber du bist angezogen!«

»Oh, das läßt sich leicht ändern, falls es dich betrübt.« Auch er stand auf, und sie wandte sich ab, um davonzulaufen. Doch er packte ihren Arm, drehte sie zu sich herum und riß sie in die Arme. Heiß und leidenschaftlich preßte sich sein Mund auf ihren und nahm ihr den Atem. Das Feuer in ihr loderte noch heller, ihr Herz schlug wie rasend. Als er den Kopf hob, erwiderte er herausfordernd ihren Blick. Mit beiden Fäusten trommelte sie gegen seine Brust, aber er lachte nur, hob sie hoch und warf sie aufs Bett. Sie rang nach Luft und starrte ihn an. Sein Waffengurt, die Tunika und das Hemd ließ er auf den Boden fallen. Rasch schlüpfte er aus der Hose, und ehe Melisande wieder durchatmen konnte und aufspringen wollte, lag er über ihr. Er küßte sie plötzlich ganz sanft und verführerisch. Sie gab ihren Widerstand auf — unfähig, ihrer Sehnsucht noch länger zu trotzen.

»Das ist der Preis, den du für deine Heimreise zahlen mußt«, flüsterte er.

Diese Überlegung spielte keine Rolle, aber das verschwieg sie ihm. Sein Mund wanderte über ihren Hals, ihre Brüste, die ganze Welt drehte sich, und Melisande glaubte zu schweben. Später lag er neben ihr, und seine Finger strichen sanft über ihren Arm, während das süße, heiße Fieber allmählich erlosch. Conar seufzte, als würde er es ernsthaft bedauern, sie verlassen zu müssen, und stand auf. »Es ist schon sehr spät.« Melisande spürte seine Hand auf ihrer Hüfte. »Habe ich dich vorhin richtig verstanden? Bist du bereit, mit mir zu fahren, wenn ich dich nach Hause bringen werde?« Sein spöttischer Unterton irritierte sie, und sie antwortete nicht sofort. »Meine Liebe, ich rede mit dir.«

»Ja!«

»Und du bist gewillt, deine Nächte mit mir zu verbringen, mit einem Wikinger zu schlafen?«

Wütend drehte sie sich zu ihm um. »Sogar mit dem Teufel würde ich schlafen!« fauchte sie.

»Ist ein Wikinger nicht ein Teufel?«

»Doch!« stieß sie hervor.

»Ah, arme Melisande!« murmelte er und schlang eine ihrer ebenholzschwarzen Haarsträhnen um seine Finger. »Es scheint mir nicht zu gelingen, dich glücklich zu machen. Ich bleibe dir fern, ich vernachlässige dich, ich komme hierher, um dich zu holen, und ich zwinge dich, mit einem Dämon zu schlafen. Aber es sieht nicht so aus, als würdest du furchtbar leiden.«

Sie zerrte an ihren Haaren, um sich von seinem Griff zu befreien, aber er ließ nicht locker und neigte sich lächelnd herab. »Daß ich dich niemals gehen lasse, habe ich schon mehrmals betont, Melisande. Und von jetzt an wirst du dich auch nicht mehr vernachlässigt fühlen.«

Fluchend schloß sie die Augen und spürte, wie er seine Finger aus ihrem Haar löste. Sofort kehrte sie ihm den Rücken.

»Pack deine Sachen!« befahl er. »Ich gehe jetzt nach unten zu meinem Bruder, dem anderen elenden Wikingerteufel.« Nach einer kleinen Pause fügte er leise hinzu: »Aber mit Bryce und Bryan scheinst du dich gut zu verstehen. Laß dich nicht vom Erbe meiner Mutter täuschen, den dunklen Haaren und grünen Augen! Im

Grunde ihres Herzens sind auch diese beiden satanische Wikinger.«

»Geh weg und laß mich in Ruhe!« stöhnte sie. Conar lachte, und sie hörte, wie er sich ankleidete.

Zu ihrer Empörung spürte sie einen Klaps auf ihrem Hinterteil. »Du solltest nicht den ganzen Tag verschlafen, Melisande. Es wäre an der Zeit, endlich aufzustehen.« Durch die Verbindungstür ging er in den Nebenraum und lachte wieder, als sie ihm ein Kissen nachwarf.

Vor Wut zitterte sie am ganzen Körper, als sie aufstand. Sie goß Wasser aus einem Krug in ihre Waschschüssel, nahm einen Lappen und schrubbte sich vom Scheitel bis zur Sohle. Noch lieber hätte sie gebadet, sie wollte aber nicht warten, bis man ihr eine Wanne brachte. Noch ein zweites Mal wusch sie sich von Kopf bis Fuß, dann hielt sie inne. Nach wie vor glaubte sie, Conars Berührung auf ihrer Haut zu spüren. Und sie wußte, daß sie dies immer fühlen würde.

Sie ließ den Lappen fallen, trocknete sich ab und zog sich an. Es gab wenig zu packen, denn die Sachen, die sie mitgebracht hatte, lagen in einer Truhe am Fußende des Betts, und sie nahm immer nur heraus, was sie gerade brauchte — Kleidungsstücke, Parfüms, Öle und die Minze, die sie kaute, um ihre Zähne zu pflegen.

Wenig später stieg sie die Treppe hinab, um Mergwin zu suchen und sich von ihm zu verabschieden. Ein bißchen grollte sie ihm immer noch, weil er sich so rasch von ihr abgewandt und auf Conars Seite gestellt hatte. Trotzdem war er ein guter Freund, der sie an Ragwald erinnerte, wenn die beiden ihrer »Wissenschaft« auch auf ganz verschiedene Weise frönten.

Der alte Druide glaubte fest an die Macht der Geister, die man heraufbeschwören konnte, wenn man sie brauchte. Und die nordischen Runen verrieten ihm sehr viel. Hingegen studierte Ragwald die Sterne am Himmel und entnahm ihnen, was die Zukunft bringen mochte. Und doch glichen sie einander, denn wenn sie herausgefordert und in die Enge getrieben wurden, betonten sie ärgerlich, sie seien Christen und würden christlichen Herrschern dienen — obwohl Melisande gewisse Zweifel hatte, was Olaf, den König von Dubhlain, betraf — und letzten Endes sei alles Gottes Wille.

Ihr Herz schlug schneller, bald würde sie nach Hause zurückkehren. Vielleicht hatte Conar nie erkannt, wie grausam es gewesen war, sie von ihrer geliebten Heimat zu trennen, und möglicherweise hatte er die Grausamkeit niemals beabsichtigt, denn sie war von Olaf und Erin wie eine leibliche Tochter behandelt worden. Nichts hatte sie entbehren müssen und nur ihr Zuhause vermißt — Ragwald, Philippe, Gaston, sogar Vater Matthew. Diese Menschen bildeten jetzt ihre Familie.

Sie blieb kurz stehen und wartete, bis sich ihre heftigen Herzschläge beruhigten, dann stieg sie weiter die Stufen hinab. Auch von Daria, Rhiannon, den Kindern, Bryce und Bryan mußte sie sich verabschieden. Während sie sich der Halle näherte, hörte sie Erics und Conars Stimmen.

»Ich wünschte, ich könnte länger bleiben. Und ich würde es auch tun, wenn du meine Hilfe bräuchtest, Eric. Aber im Augenblick scheint hier Frieden zu herrschen.«

»Ja«, bestätigte Eric, »aber ich muß stets gerüstet sein.«

Sobald Melisande die zwei Brüder sah, hielt sie inne. Jeder einen Becher Ale in der Hand, saßen sie in den großen Sesseln vor dem Kaminfeuer, Söhne des Wolfs von Norwegen, die einander so sehr glichen — hochgewachsen und breitschultrig und blond, selbstbewußt und stolz und von starker, bezwingender Anziehungskraft.

»Bei uns zu Hause gibt es größere Schwierigkeiten«, erklärte Eric. »Vater kann in seiner ummauerten Stadt stets die Stellung halten, aber nach Großvaters Tod gelingt es

Niall nicht, die Könige von niedrigerem Rang unter Kontrolle zu halten. Ich fürchte, es wird zu neuen Kämpfen kommen. Und wie wir hören, versammeln sich die Dänen wieder. Immer weiter werden sie in fremde Länder vordringen und zu Tausenden über das Herz der fränkischen Königreiche herfallen.«

»Meine Festung gleicht Dubhlain«, erwiderte Conar. »Hinter diesen festen Mauern können wir dem größten Heer trotzen.«

»Die meisten Kämpfe werden auf dem Land ringsum stattfinden«, warnte Eric. »Bedenk doch, wohin wir von unserem Haus Vestfold ausgezogen sind, in die russischen Länder, hinunter zum Mittelmeer, sogar ins Gebiet des Islams. Die Dänen werden Frankreich in wilden Horden angreifen, und jemand muß ihnen die Stirn bieten.«

»Ich glaube, die fränkischen Adelsherren unterschätzen ihre Feinde.« Conar beugte sich vor und schien in die Vergangenheit zu blicken. »Als Vater nach Irland kam, zog er sehr schnell seinen Nutzen aus den Pferden, die er erbeutet hatte. Die meisten Leute halten die Wikinger für Seefahrer, die die Küsten plündern. Jetzt befördern unsere Schiffe gutausgebildete Streitrösser. Es stimmt, die meisten Wikinger fühlen sich immer noch auf dem Meer heimisch. Aber mittlerweile gibt es viele, die auf dem Pferderücken kämpfen und alles einsetzen, was sie in den eroberten Gebieten lernen, um es gegen die Bewohner zu verwenden.«

»Wenigstens bist du vorbereitet, und deine Verbündeten werden gewiß die Augen offenhalten.«

»Vermutlich konnte ich Gerald nicht nur zuletzt deshalb besiegen, weil er nie erwartet hatte, ein Wikingerheer mit Pferden würde Manon über das Meer zu Hilfe eilen.«

»Achte stets auf deine Rückendeckung, mein Bruder. Feinde haben lange Arme, die sich manchmal über Jahre hinweg erstrecken. Also sei auf der Hut und schlafe immer mit einem offenen Auge.«

»Nur die Bündnisse unter mächtigen Adelsherren können uns retten, denn der König in Paris ist schwach.«

»Vergiß nicht, daß wir immer für dich da sind, wenn du uns brauchst. Hoffentlich wird es deine Position stärken, wenn du Melisande nach Hause bringst und mit ihr das Ehegelübde erneuerst. Da Graf Odo davon überzeugt ist, muß es wohl so sein. Gewiß ist er ein verläßlicher Verbündeter.«

»Das bin ich auch.« Melisande hörte die Leidenschaft, die in Conars tiefer Stimme mitschwang, doch den Sinn seiner Worte nahm sie nicht mehr wahr. Ihre Wangen brannten, und sie glaubte, jeden Augenblick müßten die Knie unter ihr nachgeben. Das war es also! Heißer Zorn stieg in ihr auf. Er war Graf Odo begegnet, und der hatte ihn gewarnt, er könnte sein Eigentum verlieren, wenn die anderen Aristokraten seine Ehe mit Graf Manons Erbin nicht anerkannten.

Deshalb mußte Conar sie nach Hause holen. Das tat er keineswegs aus Herzensgüte, sondern weil er sie zwingen wollte, ihr Ehegelübde zu wiederholen. Und da die Ehe inzwischen vollzogen war, blieb ihr wohl kaum etwas anderes übrig, als zu gehorchen. Aber sie würde protestieren und ihm Schwierigkciten machen, wo sie konnte. Sie holte tief Luft und umklammerte das geschnitzte Treppengeländer, dann rannte sie in ihr Zimmer zurück, schloß die Tür und lehnte sich dagegen. Jetzt wußte sie also, worauf es ihrem Mann ankam. Doch das änderte nichts an der Sehnsucht nach der geliebten Heimat. Sie würde die Festung wiedersehen — und ihren Vorteil nutzen. Denn sie hatte erkannt, daß auch sie eine gewisse Macht besaß.

14

Am Nachmittag fand sie die Halle leer und floh hastig aus dem Haus. Sie eilte zu den Stallungen, wo die Reitknechte ihre Wünsche stets erfüllt hatten. Aber als sie diesmal einen Jungen bat, ihre Stute zu satteln, erklärte er unbehaglich, er müsse jemanden holen. Mühsam unterdrückte Melisande ihren Zorn, in der festen Überzeugung, Conar müßte die Dienerschaft angewiesen haben, seine Frau in ihrer Freiheit einzuschränken. Glaubte er, sie würde immer noch versuchen, ihm zu entfliehen — jetzt, da er sie nach Frankreich bringen wollte?

»Dann solltest du meinen Mann holen«, erwiderte sie, »aber schnell, denn ich möchte ausreiten. Und ich kann mir nicht vorstellen, daß du den Auftrag hast, mich vom Pferd zu zerren.« An ihrem letzten Tag in Wessex wollte sie den Bach aufsuchen und Abschied nehmen, vielleicht von ihrer Vergangenheit. So vieles war anders geworden. Sie hatte die Unschuld verloren und neue Erkenntnisse gewonnen. Nun wußte sie, daß ihre Tagträume, am Wasserrand gesponnen, kindische Phantasien gewesen waren.

Ehe sich der Stallbursche abwenden konnte, erschien Mergwin. »Bring Melisandes Stute, Junge, und meinen gutmütigen alte Gaul. Wir reiten zusammen aus, und ich nehme die Dame in meine Obhut.«

Zunächst dachte Melisande, der Diener würde erneut protestieren, doch dann schaute er in Mergwins Augen und nickte. Er verschwand im Stall, um die Pferde zu holen, und sie lächelte den alten Mann an. »Ihr wußtet, daß Conar kommen würde, um mit mir nach Frankreich zu segeln, nicht wahr?«

»Ja«, gab er zu. »Aber hätte ich Euch gewarnt, wärt Ihr wohl kaum bereit gewesen, auf mich zu hören.«

Sie biß sich auf die Lippen. »Vielleicht nicht. Ich habe Gregory nicht mehr gesehen . . .«

»Nun, er wollte unbedingt zu Alfred zurückkehren. Hier an der Küste wurde es ihm zu heiß.«

Der Junge führte die gesattelten Pferde aus dem Stall und reichte Melisande eine hilfreiche Hand, die sie ergriff, obwohl sie durchaus imstande war, allein aufzusteigen. Aber Mergwin rief: »Komm zu mir! Die Dame ist behende wie eine Bergnymphe — und ich bin so alt wie der Berg.«

Lächelnd beobachtete Melisande, wie der Greis mühsam auf den Rücken des klapprigen Wallachs stieg, vom Stallburschen unterstützt. Sie galoppierte tief über den Hals ihrer Stute gebeugt voraus. Als sie die Wiese erreichte, den Grat und die Bäume sah, drosselte sie die Geschwindigkeit. Bald hörte sie Mergwin hinter sich keuchen: »Ich wollte mit Euch reiten — nicht rasen.«

Sie drehte sich um. »Oh, verzeiht mir, ich war unbedacht.«

»Schon gut. Ihr wolltet wohl fliehen?«

»Keineswegs. Jetzt nicht mehr, denn ich werde nach Hause segeln.«

Eine Zeitlang schwieg er, dann seufzte er tief auf. »Ja. Alles hat begonnen.«

»Was?«

»Große Räder werden sich nun in Bewegung setzen.«

»Die Dänen!« entgegnete sie angewidert. »Immer wieder kommen sie. Es ist keine besondere Leistung, das vorherzusehen.«

»Aber Ihr werdet mit sehr vielen Dänen Schwierigkeiten haben.«

»Ich habe Schwierigkeiten mit Conar! Sollte Euch das entgangen sein, seid Ihr ein blinder Seher, Mergwin.«

»Ein Seher bin ich nicht«, widersprach er ärgerlich. Inzwischen hatten sie einen der kleinen Pfade erreicht, die zum Bach führten. Melisande stieg ab. Langsam wanderte sie zum Ufer, um ihr Gesicht mit frischem Wasser zu kühlen, und Mergwin folgte ihr. »Darin liegt die Gefahr«, warnte er sie leise.

Sie setzte sich auf einen umgestürzten Baumstamm und spürte die wärmenden Sonnenstrahlen, die zwischen den Zweigen hindurchleuchteten. »Die Gefahr?«

Zu ihrer Verwirrung kniete Mergwin vor ihr nieder und ergriff ihre Hände. »Ihr dürft Euch nicht gegen Conar stellen.«

Sie spürte die starke Zuneigung, die er ihr entgegenbrachte, löste eine Hand aus den alten Fingern und berührte seine Wange. »Ich werde Euch sehr vermissen. Es sei denn, Ihr segelt mit uns?«

Aber er schüttelte den Kopf. »Brenna wird Euch begleiten.«

»Natürlich — Brenna«, erwiderte sie kühl und starrte ins Wasser.

»Melisande, hört auf mich . . .«, begann er, und sie wandte sich wieder zu ihm.

»Ich soll mich nicht gegen Conar stellen? O Mergwin, ich wollte das Land meines Vaters nicht verlassen. Doch er schnürte mich in ein Laken und befahl seinen Berserkern, mich auf ein Schiff zu bringen . . .«

»Niemals vertraute er Euch Berserkern an. Das sind jene Männer, die so wütend kämpfen, daß ihnen Schaum vor den Mund tritt. Sie tragen Bärenhäute, beißen in ihre Schilde, und vor lauter Zorn metzeln sie sich sogar gegenseitig nieder. Es wird behauptet, sie seien von Dämonen besessen, den Kindern der Götter. Nein, Conar gab Euch nicht in die Obhut von Berserkern, sondern von guten Dubhlainern.«

»Aber — er schickte mich fort aus meiner Heimat.«

»Weil Ihr dort in Gefahr wart.«

»Und jetzt will er mich zurückholen.«

»Es ist an der Zeit für Euch beide, dieses Land gemeinsam zu beanspruchen.«

»Ja«, flüsterte Melisande. »Nun bin ich alt genug, und er weiß, daß er ohne mich keine Rechte hat.«

Traurig schüttelte Mergwin den Kopf. »Bei der Hochzeit wart Ihr so jung. Was hättet Ihr von Conar gehabt? Er mußte warten, bis ...« Sie hob die Brauen, und er zuckte die Achseln. »Bis zur letzten Nacht.«

»Ihr wißt wohl alles?« rief sie entrüstet, und er lächelte.

»Sogar ein blinder Seher mußte das erkennen.«

Sie errötete, schlang die Arme um die angezogenen Knie und beobachtete wieder das plätschernde Wasser.

»Ihr seid zu eigenwillig, junge Dame«, mahnte er. »Um Euer beider Seelenheil, Eurer Zukunft und Eures Glücks willen — denkt an meine Worte.«

Sein ernsthafter Blick rührte sie, und sie streichelte noch einmal seine Wange. Nachdenklich schaute sie über seine Schulter hinweg und zuckte zusammen. Zwischen den Bäumen standen Conar, Daria, Bryce und Bryan. Schnell erhob sie sich und half Mergwin auf die alten Beine.

Conar schwieg, und Daria eilte zu ihr. Ein wehmütiges Lächeln umspielte ihre Lippen. Melisande umarmte sie, dann Bryan und Bryce, mit dem sie sich so gut verstand.

»Wir werden dich schmerzlich vermissen«, beteuerte ihre Schwägerin. »Die Reitausflüge, die Bücher, die Gedichte und Lieder ... Und die Kinder werden so unglücklich sein. Sie lieben dich sehr.«

Tränen stiegen in Melisandes Augen, und sie mußte blinzeln. »Auch ihr werdet mir fehlen.« Sie hob den Kopf und begegnete Conars Blick, dann wandte er sich ab und ging davon.

»Aber du wirst ja nicht aus der Welt sein«, meinte Daria eifrig. »Conar sagte, ihr würdet in verschiedene fränkische Städte reisen. Und wir alle sind großartige Segler. Wir werden euch bald besuchen.«

»Das freut mich.« Melisande sank wieder auf den

Baumstamm, weil plötzlich ihre Kräfte schwanden, und Daria setzte sich neben sie.

Bryan hockte sich vor ihr auf die Fersen, und Bryce kniete nieder.

»Und der Weg von Frankreich nach Wessex ist nicht weit«, betonte Daria.

»Nach Dubhlain nicht viel weiter«, fügte Bryce hinzu.

»Ich danke euch für alles«, sagte Melisande leise. »Hoffentlich kommt ihr sehr bald in mein schönes Schloß.«

»Keine Angst, allzu lang werden wir niemals getrennt sein, Melisande«, versicherte Bryan. »Unsere Familie hält immer fest zusammen.«

Sie unterhielten sich noch eine Weile, und Melisande merkte, daß Mergwin nicht mehr bei ihnen stand. Offensichtlich war er Conar gefolgt. Würde er auch ihrem Mann gegenüber jene rätselhafte Warnung aussprechen?

Die Dunkelheit brach herein, und sie gingen zu den Pferden. Verwundert sah Melisande, daß Mergwins alter Wallach immer noch neben ihrer Stute festgebunden war.

Und sie entdeckte ein weiteres Pferd. Daria bemerkte ihre Überraschung und erklärte während sie aufstieg: »Morgen wird Brenna mit euch segeln, und nun möchte Mergwin sich von ihr verabschieden.«

Verwirrt hob Melisande die Brauen. Was hatte die schöne Blondine, Conars gute Freundin, mit dem alten Druiden zu besprechen?

Daria verdrehte lächelnd die Augen. »Die beiden reden über Gott und die Welt und die Sterne und den Himmel — und sie versuchen, in die Zukunft zu schauen. Kommt, reiten wir zurück! Rhiannon bereitet gerade ein Festmahl für dich und Conar vor, um euren letzten Abend in der Festung würdig zu begehen.«

Rhiannon und Eric warteten in der großen Halle. Er hatte die Arme um seine schöne Frau geschlungen, und der Widerschein des Kaminfeuers ließ rötliche Lichter in ihrem blonden Kopf funkeln, der an seiner Brust lag. Diskret wollte sich Melisande abwenden, aber die Schwägerin hatte sie bereits gesehen und löste sich aus der Umarmung ihres Mannes. Sie lief zu ihr und zog sie liebevoll an sich. »Deine Gesellschaft war wundervoll. Hier bist du immer willkommen.«

»Danke. Sicher werde ich euch irgendwann wieder besuchen. Und ich hoffe, euch bald bei mir zu begrüßen.«

»Ganz bestimmt. Die Kinder sind schon oben. Sie haben dich so innig ins Herz geschlossen. Würdest du den beiden noch auf Wiedersehen sagen?«

»Ich gehe sofort zu ihnen«, versprach Melisande und eilte die Treppe hinauf.

»Also hatte Mutter recht!« rief Garth, der auf der Schwelle seines Zimmers wartete. »Sie sagte, du würdest nicht davonfahren, ohne dich von mir zu verabschieden.«

»Natürlich nicht.« Sie hob ihn hoch und setzte sich mit ihm aufs Bett. Obwohl er schon ein großer Junge war, wiegte sie ihn hin und her.

»Bald werde ich mit den Erwachsenen in der Halle essen. Dafür bin ich schon fast alt genug. Und dann reite ich auch mit meinem Vater und meinen Onkeln.«

»Damit solltest du dich nicht beeilen«, warnte sie ihn und lächelte dem hübschen Kindermädchen zu.

»Du bist eine Frau und verstehst das nicht.«

»Aber ich bin schon in die Schlacht geritten, und du darfst nicht so versessen darauf sein.«

»Mußt du wirklich abreisen?«

»Ja. Ich segle nach Frankreich. Das ist mein Zuhause, so wie Wessex deines. Das begreifst du doch?« Sie schaute in seine blauen Augen, die sie an seinen Vater und Onkel erinnerten. Plötzlich erschauerte sie.

»Du zitterst ja!« rief Garth. »Hast du Angst?«

»Nein.«

Er sprang von ihrem Schoß. »Sicher willst du dich auch von meiner kleinen Schwester verabschieden.«

»Allerdings.« Melisande stand auf, beugte sich über das schön geschnitzte Kinderbett und hob das kleine Mädchen heraus. »Sie ist so süß, Garth. Du mußt gut auf sie aufpassen.«

»Das werde ich tun«, versprach er und schob eine Hand in ihre Armbeuge. »Und wenn du Babys bekommst, passe ich auch auf meine Vettern und Kusinen auf.«

Babys . . . Wieder fröstelte sie, dann schaute sie an der Kinderfrau vorbei zur Tür und sah Conar auf der Schwelle stehen. Sofort pochte ihr Herz schneller.

Garth drehte sich um und entdeckte ihn ebenfalls. Schreiend lief er zu seinem Onkel und wurde hoch in die Luft gewirbelt. Dann preßte Conar den Kleinen an sich und stellte ihn auf die kräftigen Beinchen. »Bald sehen wir uns an der fränkischen Küste wieder, mein Junge.«

»O ja, Onkel Conar. Laß mich rufen, wenn du mich brauchst.«

Melisande legte das Baby ins Bettchen zurück und streichelte die weiche Wange. Dann wollte sie aus dem Zimmer flüchten, aber der Junge rief ihren Namen. Zögernd drehte sie sich um. Er rannte zu ihr und schlang beide Arme um ihre Hüften. Beinahe brachte er sie aus dem Gleichgewicht. Sie neigte sich hinab und küßte seine Stirn. »Auf Wiedersehen, Garth«, flüsterte sie, wandte sich rasch ab und eilte hinaus, die Treppe hinunter.

Lautenklänge erfüllten die Halle. Die Diener stellten große Platten voller Wildschweinfleisch und Fasane — mit ihren bunten Federn und Waldbeeren garniert — auf den Tisch. Beim Anblick ihrer Schwägerin hob Rhiannon die Brauen, dann schaute sie an ihr vorbei und lächelte. Melisande drehte sich um und sah, daß Conar ihr gefolgt war.

Dann hörte sie ein leises Winseln. Einer der großen Wolfshunde sprang zu ihr, schnüffelte an ihrer Hand, und sie streichelte ihn. »Von dir habe ich mich noch gar nicht verabschiedet«, wisperte sie. Auch er spähte an ihr vorbei, winselte noch lauter, wedelte noch heftiger mit dem Schwanz. Natürlich — Conar war auch sein Liebling ...

»Wollen wir uns setzen?« schlug ihr Mann vor. »Rhiannon und Eric haben schon Platz genommen.« Er umfaßte ihre Schulter, führte sie zur Tafel, und sie hätte seine Hand am liebsten abgeschüttelt.

Nicht nur alle Familienmitglieder, sondern auch Mergwin und Brenna sowie einige von Erics Gefolgsmännern, Engländer und Norweger, waren versammelt. Auch diesmal teilte Melisande einen Kelch mit Conar. Kühl lächelte sie ihren Mann an, ehe sie das Gefäß leerte. Das gestattete er ihr sogar mehrmals. Lebhaft unterhielt sie sich mit Bryce über Pferde und erklärte, wie sehr sie sich auf das Wiedersehen mit Warrior freute, dem großen kastanienbraunen Schlachtroß ihres Vaters. »Sicher ist er inzwischen alt geworden, aber Gaston und Philippe haben ihn gewiß gut betreut und regelmäßig bewegt. Ich glaube, er wird sich an mich erinnern.«

»Damit darfst du nicht rechnen«, warnte Bryce. »Als du ihn zuletzt sahst, warst du noch ein Kind. Jedenfalls mußt du am Anfang vorsichtig mit ihm umgehen.«

»Ein solches Pferd wirst du nicht brauchen«, mischte Conar sich ein. Verdutzt starrte sie ihn an. Wollte er ihr etwa verbieten, auf ihrem eigenen Grund und Boden den Hengst ihres Vaters zu reiten? »Warrior ist ein Streitroß«, fügte er hinzu, »und du wirst nicht mehr kämpfen.«

»Ich weiß, du hast an einer Schlacht teilgenommen.« Bewundernd schaute Bryce sie an, und sie zuckte die Achseln.

»Mein Vater war tot, unsere Männer hatten ihren Anführer verloren. Da mußte ich aufs Feld reiten.«

»Wie tapfer von dir!« rief Daria.

»Ja, großartig«, bemerkte Conar trocken. »An jenem Tag eroberte ich eine schöne Frau. Als ich den Schauplatz des Kampfs erreichte, saß sie auf dem Pferd ihres Vetters, der ihren Vater ermordet hatte, und wurde von ihm festgehalten.«

Plötzlich verstummten die anderen Gespräche. Alle Blicke richteten sich auf Melisande, und Eric sagte leichthin: »O ja, es gibt so manche kriegerische Frauen. Vor langer Zeit schoß Rhiannon einen Pfeil auf mich.«

»Bitte, setz Melisande keine neuen Flausen in den Kopf, was das Verhalten von Ehefrauen betrifft.« Conar sprach in scherzhaftem Ton, und die Tischgesellschaft lachte.

Begeistert meldete sich Bryce wieder zu Wort. »Melisandes Waffe ist das Schwert. Damit kann sie ausgezeichnet umgehen. Hast du sie schon einmal fechten sehen, Conar?«

»Noch nicht, aber wenn du ihr Talent lobst, muß ich dir wohl glauben, lieber Bruder.«

»Sie übt fast täglich.«

»In der Tat?«

Melisande umklammerte den Kelch und starrte in den Wein, aber sie spürte den Blick ihres Mannes. Er rückte etwas näher zu ihr. »Du hoffst also, wieder in die Schlacht zu reiten, meine Liebe?«

»Ich sehne mich stets nach Frieden.«

»Warum schwingst du dann so entschlossen das Schwert?«

Der Wein half ihr, strahlend zu lächeln. »Vielleicht, um dich eines Nachts im Schlaf zu erstechen, mein Gemahl.«

Wieder lachten die anderen, aber sie sah die Eiseskälte in Conars Augen und nahm noch einen Schluck. Er entriß ihr den Kelch. »Mußt du dir Mut antrinken?«

»Heute abend nicht. Diesmal werde *ich* Forderungen stellen.«

»Welche denn?«

»Soviel ich weiß, erwartest du einen gewissen Dienst von mir. Wenn ich ihn gewähren soll, mußt du eine Gegenleistung erbringen.«

Sie versuchte, nach dem Kelch zu greifen, aber Conar hielt ihn fest. »Wenn du mit mir handeln willst, behalt lieber einen klaren Kopf.«

»Also, wärst du an einem Geschäft interessiert?«

»Wir werden sehen«, entgegnete er leise. »Erzähl mir von deinen Forderungen.«

»Nicht hier, nicht jetzt. Wir nehmen an einem Bankett teil, das deine liebe Schwägerin für uns veranstaltet. Rhiannon, die so gut mit Pfeilen umgehen kann . . .«

» . . . und trotzdem eine sanftmütige, liebevolle Ehefrau ist.«

»Vielleicht hat Eric seine Lektion gelernt und sich zu einem netten Ehemann entwickelt.«

»Mag sein.« Seine Augen verengten sich. »Oder auch nicht.« Plötzlich stand er auf und umfaßte ihren Arm. Erstaunt starrte sie ihn an, als er sie vom Tisch wegzog.

»Conar . . .«, begann sie, aber er wandte sich bereits zu seiner Schwägerin.

»Herzlichen Dank für die wunderbare Mahlzeit und deine Gastfreundschaft, Rhiannon. Ich hoffe, du verzeihst uns, wenn wir uns schon jetzt zurückziehen. Morgen müssen wir zeitig aufbrechen.«

»Natürlich!« Sie erhob sich, ebenso wie ihr Mann, der Conar und Melisande grinsend musterte. Dann schlang er einen Arm um Rhiannons Schultern und zog sie an sich. »Vielleicht werden wir eurem Beispiel folgen und uns ebenfalls früh zur Ruhe begeben.«

»Wir stehen morgen mit euch auf«, versprach Rhiannon ihrer Schwägerin, »und wünschen euch eine gute Reise.«

»Vielen Dank . . .« Conars unvermittelter Entschluß, die Halle zu verlassen, verwirrte Melisande so sehr, daß ihr kein Vorwand einfiel, den sie hätte benutzen können, um hierzubleiben.

»Gute Nacht!« rief er den anderen zu, dann führte er seine Frau zur Treppe, die Finger immer noch fest um ihren Arm geschlungen. Rasch stieg er die Treppe hinauf, und sie vermochte kaum, mit ihm Schritt zu halten.

»Was ist los, Conar? Ich habe fast nichts gegessen, und dieses Festmahl wurde dir zu Ehren vorbereitet . . .«

»Es tut mir leid, meine Liebe«, unterbrach er sie, und sein Tonfall strafte die Worte Lügen. »Aber du selbst hast unseren verfrühten Abschied verursacht.«

»Ich . . .«

»Du warfst mir einen Köder hin, und ich schnappte danach.«

»Bedauerlicherweise habe ich keine Ahnung, wovon du redest. Nur eins weiß ich — du bist so unhöflich und ungehobelt wie ein . . .«

»Wie ein Wikinger?« Mittlerweile hatten sie Melisandes Zimmer erreicht, und er ließ sie los. Sie wollte hineingehen und ihm die Tür vor der Nase zuschlagen, doch das wußte er zu verhindern und trat hinter ihr ein. Erschrocken zuckte sie zusammen, als sie hörte, wie nachdrücklich der Riegel vorgeschoben wurde. »Nun, worüber willst du mit mir verhandeln, meine Liebe?« fragte er kühl, die Arme vor der Brust verschränkt, und lehnte sich an die Tür.

Sie hatte sich fest vorgenommen, ebenso entschlossen zu taktieren wie er. Reglos stand sie da, die Finger ineinandergeschlungen. »Du holst mich nur nach Frankreich, weil du mich brauchst, Conar.«

Verwundert runzelte er die Stirn. »Was meinst du?«

»Damals gab man dir ein Mädchen zur Frau, das du nicht wolltest . . .«

Er winkte ungeduldig ab. »Erst war ich ein elender Wikinger, weil ich dich heiratete, und dann, weil ich dich vernachlässigte.«

Diesen Einwand beachtete sie nicht. »Jetzt brauchst du mich. Graf Odo warnte dich. Er erklärte, um deine Position in fränkischen Adelskreisen zu stärken, müßten wir in aller Öffentlichkeit unser Ehegelübde erneuern.«

»Ah! Und du glaubst, darüber könntest du mit mir verhandeln?«

»Ich bin kein Kind mehr. Nun kannst du mich nicht zwingen, und Ragwald vermag es ebensowenig. Es wird dir kaum nützen, wenn ich in der Kirche stehe und nein sage.«

»Hast du das vor?«

»Genau darüber will ich verhandeln.«

Conar ging vor dem Kamin auf und ab, wo ein schwaches Feuer brannte. Die Nacht war kühl geworden. Eine Zeitlang beobachtete er die Flammen, dann trat er hinter Melisande, hob ihr langes Haar hoch, und sein Atem streifte ihr Ohrläppchen. Seine Lippen berührten es nicht. Trotzdem wurde ihr heiß. »Und was verlangst du?«

Schnell drehte sie sich um, weil sie es nicht ertrug, seine verwirrende Nähe hinter ihrem Rücken zu spüren. Aber nun stand er viel zu dicht vor ihr und hielt immer noch ihr Haar fest. »Die Freiheit«, entgegnete sie leise.

Conar hob die Brauen. »Ein Ehegclöbnis vor einer großen Menschenmenge zu wiederholen — das ist wohl kaum der geeignete Weg, um Freiheit zu erlangen. Also vermute ich, du willst von mir befreit werden.«

Nun sprach sie hastig und nervös, trotz ihres Entschlusses, gelassen zu wirken. »Ich möchte, daß du mich in Ruhe läßt. Morgen segle ich mit dir nach Frankreich.« Immer noch stand er viel zu nah vor ihr, und seine Finger strichen durch ihr langes Haar. Ihr Mund wurde trocken, und sie fuhr sich mit der Zunge über die Lippen. »Ich werde deinen Wunsch erfüllen und das Ehegelübde erneuern, aber in Zukunft will ich allein schlafen. Im Zimmer meines Vaters. Du darfst es nicht mehr betreten.«

Das Schweigen schien ewig zu dauern, und Melisande hielt die ganze Zeit den Atem an. Ihr Herz schlug wie rasend. Und sie glaubte, das blaue Eisfeuer in Conars Augen würde sie durchbohren. Als er endlich antwortete, klang seine Stimme nicht hart und kalt wie erwartet, sondern samtweich. »Ich sagte doch — niemals lasse ich dich gehen.«

Wütend versuchte sie, ihr Haar aus seiner Hand zu reißen, aber seine Finger schlossen sich sofort zur Faust. »Du tust mir weh!« warf sie ihm vor.

Langsam schüttelte er den Kopf. »Nein, du selber tust dir weh. Steh still, dann muß ich nicht an deinen Haaren zerren.«

Melisande rührte sich nicht mehr und starrte in sein Gesicht. Nur wenn sie ihm gehorchte, würde er sie nicht verletzen. Aber wenn sie versuchte, die Fesseln zu durchtrennen . . . »Hier kann ich mich nicht gegen dich wehren!« schrie sie ihn an. »Aber in Rouen kann ich eine Riesenszene machen, und genau das wird geschehen, wenn du nicht . . .«

»Ah, du drohst mir?«

»Du hast mir immer nur gedroht.«

»Aber ich dachte, du möchtest mit mir verhandeln.«

»Nenn es, wie du willst! Ich werde dir eine fügsame, großzügige Ehefrau sein. Und dir alles geben . . .«

»Da ist nichts, was du mir geben kannst, Melisande. Mein Anrecht auf dieses Land habe ich bereits verdient — nicht durch die Hochzeit, sondern weil ich den Mörder deines Vaters schlug und über seine Feinde triumphierte.«

»Wie auch immer, jetzt bist du nur hier, weil Odo dir klarmachte, daß du mich brauchst.«

Sofort ließ er ihr Haar los, kehrte zum Kamin zurück

und streckte seine Finger über den Flammen aus. Sie beobachtete ihn und hoffte, sie hätte einen kleinen Sieg errungen. Langsam wandte er sich wieder mit einem wehmütigen Lächeln zu ihr. »Laß es mich wiederholen, um sicherzugehen, daß ich dich richtig verstanden habe.«

»Du weißt doch, was ich sagte.«

»Dumme Wikinger müssen manche Dinge zweimal hören.« Mit lässigen Schritten und die Hände hinter dem Rücken verschränkt, ging er zu ihr. »Du versprichst mir in Rouen ewige Liebe und Gehorsam, wenn ich dich nicht mehr anrühre. Vermutlich soll ich dieses Zimmer sofort verlassen, und sobald wir in der fränkischen Festung angekommen sind, meine Sachen aus dem Herrschaftszimmer entfernen und dir ein keusches, reines Leben gestatten.«

Sie gab keine Antwort. Der Unterton in seiner Stimme mißfiel ihr.

»Ist es so, Melisande?«

Zorn stieg wieder in ihr auf, weil es ihm gelungen war, ihr Unbehagen zu wecken. »Ja, das ist es. Bist du ein so dummer Wikinger, daß wir es ein drittes Mal erörtern müssen?«

Sofort bereute sie diese Worte. Er griff nach ihrem Arm und zog sie an seine Brust. Ihr Kopf sank nach hinten, ihre Blicke trafen sich. »Nein!« stieß er heiser hervor.

»Ich werde dich in Rouen vor aller Welt lächerlich machen!« kreischte sie und versuchte verzweifelt, sich loszureißen.

»Mach doch, was du willst!«

»Oh, zum Teufel mit dir!« Sie trat gegen sein Schienbein, und er fluchte wütend. Dann ließ er sie so plötzlich los, daß sie taumelte und sich an ihn klammerte, um nicht zu stürzen.

Unsanft warf er sie aufs Bett, und sie wollte aufspringen und vor ihm fliehen, doch das war nicht nötig. Er kehrte zum Kamin zurück, hielt wieder die Hände übers Feuer, als könnte er sie nicht wärmen. Nach kurzer Zeit kam er zu Melisande und setzte sich seufzend auf den Bettrand. Da sie wußte, daß ein Fluchtversuch sinnlos wäre, blieb sie auf einen Ellbogen gestützt liegen. »Du kannst nicht über Dinge verhandeln, die bereits feststehen, Melisande«, begann er. »In Rouen werden wir eine zweite Hochzeit mit viel Pomp und Gepränge inszenieren, aber meine Frau bist du schon jetzt. Es gibt kein Zurück.«

»Du willst doch ...«

Sein Finger berührte ihre Lippen und brachte sie ebenso zum Schweigen wie sein durchdringender Blick. »Ich hab's dir schon gesagt, Melisande, ich will dich.«

Als er die Hand sinken ließ, flüsterte sie: »Wie kannst du ein so großes Wagnis eingehen?«

»Vielleicht aus Leichtsinn?«

»Aus Skrupellosigkeit!«

Lächelnd strich er über ihre Wange, und sie schaute unwillkürlich zur Tür. Wie gern wäre sie davongelaufen ... Und sie hatte so fest an ihren Sieg geglaubt.

»Ah, deine Augen suchen die Tür«, murmelte Conar. »Die Freiheit.«

»Und wenn ich fliehe?«

»Dann müßte ich dir natürlich folgen, dich an den Haaren zurückzerren und über dich herfallen«, spottete er.

»Und wenn ich nicht weglaufe?« Melisande erschrak über den Klang ihrer atemlosen Stimme.

»Nun, dann ...« Plötzlich begann er, die Verschnürung ihrer weichen Leinentunika zu lösen. Vergeblich versuchte Melisande, seine Hand wegzustoßen. Darunter trug sie ein dünnes Hemd, das deutlich ihre Brüste zeigte. »Dann würde ich dich bitten, still zu liegen, und mein Bestes tun, um dich zu verführen«, flüsterte er.

»Das ist noch viel schlimmer!« protestierte sie.

»Nein, meine Liebe, viel besser.« Conars Mund fand ihren, sein Gewicht drückte sie in die Kissen, seine Zunge entfesselte ein flüssiges Feuer.

Als er den Kopf hob, wisperte sie: »Es ist wohl doch besser, wenn ich davonlaufe.«

»Bleib lieber hier.« Er neigte sich zu einer ihrer Brüste hinab, durch den Schleierstoff ihres Hemds umkreiste seine Zungenspitze die Knospe, bis sie sich in eine harte Spitze verwandelte, und saugte daran. Melisande wand sich unter ihm und war wieder einmal bestürzt über seine Macht, das Feuer so schnell in ihr zu entzünden.

»Nein!« Sie zerrte an seinem Haar, aber er schaute nur kurz auf.

»Lieg still . . .« Seine Hand glitt unter ihr Hemd in die Leinenhose und liebkoste die ebenholzfarbenen Löckchen zwischen ihren Schenkeln.

Sie schloß die Augen. »Nein . . .«

»Lieg still!« wiederholte er.

Wieder wollte sie protestieren, aber dann stockte ihr Atem, denn die Berührung wurde immer intimer. Conars Finger spielten mit den empfindsamsten Stellen. Stöhnend bäumte sie sich auf, wollte einen Schrei ausstoßen, den er mit einem Kuß erstickte. Wie gut er es verstand, sie zu erregen und aufzuwühlen . . . Heftig zitterte sie und war so erfüllt von ihrem brennenden Verlangen, daß sie verwirrt blinzelte, als er sich vom Bett erhob. Da erkannte sie zweierlei. Jedesmal, wenn er sie anfaßte, entfachte er eine noch heißere Begierde, und ihr verräterischer Körper sehnte sich noch ungeduldiger nach seinen Küssen und Zärtlichkeiten. Und daß Conar sich schneller ausziehen konnte, als sie es je für möglich gehalten hätte.

Er legte sich wieder zu ihr und kämpfte mit dem Durcheinander ihrer Kleidung. »Hilf mir doch!«

Ihre verschleierten violetten Augen starrten ihn an. »Du

kannst nicht von mir erwarten, dir bei einer Vergewaltigung zu helfen.«

»Bei einer Verführung«, verbesserte er sie.

»Außerdem hast du mir befohlen still zu liegen.«

»Das stimmt«, gab er zu, dann versuchte er nicht mehr, sie auszuziehen. Statt dessen riß er ihr die Kleider einfach vom Leib, und sein erhitzter, kraftvoller nackter Körper lag auf ihrem. Unfähig, noch länger zu warten, schob er ihre Schenkel auseinander, drang tief in sie ein, und ihre Finger gruben sich in seine Schulter. Willig öffnete sie die Lippen, um seinen Kuß zu erwidern. Dann richtete er sich auf und bewegte sich in ihr. Sie stöhnte, als sein Mund eine ihrer Brustwarzen umschloß und immer schneller, in drängendem Rhythmus, daran saugte. Die Leidenschaft glich einem Gewittersturm, und Melisande glaubte, vor ihren geschlossenen Augen Blitze tanzen zu sehen.

Stunden später lag sie erschöpft neben ihm. Warum hatte sie sich so rückhaltlos unterworfen? Wie konnte sie nur so schwach sein? Sein Körper schmiegte sich an ihren Rücken wie eine schützende Hülle, ein Arm schlang sich um ihre Taille. Irgendwann bewegte sich seine Hand, seine Finger umfaßten ihre. Wie seine tiefen, regelmäßigen Atemzüge verrieten, schlief er. Noch nie im Leben hatte sie sich so benutzt gefühlt — und noch nie so sicher und geborgen. Vielleicht war ihre Kapitulation gar nicht so schlimm. Zumindest nicht im Dunkel der Nacht. Aber morgen, bei Tageslicht, würde der Gedanke an Brenna und seine anderen Geliebten zurückkehren, an den harten Klang seiner befehlsgewohnten Stimme.

Plötzlich merkte sie, daß er nicht schlief. Seine Lippen berührten ihren Rücken, strichen ihr Haar zur Seite, und seine Hand liebkoste ihre Brüste. Sie hielt den Atem an, als er sie in seinen Armen zu sich herumdrehte und küßte, und ihr Mund erneut den fieberheißen Hunger verspürte, obwohl ihr Verstand protestierte. Wieder lag er über ihr, und nur zu gern erfüllte sie die Forderung seiner glühenden blauen Augen.

Das Tageslicht konnte warten.

Doch der Morgen brach viel zu schnell an. Zufrieden schlief sie in ihrem sicheren, warmen Kokon, als sie plötzlich einen Klaps auf ihr nacktes Hinterteil bekam. Dicht an ihrem Ohr ertönte Conars Stimme. »Aufstehen, teure Gemahlin! In einer Stunde hissen wir die Segel.«

Was war nur los mit ihm? Nur durch seine Schuld fühlte sie sich todmüde. Hätte er sie doch wenigstens schlafen lassen, nachdem alle seine Wünsche erfüllt worden waren. Stöhnend drehte sie sich auf die andere Seite. »Gib doch Ruhe! Und wenn du mich noch einmal schlägst, werde ich dafür sorgen, daß du gevierteilt wirst!«

»Du kannst es ja versuchen. Aber jetzt steh erst mal auf! Wir segeln nach Frankreich, und ich möchte die Ebbe nutzen.« Er ging davon, und sie hörte Wasser plätschern, als er sich wusch.

Plötzlich war sie hellwach und sprang aus dem Bett. Sie würde nach Hause fahren — endlich, nach so langer Zeit. Ein heißes Glücksgefühl durchströmte sie, obwohl sie sich für die ersehnte Heimkehr einem Teufel verkauft hatte.

15

Es fiel ihr schwer, die Menschen zu verlassen, die sie liebgewonnen hatte. Aber die Freude auf ihre Heimkehr half ihr bald über den Trennungsschmerz hinweg.

Conars Schiffe ankerten ein Stück vom Strand entfernt, und Melisande konnte ihre Ungeduld nicht mehr bezähmen. Sie wollte über Bord springen, aber er hielt sie fest. »Wir sind ja gleich da. Willst du unbedingt dein Kleid ruinieren?«

Trotzig hob sie das Kinn. »Du kannst ein Kleid zerreißen — und ich darf nicht einmal einen Saum naß machen?«

Mit einem wütenden Fluch nahm er sie auf die Arme, sprang selbst vom Schiff und trug sie durch die Meereswellen zur Küste ihrer Heimat.

In der Festung hatte man die Ankunft der Schiffe beobachtet, und mehrere Menschen warteten am Strand. Sobald Conar seine Frau in den Sand gestellt hatte, rannte sie zu Marie de Tresse, die ihr beide Arme entgegenstreckte. »Melisande, meine liebe Herrin! Wie groß Ihr geworden seid!«

»O Marie, ich habe dich so vermißt.« Aber Melisande konnte ihrer Zofe nur wenig Zeit widmen, denn da standen Philippe und Gaston und all die guten Gefolgsleute ihres Vaters. Auch Swen war erschienen, und sie begrüßte ihn höflich, aber etwas zurückhaltend. Wie mochte er während ihrer Abwesenheit mit Graf Manons Hinterlassenschaft verfahren sein? Lange dachte sie nicht darüber nach, auch nicht über die ärgerliche Tatsache, daß Brenna, die sie nach Frankreich begleitet hatte, soeben den Strand erreichte. Statt dessen fragte sie Philippe besorgt: »Wo ist Ragwald?«

Grinsend trat er beiseite, und da entdeckte sie ihren alten Mentor. Die Augen voller Tränen, drückte er sie an sich. »Ohne Euch war die Festung so leer und öde, mein Kind.«

»So wie mein Herz ohne euch alle«, versicherte sie und lächelte.

»Sehen wir zu, daß wir ins Haus kommen!« drängte er, denn trotz der warmen Jahreszeit war die Luft an der Küste feucht und kalt. Er drehte sich um. »Schaut doch, da will Euch ein alter Freund willkommen heißen.« Ein Diener, in grobes Wollzeug gekleidet, eilte eifrig herbei und führte Warrior am Zügel mit sich.

Leise schrie Melisande auf, lief zu dem großen Hengst und streichelte seine Nüstern. Er wieherte, wich zurück, dann schien er sie zu erkennen, tänzelte zu ihr und warf sie beinahe um. »O Warrior, du hast mich nicht vergessen!« rief sie erfreut.

»Offensichtlich nicht.« Hinter ihr erklang Conars Stimme, und sie biß die Zähne zusammen, als sie sich seiner Worte an Rhiannons Tafel während des Aschiedsessens entsann. Sie würde kein Schlachtroß mehr brauchen.

Plötzlich schwammen ihre Augen in Tränen. Jetzt wollte sie nicht mit ihm streiten. Sie war endlich nach Hause gekommen und sehnte sich nach Ruhe und Frieden. Aber hatte er denn das Recht, ihr ein Pferd zu verweigern? Schweigend senkte sie den Kopf, dann blinzelte sie verwirrt, als sie ihn sagen hörte: »Warte, ich helfe dir in den Sattel.«

»Danke«, flüsterte sie verwundert, und dann saß sie auf Warriors Rücken. Ungeduldig wartete sie, bis die letzten Schiffe der Flotte eingetroffen waren, die Conar eigens für die Beförderung seiner gutausgebildeten Schlachtrösser hatte bauen lassen. Wenn er auf Reisen ging, konnte er offenbar ebenso wenig auf Thor verzichten wie auf Brenna. Nachdem sein Vater Olaf, der Wolf von Norwegen, an der irischen Küste gelandet war, hatten die Wikinger alle Vorteile schätzengelernt, die ein Kampf zu Pferde mit sich brachte.

Rasch verankerten die tüchtigen Besatzungen ihre Schiffe und entluden sie. Und bald ritten sie alle zur Festung. So wenig hatte sich verändert. Immer noch schützten hohe Steinmauern, von Manon de Beauville errichtet, die Gebäude. Auf den Feldern gedieh die Ernte. Die Schloßbewohner — Wäscherinnen, Schmiede, Handwerker und andere — warteten am Tor und winkten Melisande freudestrahlend zu. Sie begrüßte alle, die sie erkannte. Im Hof stieg sie mit Vater Matthews Hilfe aus dem Sattel. Welch ein reges Leben hier herrschte! Und wie lange war sie nicht hier gewesen! Fast sechs Jahre ...

Sie eilte die Treppe hinauf, in die Halle, wo sie sich vor den Kamin setzte. Ragwald erklärte, sie müsse sich unbedingt die Füße wärmen, obwohl er eher darauf bedacht war, seine eigenen dem Feuer entgegenzustrecken. Wie gut es ihr tat, sein faltiges altes Gesicht wiederzusehen! Marie brachte ihr einen Becher Glühwein. Doch Melisande konnte sich kaum mit ihrer Zofe unterhalten, denn nun erschienen die Männer. Diener wurden herbeigerufen, angeregte Gespräche begannen, Wein und Ale flossen in Strömen.

Aufmerksam schaute sich Melisande um und erkannte, daß hier nicht alles so makellos aussah wie in Rhiannons gepflegter Halle. Die am Boden verstreuten Binsen waren nicht mehr frisch. An manchen Fenstern fehlten Vorhänge, die den kalten Nachtwind fernhalten sollten. Sie beschloß, der Festung ihres Vaters neuen Glanz zu verleihen.

Natürlich war die Innenausstattung nicht so wichtig wie der Schutz vor Angreifern. Zunächst wollte sie um die Mauern reiten, mit den Wachtposten reden und sich vergewissern, daß es keine Schwachpunkte in der Verteidigung gab. Sie begegnete Conars Blick, der ihre Gedanken zu lesen und sie vor harten ehelichen Auseinandersetzungen zu warnen schien. Rasch wandte sie sich zu Marie, Ragwald, Gaston und Philippe. »Ihr müßt mir erzählen, was während meiner Abwesenheit geschehen ist. Geht es den Pächtern gut? Wen haben wir verloren — und was gewonnen?«

»William von den Südfeldern starb während der letzten Saat«, antwortete Gaston und bekreuzigte sich. »Ein tüchtiger Bauer und ein anständiger Mann. Sein Sohn, der ebenfalls William heißt, schwor Euch und Graf Conar die Lehnstreue, wobei Swen das Amt Eures Stellvertreters übernahm. Damals wart Ihr in Irland, und Graf Conar traf sich mit Graf Odo.«

Sie nickte. Gegen Swen hegte sie keinen Groll. Es störte sie nur, daß er zu den Gefolgsleuten ihres Mannes zählte.

So viel gab es zu besprechen, so viel zu tun. Schnell gingen die Tage dahin, und bald nach Melisandes Heimkehr erschienen die Pächter und Leibeigenen, um sie zu begrüßen und den Treueeid zu erneuern. Wieder einmal wurde ihr bewußt, daß die Invasion der Wikinger — von der ganzen christlichen Welt gefürchtet — die Feudalgesellschaft geschaffen hatte. Diese Menschen dienten ihr, Melisande, und der Stärke ihrer Festung. Sie schuldeten ihr die Lehnspflicht und Arbeit an drei Tagen pro Woche, wohnten auf ihrem Land, und sie mußte für den Lebensunterhalt und den Schutz der Leute sorgen.

Als die Nacht hereinbrach, saßen nur mehr die Menschen, die innerhalb der Schloßmauern wohnten, in der Halle. Ein Festmahl wurde aufgetischt. Nun sah Melisande ihr Zuhause mit neuen Augen. Dubhlain war eine große, wundervolle ummauerte Stadt. Damit ließ sich ihre Festung nicht vergleichen, doch sie erschien ihr sicherer als Erics Burg, und das erfüllte sie mit Stolz.

Zu später Stunde war das Feuer herabgebrannt, und Melisande fühlte sich erschöpft.

»Nun solltest du deine Herrin ins Schlafgemach begleiten, Marie«, schlug Conar vor. Melisande warf ihm einen Blick zu und erkannte, daß er sie beobachtet haben mußte, obwohl er mit Swen, Gaston und Philippe zusammensaß. Offenbar beabsichtigten die Männer, noch länger über verschiedene Probleme zu sprechen.

»O nein, ich bin nicht müde ...«, begann sie, dann verstummte sie. Immerhin hatte er sie nicht daran gehindert,

Warrior zu reiten. Damit wollte sie sich vorerst begnügen und ihre Autorität erst morgen bekräftigen, wenn sie frisch und ausgeruht war. »Nun, vielleicht doch.« Sie wünschte den Männern, die ihrem Vater und ihr selbst so treu gedient hatten, eine gute Nacht, umarmte Ragwald und ging mit ihrer Zofe zur Treppe.

»Melisande!« Der leise Ruf ihres Mannes ließ sie erstarren, dann drehte sie sich langsam um. Sie hatte ihn ignoriert, was ihm natürlich mißfiel. Notgedrungen kehrte sie zu ihm zurück und küßte ihn flüchtig auf die Stirn. »Bald komme ich zu dir, meine Liebe«, versprach er.

»Nimm dir nur Zeit für deine Unterredung, mein Gemahl — die ganze Nacht, wenn es sein muß.«

»Das würde ich nicht ertragen. Bis gleich!«

Gequält lächelte sie und floh die Treppe hinauf.

Ein warmes Bad erwartete sie im Zimmer ihres Vaters. Die Wanne stand vor dem Kamin. Mit Maries Hilfe kleidete Melisande sich aus, versank im Wasser und berichtete von den fernen Ländern, die sie besucht hatte. Ihren Mann erwähnte sie mit keinem einzigen Wort. Aber sie mußte unentwegt an ihn denken. Alle ihre und seine Sachen waren in diesen Raum gebracht worden.

Als sie aus der Wanne stieg, reichte ihr die Zofe ein weiches Leinentuch, und Melisande wickelte sich hinein. Dann schlüpfte sie in ein Hemd aus kostbarem, zartem Stoff, das für sie bereitlag und das sie nie zuvor gesehen hatte.

»Wo ist das her?«

»Graf Conar brachte es von einer Reise mit«, erwiderte Marie.

»Oh . . .«, hauchte Melisande.

Die Zofe küßte und umarmte sie, und Melisande versprach ihr, von nun an würden sie stets beisammenbleiben. Dann war sie allein im Zimmer ihres Vaters.

Nachdenklich starrte sie ins Kaminfeuer und überlegte,

wann Conar das Hemd gekauft haben mochte und ob es tatsächlich für sie bestimmt gewesen war — oder für Brenna oder irgendeine andere Frau. Beinahe hätte sie es über ihren Kopf gezogen, doch sie hörte Schritte vor der Tür. Blitzschnell kroch sie unter die Bettdecke und stellte sich schlafend.

Conar trat ans Bett. Lange stand er reglos davor und schien sie zu betrachten, dann hörte sie, wie er umherging und sich auskleidete. Schließlich schlug er die Decke zurück, streckte sich neben Melisande aus, und sie spürte seinen nackten Körper.

»Sieh mich an!« befahl er. Als sie sich nicht rührte, neigte er sich über sie und fügte hinzu: »Ich weiß, daß du wach bist.« Sie öffnete die Augen. An diesem Abend wurde sie nicht von seinem Blick verspottet. Ernst und düster musterte er ihr Gesicht. »Warum wendest du dich von mir ab? Warum mußt du mich pausenlos bekämpfen?«

»Ich bekämpfe dich nicht . . .«

»Doch. Ich verstehe es nicht, denn ich tue dir nichts zuleide. Wenn wir uns lieben, bist du ganz anders. Immer wieder erstaunt es mich, wie glühend du meine Leidenschaft erwiderst.«

Ihre Kehle wurde eng. »Ich bekämpfe dich, weil du alles genommen hast, was mir gehört.«

»Unsinn, ich habe nur genommen, was du allein nicht halten könntest.«

»Auch unter anderen Umständen hättest du von meinem Erbe Besitz ergriffen. Das liegt in deiner Art. Weil du ein Wikinger bist.«

»Nun, dann muß ich auch von dir wieder Besitz ergreifen, ob es dir gefällt oder nicht.«

In dieser Nacht wehrte sie sich, aber ohne Erfolg. Und letzten Endes mußte er keine Gewalt anwenden. Er hielt sie nur fest, küßte und streichelte sie, bis ihre Hände aufhörten, sich gegen seine Brust zu stemmen und sie die Arme um seinen Hals schlang.

Bis er wieder einmal siegte!

Es war wundervoll, wieder zu Hause zu sein, täglich die eigene Muttersprache zu hören, zu beobachten, wie das Getreide auf den Feldern wuchs, lange Gespräche mit Ragwald und Marie, Philippe und Gaston und den anderen zu führen. Das alles genoß Melisande in vollen Zügen. Tagsüber fiel es ihr leicht, Conar aus dem Weg zu gehen.

Er beschäftigte sich ständig mit den Befestigungsanlagen, die teilweise erneuert werden mußten. Eine Mauer drohte sogar einzustürzen, wie er seiner Frau eines Abends erklärte. Temperamentvoll verteidigte sie das Werk ihres Vaters. Aber Conar erwiderte ungeduldig, an der Bauweise gäbe es nichts auszusetzen, nur der Zahn der Zeit habe gewisse Schäden angerichtet. Die würde man sofort nach der Rückkehr aus Rouen beheben.

Noch hatte er ihr nicht verraten, wann sie die Reise antreten würden. Im Grunde teilte er ihr kaum etwas mit. Wenn er das Bedürfnis empfand, mit einer Frau zu sprechen, suchte er Brenna auf.

Am vierten Abend nach der Heimkehr verließ Melisande die Halle schon sehr früh. Stunden verstrichen, und Conar kam noch immer nicht ins Schlafzimmer. Schließlich schlich sie ein paar Stufen hinab, um herauszufinden, was ihn so lange unten festhielt. Und dann wußte sie es. Brenna. Sie saßen vor dem Kamin und redeten. Goldenes Flammenlicht schimmerte auf den blonden Köpfen. Melisande erwog hinzugehen und mit honigsüßer Stimme um einen Becher Wein zu bitten. Doch sie besann sich anders und lief in ihr Zimmer zurück. Sie haßte alle beide.

Als Conar endlich erschien, stellte sie sich wieder

schlafend. Er zog sich aus, schlüpfte zu ihr unter die Decke, und nach einer Weile sagte er kühl: »Wenn du meinen Gesprächen zuhören willst, solltest du dich bemerkbar machen. Du würdest sehr viel lernen.« Sie gab keine Antwort, und er fuhr fort: »Du brauchst uns nicht zu belauschen, Melisande.«

»Das wollte ich gar nicht. Ich hatte gehofft, die Halle wäre leer, und ich könnte ungestört am Feuer sitzen.«

»Und was dachtest du, wo ich wäre —, wenn du nicht erwartet hattest, mich in der Halle anzutreffen?«

»Woher soll ich wissen, wo du dich wann herumtreibst?«

Zu ihrer Verwunderung drehte er sich wortlos auf die andere Seite. In dieser Nacht rührte er sie nicht an.

Am nächsten Morgen fühlte sie sich seltsam rastlos. Sie beschloß, allein zu einem Bach auszureiten, der nahe an den Schloßmauern vorbeifloß und sie an jene Idylle nicht weit von Erics Festung erinnerte, wo sie so angenehme Stunden verbracht hatte. Nur der junge Stallknecht wußte, daß sie auf Warriors Rücken saß.

Sie wollte nicht leichtsinnig handeln und nur versuchen, den sonderbaren Aufruhr in ihrem Innern zu ergründen und sich davon zu befreien. Als sie den Wasserrand erreichte, schwang sie sich aus dem Sattel und band den Hengst fest. Sie ließ ihn grasen und überquerte den Bach, indem sie auf die herausragenden Steine hüpfte. Am anderen Ufer streifte sie die Schuhe ab, hielt ihre Zehen in die sanften Wellen und fragte sich, was sie so beunruhigen mochte.

Vor vielen Jahren war sie mit ihrem Vater hier gewesen. Die Gefahr eines Wikingerangriffs hatte stets bestanden. Aber sie kamen vom Meer her, und von der Festung aus konnte man die Schiffe rechtzeitig sehen. Von der Bedrohung an der eigenen Küste hatten Manon und seine Leute nichts geahnt — bis zu Geralds hinterlistiger Attacke.

Melisandes Gesicht erhitzte sich, und sie kühlte es mit frischem Wasser. Dabei erinnerte sie sich an jenen anderen Bach, an dessen Ufer ihr Mann sie mit Gregory ertappt hatte. Und da plötzlich erkannte sie auch den Grund ihrer inneren Unrast. Conar. Natürlich. Sie hatte geplant, mit ihm zu handeln, um sich ihre persönliche Freiheit irgendwie zu erkaufen. Vielleicht hatte sie von Anfang unbewußt gefürchtet, sie könnte allzu leicht in seinen Bann geraten — ihn begehren, heftige Eifersucht empfinden, andere Frauen auf den Meeresgrund wünschen — ihn lieben . . .

Abrupt richtete sie sich auf. Nein, nur ein närrisches Milchmädchen wäre dumm genug, sich in einen solchen Mann zu verlieben. Trotzdem hatte sie in der letzten Nacht unter seiner Gefühlskälte gelitten. Was sollte sie tun? Sie wollte nicht, daß er von Brenna zu ihr kam — oder von irgendeiner anderen seiner zahlreichen Geliebten. Und wer konnte ihr helfen? Welche Macht besaß sie? Niemals würde sie ihm ihre Seele schenken, geschweige denn ihr Herz. Sonst wäre das Leben unerträglich.

Schon jetzt lag es leer und öde vor ihr. Sogar hier, wo sie so viele Menschen liebte und wiedergeliebt wurde. Weder in der ummauerten Stadt Dubhlain noch in Wessex hatte sie diese Leere gespürt, denn dort war sie von Glück und Fröhlichkeit umgeben worden. Und sie hatte jene besondere Liebe beobachtet, die nur zwischen Mann und Frau existieren konnte.

Aber sie wagte nicht, Conar zu lieben. Dagegen mußte sie ankämpfen, um ihre Seele zu retten.

»Melisande!«

Eine seltsam vertraute Stimme rief ihren Namen. Sie schaute über den Bach hinweg, und ihr Blut drohte zu gefrieren. Geoffrey Sur-le-Mont. Geralds Sohn — älter und kräftiger, dem Vater noch ähnlicher, dunkelhaarig mit haselnußbraunen Augen. Und in diesen Augen lag ein erwartungsvolles, gieriges Glitzern.

Vorsichtig erhob sie sich, aber er beobachtete sie nur und traf keine Anstalten näher zu kommen. »Fürchte dich nicht!«

»Oh, ich fürchte mich keineswegs.« Sie stand im kühlen, seichten Wasser und wünschte plötzlich, sie trüge ihre Schuhe und Warrior wäre nicht auf der anderen Seite des Bachs festgebunden.

»Ich habe bereits von deiner Rückkehr erfahren«, erklärte Geoffrey und rührte sich noch immer nicht. Sein schmales Gesicht hätte sehr attraktiv gewirkt, wären da nicht das sonderbare Glitzern in den Augen und der schiefe Zug um die Lippen gewesen. Irgend etwas stimmte Melisande unbehaglich, so als würde er sie mit seinem unverwandten Blick ausziehen.

»Ja, wie du siehst, bin ich wieder da«, erwiderte sie.

»Du hast dich sehr verändert.«

»So?«

»Glaub mir, Melisande, du bist die ungewöhnlichste Frau, die ich je gesehen habe.«

»Sicher nicht, Geoffrey.«

»Doch, das ist die reine Wahrheit.«

»Vielleicht kennst du nur wenige Frauen.«

Da trat er auf den ersten Stein, der aus dem Wasser ragte. »Ganz im Gegenteil. Was die Frauen betrifft, habe ich reichliche Erfahrungen gesammelt.«

Sie griff nach ihren Schuhen, ohne sich drum zu kümmern, ob sie naß wurden oder nicht. Nun mußte sie jederzeit zur Flucht bereit sein.

»Warte!« bat er. »Ich möchte dir nichts tun und nur mit dir reden.« Unschlüssig hielt sie inne, und nach einer kleinen Pause fuhr er fort: »Vor langer Zeit wurde unsere Heirat beschlossen.«

»Tut mir leid, Geoffrey, aber ich glaube dir kein Wort.

Dein Vater lockte meinen in eine Falle, hinterging ihn skrupellos und ermordete ihn. Das weiß jeder.«

»Und dann wurde er von deinem Wikinger ermordet.«

»Er ist kein Wikinger«, hörte sie sich protestieren.

Lächelnd hob er die Brauen und kam noch einen Schritt näher. »In einer solchen Ehe kannst du nicht glücklich sein. Der Vater deines Mannes stammt aus dem Hause Vestfold, und selbst wenn sie vorgeben, sie seien christianisiert und zivilisiert — im Grunde ihres Herzens sind und bleiben sie Wikinger, die sich den Meistbietenden als Söldner verkaufen. Conar bekämpfte meinen Vater, um dich zu gewinnen. Und seine Leute könnten sich jederzeit gegen ihn wenden. Sie sind unberechenbar wie tollwütige Hunde.«

»Hör auf, Geoffrey . . .«

»Schon immer habe ich dich gemocht, Melisande. Und es gab eine Zeit, als dein Vater dich mit mir vermählen wollte.«

»Das hätte die Kirche niemals zugelassen.«

»Die Kirche gestattet, was die Mächtigen fordern.«

»Dein Vater war sich nicht sicher, ob er mich selbst behalten oder dir geben — oder mich einfach umbringen sollte«, sagte sie tonlos.

»Aber mir hast du immer sehr viel bedeutet. Und ich werde dich diesem Wikingerbastard entreißen — oder dich retten. Ganz so, wie du es betrachten willst.«

»Dein Vater hat meinen getötet!« schrie sie. »Und mit dir will ich nichts mehr zu tun haben!«

Als er sich ihr noch einen Schritt näherte, hörten sie plötzlich Hufschläge. Er erstarrte, und zu ihrer maßlosen Erleichterung sah Melisande Conar zwischen den Bäumen am anderen Ufer hervorgaloppieren. Er wurde von Swen und Gaston begleitet. Ohne Harnisch saß er auf Thors Rücken. Sein Haar glänzte golden in der Sonne, seine eisblauen Augen musterten Geoffrey verächtlich.

»Ah, der große Herr der Wölfe ist wieder da!« rief Geoffrey ungerührt und verneigte sich tief, dann richtete er seinen Blick wieder auf Melisande. »Ich hatte gehört, Ihr wärt mit meiner Kusine zurückgekehrt, Conar. Und als ich sie am Bach verschwinden sah, fürchtete ich um ihre Sicherheit. Glücklicherweise ist ihr nichts zugestoßen.«

»Ja, weil wir zur rechten Zeit gekommen sind!« entgegnete Gaston ärgerlich.

»Wenn ich irgendeine Schuld an den Taten meines Vaters trage, Conar, dann müßt Ihr auch die Verantwortung für das Unwesen übernehmen, das Euer Erzeuger trieb. Jetzt mag er sich König von Dubhlain nennen, aber soviel ich weiß, verwüstete er das Land, ehe er es beherrschte. Und dann heiratete er die Tochter des Ard-Righ, um sich Anerkennung zu verschaffen, nicht wahr?«

»Ich sollte Euch hier und jetzt niederstechen«, entgegnete Conar leise.

Voller Genugtuung beobachtete Melisande, wie Geoffrey unter dem Blick ihres Mannes erbleichte. Doch er hielt den kalten Augen stand und lächelte, als verfügte er über ein geheimes Wissen. »Ihr wollt einen unbewaffneten, unschuldigen Mann umbringen?« Um zu beweisen, daß er kein Schwert trug, hob er die Arme. »Dann würdet Ihr wohl kaum in der Achtung der anderen fränkischen Adelsherren steigen, Herr der Wölfe.«

»Verschwindet, und wenn ich Euch noch einmal mit meiner Frau erwische . . .«

»Mich mit Eurer Frau — oder Eure Frau mit mir?« höhnte Geoffrey.

Plötzlich spornte Conar sein großes schwarzes Streitroß an, und er sprengte zum Ufer.

»*Mon dieu*!« rief Gaston. »Bezähmt Euren Zorn, Graf! Er ist es nicht wert!«

Dicht vor dem Wasserrand zügelte Conar sein Pferd und befahl Geoffrey heiser: »Geht!«

Sofort sprang der junge Mann ans Ufer und wandte sich mit einer tiefen Verbeugung zu Melisande — aber erst, nachdem er sich einige Schritte von Thor entfernt hatte. Dann stieg er in den Sattel seines Pferdes und rief: »Ich wünsche dir noch einen schönen Tag, Gräfin!«

In wildem Galopp entfernte er sich. Melisande schaute ihm nach, dann spürte sie Conars wütenden Blick und war verblüfft über seinen Groll, der ihr ungerechtfertigt erschien. »Das hast du dir selber zuzuschreiben!« warf er ihr vor.

»Was denn?«

»Hol dein Pferd!«

»Aber . . .«

»Das werden wir hier und jetzt nicht erörtern!« unterbrach er sie.

Verwirrt sah sie Swen und Gaston an. Der junge Rotschopf und der ältere Graubart senkten unbehaglich die Köpfe. Vor diesen beiden wollte sie sich nicht länger herumkommandieren lassen. Sie sprang über die Steine hinweg, rannte am anderen Ufer zu Warrior und schwang sich auf seinen Rücken. Mit jedem Pferd konnte er es aufnehmen. Als sie die Fersen in seine Flanken drückte, stob er davon, als hätte er Flügel. Sie raste über die Felder und Wiesen zurück zu den Mauern. Obwohl Conar dicht hinter ihr blieb, holte er sie nicht ein.

Am Tor des Südturms sprang sie aus dem Sattel und warf die Zügel einem jungen Reitknecht zu. Dann stürmte sie die Eingangsstufen der Halle hinauf, die zweite Treppenflucht, die zu ihrem Zimmer führte. Hastig schlug sie die Tür zu und lehnte sich dagegen.

Schon im nächsten Augenblick warf sich ein massives Gewicht gegen das Holz, und sie wich zurück, als die Tür aufschwang. Conars Blick fiel auf ihre Brüste, die sich heftig hoben und senkten, weil sie nach der anstrengenden Flucht Atem schöpfen mußte. Ihr Herz pochte wild.

»Ausgerechnet hierher kommst du, um mir zu entrinnen?« fragte er spöttisch.

»Wenn ich dir nicht entfliehen soll, dann mußt du aufhören, vor anderen Leuten so mit mir zu sprechen. Ich lasse mich nicht anschreien und wie ein Kind maßregeln!«

Statt zu antworten, eilte er an ihr vorbei. Verblüfft runzelte sie die Stirn, als er eine ihrer Truhen zu durchwühlen begann — nicht jene, die sie aus Wessex mitgebracht hatte, sondern eine alte, die aus ihrem früheren Zimmer hierhergeschafft worden war. Kleidungsstücke flogen durch die Luft, während er irgend etwas suchte. Schließlich bemerkte er: »Es ist sehr schwierig, dich nicht wie ein Kind zu behandeln, wenn du dich wie eins benimmst.«

»Wovon redest du?«

»Wie kannst du ohne Begleitung ausreiten — und vorher niemandem mitteilen, welchen Weg du nehmen wirst?«

»Aber . . .« Fassungslos unterbrach sie sich. »Ich bin doch hier keine Gefangene!«

»Du darfst die Mauern nicht verlassen.«

Empört lief sie zu ihm. »Du hast kein Recht, mir solche Befehle zu erteilen! Wenn du mich auch vor vielen Jahren in die Gefangenschaft geschickt hast, in ein fernes Land — hier bin ich zu Hause, und ich reite, wohin ich will.«

Er hatte vor der Truhe gekauert, und jetzt stand er plötzlich auf. Sein durchdringender Blick fesselte sie dermaßen, daß sie zunächst nicht sah, was er in den Händen hielt. »Nie wieder wirst du allein ausreiten, Melisande.«

»Aber . . .«, begann sie, dann stach ihr etwas Glänzendes ins Auge, ihr vergoldetes Kettenhemd, das Geschenk ihres Vaters, das sie vor vielen Jahren erhalten hatte. »Was machst du damit?« rief sie.

»Ich werde es woanders verwahren, denn ich fürchte, sonst könnte ich dich bei meinem nächsten Ausritt in diesem Harnisch antreffen.«

»Nein!« Wütend stürzte sie sich auf ihn, hämmerte mit beiden Fäusten gegen seine Brust, und der ungestüme Angriff brachte ihn beinahe aus dem Gleichgewicht. »Nein!«

Er ließ das Kettenhemd fallen, umklammerte ihre Handgelenke und zog sie an sich.

»Das darfst du nicht!« stieß sie hervor. »Es war das letzte Geschenk meines Vaters! Du kannst es mir nicht wegnehmen. Wenn du das tust, werde ich dich bis in alle Ewigkeit hassen, das schwöre ich!«

»Du haßt mich doch ohnehin schon.«

»Aber mein Haß würde sich bis ins Unermeßliche steigern!«

Sein Griff lockerte sich ein wenig, und er schien nachzudenken. »Also gut, du sollst das Kettenhemd behalten, wenn du mir dafür etwas versprichst.«

Melisande zuckte zusammen und schalt sich eine Närrin. Natürlich hatte er niemals angenommen, sie würde in ihrer Rüstung ausreiten. Das gab er nur vor, um sich eine günstige Verhandlungsposition zu verschaffen.

Er hatte sich geweigert, mit ihr zu feilschen. Um so zielstrebiger versuchte er, ein Geschäft abzuschließen, wenn er seine eigenen Interessen verfolgte.

»Was soll ich versprechen?«

»Daß du diese Festung nie mehr ohne meine Erlaubnis verlassen wirst, sondern nur in meiner Begleitung oder mit jemandem, dem ich vertraue.«

»Mit einem anderen Wikinger«, entgegnete sie eisig.

»Dein Wort, Melisande.«

»Das pflege ich zu brechen«, erinnerte sie ihn.

»Nicht mir gegenüber. Ich sorge dafür, daß du es hältst.«

Sie senkte die Lider, befreite sich von seinem Griff und hob das Kettenhemd auf. Sie drückte es an ihre Brust, dann ging sie langsam zur Truhe und legte es hinein.

»Ich warte«, betonte Conar.

Ohne sich umzuwenden, straffte sie die Schultern. »Ich gebe dir mein Wort, Wikinger.« Sie dachte, jetzt würde er gehen. Er hatte seinen Willen durchgesetzt. Aber als sie sich umdrehte, stand er immer noch an der Tür.

»In den nächsten Tagen spielt es ohnehin keine Rolle«, erklärte er. »Morgen reiten wir nach Rouen.«

Langsam verzogen sich ihre Lippen zu einem Lächeln. »Ah, Rouen! Du erwartest doch, daß ich dort fügsam mein Ehegelübde vor Gott und den Menschen wiederhole?«

»In der Tat, genau das erwarte ich.«

»Nun, wir werden ja sehen«, murmelte sie spöttisch.

»Ja, wir werden sehen«, stimmte er zu, verbeugte sich tief und verließ das Zimmer. In dieser Nacht blieb er wieder lange in der Halle. Melisande lag im Bett und wartete, von widersprüchlichen Gefühlen gequält. Sie schaute ins Kaminfeuer, das fast heruntergebrannt war. Allmählich fielen ihr die Augen zu, und sie schlief ein.

Sie glaubte zu träumen, als sie einen sanften Kuß auf den Lippen fühlte. Zärtliche Finger glitten über ihre Schulter, ihren Arm, ihre Brüste wurden liebkost, dann tastete sich die verführerische Hand zu ihrem Bauch hinab. Schließlich wurde sie auf den Rücken gedreht. Sie öffnete die Augen, denn es war kein Traum. Conars Augen leuchteten im Feuerschein.

»Ich habe geschlafen!« protestierte sie leise. Fest entschlossen, das heiße Entzücken zu verbergen, das ihren ganzen Körper erfüllte. Und die wilde Sehnsucht nach ihm drang sogar bis ins Herz. »Wirklich, ich habe geschlafen, bitte, hab Erbarmen und laß mich in Ruhe!«

»Ja, du hast geschlafen, und normalerweise würde ich auch zögern, deine Ruhe zu stören. Aber heute nacht finde ich es besonders wichtig, dich an etwas zu erinnern.«

»Woran?«

»Daß du meine Frau bist — und es immer bleiben wirst.«

»Nein . . .«

»Doch!« Sein Kuß verschloß ihren Mund, seine Hände preßten sie an die Hitze seines erregten Körpers. Und schon nach wenigen Augenblicken schwanden Melisandes Zweifel dahin.

16

Für die Reise nach Rouen wurde ein großer Aufwand getrieben. Graf Odo kam persönlich in die Festung, um das Paar mit seinem eigenen Gefolge zu begleiten. Ein großer Teil der Mitglieder des Hauses ritt mit ihnen, auch Vater Matthew. Melisande staunte über die umfangreichen Vorbereitungen, die man ohne ihr Wissen getroffen hatte, und ärgerte sich.

Sie fand keine Gelegenheit, irgend etwas zu ändern oder Conar zu erklären, was sie empfand. Denn als sie endlich von alldem erfuhr, warteten Odos Männer bereits außerhalb der Schloßmauern. Die Pferde und den Reiseproviant hatte man in den Hof gebracht, und der mächtige Graf begrüßte Melisande in der Halle, hob sie hoch und schwenkte sie im Kreis herum wie ein kleines Mädchen. »Ah, meine Liebe! Wir alle haben deinem Vater versichert, du würdest zur schönsten Frau der Welt heranwachsen, und du enttäuschst uns wahrlich nicht.«

Tränen brannten in ihren Augen, sobald der Vater erwähnt wurde.

»Wie stolz und entzückt wäre er heute!« fügte Odo hinzu. »Eine großartige Zeremonie erwartet dich. Dem Gesetz nach bist du zwar schon verheiratet, aber in einer leidvollen Zeit. Am heutigen Tag dürfen wir uns freuen, und außerdem wird er unsere Position stärken.«

Bedrückt senkte sie den Blick. Einer der besten Freunde ihres verstorbenen Vaters, der einflußreiche Graf Odo, nahm tatsächlich an, es würde sie glücklich stimmen, ihre ganze Macht dem Ehemann zu übertragen, den Bund vor aller Augen zu festigen.

»Ich bezweifle, daß meine Frau diese Arrangements zu schätzen weiß, Graf Odo«, hörte sie Conar hinter sich sagen und drehte sich um. Nur selten sah er so großartig aus. Dichter Wolfspelz schmückte die Schultern seines purpurnen Mantels, ebenso die Schäfte seiner Stiefel, die bis zu den Knien reichten. Das enge Beinkleid war hellbraun, die Tunika königsblau, was die leuchtende Augenfarbe betonte. Über der Tunika trug er sein glänzendes Kettenhemd, den konischen Helm drückte er an die Brust.

Bestürzt hob Odo die Brauen. »Sie freut sich nicht? Jedes Mädchen wäre begeistert von einem so prunkvollen Fest.«

»Es ist durchaus möglich, daß Gräfin Melisande vor dem Altar nein sagen wird.«

Zunächst entstand ein peinliches Schweigen, dann brach Odo in Gelächter aus. »Sie wußte schon immer, wie man Kämpfe ausficht und siegt, wie man sein Leben gestalten muß, wie man seinen Besitz verteidigt. Ihr jungen Leute scherzt auf meine Kosten. Kommt jetzt, eine lange, anstrengende Reise liegt vor uns.« Einen Arm um Melisandes Schultern geschlungen, führte er sie aus der Halle.

Conar folgte ihnen. Im Hof half er seiner Frau in Warriors Sattel, warf ihr einen eindringlichen Blick zu, dann bestieg er Thor und lenkte ihn an die Spitze der bewaffneten Schar. Das Tor wurde geöffnet, und sie ritten hinaus — Conars und Odos Leute, Marie de Tresse, zahlreiche weitere Dienstboten und mehrere Kirchenmänner. Nach einer Weile galoppierte Odo mit Melisande etwas weiter nach vorn, um sie mit seiner Kusine Genevieve bekannt zu machen. Höflich unterhielt sich Melisande mit der Dame, mußte aber irritiert feststellen, wie fest Genevieve an die untergeordnete Rolle der Frau glaubte, die in erster Linic dem Allmächtigen und dann ihrem Ehemann zu gehorchen hatte. Melisande zügelte ihren Hengst ein wenig und ließ die Dame weiterreiten, um lieber Ragwalds oder Gastons Gesellschaft zu suchen. Nur Philippe war bei der Schloßwache zurückgeblieben.

Sie ritt an der langen Prozession vorbei, bis sie Ragwald entdeckte, der ziemlich weit vorn an Odos Seite ritt. Gleich dahinter sah sie Conar und Brenna, dicht nebeneinander. Er neigte sich zu ihr, lauschte ihren Worten, und sie lachte leise.

Niedergeschlagen drosselte Melisande die Geschwindigkeit ihres Pferdes. Odo wünschte die Erneuerung ihres Ehegelübdes, und er vermutete, sie wäre glücklich mit dem Wikinger. Oder vielleicht kümmerte ihn das gar nicht. Conar hatte ihren Vater gerächt, und er schien es einfach für ihre Pflicht zu halten, diese Ehe zu führen, um ihr Zuhause und die benachbarten Ländereien zu schützen.

»Meine Dame Melisande!«

Sie zügelte Warrior und bemerkte, daß Bischof LeClerc nach ihr gerufen hatte, der hochverehrte Geistliche, der die Zeremonie in Rouen vornehmen sollte. Gerade jetzt, da sich ihr Herz in Aufruhr befand, brauchte sie einen Kirchenmann am allerwenigsten. Sie wußte nicht einmal mehr, ob sie überhaupt noch an den christlichen Gott glaubte, denn *Er* hatte sie am Todestag ihres Vaters verlassen und ihr seither nie mehr beigestanden.

Aber sie lächelte und erwartete den Bischof. Er hatte üppiges, schneeweißes Haar und ein freundliches, zerfurchtes Gesicht, das sie an Ragwald erinnerte. Tiefe Weisheit sprach aus seinen Augen, aber auch Humor, eine Eigenschaft, die bei einem so frommen Mann verwunderte. »Meine Liebe, fühlt Ihr Euch in der Lage, dies alles durchzustehen?« fragte er.

»Ich erfreue mich ausgezeichneter Gesundheit.«

»Dafür müssen wir Gott danken.« Seine grünen Augen funkelten voller Belustigung. »Ich wollte wissen, ob Ihr diese Reise frohen Mutes unternehmt.« Als sie schweigend den Kopf senkte, fuhr er fort: »Liebt Ihr Euren Mann?« Sie starrte ihn verwirrt an, und sein sanftes Lächeln vertiefte sich. »Wenn ja, dürft Ihr Euch glücklich schätzen, und wenn er Eure Gefühle erwidert, ruht ein noch größerer Segen auf Euch.«

»Ich glaube, Graf Odo hat dies alles geplant.«

»Ja, er ist sehr besorgt um das Wohl unseres Landes und des Volkes, so wie einst Euer Vater. Aber . . .« Er zuckte die Achseln. »Überdenkt Euer Gelübde noch einmal, meine Liebe. Gesellt Euch während der Reise zu meinem Troß und nehmt jeden Abend an unseren Gebeten teil.«

Sofort erkannte sie, was er ihr anbot — Zuflucht für die Nächte vor der Ankunft in Rouen. Conar wäre machtlos gegen die Kirche, mit der er sich zu verbünden trachtete. Beinahe hätte sie gelächelt, aber dann neigte sie den Kopf und antwortete ernsthaft: »Vielleicht wird mir die Zwiesprache mit Gott helfen.«

»Denkt darüber nach und gebt mir Bescheid, Melisande.«

Am ersten Abend stiegen sie in einem Kloster ab, dem einzigen Gebäude weit und breit, das geräumig genug war, um die große Reisegruppe zu beherbergen. Den Kriegern und Pferden standen ausgedehnte Wiesen und Felder zur Verfügung, den Adelsherren und ihren Damen ausreichende Quartiere. Tagsüber hatte Melisande ihren Mann kaum gesehen, da er mit Brenna und Ragwald geritten war.

Auch jetzt, während die Mönche dienstbeflissen das

Essen servierten, saß er neben Brenna. Er kam erst zu seiner Frau, als sie fertig war und griff nach ihrer Hand. »Komm! Man hat uns das schönste Zimmer in diesem spartanischen Haus gegeben.«

Sie versuchte vergeblich, ihm ihre Finger zu entziehen. »Diese Nacht werde ich nicht mit dir verbringen.«

»Was?«

»Bischof LeClerc hat mich eingeladen, bis zur Ankunft in Rouen bei seinem Gefolge zu bleiben und Gottes Rat zu suchen. Denn was wir vorhaben, ist ein ernster Schritt und muß gründlich erwogen werden.«

»Seit Jahren bist du meine Frau . . .«, begann er ärgerlich, dann unterbrach er sich und zog sie auf die Beine, so daß nur sie allein seine geflüsterten Worte hörte. »Willst du das wirklich, Melisande?«

»Allerdings, und du mußt dich damit abfinden.«

»O nein. Mit gar nichts muß ich mich abfinden. Wenn ich dich jetzt einfach mitnehme, würde es niemand wagen, mich zurückzuhalten.« Nach einer kleinen Pause lockerte er seinen Griff. »Aber vielleicht brauchen wir beide etwas Zeit, um über unsere Lage nachzudenken. Du wirst die Ruhe genießen, die du anstrebst. Und ich werde von einer Frau träumen, die nicht allnächtlich gegen mich kämpft.«

Er ließ sie los. Zu Melisandes Überraschung gaben ihre Knie nach, und sie sank auf die rauhe Holzbank zurück. Wenig später ging sie in einer kargen Mönchszelle zu Bett und versuchte sogar zu beten. Doch sie fand keine Worte. Tränen flossen über ihre Wangen, als sie sich fragte, wo Conar schlief.

Melisande hätte bestritten, sie würde sich stolz und eigensinnig verhalten. Aber nur ihr Stolz und ihr Entschluß, Conar nicht mehr zu geben, als er sich bereits genommen hatte, hielten sie von ihm fern. Es dauerte drei weitere Nächte, bis sie Rouen erreichten. In jeder dieser Nächte stand sie Höllenqualen aus. Tagsüber versicherte sie dem Bischof, sie würde pausenlos über den Willen Gottes nachdenken.

Oft ritt sie neben Marie, manchmal auch an Genevieves Seite, fand aber meistens Mittel und Wege, der frommen Dame bald wieder zu entrinnen.

Verstohlen beobachtete sie Conar. Immer noch suchte er die Gesellschaft Brennas, die ihn viel besser kannte als seine Frau.

Endlich trafen sie in Rouen ein. Am nächsten Morgen sollte die feierliche Zeremonie stattfinden. Odo besaß in der Stadt ein großes Haus mit umfangreicher Dienerschaft, wo alle vornehmen Gäste untergebracht und bestens betreut werden konnten.

Abends saßen Melisande, Genevieve, Odo und Swen sowie einige andere Damen und Herren in der Halle vor dem Kamin, während Brenna ihre Runen aus einem Lederbeutel schüttete — schöne, blankpolierte Steine mit kunstvoll eingravierten Symbolen.

Melisande nippte an ihrem Wein und verfolgte das Geschehen mit einer Faszination, die sie selbst verwirrte, denn meistens wahrte sie Abstand zu Brenna. Zunächst prophezeiten die Runen einer jungen Frau, sie würde bald heiraten und viele Kinder bekommen. Errötend murmelte Genevieve, sie glaube nicht an so heidnische Weissagungen. Dann wurden die Steine für sie geworfen, und sie fragte: »Nun, erblickt Ihr auch für mich einen Ehemann, Seherin?«

Nach kurzem Zögern erwiderte Brenna: »Ihr werdet das fromme Leben führen, das Ihr Euch wünscht, werte Dame, als Braut Christi.«

»Also werde ich in ein Kloster eintreten?«

»Ja«, bestätigte Brenna leise, und Genevieve lächelte zufrieden, trotz ihrer anfänglichen Skepsis.

»Jetzt werft für mich die Runen, gute Frau«, bat Odo und neigte sich zu Brenna hinab.

Sie saß auf einem Bärenfell am Boden. Hinter ihr knisterte das Feuer, das blonde Haar lag wie ein glänzender Umhang um ihre Schultern, und die Farbe ihrer Augen wechselte zwischen Grün und Blau, während sie die Steine studierte. »Mein Herr, Ihr werdet in die Geschichte Eures Landes eingehen und oftmals zwischen dem Leben und dem Tod der Stadt stehen, die einmal zu den größten der Welt zählen wird. Ich rate Euch — seid stark, haltet Euch an die Verbündeten, deren Weisheit und Kraft Eure Tugenden ergänzt und die Euch stets die Treue halten werden.«

»Eine schöne Prophezeiung!« meinte Odo erfreut, dann legte er eine Hand auf Melisandes Schulter. »Und jetzt diese Dame . . .«

»Nein!« protestierte sie hastig.

»Wenn Ihr es nicht wünscht, werde ich keine Runen für Euch werfen«, versprach Brenna.

»Es ist doch nur Spaß!« rief Odo. »Die Kirchenmänner sitzen stumm herum, die haben morgen ihren großen Tag. Heute abend amüsieren wir uns auf andere Art. Werft für Melisande die Runen, Brenna!«

»Meine Dame?« Brenna schob die Steine in den Beutel und schaute fragend zu Melisande auf, die mit den Schultern zuckte.

»Also gut.«

Die Runen fielen zu Boden, und plötzlich schien das Feuer heller emporzulodern. Brenna zeigte auf ein Symbol, das einem X glich. »Es heißt Gebo und bedeutet das Geschenk der Zweisamkeit. Ein passendes Zeichen für diesen Abend. Doch es steht auch für Freiheit, von der alle guten Gaben stammen. Die echte Gemeinschaft zwischen Mann und Frau wird von Geben und Nehmen bestimmt.« Sie zauderte, dann wies sie auf einen anderen

Stein. »Vielleicht droht Euch Gefahr, Melisande. Hagalaz kündigt zerstörerische, elementare Kräfte an, einen Aufruhr, den Götter oder Menschen heraufbeschwören. Seid vorsichtig . . .«

»Meine Frau scheint ständig in Gefahr zu schweben.«

Erschrocken zuckte Melisande zusammen, drehte sich um und sah Conar hinter sich stehen. Seine Ankunft verwirrte offensichtlich auch Brenna. Soeben hatte sie auf eine weitere Rune hinweisen wollen. Aber nun packte sie sämtliche Steine in ihren Beutel.

Dann blickte sie zu Melisande auf. »In Wirklichkeit gestalten wir alle selbst unser Schicksal. Die Runen warnen uns nur vor den Hindernissen, die uns den Weg versperren könnten. Wenn Ihr mich jetzt entschuldigen würdet — ich bin müde und möchte mich zurückziehen.«

Anmutig stand sie auf und entfernte sich. Conar folgte ihr, hielt ihren Arm fest, und Melisande erriet, daß er nach der letzten Prophezeiung fragte. Aber Brenna schüttelte nur den Kopf. Da ließ er sie los und kehrte zu seiner Frau zurück. »Es ist spät, meine Liebe. Ich werde dich nach oben zu deinem keuschen Schlafgemach geleiten.«

»Aber ich . . .«

»Es ist spät«, wiederholte er, umfaßte ihren Ellbogen und dankte Odo für die Gastfreundschaft. Dann führte er sie aus der Halle. Die Gästeräume des komfortablen Holzhauses lagen im Erdgeschoß. Conar ging mit Melisande zu dem schönen Zimmer, das sie in dieser Nacht allein bewohnen und in der nächsten, nach der Zeremonie, mit ihm teilen sollte. Aber er trat schon jetzt hinter ihr ein, schloß die Tür und lehnte sich dagegen. »Nun, hast du die Trennung von mir genossen?«

»Vielleicht . . .« Sie zwang sich, seinem eisigen Blick standzuhalten.

»Möchtest du noch einmal versuchen, mit mir zu verhandeln?«

Lächelnd entgegnete sie: »Ich dachte, es wäre amüsanter, dich vor dem Altar zum Gespött zu machen und nein zu sagen.«

Er kam auf sie zu, umklammerte ihre Handgelenke und zog sie an sich. »Niemals würdest du das wagen.«

»Wieso bist du dir da so sicher?«

»Auch Geoffrey wird morgen zu den Gästen zählen. Er könnte dich sofort in seine Gewalt bringen.«

»Und wenn das keinen Unterschied für mich macht?«

»So? Ich mag zwar ein Ungeheuer sein, aber ich habe Graf Manon nicht getötet. Gerald, Geoffreys Vater, war sein Mörder.«

»Nun, es gibt noch andere Männer auf der Welt«, erinnerte sie ihn.

»Nicht viele, die über die gleiche Macht verfügen wie ich, die ihren Anspruch auf die Festung und auf dich bereits bewiesen haben.«

Melisandes Augen verengten sich. »Wenn dies die letzte Nacht sein soll, in der ich meine Ruhe habe . . .«

Leise lachte er und fiel ihr ins Wort. »Also, ist es deine letzte Nacht!«

Sie biß auf ihre Lippen und versuchte, sich von seinem Griff zu befreien. »Wohl kaum, wenn du mich in die Enge treibst, so daß ich morgen nein sage . . .«

»Nein, Melisande, wir feilschen nicht miteinander. Heute nacht lasse ich dich allein, weil ich andere Dinge zu erledigen habe. Aber glaub mir, du wirst niemals von mir loskommen. Und ich bleibe bei dir, wann immer es mir beliebt.«

Wieder bemühte sie sich, seine Hände abzuschütteln, und er fragte: »Gibt es nichts anderes, was du als Gegenleistung für dein glutvolles Ehegelübde haben möchtest?«

Mißtrauisch starrte sie in seine Augen. »Du würdest mir etwas gewähren?«

»O ja.«

Ihr Mund wurde trocken. »Was? Du führst etwas im Schilde, das spüre ich.« Als sie ihm ihre Handgelenke erneut zu entziehen versuchte, ließ er sie los. Sie ging zum Fußende des Betts, dachte eine Weile nach, dann wandte sie sich zu Conar. »Ich will . . .« Unbehaglich verstummte sie.

»Ja?«

»Du müßtest aufhören, mit Brenna zu schlafen.«

»Wie bitte?« Ein seltsamer Unterton schwang in seiner Stimme mit, und Melisandes Herz hämmerte schmerzhaft gegen ihre Rippen. Eher würde er *sie* aufgeben und ihren gesamten Besitz . . .

Aber sie wich seinem Blick nicht aus. »Du mußt mir versprechen, deine Nächte nicht mehr mit Brenna zu verbringen.«

»Was?«

»Hast du das etwa nie getan?«

»Doch, ich habe viele Nächte mit ihr verbracht.«

»Gibst du mir dein Wort?«

»Du bist also eifersüchtig.«

»Ich fühle mich unwohl, wenn die Geliebte meines Mannes unter meinem Dach wohnt und ständig in meiner Nähe ist. Versprichst du es oder nicht?«

Conar ging lächelnd zu ihr, umfaßte ihr Kinn und hauchte einen Kuß auf ihre Lippen. »Ja. Aber auch du mußt mir ein Zugeständnis machen.«

»Morgen werde ich dich in der Kirche als meinen rechtmäßigen Herrn und Ehemann bestätigen«, erwiderte sie bitter. »Nur darauf kommt es dir doch an!«

»Aber es genügt nicht.«

»Was möchtest du denn sonst noch?«

»Was ich schon immer wollte. Dich.«

Melisande senkte die Augenlider. »Soeben hast du mir versichert, du würdest mich nehmen, wann immer es dir beliebt.«

»Ja, und das werde ich auch tun. Aber nur für eine einzige Nacht wünsche ich mir kampflose Hingabe, rückhaltlos, ohne Streit. Sozusagen als dein Hochzeitsgeschenk. Nein, warte, ich will noch mehr. Du sollst zu mir kommen, mich berühren und erregen.«

»Du scherzt mit mir!«

»Keineswegs. Erwarte mich gebadet, parfümiert und bereit, mich zu verführen.« Er sah, wie das Blut in ihre Wangen stieg. »Nun, habe ich dein Wort, Melisande?«

»Ja. Aber ich pflege mein Wort nicht zu halten . . .«

»Mir gegenüber schon.« Er ließ ihr Kinn los, verneigte sich, und ehe sie noch etwas sagen konnte, war er aus dem Zimmer gegangen.

Hastig schob sie den Riegel vor, eilte zum Bett und setzte sich.

Sie zitterte am ganzen Körper. O Gott, welch ein Versprechen hatte er ihr abgerungen?

In dieser Nacht lag sie lange wach.

Die Kirche war reich mit Kerzen und Blumen geschmückt. Aus allen Landesteilen waren Leute erschienen, um der Zeremonie beizuwohnen. Auch Geoffrey. Melisande sah ihn aus den Augenwinkeln, als Odo sie zwischen den Gästen zum Altar führte, wo Conar wartete — in dunkler Hose, schwarzen Stiefeln, das Hemd und die Tunika strahlend weiß, mit weißem Fuchsfell verziert, ebenso wie der hellblaue Umhang.

Seite an Seite knieten sie nieder, und Melisande fühlte sich einer Ohnmacht nahe, während Bischof LeClerc verkündete, sie seien bereits Mann und Frau und an diesem Morgen in die Kirche gekommen, um ihre Liebe vor Gott und den Menschen neu zu bestätigen. Und niemand dürfe die heilige Gemeinschaft der Ehe leichtfertig eingehen, keiner dieses Band zerreißen. Danach folgte die Messe, die kein Ende zu nehmen schien. Schließlich wurde Conar gebeten, sein Gelübde zu sprechen, was er mit energischer, klarer Stimme tat.

Als der Bischof sich zu Melisande wandte und von ihr das gleiche forderte, konnte sie kaum atmen. Conar betrachtete sie und war wieder einmal verblüfft über ihrer Schönheit. Sie trug ein silbriges Kleid, das sich eng an ihren Körper schmiegte, und einen Schleier, bekränzt von einem juwelenbesetzten Band. Das ebenholzschwarze Haar schimmerte durch hauchdünnen Stoff. Ihre großen, tiefvioletten Augen schienen ins Leere zu starren. Während ganz Frankreich wartete, kniete sie schweigend neben ihm. Seine Hand umfaßte ihre Finger noch fester, und sie rang nach Luft. Endlich kam das Gelübde über ihre Lippen.

Er zog seinen alten Ring von ihrem Daumen, wo er so lange gesteckt hatte, und streifte ihn wieder über seinen eigenen Finger. Seine Frau erhielt einen neuen Reif aus ziseliertem Gold, der ihren linken Mittelfinger umschloß. Ihre Blicke trafen sich, und vielleicht verrieten seine Augen, welch eine triumphierende Freude er empfand, die ihren verengten sich. Lächelnd neigte er den Kopf und dachte an die Nacht, die ihm bevorstand. Er hatte nicht geahnt, was es ihn kosten würde, auf seine ehelichen Rechte zu verzichten. Manchmal hätte er Bischof LeClerc am liebsten umgebracht, ehe der heilige Mann die Zeremonie durchführen konnte.

Wieder schaute er sie von der Seite an und bewunderte ihre Schönheit. Seltsame Ereignisse verbanden sie miteinander. Natürlich bedeutete sie ihm etwas. Nein, es war mehr — viel mehr. Niemals konnte er sie gehen lassen, denn das würde er nicht ertragen. Er wollte sich gar nicht ausmalen, wie es wäre, sie einmal verletzt zu sehen — oder in den Armen eines anderen. Ein Leben ohne sie wäre unvorstellbar.

Sie hatte ihm die Hölle auf Erden bereitet, aber auch

den Himmel. Er liebte sie. Schon vor all den Jahren hatte sie mit ihrem eigenwilligen Wesen und ihrem Mut sein Herz erobert.

Mit ihrem gefährlichen Mut . . . Aber jetzt gab es nur mehr wenig zu befürchten. In den Festungsmauern konnte ihr nichts zustoßen. Mochte Geoffrey auch die Wälder durchstreifen. Um ihrem Freiheitsdrang zu genügen, würde Conar mit ihr ausreiten oder Schiffsreisen unternehmen. Warum fröstelte er trotzdem? Sie war seine Frau, sie würde stets in seiner Nähe bleiben, und er liebte sie. Eines Tages würde er ihr das vielleicht sogar sagen. Oder besser nicht. Immer wieder suchte sie Mittel und Wege, um Macht über ihn auszuüben. Und er wagte nicht, ihr die Oberhand zu schenken, indem er ihr sein Herz offenbarte. Sie würde es in Stücke reißen.

Trotzdem musterte er sie voller Zärtlichkeit, sehnte sich nach dem Ende der Festlichkeiten, nach der Nacht. Würde sie ihr Wort halten? Davon hatte er in den Stunden vor diesem Morgen geträumt.

Plötzlich erfaßten ihn Schuldgefühle. Das Versprechen, das er ihr gegeben hatte, bedeutete nichts. Aber er war nur auf ihre Forderung eingegangen, und ihre Eifersucht auf Brenna erstaunte und beglückte ihn.

Endlich war die Zeremonie vorbei. Sie erhoben sich, und unter dem Jubel der Menge stillte Conar zumindest einen Teil seines Verlangens, indem er Melisande in die Arme nahm und sie küßte — mit jener Leidenschaft, die er so lange unterdrückt hatte. Dann flüsterte er: »Heute nacht«, und spürte, wie sie zitterte.

Sie antwortete nicht, und sie verließen den Altar, gingen durch die Gästeschar, nahmen Glückwünsche von Freunden und Verbündeten entgegen. Wie Conar feststellte, hatten sich Odos Hoffnungen erfüllt. Viele große Adelsherren waren erschienen.

Nach der Rückkehr in Odos Halle wurde das Paar für

einige Zeit getrennt. Conar sah sich von Männern umringt, die sich für seine Schiffe interessierten, für die irische, von den Wikingern übernommene Kampftaktik auf dem Pferderücken, für seine Meinung zu verschiedenen Arten der Kriegskunst. Hin und wieder beobachtete er seine Frau. Sie unterhielt sich mit guten Freunden ihres Vaters, die ihr eifrig versicherten, sie habe einen großartigen Mann gefunden. Einige Wortfetzen konnte er aufschnappen. Die Herren versicherten Melisande, sie seien immer noch von der Widerstandskraft des Beauville-Schlosses abhängig und entzückt, weil sie einen so großartigen Krieger geheiratet habe. »Viel zu oft sind wir auf uns allein gestellt, Madame, denn der schwache König in Paris kann uns kaum helfen.«

Da sie bestens Bescheid wußte, sprach sie mit ihnen über die verwundbaren geographischen Punkte, die Geschichte der dänischen Angriffe, die schutzlosen Flüsse.

Später sah er sie bei Odo und Geoffrey stehen, und die wilde Eifersucht, die ihn zu überwältigen drohte, erstaunte ihn selbst. Sie haßte Geoffrey, das wußte er. Und sie begrüßte ihn nur, weil Odo Frieden wünschte. Ihre eisige Stimme und ihr stolz erhobenes Kinn beruhigten Conar. Ja, sie verabscheute den Vetter noch heftiger als ihren Mann.

Nun servierte man das Abendessen, und Conar setzte sich neben seine Frau, konnte aber kaum mit ihr reden, weil seine und ihre Aufmerksamkeit von Gästen beansprucht wurden. Odo ließ einen Spielmann auftreten, der die Geschichte der beiden ehelich verbundenen Häuser erzählte, außerdem Gaukler und sogar einen dressierten Bären.

Und dann war der Abend endlich überstanden. Marie de Tresse trat hinter den Stuhl ihrer Herrin, die sich erhob und ihr aus der Halle folgte. Bald fiel ihre Abwesenheit den Gästen auf, und da Conar nicht in der Stimmung für zotige Scherze war, eilte er wenig später nach oben.

Das Zimmer lag im Halbdunkel, nur von flackerndem Feuerschein erhellt. Melisande erwartete ihn in einem Sessel vor dem Kamin. Als er den Riegel vorschob, stand sie auf. Sie trug ein durchsichtiges Hemd auf der nackten Haut, silbrig glänzend wie ihr Brautkleid. Langsam löste sie die Schnur, die es am Hals zusammenhielt, und ließ es zu Boden gleiten. Dann ging sie auf ihn zu. Einen Schritt vor ihm hielt sie zögernd inne, dann trat sie näher, preßte ihren nackten Körper an seinen, stellte sich auf die Zehenspitzen und küßte seine Lippen.

Ihr Mund schmeckte wie süßer Wein, und er mußte sich sehr beherrschen, um seine wilde Leidenschaft zu zügeln. »Wieviel mußtest du trinken, um dich für diese Nacht zu wappnen?« flüsterte er.

Ihre violetten Augen schienen zu glühen. »Nicht soviel, wie ich dachte.«

»Dann fahr bitte fort.«

»Was soll ich tun?«

»Zieh mich aus.«

Melisande erbleichte, wich aber nicht zurück. Er beschloß, ihr zu helfen, legte seinen Waffengurt, den Mantel und das Hemd ab. Dann nahm er sie in die Arme, aber sie befreite sich, um ihre Lippen auf seinen Hals, seine Schulter und seine Brust zu pressen. Der Atem blieb ihr in der Kehle stecken, sein Herz hämmerte wie rasend. Während er hastig aus seinen Stiefeln und der Hose schlüpfte, stand sie vor ihm. »Gebadet und parfümiert — verführerisch und erregend . . .«, murmelte er heiser.

»Ich kann nicht . . .«

»Meine Liebe, du tust es doch schon!«

Nach kurzem Zögern begann sie, ihn zu streicheln, und er stöhnte leise, als sie auf die Knie sank, um ihn intim zu liebkosen. Das betörende Spiel ihrer Zunge entfachte ein immer wilderes Feuer. Bald steigerte sich das heiße Entzücken zur Qual, zu einem unbändigen Verlangen. Mit einem halberstickten Schrei zog er Melisande vom Boden hoch, drehte sie herum und lehnte sie an die Tür. Sie starrte in seine Augen, fast erschrocken über seine hemmungslose Glut. Dann stockte ihr Atem, als er sie hochhob, und ihr befahl, ihre Beine um seine Hüften zu schlingen. Aber sie gehorchte . . .

Noch nie in seinem Leben war er so erregt gewesen, so hungrig, niemals so verzweifelt bestrebt, alles von einer Frau zu berühren, zu schmecken, zu besitzen. Das Fieber, das ihn erfüllte, glich einem stürmischen, von grellen Blitzen durchzuckten Nachthimmel. Mit unbezähmbarer Kraft liebte er sie, mußte die Flammen löschen, die sie entzündet hatte. Der ekstatische Höhepunkt trug ihn zu einem Gipfel empor, den er nie zuvor gekannt hatte.

Schweigend klammerte sich Melisande an ihn, und er hoffte inständig, daß er ihr nicht weh getan hatte. Er trug sie zum Bett, ließ sie behutsam auf die Decke gleiten. Ihre Augen waren geschlossen. »Nie wieder werde ich an deiner Fähigkeit zweifeln, dein Versprechen einzulösen«, sagte er leise.

Da hob sie die Lider. »Und deines?«

»Ich werde mein Wort halten und dich niemals gehen lassen.« Ihre Lider senkten sich wieder, und er glaubte, ein schwaches Lächeln auf ihren Lippen zu entdecken. Er neigte sich hinab, wollte dicht an ihrem Mund flüstern: ›Ich liebe dich . . .‹ Nein, genausogut könnte er sein Herz den Dänen aushändigen.

Zärtlich küßte er sie wieder und beschloß, sie in ein ebenso gleißendes Paradies zu führen wie sie ihn. Mit sanften Fingerspitzen und seiner Zunge liebkoste er sie, ließ keine Körperstelle aus bis auf das Zentrum ihrer Sehnsucht, zog mit seinen Lippen Kreise auf ihrem

Bauch und den weichen Innenseiten der Schenkel, saugte an den Brüsten.

Schließlich kniete er am Fußende des Bettes nieder, umfaßte ihre Knöchel und zog ihre Beine auseinander. Seine Zunge suchte und fand die empfindsamste Zone ihrer Weiblichkeit. Während sie leise aufschrie und sich umherwand, küßte er sie immer aufreizender. Nach einer Weile hob er den Kopf. Ein Wunsch war in dieser Nacht noch offen geblieben. »Sag mir, daß du mich begehrst, Melisande.«

Vorwurfsvoll starrten ihn ihre verschleierten Augen an. »Ich . . .«

»Ich weiß, was du sagen willst«, unterbrach er sie. »Du kannst es nicht. Aber glaub mir, es wird dir gelingen.«

Als seine Finger ein betörendes Liebesspiel begannen, schluckte sie wütend, dann fauchte sie: »Ich begehre dich!«

»Du sollst meinen Namen nennen.«

»Ich begehre dich — Wikinger!«

Lachend legte er sich zu ihr und flüsterte dicht an ihrem Ohr: »Mein Name, Melisande.«

Ihre Fingernägel gruben sich in seine Schultern, und sie preßte das Gesicht an seine Brust, bevor sie wisperte: »Ich begehre dich — Conar.«

»Das weiß ich. Und du sollst mich haben, meine Liebe, alles von mir.«

17

Die Heimkehr verlief viel angenehmer als der Ritt nach Rouen. Seltsamerweise hatte sich die Beziehung zwischen Melisande und Conar gebessert.

Nun blieb er viel öfter an ihrer Seite, forderte sie auf,

mit ihm um die Wette zu reiten, zu diesem oder jenem Hügel. Einmal hielt er sogar die ganze Reisegesellschaft auf, als Melisande besonderen Gefallen an einem Bach fand, wo sie rasteten, saß mit ihr am Ufer und ließ seine nackten Füße ebenso wie sie ins Wasser hängen.

Aber nach der Ankunft im Schloß war der Friede nur von kurzer Dauer. Als Melisande am ersten Morgen die Treppe hinabstieg, sah sie Brenna die Halle verlassen, folgte ihr in den Hof und überlegte, ob Conar tatsächlich Wort hielt.

»Brenna!«

Langsam drehte sich die Frau aus Dubhlain um. »Ja, meine Dame?«

Melisande brachte es einfach nicht über sich, nach der Wahrheit zu fragen. »An jenem Abend habt Ihr die Runen so schnell weggeräumt. Warum? Was waren das für Symbole?«

»Wißt Ihr es nicht?«

Verwundert schüttelte Melisande den Kopf. »Wie sollte ich?«

»Noch zwei weitere Runen, Injuz und Jera . . .«

»Ragwald kennt sie alle, und er hat mir ihre Bedeutung erklärt, aber diese beiden nie erwähnt. Was besagen sie?«

»Es sind die Runen der Fruchtbarkeit.«

Melisande hielt den Atem an. »Oh — aber . . .«

»Ihr erwartet ein Kind, Gräfin«, fiel Brenna ihr ungeduldig ins Wort. »Das müßte Euch längst aufgefallen sein.«

Da wich Melisande zurück, als wäre sie geschlagen worden. Und dann kam sie sich unglaublich albern vor, weil sie nicht bemerkt hatte, daß ihre Periode schon überfällig war. »Unmöglich . . . Ich spüre nichts.«

Lächelnd zuckte Brenna die Achseln. »Dann solltet Ihr Euch glücklich schätzen. Die Wehen werden Euch kaum zu schaffen machen.« Erstaunt musterte sie Melisandes bleiches Gesicht. »Was bedrückt Euch denn? Euer Mann wird sich freuen, ebenso wie Odo und die halbe Bevölkerung dieses Landes, denn Kinder bilden die Bande, die viele Ehen zusammenhalten.«

»Weiß er es?« flüsterte Melisande. War er nur deshalb in letzter Zeit so rücksichtsvoll und zärtlich?

»Allem Anschein nach habt Ihr ihm nichts erzählt.«

»Aber Ihr!« rief Melisande. »Ihr wußtet es, Ihr dient ihm, und ich glaube, Ihr verheimlicht ihm nichts.«

Brenna schwieg eine Weile, dann entgegnete sie: »Es ist nicht an mir, ihm dies mitzuteilen, sondern an Euch, meine Dame.«

Plötzlich fühlte sich Melisande so schwach, daß sie gegen die Hausmauer sank. »Also habt Ihr ihm nichts gesagt?« fragte sie mißtrauisch.

»Ich diene ihm«, gab Brenna seufzend zu. »Wärt Ihr in Gefahr — oder das Leben des Kindes, dann würde ich Conar die Wahrheit verraten.« Sie straffte die Schultern. »Ich bin nicht Eure Feindin. Das war ich nie.«

Nachdenklich musterte Melisande die schöne blonde Frau, der sie jahrelang aus dem Weg gegangen war. »Habt Ihr wirklich . . .«

»Was?«

»Habt Ihr aufgehört, mit ihm zu schlafen?«

»Wie, bitte?«

»Meint Ihr etwa — Ihr habt es nie getan?«

»Natürlich schlief ich an seiner Seite. Ich begleite ihn auf allen Reisen. Und so lag ich neben ihm an Bord der Schiffe, unter Bäumen . . .«

Melisande wollte sich abwenden, denn sie hatte Angst, ihr könnte nun doch noch übel werden. Bisher hatte sie nichts dergleichen gespürt. Aber jetzt, da sie Gewißheit hatte . . .

Eine schmale Hand berührte ihren Arm. »Ihr mißversteht mich, Melisande. Auch Swen hat oft neben ihm geschlafen, und keiner von beiden fühlt sich zu Männern hingezogen. Niemals war ich Conars Geliebte.«

Ungläubig wandte sich Melisande zu ihr. »Was?«

»Starrt mich nicht so an! Wäre es sein Wunsch gewesen, hätte ich ihm alles gegeben. Und sollte er mich jemals begehren . . .« Brennas Stimme erstarb. »Doch das ist unwahrscheinlich. In Euch fand er alles, was er suchte.«

»Ja, eine Närrin«, wisperte Melisande.

»Was meint Ihr?«

»Schon gut, Brenna.« Heißer Zorn erfüllte Melisandes Herz. Das großartige Geschäft, das Conar mit ihr abgeschlossen, die schrecklichen Dinge, die er ihr zugemutet hatte . . . Wie er sich über sie amüsiert haben mußte! Und sie war auf alles eingegangen, als Gegenleistung für sein Versprechen, nicht mehr mit einer Frau zu schlafen, die er niemals angerührt hatte.

»Melisande . . .«

»Danke für Eure Ehrlichkeit«, entgegnete sie tonlos, kehrte in die Halle zurück und sank in einen Sessel. Sie versuchte, sich an alle Gespräche während jener Nacht in Rouen zu erinnern. Nach ihrer Forderung, Conar solle nicht mehr mit Brenna schlafen, hatte er hoch und heilig versprochen, das würde er nicht tun. Und sie war in die Falle getappt, hatte ihren Teil des Abkommens voll und ganz erfüllt. Hingegen brauchte er auf gar nichts zu verzichten. Niemals würde sie ihm von der Schwangerschaft erzählen — falls sie tatsächlich ein Kind erwartete. Vielleicht hatte Brenna das nur behauptet, um sie zu quälen. Nein, sicher nicht. Um das zu erkennen, mußte sie sich nur vor Augen führen, daß ihre Monatsblutung seit der Begegnung mit Conar am Bach in Wessex ausblieb.

Sie stützte ihre Arme auf den Tisch und vergrub den Kopf darin. Genau das wollte er — einen Erben. Und wie üblich erfüllte sie seine Wünsche.

Etwas später versuchte sie zu essen, war aber nicht hungrig. Sie griff nach einem Becher Ale, dann überlegte sie, daß sie Ziegenmilch trinken müßte. Marie de Tresse hatte erklärt, das würde schwangeren Frauen guttun.

Schließlich stand sie auf und kehrte in ihr Schlafgemach zurück. Sie streckte sich auf dem Bett aus. Das Kind wird blond sein, dachte sie, obwohl ich schwarze Haare habe, ebenso wie Conars Mutter. Es wird blond und blauäugig, weil sich alles nach ihm richtet.

Aber ich nicht mehr, beschloß sie und setzte sich auf. »Ich werde ein schwarzhaariges Mädchen bekommen«, flüsterte sie vor sich hin und legte die Hände auf ihren Bauch. Ein Baby; seines und ihres. Ein sonderbares, fremdartiges Gefühl erfaßte sie. Sie stand auf und wanderte umher. Sollte sie Conar das Geheimnis enthüllen? Nein, nicht nach dem niederträchtigen Streich, den er ihr gespielt hatte. Es war *ihr* Kind, der Enkel ihres Vaters. Würde Manon noch leben, wäre alles anders.

Plötzlich drängte es sie, das Haus zu verlassen. Sie eilte die Treppe hinab und lief zu den Stallungen, wartete nicht auf die Hilfe eines Reitknechts und sattelte ihr Pferd selbst.

Das Tor stand offen, da tagsüber keine Gefahr bestand. Die Tiere grasten auf den Wiesen, die Bauern kamen und gingen, um ihre Pflichten zu erfüllen.

Ziellos galoppierte Melisande über die Felder. Dann dachte sie an den idyllischen Bach und vergaß, daß Geoffrey sie dort aufgespürt hatte.

Kaum hatte sie das Ufer erreicht, als sie auch schon eine gebieterische Stimme hörte.

»Melisande!« Natürlich. Conar war ihr auf seinem Streitroß gefolgt. Wütend starrte er sie an. »Du hast mir versprochen, nie mehr allein auszureiten.«

Sie hatte nicht geplant, ihr Wort zu brechen, obwohl sie wirklich nicht wußte, was sie ihm eigentlich schuldete.

»Bist du hierhergekommen, um diesen Narren Geoffrey zu treffen?« fragte er.

An Geoffrey hatte sie keinen Gedanken verschwendet und nur die Einsamkeit gesucht, um den Aufruhr in ihrem Herzen zu besänftigen. »Laß mich in Ruhe, du Wikingerbastard!« schrie sie und rannte zu Warrior, aber Conar sprang aus dem Sattel und vertrat ihr den Weg.

»Um Gottes willen, was ist los mit dir?«

»Meine Versprechungen! Oh, du elender Kerl!« schimpfte sie und trommelte mit beiden Fäusten gegen seine Brust.

»Was!« entgegnete er verwirrt. »Habe *ich* etwa mein Wort nicht gehalten?«

»Was hast du mir denn je versprochen?«

»Ich ...«, begann er, dann verstand er plötzlich, was sie meinte, und seine Augen verengten sich. »Oh — du hast mit Brenna geredet?«

»Allerdings, und jetzt weiß ich, daß du mich zum Narren gehalten hast.«

»Wenn du nach allem, was geschehen ist, allein hierherreitest, bist du eine noch viel schlimmere Närrin.«

»Dann werde ich zurückreiten, und du bleibst hier.«

»In der Tat, du wirst zurückreiten.« Er hob sie in Warriors Sattel, und sie sprengte zu den Festungsmauern zurück, dicht gefolgt von ihrem Mann.

Im Hof sprang sie vom Pferd, warf die Zügel einem Reitknecht zu und eilte in ihr Zimmer hinauf. Plötzlich erinnerte sie sich an den Tag, als Conar gedroht hatte, er würde ihr das schöne vergoldete Kettenhemd wegnehmen, das Geschenk ihres Vaters. Sie nahm es aus der Truhe, fest entschlossen, es zu verstecken, ehe Conar hereinkam. Aber als sie ihr reichverziertes Schwert ergriff, überquerte er die Schwelle.

Verwundert blieb er stehen und hob die Brauen. »Willst du mich mit deinem Schwert bedrohen?«

»Damit kann ich ausgezeichnet umgehen«, erwiderte sie kühl.

Er ging zu ihr, und sie richtete sich schnell auf mit der erhobenen Klinge. »Gib mir die Waffe, Melisande.«

Eigensinnig schüttelte sie den Kopf. »Keinen Schritt näher! Du magst der große Herr der Wölfe sein, aber ich bin eine talentierte Fechterin.«

»Oh, du verstehst dich auf viele Waffen. Und das alles nur, weil ich *nicht* mit einer anderen Frau schlafe . . .«

»Alles nur, weil du gelogen hast!« fauchte sie.

»Ich habe nie gelogen.«

»Weil du ständig glaubst, du könntest mich herumkommandieren, weil du nur Scheingeschäfte mit mir abschließt und . . . Oh, laß mich doch in Ruhe!« Wütend zückte sie das Schwert und schüttelte den Kopf.

»Eine solche Waffe wirst du niemals gegen mich erheben, Melisande.« Blitzschnell zog er sein eigenes Schwert, und sie sprang zurück. Wollte er tatsächlich mit ihr kämpfen? »Leg die Klinge aus der Hand!«

Sie spürte, wie alles Blut aus ihren Wangen wich, aber sie verließ sich auf ihre Fähigkeiten. Sie würde nicht nachgeben.

Da trat Conar vor, und plötzlich klirrte sein Stahl an ihrem.

Sie zitterte unter der Wucht des Angriffs, aber sie parierte ihn. Nach zahlreichen Waffenübungen mit seinem Bruder wußte sie, wie die Wikinger fochten.

Sie kämpfte hart und erfolgreich, sprang aufs Bett, um die nächste Attacke abzuwehren, dann auf eine Truhe, wieder auf den Boden. Aber Conar hetzte sie gnadenlos umher, ohne ihr Gesicht aus den Augen zu lassen. Ihr Arm schmerzte von der Anstrengung, und sie konnte den Schwertgriff kaum noch festhalten.

»Nun, kapitulierst du?« fragte er kühl.

»Niemals!«

Es klopfte an der Tür, und Swen rief besorgt: »Conar! Ist alles in Ordnung?«

»Ja!« antwortete Conar. »Es könnte gar nicht besser sein!«

»Melisande!« Das war Ragwalds Stimme.

Beinahe hätte sie es versäumt, den nächsten Schwertstreich ihres Mannes zu parieren. »Keine Angst, es geht mir gut!« stieß sie hervor.

Und dann merkte sie, daß Conar sie die ganze Zeit nur an der Nase herumführte. Wenn sie sich auch gut verteidigte, er hatte sie nicht halb so schnell attackiert, wie er es vermochte. Aber jetzt tat er es. Rücksichtslos stürmte er auf sie zu, und als sie den Fechthieb abzuwehren suchte, schlug er ihr das Schwert aus der Hand. Die Zähne zusammengebissen, starrte sie ihn an, dann fiel ihr Blick auf ihre Waffe, die am Boden lag. Lächelnd hielt Conar ihr seine Klinge an den Hals, die ihre Haut aber nicht berührte, sondern ihr Kleid vom Hals bis zum Nabel aufschnitt.

»Verdammter Wikinger!« schimpfte sie, dann sprang sie blitzschnell zur Seite und versuchte, ihr Schwert aufzuheben. Das erlaubte er ihr, und wenig später fochten sie wieder.

Jetzt zeigte er seine unbesiegbare Kraft und zwang ihren Arm nach unten. »Laß die Waffe fallen!«

Und da lösten sich ihre müden, bebenden Finger vom Knauf des Schwerts. Conar hob es auf und warf es in die Truhe. »Nie mehr Schwerter, nie mehr Kettenhemden, Melisande. Und kein Kampf mehr gegen mich!«

Mühsam rang sie nach Luft, ihre entblößten Brüste hoben und senkten sich sichtbar. Oh, wie sie ihn haßte . . . Als er sein Schwert wieder hob, glaubte sie, er würde zustechen. Aber er zerfetzte nur den Rest ihres Kleides. »Nur gut, daß du der Sohn eines reichen Königs bist, der noch dazu eine gute Partie gemacht hat!« zischte sie. »Sonst müßte deine Frau bald nackt herumlaufen!«

»Genau das würde mir gefallen.«

»Nein!« Vergeblich versuchte sie zu fliehen, als er das zerrissene Kleid von ihren Schultern streifte. Dann gelang es ihr, zur Tür zu laufen, aber sie blieb sofort stehen, als sie sein Gelächter hörte.

»Möchte meine nackte Frau vielleicht Swen und die anderen Wikinger mit ihrem Anblick beglücken?«

»Noch lieber als dich!« kreischte sie. Aber als seine Hände ihre Haut berührten, wußte sie, daß ihr Zorn verflogen war. In diesem Augenblick begehrte sie ihn so heiß wie nie zuvor. Tränen rollten über ihre Wangen, als er sie hochhob, und sie schlug mit ihren Fäusten auf seine Schultern. »Oh, du Bastard!«

»Weil ich Brenna nicht zu meiner Geliebten gemacht habe?«

»Weil du mich zum Narren gehalten hast!«

»Soll ich mit dir schlafen, um dich zu besänftigen?«

Sie wollte ihn ohrfeigen, aber er hielt ihre Hand viel zu schnell fest, dann ließ er sie an seinem Körper hinabgleiten, umarmte und küßte sie.

»Nein, diesmal nicht!« protestierte sie. Doch sie stand schon jetzt in Flammen. Conars Zärtlichkeiten wirkten wie ein unwiderstehlicher Zauber. Eng umschlungen sanken sie aufs Bett.

Später, viel später lag sie erschöpft neben ihm. Erst jetzt fiel ihr ein, daß es etwas gab, das sie ihm vielleicht erzählen müßte. Nein. Nicht nach diesem Tag. Er richtete sich auf und streichelte ihr Haar. Ein ernster, besorgter Ausdruck trat in seine Augen. »Hasse mich, verabscheue mich, Melisande, nenne mich, wie du willst. Aber du darfst nicht mehr allein ausreiten. Ganz gleichgültig, was wir einander versprochen und gehalten haben — oder auch nicht . . .«

»Geoffrey hat die Zeremonie in Rouen miterlebt«, widersprach sie bitter. »Er weiß, daß ich endgültig deine

Frau bin und daß er die Festung nicht in seine Gewalt bringen kann.«

»Trotzdem ist er gefährlich. Das weiß ich.« Plötzlich nahm seine Stimme einen sanften Klang an, und er berührte ihre Schulter.

»Melisande . . .«

»Laß mich in Ruhe, ich flehe dich an! Ich habe dir nichts mehr zu sagen, nachdem du mich zur Närrin gemacht hast.«

»Das geschah nicht in böser Absicht . . .«

»Und wenn ich dich auf die gleiche Weise hintergangen hätte? Wenn du dich fragen müßtest, mit wem ich geschlafen habe?«

Da sprang er erbost aus dem Bett. »Führ mich nicht in Versuchung! Jeden Mann, der dir zu nahe träte, würde ich töten!«

Während er sich anzukleiden begann, spottete Melisande verächtlich: »Wie ein echter Wikinger!«

»Ja, wie ein echter Wikinger . . .« Er unterbrach sich, als laut gegen die Tür gehämmert wurde. »Laßt mich in Ruhe!«

»Das ist leider unmöglich!« entgegnete Brennas sanfte Stimme. »Schiffe aus Dubhlain sind eingetroffen, Conar!«

Er runzelte die Stirn, und Melisande zog hastig das Laken über ihren Körper, ehe er die Tür aufriß. Brenna stand mit zwei hochgewachsenen Männern vor ihnen. Es waren keine Wikinger, sondern dunkelhaarige Iren.

Melisandes Wangen färbten sich dunkelrot, als sie sich ehrerbietig vor ihr verneigten. Am liebsten wäre sie im Erdboden versunken. Aber sie schienen die Situation nicht erstaunlich zu finden. Wenn Herr Conar seine Frau auch tagsüber begehrte, so war das sein gutes Recht.

»Was gibt's?« fragte er.

»Euer Vater bittet Euch um Hilfe, mein Herr«, berichtete der jüngere der beiden Männer und verbeugte sich.

»Euer Onkel Niall wurde von Maelmorden, dem König an der Westküste, als Geisel genommen. Nun versammeln sich die anderen Könige in Dubhlain, um gemeinsam hinzureiten und Herrn Nialls Freilassung zu fordern. König Olaf hofft, Ihr könnt das Meer sofort überqueren.«

Melisande beobachtete, wie ihr Mann tief Luft holte. »Ist mein Onkel am Leben?«

»Eure Mutter glaubt ganz fest daran.«

»Wie geht es ihr?«

»Sie und Euer Vater sind sehr stark. Ihr Leben lang hat die Tochter des Ard-Righ harte Kämpfe miterlebt. Sie ist Nialls Schwester, und Euer Vater muß aufbrechen, um ihn zu retten.«

»Natürlich komme ich sofort«, sagte Conar leise.

»Dafür wird Euch der König dankbar sein«, versicherte der Bote.

Conar nickte und schloß die Tür. Geistesabwesend starrte er Melisande an. »Also müssen wir wieder lossegeln.«

Sie setzte sich auf, das Laken an ihre Brust gepreßt. »Wir? Ich will zu Hause bleiben.«

»Nein, du begleitest mich.«

Nachdem sie eben erst zurückgekehrt war, sollte sie ihr Zuhause schon wieder verlassen? Verzweifelt unterdrückte sie ihre Tränen. Sie wollte sich nicht von ihm trennen, aber andererseits widerstrebte es ihr, wieder endlose Tage in Dubhlain zu verbringen und auf ihn zu warten.

Nicht, daß sie Erin keine Zuneigung entgegengebracht hätte — nicht, daß ihr Nialls Schicksal gleichgültig gewesen wäre . . .

Aber im Augenblick galt Melisandes ganzes Sinnen und Trachten ihrer geliebten Festung. Die Iren kämpften unentwegt. Aber Conar würde *hier* gebraucht. Er mußte Graf Odo unterstützen.

Er neigte sich zu ihr hinab, wischte eine Träne, die sie

unwillkürlich vergossen hatte, von ihrer Wange. Für einen kurzen Augenblick sah es so aus, als wollte er nachgeben. Dann fluchte er ungeduldig. »Ich wage es nicht, dich hierzulassen. Verstehst du das? Du wirst mit mir kommen. Es gibt keine andere Möglichkeit.«

Krachend fiel die Tür hinter ihm ins Schloß.

18

Sie fand kaum Zeit, sich von ihren Lieben zu verabschieden. Brenna und Swen gingen mit an Bord, Ragwald, Philippe und Gaston blieben zu Hause — auch Marie de Tresse, obwohl sie ihre Herrin gern begleitet hätte. Aber Melisande hatte beschlossen, allein mit Conar zu reisen. Sie wollte für niemanden die Verantwortung tragen, falls sie ihre Heimkehr vorbereiten sollte, während ihr Mann im Norden kämpfte.

Noch hatte sie keine definitiven Pläne geschmiedet. Nur eins wußte sie — es widerstrebte ihr, das geliebte Zuhause zu verlassen, und es mißfiel ihr, daß Conar am Krieg fremder Leute teilnehmen würde.

Für ihn sind es natürlich keine Fremden, sagte sie sich. Sein Vater hatte ihn um Hilfe gebeten, sein Onkel, der Ard-Righ, saß in Geiselhaft, und sie bedauerte ihre Schwiegermutter, die soviel Leid erdulden mußte. Doch sie fürchtete den Tag, an dem Conar wieder einmal davonreiten würde — ohne sie.

Dies alles konnte sie ihm nicht gestehen. Sie vermied es sogar, mit ihm zu reden, seit die Botschaft eingetroffen war. Am Abend hatte sie einige Sachen gepackt, und dann die späten nächtlichen Stunden mit Ragwald an der Brustwehr verbracht, um die Sterne zu betrachten. Bedrückt zeigte er auf den Schleier, der den Mond umgab, und kündigte an, es würde bald regnen. »Diesmal werde ich nicht so lange wegbleiben«, versprach sie ihm.

Er legte einen Arm um ihre Schultern, und sie schaute auf das Land, das der verhüllte Mond nur schwach beleuchtete. Hier sollte ihr Kind geboren werden, und wenn Conar sie zu lange allein ließ, würde sie ohne ihn zurückkehren. Auch wenn er ihr dann voller Zorn folgen würde . . . Und wenn er sich von ihr abwandte? Brenna hatte betont, sie würde ihm in jeder Hinsicht dienen, sobald er es wünschte.

Als er in der Nacht zu Bett ging, stellte sie sich schlafend. Seufzend zog er sich aus, schlüpfte unter die Decke und rührte Melisande nicht an.

Viel zu schnell dämmerte der Morgen herauf, kalt und feucht, so wie Ragwald es prophezeit hatte. Lange bevor sie die Augen öffnete, hörte sie den Regen prasseln, und als sie dann die Lider hob, begegnete sie Conars Blick. Wortlos beobachtete er sie, und sie biß nervös in ihre Unterlippe. »Was ist los?«

»Ich habe nur überlegt, ob ich dich wieder in ein Laken schnüren muß.«

Rasch wandte sie sich ab und schaute zur Truhe hinüber, die ihr vergoldetes Kettenhemd und das Schwert enthielt. Erstaunlich, daß er ihr diese Sachen nicht weggenommen hatte . . . »Das wird nicht nötig sein«, erwiderte sie.

Sein Finger strich über ihren Rücken, und sie unterdrückte ein Zittern. Wie schmerzlich würde sie seine Zärtlichkeiten vermissen, seinen warmen Körper in den Nächten, die Geborgenheit . . . Am liebsten hätte sie sich zu ihm gedreht und ihn umarmt, doch sie beherrschte sich. Was immer sie sagen oder tun mochte, er würde nicht mit ihr, sondern mit Brenna in den Krieg ziehen. Und sie würde in seinem Elternhaus zurückbleiben — allein, auch wenn sie noch so freundlich behandelt wurde.

»Manche Ehefrauen begleiten ihre Männer nur zu gern auf allen Reisen«, bemerkte er.

»Aber ich werde nicht mit dir zusammensein.«

»Doch, bis ich nach Norden reite.«

»Und dann sind wir getrennt.«

»Werde ich dir fehlen?« Als sie schwieg, beantwortete er die Frage selbst. »Ja, natürlich. Mit jedem Teufel oder Dämon würdest du schlafen, nur damit du heimfahren kannst. Und du wirst die Stunden bis zu meiner Rückkehr zählen und den Tag herbeisehnen, an dem wir wieder hierhersegeln werden.« Er stand auf und streckte sich.

»Und wenn du nicht zurückkommst?« wisperte sie.

»Wärst du dann unglücklich?« Er ging um das Bett herum und blieb vor ihr stehen. Beim Anblick seines wohlgeformten nackten Körpers schlug ihr Herz schneller.

»Darin müßtest du einen Grund sehen, gar nicht erst nach Norden zu reiten.«

Conar hob ihr Kinn hoch. »Soll ich meinen Vater im Stich lassen?«

»Nein.« Sie schob seine Hand beiseite. »Aber wenn du dein Leben wagst, setzt du auch meines aufs Spiel.«

»Sollte ich tatsächlich im Kampf fallen — würdest du um mich trauern, Melisande? Oder sofort alle Fesseln abwerfen und hierher zurücksegeln, um nach deinem eigenen Gutdünken diese Festung zu regieren?«

Empört hielt sie seinem Blick stand. »Wie grausam von dir, so zu sprechen! Ich wünsche niemandem den Tod.«

»Gerald hast du nicht beweint.«

»Weil er der Mörder meines Vaters war.«

»Und du hast das Schwert gegen mich erhoben . . .«

Sie drehte sich auf die andere Seite. »Darüber will ich nicht reden.«

»Aber ich. Und in dieser Sache ist das letzte Wort noch nicht gesprochen.« Seine Hand berührte ihre Schulter.

»Es gibt nichts zu befürchten, Melisande. Ganz sicher werde ich zurückkehren, das schwöre ich dir. Ich werde nicht sterben — und dich niemals verlassen.«

»Mein Vater wollte das auch nicht.« Unglücklich wandte sie sich zu ihm, und er hob die goldblonden Brauen.

»Soll das heißen, daß du ein bißchen was für mich empfindest?«

»Verspotte mich nicht, Conar!«

»Das tu ich keineswegs.«

»Und du? Was empfindet der Tyrann für seine Sklavin?«

»Schon oft genug habe ich beteuert, daß ich im Grunde nur dich will.«

»Du *willst* mich«, flüsterte sie und senkte den Blick.

»Ich komme zurück«, versprach er erneut. »Niemals werde ich dich Geoffrey überlassen. Und ich darf gar nicht sterben, ehe wir einen Erben haben, der künftige Angreifer abwehren wird.«

Sag es ihm jetzt, mahnte eine innere Stimme. Doch Melisande brachte es nicht über sich. Es gab keine unwiderlegbaren Beweise, nur Brennas Behauptung und das Ausbleiben einer Monatsregel. Noch nie war ihr übel geworden, und sie hatte auch nicht zugenommen. Sobald Conar mit ihr heimkehrte, sollte er es erfahren.

»Was hast du?« fragte er leise, aber sie schüttelte nur den Kopf. »Melisande, verschließ dich nicht länger vor mir!«

Sie las eine flehende Bitte in seinen Augen. Bedeutete sie ihm vielleicht doch etwas? Sicher, er begehrte sie — bis er ihrer müde wurde? Er umfaßte ihre Hände, zog sie aus dem Bett. Langsam neigte er sich herab, preßte seine Lippen auf ihre, fordernd und leidenschaftlich. Wie aus eigenem Antrieb legten sich ihre Arme um seinen Hals, und sie schlang die Finger in sein goldenes Nackenhaar.

Als es an der Tür klopfte, fuhren sie auseinander.

»Mein Herr!« rief Swen. »Wir müssen uns beeilen und die Ebbe nutzen!«

»Ja, ich komme sofort!« entgegnete Conar.

An der Küste erbot er sich, Warrior mitzunehmen, doch das lehnte Melisande ab. »Er ist hier zu Hause und nicht an deine seltsame Methode des Pferdetransports gewöhnt«, erklärte sie unbehaglich. Sie ließ ihren Hengst aus einem ganz anderen Grund zurück. Wenn sie allein heimkehrte, wollte sie sich nicht mit ihm belasten.

Während die Schiffe davonsegelten, winkte sie Ragwald, der am Strand stand. Jeden Tag würde sie beten, es möge ihr gelingen, wohlbehalten wieder nach Hause zu reisen, mit oder ohne ihren Mann.

Ein Sturm wühlte das Meer auf, aber Melisande verspürte noch immer keine Übelkeit. Vielleicht irrte sich Brenna, und die Monatsblutung war nur wegen der aufregenden Ereignisse in der letzten Zeit nicht eingetreten.

Hin und wieder spürte sie den prüfenden Blick der blonden Frau. Sie fuhren auf verschiedenen Schiffen, und einmal, als sie nahe genug nebeneinander hersegelten, fragte Brenna, wie Melisande sich fühle.

An der englischen Südküste hielten sie kurz an, um Trinkwasser und Proviant an Bord zu nehmen, dann fuhren sie weiter nach Dubhlain. Melisande hätte sich über die Rückkehr in die schöne Stadt gefreut, wäre sie nicht um ihr eigenes Zuhause besorgt gewesen. Erin begrüßte sie liebevoll und wollte ganz genau wissen, was seit dem letzten Beisammensein geschehen war. Auch Rhiannon hatte sich eingefunden, um Eric zu begleiten, der ebenfalls dem Ruf seines Vaters folgte und für Niall kämpfen würde.

Den ersten Tag verbrachten die Männer mit einer Lagebesprechung. Melisande saß mit den Frauen im Grianan, dem Sonnenhaus für die Frauen, einem hübschen, gutgelüfteten Raum, den Olaf zu Ehren seiner Gemahlin nach irischer Sitte hatte bauen lassen. Rhiannon und Daria wanderten rastlos umher, aber Erin und ihre älteren Töchter befaßten sich gelassen mit ihren Handarbeiten. Währenddessen las Katherine, Conans Frau, aus einer schönen Handschrift vor — Geschichten über die alten Völker Irlands, die Bildung ihrer gesellschaftlichen Strukturen und den heiligen Patrick, der die Einwohner christianisiert und alle Schlangen von der Insel verjagt hatte.

Eine Zeitlang hörte Melisande zu, dann schweiften ihre Gedanken ab. Sie begegnete Erins Blick und flüsterte: »Wie schaffst du es nur, so ruhig zu bleiben, obwohl sie alle bald davonreiten werden?«

Erin reichte ihr lächelnd eine Nadel. »Bitte fädle den Faden für mich ein. Meine Augen sind nicht mehr das, was sie mal waren.«

»Du siehst ausgezeichnet, Mutter«, widersprach Daria, »und du willst dir nur die Mühe ersparen.«

»Hör nicht auf dieses freche Mädchen, Melisande«, seufzte Erin.

Daria trat hinter ihren Stuhl und umarmte sie. »Von wem habe ich denn meinen Charakter geerbt? Von dir!«

»Großer Gott, war ich denn so ungestüm?«

»Angeblich noch viel wilder.«

Erin zuckte die Achseln und wandte sich wieder zu Melisande. »So ruhig bin ich nur deshalb, weil ich die Männer schon oft wegreiten sah. Glücklicherweise kehrten sie immer zurück — fast alle. Aber ich verlor auch einige, die ich liebte. Jedesmal, wenn Olaf mich verläßt, stirbt ein kleiner Teil meiner Seele. Leith, mein ältester Sohn, zog als erster mit dem Vater in den Krieg, und ich dachte, ich könnte es nicht ertragen, wenn er fallen würde. Aber er kam wieder. Wann immer einer meiner Söhne davonreitet, wird mir das Herz schwer. Aber ich vermag die Männer meines Lebens nicht zu schützen, wenn ich sie zur

Schwäche zwinge. Meinem Vater gelang es, die meisten Königreiche dieser Insel zusammenzuhalten, weil er über die Kampfkraft meiner Brüder verfügte und vorteilhafte Bündnisse schloß. Und als er Olaf nicht aus Irland vertreiben konnte, vermählte er mich mit ihm. Solange wir vereint bleiben, sind wir stark.« Sie beugte sich zu Melisande, die immer noch schönen smaragdgrünen Augen waren voller Zuneigung. »Auch Conar wird zurückkehren.«

»Das hat er mir versichert«, sagte Melisande leise. Er mußte wiederkommen — um einen Erben zu zeugen.

»Bedauerst du, daß du hierherfahren mußtest, nachdem du eben erst in deine Heimat gereist warst?«

»Nein«, entgegnete Melisande und fragte sich, ob Erin die Lüge erkennen mochte. Rasch senkte sie die Lider. »Wirklich, ich freue mich, dich wiederzusehen, denn damals konnte ich mich gar nicht richtig verabschieden.«

Lächelnd legte Erin ihre Näharbeit beiseite. »Hier bist du immer willkommen.« Dann wandte sie sich auch an die anderen Frauen. »Bitte, entschuldigt mich jetzt. Ich muß das Abendessen vorbereiten.«

Das Haus war voller Familienmitglieder. Übermütig wurde Melisande von Bryce und Bryan begrüßt, die sie umarmten und im Kreis herumwirbelten. Alle Kinder und Enkel des Königspaares hatten sich versammelt, außerdem zahlreiche andere Verwandte.

Vor der Mahlzeit wurden die Kleinen ins Bett geschickt, und die Erwachsenen nahmen an der Tafel Platz. Es gab reichlich zu essen — Geflügel, Wildschwein- und Rehfleisch, Fische und Sommergemüse. Dazu trank man Wein, Ale und Met. Statt der üblichen vielfältigen künstlerischen Darbietung musizierte nur ein Lautenspieler, und Melisande wußte, warum. Alle würden sich früh zurückziehen, da die Männer am nächsten Morgen zeitig aufbrechen wollten.

Olaf erhob sich als erster und reichte Erin seine Hand. Fast spurlos waren die Jahre an beiden vorübergegangen, und sie bildeten immer noch ein schönes Paar — er goldblond, sie mit ihrem glänzenden rabenschwarzen Haar. Ihre Blicke trafen sich zärtlich, und Melisande schaute schnell weg. Sie bezweifelte nicht, daß sie einander nach der Geburt so vieler Kinder immer noch leidenschaftlich liebten. Bis zum Sonnenaufgang würden sie sich in den Armen liegen.

»Melisande?« Ihr Mann streckte die Hand nach ihr aus, und plötzlich wünschte sie sich jenes Glück, das ihre Schwiegereltern teilten. Sie durchquerten den großen Raum, gingen an Conars Geschwistern und deren Eheleuten vorbei, die einander eine gute Nacht wünschten.

Ehe sie die Halle verließen, wechselte er noch ein paar Worte mit seinem Bruder Eric. Und während Melisande wartete, entdeckte sie eine vertraute Gestalt, die sie zuvor nicht gesehen hatte — Mergwin. Erfreut eilte sie zu ihm und warf die Arme um seinen Hals. »Ich wußte gar nicht, daß Ihr hier seid!«

»Lange werde ich nicht bleiben. Um in den Krieg zu ziehen, bin ich viel zu alt. Jetzt sieht Brenna die warnenden Zeichen der Götter mit klareren Augen als ich. Aber ich hatte Sehnsucht nach der Heimat, und so segelte ich mit Eric und Rhiannon hierher. Wir werden viel Zeit füreinander finden, Melisande«, versprach er.

Sie küßte seine Wange. »Das ist wundervoll.«

»Euer Mann erwartet Euch.« Sie drehte sich um und sah, wie Conar dem Druiden zuwinkte.

»Dann gute Nacht. Wir sehen uns morgen.«

Aber er ließ sie noch nicht gehen. »Conar wird zurückkehren, das sagen die Runen.«

»Irren sie sich nie?«

»Wenn ich sie werfe, nur selten.«

»Danke«, erwiderte sie lächelnd.

»Es ist ein Junge, Melisande.«

»Was?«

»Euer Kind. Habt Ihr Conar schon Bescheid gegeben?«

Sie wurde blaß. »Noch bin ich mir nicht sicher. Werdet Ihr's ihm erzählen?«

»Nein, das ist Eure Sache.« Zögernd fügte er hinzu: »Wenn Wölfe sich an eine Frau binden, dann ist es fürs Leben, und sie sorgen stets gut für die Ihren.«

Wie leicht er in ihrem Herzen lesen konnte ... Sie hoffte nur, anderen würde das nicht gelingen. Sie küßte ihn noch einmal, dann ergriff sie die Flucht, nahm Conars Hand und ließ sich in das Zimmer führen, das man ihnen zugewiesen hatte.

Durch das Fenster sah sie den Mond am Nachthimmel aufsteigen. Sie zerrte am Band, das ihren Halsausschnitt am Rücken zusammenhielt.

Als sie Conars Finger spürte, erlaubte sie ihm, die Verschnürung zu lösen und das Kleid von ihren Schultern zu streifen. »Ich weiß, du bist mir böse«, sagte er leise. »Wirst du mich heute nacht abwehren?« Seine Lippen berührten liebevoll ihren Nacken.

Melisande drehte sich in seinen Armen um und erwiderte seinen Blick. »Nein.« Nicht in dieser Nacht. Ehe sie so viele Nächte allein verbringen würde ... Sie würde ihn mit der ganzem Leidenschaft lieben, die er sie gelehrt und die Gott ihr geschenkt hatte. Sie klammerte sich an ihn, erwiderte seinen Kuß mit derselben Glut, ließ ihren Mund über seinen Hals, seine Schulter und seine Brust wandern. Dann fiel sie auf die Knie, um ihn noch intimer zu liebkosen. Er wehrte sich nicht, stöhnte lustvoll, aber als die süße Qual unerträglich wurde, hob er sie hoch und trug sie zum Bett.

Trotz der verzehrenden Begierde, die sie geweckt hatte, nahm er sich Zeit, reizte sie mit behutsamen Zärtlichkeiten, mit seinen Lippen und Händen, schmeckte sie, als könnte er niemals genug von ihr kosten. Bald warf sie sich in wilder Ekstase umher, und erst dann verschmolz er mit ihr. Die stürmische Glut trug beide zu Gipfeln empor, die sie nie zuvor gekannt hatten.

Später lag Melisande zitternd und erschöpft in seinen Armen, dankbar für die Nähe seines warmen Körpers, und schloß die Augen. Als sie erwachte, war er fast vollständig angezogen. Sie verstand nicht, wie sie so lange hatte schlafen können, während fast ohrenbetäubender Lärm aus dem Schloßhof heraufdrang. Zahlreiche Männer und Pferde hatten sich versammelt. »Beeil dich!« drängte Conar. »Wir sind zum Aufbruch bereit.«

Sofort sprang sie aus dem Bett, wusch sich und schlüpfte in ihre Kleider. Inzwischen legte er sein Kettenhemd an und schnallte den Waffengurt um die Taille. Den Helm in einer Hand, zog er sie mit der anderen an sich und küßte ihren Mund.

»Ich werde zurückkehren. Und du wirst auf mich warten, hörst du?«

»Ja, ich werde warten.«

»Du wirst mir gehorchen.«

»Ja!« stieß sie hervor.

»Ist es Leidenschaft oder Haß — dieses Gefühl, das so feurig in deinen Augen glänzt?« Sie wollte sich losreißen, aber er hielt sie fest. »Melisande!«

»Ich bitte dich . . .«

»Und ich bitte dich, meine Warnung nicht zu mißachten.«

»Was für eine Wahl habe ich denn?«

»Keine«, entgegnete er kurz angebunden, dann ließ er den Arm sinken, der sie umschlungen hatte.

Sie folgte ihm in den Hof hinab, wo ihn Swen erwartete und ihm Thors Zügel reichte. Ehe Conar aufstieg, umarmte er Melisande ein letztes Mal. Unwillkommene Tränen verschleierten ihre Augen. »Gott mit dir«, flüsterte sie.

»Und mit dir.« Er strich über ihre Wange, dann schwang er sich in den Sattel. Sie spürte eine Hand auf ihrer Schulter, wandte sich zur Seite und sah Rhiannon neben sich stehen.

Die berittenen Krieger bildeten eine formidable Truppe. Hoch aufgerichtet saß Olaf auf seinem Streitroß, umringt von seinen Söhnen Conar, Eric, Conan, Bryan, Bryce und Leith, sowie den Schwiegersöhnen Michael und Patrick. Dazu hatten sich noch Erins Brüder und Vettern gesellt, außerdem Olafs Bruder, ein anderer Eric. Wenig später bebte die Erde unter den Hufschlägen, und das Heer verschwand jenseits der Stadtmauern.

Melisande blieb in Dubhlain, während die Wochen verstrichen, und wartete auf Nachrichten. Täglich ritten Boten in die Stadt, aber es gab keine Neuigkeiten. Olaf und sein Gefolge verhandelten mit Maelmorden über Nialls Freilassung und stellten immer energischere Forderungen.

Ungeduldig warteten die Frauen im Schloß, und Erin las alle schriftlichen Botschaften im Grianan vor.

Melisande empfand noch immer keine Übelkeit, aber nach zwei Vollmonden blieb ihre Regel immer noch aus. Obwohl sie sich dagegen wehrte, träumte sie von ihrem Kind. Der Gedanke, es könnte wie ein Wikinger aussehen, erschien ihr gar nicht mehr so schrecklich.

Von zu Hause erhielt sie Briefe, die ihre Sorge weckten. Ragwald berichtete von Reitern, die manchmal auf dem Grat erschienen und zur Festung herabstarrten.

»Gibt es Schwierigkeiten?« fragte Erin.

Aber Melisande wagte nicht, ihrer Schwiegermutter eine ehrliche Antwort zu geben, denn sie mußte Mittel und Wege finden, um Conar zu Hause zu erwarten, nicht in Dubhlain. »Nichts Besonderes. Nur Neuigkeiten von Geburten und Todesfällen. Ein Schäfer starb an einer fiebrigen Krankheit. Ansonsten ist alles in Ordnung, und die Leute führen ein friedliches Leben.«

Eine Woche später erklärte Rhiannon, sie würde auf einem der Handelsschiffe, die Alfred hierhergeschickt hatte, nach Wessex zurückkehren. Melisande beschloß, die günstige Gelegenheit zu nutzen. »Vielleicht komme ich mit dir.«

»Du willst mich verlassen?« rief Erin. »Warte doch noch eine Woche. Sicher kommt Conar bald zurück.«

Und so wartete Melisande, und Rhiannon wartete mit ihr. Doch Ragwalds nächster Brief enthielt noch schlimmere Neuigkeiten, und er drängte sie, Conar zu bitten, er möge sofort nach Frankreich segeln. Die Dänen versammelten sich bei Brügge und an anderen Orten. Odo war in die Festung gekommen. Auch er sehnte Conars Rückkehr herbei.

An diesem Abend schrieb Melisande ihrem Mann und erklärte, sie habe Verständnis für seine Pflichten, aber nun würden sie beide dringend an der fränkischen Küste gebraucht. Sie flehte ihn an, nach Dubhlain zu reiten und sie nach Hause zu bringen. Wieder wartete sie. Mehrere Tage verstrichen, dann nahm sie eine kurze Nachricht entgegen. Sicher könne er bald zurückkehren, aber nicht jetzt. Sie müsse sich in Geduld fassen.

Wenig später teilte sie Rhiannon mit, sie würde mit ihr segeln, und am nächsten Morgen brachen sie auf.

Melisande verheimlichte der Schwiegermutter ihre Pläne und behauptete, sie wolle mit Rhiannons Kindern zusammen sein. Und da Wessex unter Alfreds Schutz stehe, könne ihr dort nichts zustoßen. Sie hatte ihre Vorbereitungen getroffen und Ragwald geschrieben, Conars Schiffe würden wegen des Kriegs in Nordirland aufgehalten.

Und so schickte ihr alter Lehrer ein Schiff nach Wessex. Es fiel ihr nicht schwer, Rhiannon klarzumachen, sie müsse unbedingt nach Hause fahren. Die Schwägerin sah sie nur ungern gehen, aber sie verstand Melisandes Gefühle.

Einen knappen Monat, nachdem Melisande ihre Festung verlassen hatte, segelte sie wieder der heimischen Küste entgegen. Doch der vertraute Anblick ihrer Heimat schenkte ihr nicht jene Zufriedenheit, die sie hätte erfüllen müssen. Während das Schiff die letzten Wellen durchpflügte, war ihr elend zumute. Sobald Conar herausfand, was sie getan hatte, würde er sie seinen Zorn sehr spüren lassen. Er würde sich von ihr abwenden, sie verachten, vielleicht Trost in den Armen einer anderen Frau suchen, bei der allzeit bereitwilligen Brenna.

Ihr Gefolge hieß sie am Strand willkommen, sichtlich erleichtert. In Abwesenheit ihres Mannes würde sie die Geschicke der Festung lenken. Sie begrüßte alle, dann speiste sie mit Ragwald, Philippe und Gaston und hörte noch mehr beängstigende Neuigkeiten über die Anzahl der Dänen, die an den nahen Küsten eintrafen. Später schlichtete sie den Streit zweier leibeigener Bauern um eine Kuh, die erkrankt und verendet war. Sie schrieb Briefe an Odo und andere Adelsherren, und schließlich zog sie sich in ihr Zimmer zurück.

Bedrückt sank sie ins Bett, wo sie mit Conar geschlafen hatte. Nun war es ihr endlich gelungen, ihn zu übertrumpfen. Doch sie verspürte keine Genugtuung. Ihr Magen drehte sich um, Tränen rollten über ihre Wangen, und sie glaubte, daran zu ersticken. Sie sprang aus dem Bett, erreichte gerade noch rechtzeitig ihre Waschschüssel und übergab sich.

Sie war die Gräfin, und nun würde sie ihr Schicksal in die eigenen Hände nehmen. Aber sie hatte sich noch nie so allein gefühlt, noch nie so schmerzliche Sehnsucht nach Conar empfunden, obwohl sie seine Wut und seine Rache fürchtete.

Um ihre Heimkehr zu erwirken, hatte sie nicht mit einem Dämon geschlafen, sondern ihr Herz und ihre Seele preisgegeben.

19

Sie hatten ein großes Heer versammelt, aber meistens saß es untätig herum, während sich die Verhandlungen mit Maelmorden in die Länge zogen. Nur gelegentlich kam es zu Scharmützeln.

Maelmordens Krieger befanden sich in der Minderzahl, doch er hatte Niall, den Ard-Righ, in seiner Gewalt und könnte, falls dieser sterben sollte, den Titel beanspruchen. Normalerweise wurde der Sohn des hohen Königs dessen Nachfolger, doch das Amt war nicht unbedingt erblich. Ein Mann mußte seinen Wert beweisen, ehe man ihn zum höchsten irischen Herrscher ernannte. Und Nialls junge Söhne nahmen noch nicht an den Kämpfen teil.

In der christlichen Welt war es üblich geworden, die Wikinger, die in fremdes Gebiet eindrangen, zu bestechen, um sie fortzuschicken. Aber wenn Maelmorden auch die Dänen zu Hilfe gerufen hatte — es ging ihm nicht um Gold und Geld. Er wollte, daß die rangniedrigen Könige seine Autorität anerkannten und sich vor ihm beugten.

Wochenlang stand Conar mit seinem Vater und den Brüdern Maelmordens Berserkern gegenüber. Wieder einmal verlangte Olaf die Freilassung seines Schwagers. Niemals würde er Maelmorden oder dessen Sohn als Ard-Righ akzeptieren. Hinter Olaf erhoben der König von Connaught und die anderen ihre Stimmen.

Fluchend entgegnete Maelmorden, bald werde Niall den Tod finden. Die Temperamente erhitzten sich, wieder fanden vereinzelte Kämpfe statt, aber keine ernsthaften Auseinandersetzungen. Letzten Endes verließen alle das Schlachtfeld und kehrten in ihre Zeltlager zurück.

In dieser Nacht schlief Conar unter freiem Himmel. Der Anblick der Sterne erinnerte ihn an Ragwald, dann dachte er an Melisande. Nur zu gut wußte er, was in ihr vorgehen mußte, während die Dänen über fränkische und friesische Küsten herfielen. Hätte er ihren Brief anders beantworten sollen? Nein, das wäre unmöglich gewesen. Er vermißte sie noch schmerzlicher, als er es befürchtet hatte, Tag und Nacht. Vor allem nachts. Wenn er die Augen schloß, glaubte er ihre Flüsterstimme zu hören und sah sie nackt auf sich zukommen. Manchmal streckte er unwillkürlich die Hand aus, um sie zu berühren. Aber in diesen langen leeren Nächten spürten seine Finger nur Erdreich an der Stelle, wo seine Frau liegen müßte.

Mehrere Mädchen hatten die Krieger ins Lager begleitet, doch obwohl ihn heiße Leidenschaft peinigte, empfand er zu seiner eigenen Überraschung kein Bedürfnis nach schneller, oberflächlicher Befriedigung. Die kleine Hexe hatte nicht nur seine Sinne, sondern auch sein Herz gestohlen. Er liebte sie, und das war ein sonderbares, nicht immer süßes, sondern auch qualvolles Gefühl. Er träumte von Melisande und sehnte sich nach ihr.

Meistens versank er in schöne Träume, aber in dieser Nacht nicht. Er stürmte durch das Dunkel und ahnte, daß er Melisande verloren hatte. Sein Herz klopfte laut, die Lungen drohten zu bersten, die Muskeln schmerzten. Er schrie ihren Namen, lief noch schneller und hörte sie antworten, er konnte sie aber nicht sehen. Vor ihm rotteten sich Feinde zusammen.

Verzweifelt blieb er stehen, und plötzlich verschmolz er mit dem alten Baum, der an seiner Seite wuchs. Als Baum konnte er sich mühelos einen Weg durch die Horden bahnen. Wieder suchte er seine Frau, vernahm ihre Stimme, in der Tränen mitschwangen, und dann fand er sie. Man hatte sie begraben, und wie aus weiter Ferne rief sie nach ihm ...

Er schreckte aus dem Schlaf hoch, und sein Kopf prallte gegen den Baumstamm, neben dem er lag. Stöhnend setzte Conar sich auf und preßte beide Hände an den

Kopf. In der Nähe bewegte sich Leith, der seine Satteltasche als Kissen benutzte, und daneben schlief Eric.

»Conar!« flüsterte Leith, zu einem ernsthaften Mann herangewachsen — kein Junge mehr, der seinen Bruder neckte und ihm ein Spielzeugschwert wegnahm. »Alles in Ordnung?«

»Ja, warum?«

»Du hast dich im Schlaf umhergeworfen und geschrien.«

Das Blut stieg in Conars Wangen. Zum Teufel mit Melisande! Nun konnte er seine viel zu lebhaften Träume nicht einmal mehr geheimhalten. Er zögerte kurz, dann stand er auf und streckte die steifen Glieder.

Auch seine beiden Brüder erhoben sich, und Eric, der mit Conars Lebenslage vertrauter war, fragte: »Sorgst du dich um deine fränkische Festung?«

Conar nickte und grinste schief. »Und wenn ich dort bin, sorge ich mich um Irland. Übrigens, mein Traum brachte mich auf eine Idee. Wir könnten herausfinden, wo Niall steckt, und ihn einfach befreien.«

»Wie denn?«

»Ein einzelner Mann schleicht sich unbemerkt ins feindliche Lager.«

»Vielleicht wäre das möglich.« Leith schaute Eric an.

Sie riefen ihre anderen Brüder und Verwandten zusammen, dann eilten sie zu Olaf. Ehe sie ihre Unterredung begannen, schickten sie Späher zur Grenze des Feindeslagers, die feststellen sollten, wo Niall gefangengehalten wurde.

»Dieser eine Mann riskiert sein Leben«, meinte Olaf, nachdem er sich den Vorschlag angehört hatte. »Oder seine Festnahme und Folterqualen. Das würde die Verhandlungen noch erschweren.«

»Aber so kann es nicht weitergehen, Vater«, erwiderte Conar.

»Was hast du zu sagen, Leith?«

»Mir gefällt die Idee meines Bruders. Die Feinde würden uns noch endlos lange hinhalten, und wir dürfen keinen Sturmangriff wagen, denn wenn wir Maelmorden töten, würden die Dänen Niall ermorden, um Vergeltung zu üben.«

»Und wer soll die schwere Aufgabe übernehmen?« fragte Olaf.

»Ich, weil es meine Idee war«, erwiderte Conar.

»Und wie willst du dich tarnen?«

»Mit einer Mönchskutte.«

»Mein Bruder, der Mönch«, murmelte Eric.

Allgemeines Gelächter lockerte die Spannung ein wenig.

»In letzter Zeit haben sich seine Gewohnheiten geändert«, bemerkte Leith. »Ist euch das nicht aufgefallen? Welcher Zauber konnte das bewirken?«

»Ich glaube, er ist sehr schön und hat ebenholzschwarzes Haar . . .«, begann Eric.

». . . und ist schrecklich eigensinnig und ungehorsam.« Conar schaute sie alle der Reihe nach an. »Könnten wir wieder zum Thema kommen?«

»Natürlich«, sagte Leith.

»Vater, bis zu einem gewissen Zeitpunkt muß mein Plan geheim bleiben«, erklärte Conar, »danach brauche ich die Hilfe des Heeres.«

»Wahrscheinlich wird Niall streng bewacht.«

»Er befindet sich schätzungsweise im Zentrum des Lagers und wird höchstens von ein bis zwei Mann bewacht. Aber man würde sein Verschwinden bald entdecken, und dann benötige ich den Beistand unserer Krieger.«

»Und wenn er verletzt oder verstümmelt ist?«

»Dieses Risiko muß ich eingehen, Vater.«

»Wir warten, bis unsere Späher zurückkehren und Bericht erstatten. Geh noch nicht, Conar, ich möchte mit dir reden.« Nachdem die anderen das Holzhaus verlassen hatten, das als Hauptquartier errichtet worden war, fragte Olaf: »Hast du von deiner Frau gehört?«

Eine eisige Welle schien durch Conars Körper zu strömen. »Nein, in letzter Zeit nicht. Sie schrieb mir, von Ragwald habe sie erfahren, daß zahlreiche Dänen zum Angriff rüsten. Ich antwortete ihr, und seither meldete sie sich nicht mehr. Was gibt's?«

»Ich weiß nicht, ob es wichtig ist. Aber Erin schrieb mir, Melisande sei mit Rhiannon nach Wessex gesegelt. Ich dachte, sie hätte dich vielleicht schriftlich um Erlaubnis gebeten.«

Conars Mund wurde trocken. Heftiger Zorn und kalte Angst erfaßten ihn.

»Du müßtest zurückreiten«, fuhr sein Vater fort. »Jemand anderer soll deinen Plan durchführen.«

»Nein, das erledige ich selbst. Noch heute. Danach werde ich das Heer verlassen.«

Nach kurzem Zögern nickte Olaf. »Vielleicht hast du recht. Wenn du Niall befreist, können wir alle heimkehren.«

Wenig später erschienen die Späher. Niall wurde in Maelmordens Haus, direkt hinter der Front, festgehalten. Mehrere Leute kamen und gingen, darunter Geistliche, Kaufmänner und Diener. Ein Verteidigungsring schützte das Gebäude.

Leith und Eric begleiteten Conar zur äußeren Verteidigungsbastion. Er ließ Thor in ihrer Obhut zurück, dann durchschritt er in seiner Mönchskutte die feindlichen Reihen. Lässig saßen sie in Gruppen zusammen, manche der Iren und Dänen in weiten, langen, andere in kniekurzen Hosen gekleidet. Die behaarten Beine waren entblößt. Ein Einäugiger in einem Umhang aus dickem Bärenfell versperrte ihm den Weg. »Was macht Ihr hier?«

»Ich möchte für das Seelenheil des Gefangenen sorgen.«

»Niall?«

»In der Tat. Ihr würdet nach Walhall streben, aber mein Herr Niall sucht einen anderen Himmel, und in diesen schweren Zeiten braucht er vielleicht Hilfe.«

Der Mann grunzte und forderte ihn auf zu warten. Nach einer Weile kehrte er zurück, ließ Conar passieren und erklärte, Maelmorden kümmere sich nicht um die Kleriker, die seine Domäne betraten. Conar eilte zum strohgedeckten Holzhaus, das mit Lehm beworfen war. Es sah armselig und nicht besonders widerstandsfähig aus. Mehrmals mußte er Hühnern und Schweinen ausweichen, dann durchquerte er unbehelligt den Hof. Vor der niedrigen Tür hielten zwei Männer Wache. Sie beachteten ihn kaum, machten ihm Platz und setzten ihr Gespräch fort.

Geduckt ging er durch die schmale Tür in den Hauptraum, wo ein Torffeuer brannte. Dichter Qualm stach in Conars Augen. Binsen bedeckten den festgestampften Erdboden, wo sich schmutzige, halbnackte Kinder balgten.

Am Tisch in der Mitte des Zimmers saß Maelmorden und zeigte den Männern, die hinter ihm standen, verschiedene Punkte auf einer primitiv gezeichneten Landkarte. Als Conar hereinkam, hielt er inne und hob den Kopf. Er war ein großer, kräftig gebauter Mann mit einer wilden rotbraunen Haarmähne und dunklen, engzusammenstehenden, kleinen Augen, die gierig glitzerten. Schon seit der ersten Begegnung empfand Conar nur Verachtung für ihn.

Maelmorden musterte ihn von oben bis unten und grinste breit. »Ihr gehört nicht zu meinen Leuten, Vater, und Ihr seht auch nicht wie ein Geistlicher aus. Aber wie ich höre, wollt Ihr Euch um den Ard-Righ kümmern, und ich verwehre niemandem das Recht auf sein ewiges Heil. Erteilt ihm nur die Letzte Ölung.«

Conar verneigte sich. »Das darf ich nicht, Maelmorden,

denn ich bin nur ein Mönch, kein Priester. Und ich bin gekommen, um ihm in dieser schwierigen Lage Trost zu spenden.«

»Aber er würde einen Priester brauchen«, erwiderte Maelmorden, und seine Männer brachen in Gelächter aus.

Bestürzt fragte sich Conar, ob er gerade zur rechten Zeit gekommen war. Vielleicht planten die Feinde bereits die Ermordung seines Onkels. »Falls er einen Priester benötigt, werde ich ihm einen schicken.«

Maelmorden winkte eine dünne dunkelhaarige Frau zu sich, die in einer Ecke gekauert hatte. »Bring ihn zu unserem — Gast!«

Sie führte Conar durch einen langen dunklen Flur. Vor einer schweren Holztür saß ein Wikinger am Boden. »Der Bruder möchte eintreten«, verkündete die Frau und entfernte sich.

Offensichtlich interessierte sich der rothaarige Däne überhaupt nicht für den schwarzgekleideten Mönch. Seufzend schloß er die Tür auf, und Conar betrat einen kleinen, fensterlosen verrauchten Raum. In der Finsternis konnte er den Mann kaum sehen, der an die Wand gelehnt auf einer Binsenmatte saß.

»Willkommen, Bruder!« sagte Niall leise. »Tretet vorsichtig ein. Ich bin schon lange hier, und meine Augen haben sich an die Dunkelheit gewöhnt.« Dann fragte er, als Conar neben ihm niederkniete: »Seid Ihr gekommen, um mir Mut zu machen? Den habe ich nie verloren, und was immer geschieht — es ist Gottes Wille. Maelmorden wird mich töten, aber niemals siegen. Wenn mein Leben nicht mehr auf dem Spiel steht, wird meine Familie ihn vernichtend schlagen.« Die energische Stimme hatte er von seinem Vater geerbt. Auch Aed Finnlaith war ein standhafter Mann gewesen, der das Schicksal nur herausgefordert hatte, wenn es sich lohnte.

»Ja, Ard-Righ«, entgegnete Conar leise, »aber deine Familie wird dein Leben nicht aufs Spiel setzen.«

»Wer bist du?« flüsterte Niall.

»Conar.«

Er spürte, wie die Finger des Onkels sein Gesicht betasteten. »Großer Gott, Conar! Bist du allein? Welch ein Leichtsinn! In meinem Alter empfinde ich es nicht als übermäßige Tragödie, wenn ich sterben sollte. Aber das Leben liegt noch vor dir, mein Junge.«

»Im Augenblick haben wir keine Zeit, um darüber zu diskutieren, Onkel. Kannst du aufstehen? Kannst du gehen?« Sofort erhob sich Niall, ohne zu schwanken. »Wir riskieren den Zorn aller Götter«, murmelte Conar.

»Nur eines Gottes. Wir sind in Irland, und dein Vater gehört dem christlichen Glauben an. Nun, was hast du vor?«

Conar schlüpfte aus seiner Kutte. »Zieh das an!«

»Aber du . . .«

»Ich erlege den Drachen, der vor der Tür sitzt, nehme ihm die Rüstung ab und begleite dich hinaus.«

»Ja, das könnte klappen . . .«

»Es muß klappen!« Conar eilte zum Ausgang, zog das Messer aus seinem Stiefelschaft und stieß die Tür auf. Entsetzt starrte der Däne ihn an und griff nach seinem Schwert, aber ehe er es aus der Scheide zerren konnte, bohrte sich die Klinge in seinen Hals.

Er stürzte seitwärts, und Conar raffte hastig das Kettenhemd, den Helm, das Messer, den Streitkolben und das Schwert an sich. Dann rannte er in die Zelle zurück. Inzwischen hatte Niall die Mönchskutte angezogen und nahm schweigend die Waffen entgegen, die sein Neffe ihm reichte.

Nachdem Conar das Kettenhemd angelegt hatte, musterte ihn sein Onkel. »Ja, man kann dich für einen Dänen halten.«

»Komm mit!« Conar ergriff seinen Arm und führte ihn durch den langen Flur. Im Hauptraum beklagte Maelmorden gerade die Kampfkraft seiner Feinde.

Die nordischen Sprachen glichen einander, aber es gab subtile Unterschiede in den dänischen und norwegischen Dialekten, und deshalb sprach Conar so undeutlich wie möglich, als er erklärte, er würde den Mönch hinausbegleiten.

»Nun, ist seine Seele verloren, Bruder?« fragte Maelmorden und lachte schallend.

Conar drückte den Arm seines Onkels, und sie gingen ins Freie. Schnell legten sie die lange Strecke zwischen dem Haus und dem Außenposten zurück. Olaf, seine Söhne und die anderen verbündeten irischen Könige konnten sie bereits sehen und wüßten, daß der Plan bisher erfolgreich verwirklicht worden war. Nur noch die Front mußte überquert werden.

Plötzlich erklang hinter ihnen ein wilder Wutschrei, und Conar drehte sich um. Maelmorden stürmte mit gefletschten Zähnen und Schaum vor dem Mund aus dem Haus. Das Schwert erhoben, stürmte er hinter den Flüchtlingen her, gefolgt von seinen Männern.

Es ertönte ein zweiter, vielstimmiger Schrei. Olafs Streitkräfte rasten zwischen den Bäumen hervor, mit donnernden Hufen sprengten die Pferde auf die Verteidigungslinie und das Haus zu. Eric galoppierte zu Niall, der die Kutte abstreifte und hinter ihm aufs Pferd sprang, das Schwert des getöteten Dänen in der hochgestreckten Hand.

Schon im nächsten Augenblick mußten Eric und Niall die ersten Angreifer abwehren. Mit dem Rücken zum Schlachtroß seines Bruders parierte Conar die Fechthiebe seiner Gegner. Und dann stürzte sich Maelmorden auf ihn. Der rebellische Irenkönig war ein erprobter Krieger — und außer sich vor Zorn. Immer wieder stießen die

Schwerter klirrend aneinander, und Conar mußte seine ganze Kraft aufbieten. Grinsend entblößte der Feind seine abgebrochenen Zähne und kämpfte wie ein Berserker.

»Niemals darfst du in einer Schlacht die Beherrschung verlieren.« An diese Warnung, die Conar als Kind von seinem Vater gehört hatte, erinnerte er sich jetzt. Er sprang einfach beiseite, als der kraftvolle Maelmorden das nächste Mal auf ihn zustürmte, und stach zu, sobald der Mann aus dem Gleichgewicht kam.

Maelmorden fiel zu Boden, die kleinen Augen starrten Conar an, dann lächelte er.

»Hoffentlich ist es Euer Walhall, das ich im Jenseits finden werde—einen Ort, wo Tag für Tag gekämpft wird ...« Blut quoll aus seinem Mund, die Lider senkten sich, und er hörte zu atmen auf.

Leith ritt heran, führte Thor am Zügel, und Conar schwang sich in den Sattel. Die Schlacht dauerte nicht mehr lange. Nach dem Verlust des Anführers war der Widerstand des Feindes gebrochen. Die meisten Dänen ergriffen die Flucht, die Iren legten ihre Waffen nieder und verbeugten sich vor Niall, um ihm auf dem Schlachtfeld, wo ihre toten Kameraden lagen, Treue zu schwören.

An diesem Abend aßen sie in Maelmordens Haus. Conar wurde von seiner Familie und allen Königen gefeiert.

»Welchen Lohn erwartest du von mir, mein Neffe?« fragte Niall.

»Nur deinen Segen, wenn ich nach Frankreich segle. Ich möchte so schnell wie möglich meine Festung erreichen.«

»Melisande ist nach Wessex gefahren . . .«, begann Eric und runzelte die Stirn.

»Nein, sie hat sich Rhiannon nur angeschlossen, um Wessex zu erreichen, und dann ließ sie eins ihrer eigenen Schiffe kommen, um nach Hause zu reisen. Ich bin in tiefer Sorge.«

»Du bekommst nicht nur meinen Segen, sondern meine volle Unterstützung, Conar«, versprach Niall. »Für den Fall, daß du wieder nach Irland ziehst, möchte ich dir Maelmordens Land überantworten.«

Conar dankte ihm und zog sich zurück.

Am frühen Morgen weckte er Swen, Brenna und sein übriges Gefolge. In schnellem Ritt erreichten sie Dubhlain, wo seine Schiffe warteten. Pro Tag hatten sie über fünfzig Meilen bewältigt. Seine Befürchtungen bestätigten sich. Rhiannon hatte Erin geschrieben, Melisande sei nach Frankreich gefahren und habe ihr vor kurzem mitgeteilt, sie befinde sich in einer verzweifelten Lage.

Soeben hatte Erin ihr die Nachricht geschickt, das Heer sei noch nicht aus dem Norden zurückgekehrt und Niall befände sich immer noch in Geiselhaft. »Ich werde ihr gleich wieder schreiben«, erbot sie sich.

»Nein, ich segle sofort zu ihr.«

»Sicher hast du Sehnsucht nach deiner Frau . . .« Conars Mutter verstummte, als sie seine kalten Augen sah.

»Am liebsten würde ich ihr den Hals durchschneiden!« fauchte er. Melisande hatte ihn tief verletzt, und er nahm sich vor, sein Herz für alle Zeiten vor ihr zu verschließen.

Bekümmert küßte Erin seine Wange. »Gib ihr eine Chance . . .«

»Ich kann nur hoffen, daß ich sie noch lebend antreffe.«

Ohne auf die Gezeiten zu achten, ließ er seine Schiffe auslaufen. Um zu wissen, daß es auf jede Stunde ankam, brauchte er Brennas und Mergwins Warnung nicht.

Die Tage schleppten sich endlos dahin. Melisandes erste Sorge galt den Festungsmauern, die immer noch Schwachstellen aufwiesen. Um sie instand setzen zu lassen, beauftragte sie ihre Männer, Steine aus den römischen Ruinen zu holen und im Burghof zu lagern. Noch wußte sie nicht, auf welche Weise sie die Reparatur vornehmen sollte.

Odo sorgte sich um ihre Sicherheit und besuchte sie sehr oft. Wie sie von Erin erfuhr, hatte sich die Kriegslage im Norden Irlands immer noch nicht geändert. Es kam ihr so vor, als wäre sie schon seit einer Ewigkeit von Conar getrennt. Sie sehnte sich nach ihm, aber allmählich verblaßte sein Bild in ihrer Erinnerung. Er war so weit entfernt, sie hörte nichts von ihm, und sie wußte nur eins, daß er sie in kaltem Zorn verachten würde, sobald er hören würde, was sie getan hatte.

Vielleicht würde er nie mehr zurückkommen, weil er seiner Heimat so treu verbunden war. Und er verstand nicht, daß diese Festung *ihr* Zuhause war, das sie mit aller Macht verteidigen mußte.

Knapp drei Wochen nach ihrer Rückkehr war sie zum erstenmal dazu gezwungen worden. Philippe eilte in die Halle und berichtete, daß ein Fischerdorf nördlich vom Schloß überfallen worden sei. Sie las gerade einen Brief von Rhiannon, als sie von seiner atemlosen Stimme unterbrochen wurde. »Was sollen wir tun, Gräfin?«

Sie zögerte nur kurz, dann stand sie auf. »Wir werden den Leuten beistehen. Ich reite mit Euch.«

Erschrocken starrte er sie an. »Findet Ihr das klug?«

Ragwald kam aufgeregt zu ihr. »Das ist sogar sehr unklug! Der Graf wäre wütend!«

»Der Graf ist nicht hier«, erwiderte Melisande kühl. Sie lief in ihr Zimmer hinauf, nahm das vergoldete Kettenhemd aus der Truhe und legte es an, dann ergriff sie das reichverzierte Schwert. Ihre Finger zitterten, als sie sich entsann, wann sie es zum letzten Mal geschwungen hatte. Doch sie bekämpfte die heiße Sehnsucht, die in ihr aufstieg. Inzwischen mußte Conar wissen, daß sie nach Frankreich gesegelt war. Trotzdem kam er nicht zu ihr, obwohl er stets beteuert hatte, sie niemals gehen zu lassen. Vielleicht hatte er inzwischen entschieden, die Festung und seine Frau seien nicht der Mühe wert. Und wenn er doch noch erschien, würde er sie töten, so grausam wie der schlimmste Feind.

Rasch verdrängte sie ihre Angst und lief die Treppe hinab. In der Halle traf sie Ragwald und Philippe an, die besorgt über den Entschluß ihrer Herrin diskutierten. »Muß ich allein reiten?« rief sie.

Sofort gesellte sich Philippe zu ihr. An der Spitze ihres Gefolges galoppierte Melisande zum Fischerdorf. Der Sieg war schnell errungen, denn der kleine dänische Plündertrupp rannte beim Anblick der Reiterschar schreiend zu den Schiffen.

Philippe rettete ein kleines Kind vor der Entführung, entriß es einem flüchtenden Gegner und legte es in die Arme der weinenden Mutter. Währenddessen streckte Gaston den feindlichen Anführer nieder, nachdem er seiner hochgeschwungenen Streitaxt geschickt ausgewichen war.

Melisande beobachtete den Kampf und fühlte sich elend. Aber sie wußte, daß ihr nichts anderes übrigblieb, als ihre Ländereien zu verteidigen. Conar würde das anders sehen. Wenn er es jemals herausfand. Wenn er noch lebte. Wenn er zurückkehrte.

Einige Tage später traf ein irischer Spielmann an der Küste ein und erklärte, er habe ein Lied gedichtet, das Melisande gefallen würde. Es handelte vom großen Kampf im Norden, den Olaf soeben gewonnen hatte. Niall war befreit. Die Einzelheiten kannte der Sänger noch nicht, aber die Nachricht, der Ard-Righ sei am Leben und Maelmorden von den irischen Streitkräften überlistet worden, hatte sich wie ein Lauffeuer verbreitet. Den Rebellen habe Conar getötet, der nun Maelmordens Titel trage.

Melisande dankte dem Spielmann und wandte sich zu

Ragwald, der ihr versicherte: »Jetzt wird Euer Mann kommen.«

Sie schüttelte den Kopf. »Sicher bleibt er in seinem neuen irischen Königreich.«

»Aber er ist mit Euch verheiratet.«

»In Irland kann sich ein Mann jederzeit von seiner Frau lossagen«, entgegnete sie leise.

»Er wird kommen«, beharrte der alte Mann.

Aber als sie am nächsten Morgen erwachte, hatte sich ein anderer eingefunden. Gaston stürmte in ihr Zimmer. »Großer Gott! Wir werden von Geoffrey angegriffen! Ein riesiges Heer hat sich auf dem Grat postiert!«

Ein eisiger Schauer rann über ihren Rücken. Es war so feucht und dunkel in Geoffreys gräßlichem unterirdischen Gefängnis. Um ihre Angst zu bekämpfen, hatte sie sich an vergangene Zeiten erinnert. An die feindliche Versammlung auf dem Grat.

In ihrem vergoldeten Kettenhemd war sie aus der Festung geritten, um zu kämpfen. Und Ragwald behielt recht. Conar traf mit seiner majestätischen Flotte ein und schlug Geoffreys Streitkräfte zurück.

Obwohl sie ihn liebte, behauptete sie, ihn zu hassen. Und er hatte das Versprechen erneuert, sie niemals gehen zu lassen, und sie voller Leidenschaft umarmt.

Aber wie sollte er sie jetzt befreien?

Während sie in ihrer feuchtkalten Zelle wartete, zog sie fröstelnd ihren Mantel enger um die Schultern. Sie unterdrückte ihre Tränen, den Schrei, der in ihrer Kehle aufstieg. Wer würde die Tränen sehen, wer ihre Stimme hören? Sie schloß die Augen und hoffte inständig, Geoffrey würde vorerst nicht zu ihr kommen. Wenn er sie anrührte, würde sie nur noch einen Wunsch kennen — zu sterben.

Doch sie mußte leben, weil sie ein Kind erwartete. Sollte sie es ihrem Vetter verraten? Würde er sie dann in Ruhe lassen? Wohl kaum. Vermutlich würde er beschließen, sie sofort zu töten.

Sie stand auf, tastete sich an der dunklen Wand entlang. Irgendwie mußte sie entkommen. Und dann? Werde ich Conar meine Liebe gestehen und von seinem Kind erzählen, das ich unter dem Herzen trage, fragte sie sich spöttisch.

Welch eine müßige Frage . . . Wenn Geoffrey zu ihr kam, würde sie von seiner Hand oder ihrer eigenen sterben.

Nein! Sie mußte kämpfen, einen Fluchtweg finden.

Entsetzt erstarrte sie, als sie die alte Tür knarren hörte. Dann preßte sie sich gegen die Wand und hielt den Atem an. Sie war nicht mehr allein. Jemand hatte die Höllenfinsternis betreten, in der sie gefangengehalten wurde. Jemand, der lautlos die Tür schloß . . .

III

DANACH - BELAGERUNG DER HERZEN

20

An der französischen Küste, Frühling, a.d. 885

An diesem Tag hatten die Mauern schweren Schaden erlitten. Conar inspizierte sie im Fackelschein, nachdem die Dunkelheit hereingebrochen war. Die Mauern und unser Leben, dachte er müde. O Gott, was für ein Tag!

Noch nie hatte er solche Angst empfunden wie beim Anblick der Krieger, die über seine Festung hergefallen waren. Und diese Angst hatte seinen Zorn noch geschürt. Wäre ich nicht rechtzeitig gekommen, befände sich Melisande jetzt in Geoffreys Gewalt, dachte er, eines elenden Verräters, der in die Fußstapfen seines Vaters tritt. Bei diesem Gedanken brach ihm kalter Schweiß aus.

Er befahl seinen Leuten, die Mauern für die Nacht zu befestigen. Als er sich umdrehte, schaute er in Brennas große, kummervolle Augen und sie holte tief Luft. »Du solltest nicht so hart zu ihr sein.«

»Immerhin mißachtete sie meine Anweisungen, fuhr hierher und beschwor beinahe eine Katastrophe herauf.«

»Aber sie wußte, daß ihrem Schloß ein Angriff drohte.«

»Wäre es eingestürzt, hätten wir's wieder aufgebaut.«

»Und die Menschen, für die sie verantwortlich ist?«

Darauf wußte er keine Antwort. »Sie hat gegen meinen Willen gehandelt, und ich weiß nicht, warum du dich für sie einsetzt — obwohl sie dich doch zu Unrecht verdächtigt.«

Sie lächelte. »Nur weil sie nicht weiß, daß du dich aus

Angst um ihr Leben weigerst, sie auf deinen Reisen mitzunehmen. Ich bin entbehrlicher.«

»Brenna . . .«

»Du hast ihr doch nichts angetan?«

»Angetan?« wiederholte er mit scharfer Stimme. »Wie lange kennst du mich eigentlich schon? Was traust du mir zu?«

»Noch nie sah ich dich so wütend . . .« Sie zögerte. »So tief verletzt.«

»Nein, ich habe sie nicht geschlagen«, erwiderte Conar seufzend. »Und wie ich gestehen muß, bin ich mit meiner Weisheit am Ende. Soll ich Melisande in ihrem Turm einsperren? Irgendwie muß ich ihr klarmachen, wieviel sie mit ihrem Leichtsinn aufs Spiel setzt.«

»Sehr viel«, flüsterte Brenna.

Argwöhnisch starrte er sie an. »Was meinst du?« Zu spät senkte sie den Blick, und Conar bedrängte sie leise: »Ich will es wissen!«

»Hat sie dir nichts gesagt?«

»Nun, sie hieß mich nicht gerade mit offenen Armen willkommen . . .«

»Und du begrüßtest sie wohl kaum mit einem zärtlichen Kuß.«

»Sie war ungehorsam, Brenna.«

»Aber sie schrieb dir doch, sie müsse unbedingt nach Hause segeln.«

»Und ich konnte meinen Vater, meinen Onkel und meine Brüder nicht im Stich lassen.«

»Ebensowenig durfte Melisande *ihre* Leute enttäuschen.«

»Also gut, Brenna, ich möchte jetzt wissen, was du mir verschweigst. Ich bin immer noch versucht, sie windelweich zu prügeln. Wenn es einen Grund gibt, warum ich darauf verzichten sollte . . .«

»Sie erwartet dein Kind.«

Sein Atem stockte, mühsam schluckte er. Nein, das hatte sie nicht erwähnt — mit keinem einzigen Wort.

»Vielleicht weiß sie es noch nicht genau«, fügt Brenna hinzu, »oder sie möchte erst sichergehen, daß sie das Baby nicht verlieren wird . . .«

». . . oder sie erzählt mir nichts davon, weil sie mich abgrundtief haßt.«

»Das stimmt nicht.«

»Haß, Abscheu, Verachtung — so lauten ihre Lieblingswörter, wenn sie ihre Gefühle für mich beschreibt.«

»Haß steht der Liebe sehr nahe, und Leidenschaft ist seine Bettgefährtin.«

Wußte Brenna, was er für Melisande empfand? Vermutlich. Wenn sie auch nicht ahnte, mit welch starken Fesseln die fränkische Schönheit sein Herz gefangenhielt. »Keine Angst, ich hatte nie beabsichtigt, meine Frau zu schlagen. Was ich mit ihr tun soll, weiß ich nicht. Und jetzt, da sie ein Kind erwartet . . .« Plötzlich verstummte er, und ein heißes Glücksgefühl erfaßte ihn. Ein Kind. Ein Baby. Ein hübscher kleiner Bursche wie sein Neffe Garth. Oder ein süßes Mädchen wie Erics Tochter. Ein Kind mit reichem Erbe, das er lieben und im Arm halten, das er großziehen und aufs Leben vorbereiten würde . . . »O Brenna, was soll ich bloß mit ihr machen?«

»Liebe sie ganz einfach«, schlug Brenna vor.

Lächelnd legte er einen Arm um ihre Schultern. »Das habe ich versucht. Aber wer weiß, vielleicht kann die große Kluft überbrückt werden. Wir haben eine Zukunft — und ein Kind.« Warum hatte Melisande ihm das verheimlicht? Sie liebte Kinder, das wußte er, denn er hatte sie mit Garth und Aleana spielen sehen, mit anderen Neffen und Nichten. Aber dieses Baby stammte von ihm. »Das Kind eines Wikingers. Wird sie es haben wollen?«

»Nur zu einem Viertel fließt Wikingerblut in seinen Adern. Ein weiteres Viertel ist irisch, eine ganze Hälfte fränkisch. Und das Baby . . .« Ein strahlender Glanz trat in Brennas Augen. »Das Kind, das ich von Swen bekommen werde, ist ein halber Wikinger und ein halber Ire, und dieses Erbe erhält es von uns beiden zu gleichen Teilen.«

»Und Swen?«

»Wir würden gern heiraten; haben wir deinen Segen, Conar?«

»Natürlich.« Erfreut küßte er ihre Wange. »Und ich wünsche euch von ganzem Herzen alles Gute.«

»Danke. Mergwin wird natürlich enttäuscht sein.« Sie rümpfte ein wenig die Nase. »Er glaubt, meine seherischen Kräfte werden noch größer, wenn ich mein Leben der Keuschheit weihen würde.«

»An die Kraft der Liebe denkt dieser alte Schurke wohl überhaupt nicht.«

Leise lachte sie, dann kehrten sie in die Halle zurück, wo Swen einen Becher Ale trank und sich lebhaft mit Philippe und Gaston unterhielt. Conar füllte Kelche für sich und alle Anwesenden, dann brachte er einen Trinkspruch auf Brenna und Swen aus, und man trank auf das Wohl des jungen Paares.

Später saß Conar am Tisch und hörte nur mit halbem Ohr zu, während die Männer die Situation der fränkischen Königreiche erörterten. Es drängte ihn, Melisande aufzusuchen, sie zu schütteln und zu fragen, warum sie ihm so viel versagte. Gleichzeitig wollte er sie zärtlich im Arm halten und lieben, die Hitze ihrer Leidenschaft fühlen, die Ekstase ihrer Erfüllung, und dann neben ihr einschlafen.

Warum war sie nicht in die Halle heruntergekommen? Fürchtete sie ihn so sehr? Wanderte sie rastlos im Schlafzimmer umher, erfüllt von Grauen — oder Ungeduld?

»Sicher, Ihr habt große Schwierigkeiten in Irland, Swen«, bemerkte Gaston. »Aber betrachtet doch einmal unsere jüngere Geschichte! 860 ließen sich die Wikinger auf Jeufosse nieder, einer Insel in der Seine, nördlich von Paris. Karl der Kahle versuchte sie zu vertreiben. Sein Bruder Lothar bekämpfte ihn, dann griff ihn der zweite Bruder, Ludwig, von Südosten her an, und Karl mußte Paris verlassen, um sich gegen ihn zu verteidigen. Die Wikinger schlugen Wurzeln. Andere Einwanderer aus dem Norden boten Karl an, die Insel von den elenden Belagerern zu befreien — für nur fünftausend Pfund Silber! Außerdem wollten sie natürlich verköstigt werden und die besten verfügbaren Weine trinken. Es widerstrebte Karl, einen so hohen Preis zu zahlen, und so begann er, im ganzen Land Festungen so wie diese hier zu bauen. Die Wikinger greifen nur ungern starke Festungen an.«

»Klar«, stimmte Philippe zu, »Ihr habt Eure Sorgen, und unsere wachsen. Als Alfred 878 in England seinen großen Sieg errang, warfen die Wikinger ihr begehrliches Auge auf uns. Lothars Königreich wurde zwischen dem einen König Ludwig und dem anderen König Ludwig geteilt. Unser König Ludwig, der die Franken im Westen regiert, gewann eine große Schlacht in Saucourt, nahe der Somme, brachte sich aber selber um, als er ein junges Mädchen verfolgte. Sein Bruder Karlmann starb erst letztes Jahr, und jetzt sind wir auf Gedeih und Verderb Karl dem Dicken ausgeliefert, der immer wieder Land an die Eindringlinge verkauft hat. Nur Graf Odo stellt sich gegen ihn, und wir stehen an Odos Seite.«

Conar lächelte, verwundert über die Namen, die diese Franken ihren Königen gaben — Karl der Kahle, Karl der Dicke. Da hieß er schon lieber »Herr der Wölfe«. Andererseits gab es auch Wikingertitel, die nicht so gut klangen. Rodir der Haarlose, Hak der Hinker, Raup der Einbeinige.

Für Melisande würde er immer nur der *Wikinger* bleiben. Offenbar konnte er ihr nicht klarmachen, daß ein Mann nicht nach seiner Herkunft beurteilt werden sollte, sondern nach seinen Taten, seinen Träumen. Aber vielleicht konnte er von einer Frau, deren Welt zu lange von einem gewissen Volk bedroht worden war, kein Verständnis erwarten.

Doch er erwartete, daß sie ihm zumindest auf halbem Weg entgegenkam und ihm gehorchte, denn wenn sie es nicht tat, würde sie in großer Gefahr schweben. Und sie mußte — ihn lieben? Wußte Brenna tatsächlich die einfachste, die beste Antwort?

Plötzlich merkte er, daß Philippe ihn fragend musterte und offenbar angesprochen hatte.

»Verzeiht mir, Philippe, es tut mir leid. Ich bin müde, und meine Gedanken sind abgeschweift.«

»Wir sind froh, daß Ihr wieder zu Hause seid, mein Herr. Und wir haben Euch sehr vermißt. Wir alle, ebenso wie Gräfin Melisande.«

»Danke. Ich bin sehr gern zurückgekehrt.« Conar lächelte wehmütig. Diese Männer waren keine Narren. Sicher wußten sie, daß Melisande seine Ankunft zwar notgedrungen begrüßt, aber auch gefürchtet hatte.

»Das stimmt, mein Herr«, versicherte Gaston. »Wochenlang irrte sie wie ein bleicher Geist umher. Wie glücklich muß sie sein — jetzt, da Ihr wieder zu Hause seid!«

Ja, dies ist nun meine Heimat, dachte Conar. Es bedrückte ihn ein wenig, wie zerrissen er sich fühlte, denn er war auch Irland verbunden und würde es immer bleiben.

Ragwald betrat die Halle, ein seltsames Unbehagen in den alten Augen.

»Was gibt's?« fragte Conar.

»Ich weiß nicht recht . . .« Ragwald zuckte die Achseln. »Irgend etwas verfolgt mich schon seit Stunden . . .« Er zögerte, dann runzelte er die Stirn. »Wo ist Melisande, mein Herr?«

Plötzlich schrie Brenna leise auf, und Swen wandte sich erschrocken zu ihr. »Fehlt dir etwas? Das Baby . . .«

»Nein, nein, mir geht es gut, aber auch ich habe ein sonderbares Gefühl, genau wie Ragwald . . .« Die tiefe Stille des Oberstocks dröhnte wie ein warnender Schrei in Conars Ohren. Er sprang auf, stürmte die Treppe hinauf ins Schlafzimmer.

Nirgends ließ sich Melisande blicken. Zum Teufel mit ihr! Er hatte erklärt, er würde wiederkommen. Und sie hatte entgegnet, er dürfe nicht damit rechnen, sie hier anzutreffen. »Oh, verdammt . . .«, flüsterte er. Hatte sie tatsächlich wieder versucht, vor ihm zu fliehen?

»Sieh doch das Bett!« rief Brenna, die ihm gefolgt war. »Es ist völlig zerwühlt! Hier muß ein Kampf stattgefunden haben.«

Sofort rannte er zum Bett und mußte ihr recht geben. »Melisande!« Der Schrei schien die Nacht zu zerreißen, alle Festungsmauern zu erschüttern. Für einen Augenblick glaubte er, er könnte sich nicht mehr auf den Beinen halten. Aber jetzt durften ihn die Kräfte nicht verlassen.

Nun eilte auch Ragwald herein. »Sie ist nicht freiwillig weggegangen!« stieß er leidenschaftlich hervor. »Das schwöre ich!«

Conar senkte den Kopf, bekämpfte mühsam seine Wut und Angst. Jetzt mußte er bei klarem Verstand bleiben. »Geoffrey«, sagte er leise, während Philippe und Gaston eintraten.

»Aber wie . . .«, begann Philippe.

»Die Schlacht war vorbei, überall rannten geschäftige Leute umher, und er sah mich den Turm verlassen. Da holte er Melisande.«

Gaston bekreuzigte sich mit Tränen in den Augen. »Wie sollen wir jetzt gegen ihn kämpfen?«

Entschlossen straffte Conar die Schultern und winkte Swen zu sich, der Brenna begleitet hatte. »Schickt jemanden zu den dänischen Gefangenen. Findet heraus, wohin Geoffrey meine Frau gebracht haben mag. Wählt für diese Aufgabe einen Mann, den man für einen Dänen halten könnte. Schnell!«

Swen rannte davon, und Conar ertrug es nicht, noch länger in diesem Raum zu bleiben, das Bett anzustarren, wo er Melisande erst vor kurzem geliebt hatte, und wo sie entführt worden war.

Hatte Geoffrey sie angerührt? Nichts, was der Mann ihr zuleide getan haben mochte, konnte etwas an Conars Liebe zu Melisande ändern. Aber wenn der Schurke sie verletzt hatte, sollte er eines langsamen, qualvollen Todes sterben.

Sein Blick fiel auf das vergoldete Kettenhemd, das kostbare Schwert. Nein, hier konnte er nicht bleiben. Er kehrte in die Halle zurück, wanderte auf und ab, zwang sich zur Geduld. Wie lange mußte er noch warten. Sein Gefolgsmann Jute kam mit Swen zu ihm, verneigte sich und sprach hastig. »Bald werden die Dänen Paris belagern. Sie haben ein gewaltiges Heer versammelt, und Geoffrey Sur-le-Mont bezahlte sie, damit sie auch für ihn kämpfen. Sie lagern in den alten römischen Ruinen, wo Gräfin Melisande die Steine für die Instandsetzung der Mauer herholt. Dorthin hat Geoffrey sie gebracht. Es gibt da unterirdische Verliese und Grabkammern. Ein unübersichtliches Labyrinth, wo man kaum Wachtposten braucht . . .«

»Ich reite sofort hin«, stieß Conar hervor.

»Haben wir genug Leute?« fragte Philippe.

Aber Conar schüttelte den Kopf. »Ich werde sie allein befreien.«

»Das wäre Wahnsinn, mein Herr!« warnte Gaston erschrocken.

»Geoffrey holte Melisande allein aus der Festung, und

er ging mit ihr einfach zwischen uns hindurch. Diese Taktik wandten wir neulich auch in Irland an, und er wird nicht vermuten, daß wir sie jetzt gegen ihn benutzen. Ich kenne diese Ruinen. Dort traf ich vor vielen Jahren mit meinem Onkel Graf Manon zusammen und ich ritt auch nach der Hochzeit hin. Ich erinnere mich recht gut an die Anlage und die Umgebung.« Er ging zum Tisch und stellte die Becher so auf, daß sie bestimmte Punkte markierten. »Hier ist der alte Turm. Ein unterirdischer Gang führt zu den Grabgewölben, und hier verläuft noch einer, an dessen Ende eine Vorratskammer liegt. Dort hält er Melisande wahrscheinlich gefangen. Und hier . . .« Er rückte noch einen Becher zurecht. ». . . hier müßten sich seine Männer versammelt haben, hinter dieser eingestürzten Mauer. Von dieser Stelle aus können sie die Straße im Auge behalten. Und dort, meine Freunde, müßt ihr auf mich warten und die Feinde angreifen, sobald ich Melisande befreit habe und mit ihr zurückkehre.«

»Aber wir sind in der Minderheit«, gab Gaston zu bedenken.

Ein atemloser Schrei erklang, und Conar wandte sich zur Tür, wo Ragwald stand, das weiße Haar und der Bart waren vom Wind zerzaust. Offenbar war der alte Mann draußen gewesen. »Nein, Graf Conar, ich glaube, wir sind nicht in der Minderheit!«

Hastig stieg er Melisandes Turmtreppe hinauf. Conar und die anderen folgten ihm neugierig. Von der Brustwehr blickten sie aufs dunkle Meer hinab, sahen zahlreiche Lichtpunkte — Fackeln, die eine große Flotte beleuchteten.

»Großer Gott, noch mehr Dänen!« rief Philippe.

Aber Conar schüttelte lächelnd den Kopf. »Nein, meine Freunde. Ragwald hat recht. Wir sind nicht mehr in der Minderheit.«

»Aber was . . .«, begann Philippe verwirrt.

»Meine Familie«, erklärte Conar. So wie er stets die Hilferufe seiner Verwandten erhört hatte, eilten sie jetzt herbei, um ihn zu unterstützen — obwohl keine Bitte zu ihnen gedrungen war.

Schnell kamen die Schiffe näher, und als hätte er den Himmel angefleht, lösten sich die Wolken vor dem Mond auf. Ja, da waren sie alle — sein Vater, Eric, Leith, Bryan, Bryce, seine Schwäger, Vettern und Onkel. »Lauft hinunter zum Strand und begrüßt sie, Swen!« befahl er. »Ich muß mich beeilen, um Melisande zu retten, bevor sie sich aus lauter Angst vor Geoffrey etwas antut.« Oder aus Angst vor mir, fügte er stumm hinzu. »Erzählt ihnen von meinem Plan! Sie werden wissen, was zu tun ist, denn vor kurzem befanden sie sich in ähnlicher Lage.«

Als er die Treppe hinabrannte, folgte ihm Swen. »Herr Conar, wie wollt Ihr Euch verkleiden?«

»So, wie ich am besten in die feindlichen Reihen passe«, entgegnete Conar grinsend. »Als Wikinger.«

Wenig später galoppierte er allein durch die Finsternis, während ein großes Heer an Land ging, um ihm beizustehen.

21

Melisande sah nichts — nicht einmal einen Schemen in der Schwärze. Nur für einen kurzen Moment war schwaches Licht hereingedrungen, als sich die Zellentür geöffnet und wieder geschlossen hatte. Nun hörte sie tiefe, schnelle Atemzüge. War Geoffrey zurückgekehrt? Nein, er hätte eine Fackel mitgebracht, um das Entsetzen in ihrem Gesicht zu lesen. Die Person, die jetzt in dem stockdunklen Raum stand, war heimlich gekommen.

»Wo seid Ihr?« Die geflüsterte Frage wurde auf dänisch

gestellt, und Melisande erschauerte. Geoffrey hatte sich mit Vergewaltigern und Dieben eingelassen, und nun wollte ihm einer die Beute stehlen.

Sie rührte sich nicht und spürte eine Bewegung, die sich von der Tür her näherte. Der Däne stieg die Stufen herab, schien die Arme auszustrecken, um nach ihr zu greifen. Gerade rechtzeitig duckte sie sich und fühlte einen Luftzug, als eine Hand dicht an ihrer Wange vorbeiglitt. Der Mann durchquerte den Raum, dann eilte er zu ihr zurück. Eine Ratte quiekte, direkt vor ihren Füßen. Melisande unterdrückte einen Schrei und sprang zur Seite.

Leises Gelächter erklang, das sie frösteln ließ. »Steht doch still, Gräfin Melisande!«

Lautlos wich sie zur Wand zurück. Sie hörte, wie der Mann die gegenüberliegende Mauer abtastete, und hielt den Atem an. Nun würde er den Raum umrunden und schließlich zu ihr gelangen. Und so schlich sie rasch seitwärts. Er vernahm ihre Schritte nicht, während seine Hände auf den Stein klatschten. Verzweifelt überlegte sie, wie lange das Dunkel sie noch verbergen mochte. Sollte sie zur Tür flüchten? Vielleicht war der Mann ihr Bewacher — vielleicht auch nicht, und wenn sie hinauslief, würde sie sich womöglich gegen zwei Dänen wehren müssen. Ob sich das Wagnis lohnte?

Er schimpfte leise, ungeduldige Schritte durchmaßen die Zelle. Nicht weit von Melisande entfernt, öffnete er die Tür, so daß trüber Fackelschein hereinfiel, der nur Schatten und Silhouetten erkennen ließ — auch ihr eigener Schatten zeichnete sich an der Wand ab.

»Ah!« rief der Mann und sprang zu ihr. Doch sie wich ihm aus und rannte zur Tür. Auf der Treppe holte er sie ein und zerrte sie zurück. Mit beiden Fäusten schlug sie nach ihm und schrie. Blitzschnell hielt er ihr den Mund zu und warf sie zu Boden. Sie biß in fleischige Finger, und er verabreichte ihr fluchend eine schallende Ohrfeige, die sie halb betäubte. Der Umhang, ihr einziges Kleidungsstück, rutschte von ihren Schultern. Auf ihrer zarten Haut spürte sie rauhen Wollstoff, grobe Hände, das schwere Gewicht ihres Angreifers. Tränen stiegen ihr in die Augen. Er richtete sich kurz auf, um die nötigen Vorbereitungen für seine Absicht zu treffen, und da trat sie mit aller Kraft zwischen seine Schenkel. Während er gepeinigt stöhnte, rückte sie zur Seite und sprang auf. Doch er folgte ihr, packte sie und zog sie an sich. Sein zischender Atem wehte ihr ins Gesicht.

Dann wurde er plötzlich weggezerrt und quer durch den Raum geschleudert. Er prallte gegen eine Wand, fand aber sofort sein Gleichgewicht wieder und stürzte sich auf den Angreifer, den Melisande für einen weiteren Dänen hielt. Beide wälzten sich am Boden, schwarze Schattengestalten, erhoben sich wieder, und sie hörte dumpfe Fausthiebe, klirrende Messer, die in der Dunkelheit funkelten.

Vorsichtig hüllte sie sich wieder in den Umhang, schlich zur Tür, und als ein neues Geräusch erklang, hielt sie inne. Eine Klinge, die menschliches Fleisch durchbohrte ... Einer der Männer brach zusammen, der Sieger wandte sich zu ihr. Verzweifelt stürmte sie zu den Stufen.

»Nein, Melisande!«

Vor lauter Angst verstand sie ihren eigenen Namen nicht, rannte blindlings weiter, wehrte sich verbissen gegen die Finger, die ihren Umhang packten. Sie wurde herumgedreht, an eine Wand gedrückt und wieder preßte sich eine Hand auf ihren Mund.

»Melisande! Ich bin's!«

Conar ... Ihr Körper wurde immer schwächer, ungläubig starrte sie ihn an. Die Beine trugen sie nicht mehr, aber er umfing sie mit beiden Armen und sank auf ein Knie. Ja, er war es. Im schwachen Fackelschein, der durch die Tür hereindrang, sah sie Wolfsfelle, die über seinem Kettenhemd hingen. Der konische Helm verbarg den Kopf und die Nase, ließ nur die blauen Augen frei, die Melisandes rauhen geborgten Umhang, die Schmutzflecken auf ihrer Haut und ihre Tränen anstarrten. »Bei den Göttern!« flüsterte er leidenschaftlich. »Wenn sie dich verletzt haben . . .«

Sie schüttelte den Kopf und bemühte sich, klar zu denken. Noch nie in ihrem Leben hatte sie so beklemmende Angst empfunden, noch nie war ihr die eigene Schwäche so schmerzlich bewußt geworden. Aber jetzt war *er* hier — bei ihr. Sie suchte nach Worten, bekämpfte ihr heftiges Zittern, die Tränen. »Geoffrey warf mich in dieses feuchte, kalte Loch, dann ging er fort. Und du kamst gerade noch zur rechten Zeit, ehe mir dieser Mann etwas antun konnte.«

Rasch tastete Conar ihren Körper ab, berührte ihre Wange, um sich zu vergewissern, daß sie tatsächlich unversehrt war. Dann schmiegte sie sich schluchzend an ihn und schlang einen Arm um seinen Hals.

»O Melisande . . .« Er rückte ein wenig von ihr ab, strich ihr das zerzauste schwarze Haar aus dem Gesicht. »Kannst du aufstehen und gehen?«

Erst jetzt erkannte sie, was er getan hatte. Er war allein in Wikingerkleidung ins feindliche Lager eingedrungen, um sie zu befreien. Und bei ihrer Ankunft hatte sie so viele Dänen zwischen den Ruinen im Mondlicht gesehen . . . Sie nickte, erhob sich und stützte sich auf Conars Schulter. Obwohl sie immer noch bebte, ließ sie ihn los, und er sprang auf.

»Wie bist du hierhergekommen?« wisperte sie.

»Ich sagte doch, ich würde dich niemals gehen lassen.«

Schmerzhaft gruben sich ihre Fingernägel ins Fleisch, als sie die Hände ballte. »Glaub mir, ich wollte nicht fliehen. Sie kamen in den Turm — und holten mich . . .«

»Pst, ich weiß. Sei jetzt still. Wir müssen von hier verschwinden.«

»Willst du gegen all die Dänen da draußen kämpfen?«

Langsam schüttelte er den Kopf. »Ich gehe einfach zwischen ihnen hindurch, auf die gleiche Weise, wie ich hierhergelangt bin. Und du mußt vorgeben, ich wäre einer von ihnen — ein schrecklicher Feind. Vielleicht fällt dir das gar nicht so schwer.«

»O Conar . . .«, flüsterte sie beschämt.

»Verzeih mir. Vorerst haben wir keine Zeit für irgendwelche Diskussionen. Es muß so aussehen, als wärst du immer noch gefangen, als würde ich dich nur in ein anderes Verlies bringen. Verstehst du?«

Wieder nickte sie, und er zog die schwere Tür weiter auf. Im Flur vertrat ihnen niemand den Weg. Der einzige Bewacher war der Mann gewesen, der jetzt tot in der Zelle lag. Melisande holte tief Luft und spürte Conars Hand, die ihren Arm umklammerte. »Schnell!« mahnte er.

Während sie durch den Gang liefen, hielt sie den Umhang fest am Hals zusammen. Als sie die uralten, unebenen Stufen erreichten, die zur kühlen Nachtluft hinaufführten, kam ihnen ein Mann in Ledersandalen, kurzer Hose und Bärenfellen entgegen. »Wer ist da?«

»Ich bringe sie hinaus, mein Freund«, erwiderte Conar in gleichmütigem Ton.

»Wartet!« Der Däne zog sein Schwert. »Wohin?«

»Nach Hause«, verkündete Conar, schob Melisande hinter sich und zückte seine eigene Waffe.

Kraftvoll parierte er den Angriff, dann stieß er seine Klinge in den Bauch des Gegners. »Nach Hause«, wiederholte er. »Sie ist nicht Geoffreys Frau, sondern meine. Komm, Melisande!« drängte er und stieg über den toten Dänen hinweg. Sie wollte die Stufen hinaufeilen, aber er ergriff ihre Hand. »Nein, wir nehmen diesen Gang.«

Erst jetzt bemerkte sie die dunkle Öffnung neben der

Treppe. Als Conar sie hineinzog, sah sie zunächst gar nichts. Ihre nackten Füße stolperten über etwas Hartes, Spitzes, und sie bückte sich, tastete danach, um nicht darauf zu steigen. Sie hob einen Knochen auf, einen menschlichen Knochen, und stieß einen Schreckensschrei aus.

»Still!« warnte Conar, riß ihr den langen Oberschenkelknochen aus der Hand und warf ihn beiseite.

»Wo sind wir hier?«

»In einer römischen Grabkammer. Komm! Dieser Gang führt uns tiefer in den Wald hinein.«

Sie folgte ihm, trat so vorsichtig auf wie möglich, mußte immer wieder ihr Grauen bezwingen, denn der Boden war mit Gebeinen übersät. An der Wand zur Linken lagen Skelette in Reih und Glied, manche noch von zerschlissenen Gewändern verhüllt. Bei anderen verbargen nicht einmal Lumpen die Verwüstung des Todes. »O Gott, du hast mich in eine Leichenhalle gebracht . . .«, wisperte sie.

»Ich versuche, dich zu retten, Melisande«, unterbrach er sie und nahm sie auf die Arme, um ihre bloßen Füße vor den Knochen zu schützen.

»Also solltest du dich nicht über meine Methode beklagen.«

Trotz ihres Grauens mußte sie lächeln. »Verzeih mir. Wenn ich das nächste Mal entführt werde, werde ich versuchen, vorher Schuhe anzuziehen.«

»Und Kleider.«

»Du hattest mich eben erst verlassen.« Noch waren sie nicht in Sicherheit, das wußte sie. Trotzdem wurde sie von einem unbeschreiblichen Glücksgefühl erfaßt, als sie Conars starke, schützende Arme spürte. Er war gekommen, um sie zu befreien. Niemals hätte sie nach Frankreich segeln dürfen. Obwohl er sie allein gelassen hatte, um in Nordirland zu kämpfen — ihr Entschluß war falsch gewesen, mochte sie sich auch noch so schmerzlich um ihre geliebte Heimat gesorgt haben. Das wollte sie ihm sagen, aber er trug sie so schnell dahin, und weder der Ort noch der Zeitpunkt eigneten sich für ein solches Geständnis. Würde es jemals eine Gelegenheit geben?

Mit langen Schritten eilte er durch die Grabkammern. Melisande legte die Wange an den kühlen Stahl seines Kettenhemds und schloß die Augen.

Schließlich stellte er sie wieder auf die Beine und ergriff ihren Arm. Sie stiegen weiße Steinstufen hinauf in die mondhelle Nacht. Beinahe rutschte sie auf dem glatten, glitschigen Moos aus. Dann stockte ihr Atem. Überall lagerten Dänen, zwischen Felsbrocken, alten Mauerresten und flackernden Feuerstellen. Melisande griff sich an die Kehle.

Es gab Dinge, die das nächtliche Dunkel nicht zu bergen vermochte. Die Wikinger konnten unvorstellbar grausam sein. Manchmal spielten sie mit ihren Gefangenen, ehe sie die gepeinigten Menschen eines langsamen Todes sterben ließen, fesselten sie an Bäume, schnitten ihnen die Eingeweide heraus. Und in den Mägen abgeschlachteter Feinde kochten sie ihre Mahlzeiten. Auch hier waren schlaffe, reglose Gestalten an Bäume gebunden, der Geruch von Blut lag in der Luft. Und sie war mit Conar allein inmitten des gegnerischen Lagers. Wenn man sie gefangen nahm, würde Geoffrey ihren Mann auf gräßliche Weise töten.

Melisandes Knie wurden weich, und Conar umfaßte ihren Ellbogen noch fester. »Enttäusche mich jetzt nicht! Siehst du die Mauer dort drüben? An der laufen wir entlang. Und beeil dich! Wir müssen den Eindruck erwecken, als würde ich dich auf Geoffreys Befehl wegbringen.«

Sie nickte, dann rannten sie los. Offenbar wollte Conar das Ende des römischen Walls erreichen, wo sich der Wald verdichtete. Sie hatten bereits einen Großteil der

Strecke zurückgelegt, als ihm jemand auf die Schulter klopfte. Rasch drehten sie sich um. Drei Männer standen hinter ihnen.

»Wohin bringt Ihr die Frau?«

»Er hat nach ihr geschickt.«

»So? Da geht Ihr aber in die falsche Richtung.«

Conar zuckte die Achseln, und der Mann lachte. »Ah! Offenbar wollt Ihr die schöne Gräfin nicht dem Franken allein überlassen.«

»Das glaube ich auch«, stimmte ein anderer zu. »Und da sie mit einem Wikinger verheiratet ist, findet sie sicher keinen Gefallen an Geoffreys armseligem Schwert.«

»Wir vergnügen uns alle mit ihr!« schlug der dritte vor und lachte laut auf. »Niemand wird es erfahren. Und wenn doch — zum Teufel mit Sur-le-Mont! Er bezahlt uns viel zu wenig, um uns von einem so verführerischen Weibsstück fernzuhalten.«

Melisande starrte Conar entsetzt an, aber er gönnte ihr keinen Blick. »Da drüben im Wald, hinter unserer Front . . .«

Als sie protestieren wollte, hielt er ihr den Mund zu, und die anderen Männer umringten ihn, so daß niemand sah, wie er sie gewaltsam weiterzerrte. Sie bekam noch Luft und kämpfte verzweifelt gegen seine Hand, die sich auf ihre Lippen preßte. Da hob er sie hoch und trug sie an den Dänen vorbei, die sich betranken und ihren Wachdienst nicht sonderlich ernst nahmen. Am Ende der zerbröckelnden Mauer verschwand er zwischen den Bäumen.

»Hier!« befahl einer seiner Begleiter.

»Wir müssen noch tiefer in den Wald hineingehen«, widersprach Conar. »Denn wir können's uns nicht leisten, daß die anderen ihr Geschrei hören.«

»Ja, da habt Ihr recht.«

Und so drangen sie tiefer in den Schatten der hohen

Bäume ein. Bald erreichten sie eine Lichtung mit einem dicken Kiefernnadelteppich. Zwischen den Stämmen sahen sie immer noch die Lagerfeuer, doch nun befanden sie sich in sicherer Entfernung.

»Ein hübsches Plätzchen«, meinte der größte Mann. Wie Conar trug er ein Kettenhemd. Sein gehörnter Helm war nicht mit einem Nasenschutz versehen, und er besaß keine so gutausgebildeten Muskeln wie die meisten seiner Landsleute. Der Mann hinter ihm war kleiner, aber stämmiger, der dritte schlank und kräftig gebaut.

Conar nickte. »Ja, bleiben wir hier.« Entsetzt rang Melisande nach Atem, als er sie fallen ließ. Sofort zog er sein Schwert.

»Was zum Teufel . . .«, begann der große Mann.

»Sie gehört mir, meine Freunde«, erwiderte Conar seelenruhig.

»Bei allen Flammen einer verdammten christlichen Hölle! Uns gehört sie genausogut!« Auch der Däne riß sein Schwert aus der Scheide und sprang vor.

Conar gab Melisande einen Wink, und sie floh hinter einen Baumstamm. Während sie wartete, schlug ihr das Herz bis in den Hals. »Holt sie Euch doch!« forderte er seinen Gegner heraus. Der schnappte nach dem Köder und stürmte vor. Seine Klinge zielte auf den Hals Conars, der den Schwertstreich blitzschnell parierte und die Brust des Dänen durchbohrte. Mit einem dumpfen Aufprall landete der Tote am Boden.

Auch die beiden anderen zückten ihre Waffen — der eine einen Streitkolben, der andere ein Schwert. Sie umkreisten Conar, und er duckte sich und beobachtete sie aufmerksam. Bald stürzten sie sich auf ihn. Seine Klinge schlug den Streitkolben beiseite, das Schwert traf seine Brust, doch das Kettenhemd schützte ihn vor der scharfen Spitze. Er taumelte rückwärts, trat den Schwertfechter in den Bauch, der sich krümmte und zusammenbrach.

Wieder schwang der andere seinen Streitkolben durch die Luft, und Conar sprang im letzten Augenblick beiseite. Die schwere Stahlkugel, die ihm beinahe den Schädel gespalten hätte, krachte gegen einen Baumstamm. Er wirbelte herum, stach den Schwertkämpfer, der ihn erneut angriff, zwischen die Rippen. Schreiend fiel der Mann auf den Nadelteppich.

Conar wollte die Schneide hervorziehen, doch der letzte Mann warf sich mit seinem ganzen Gewicht gegen seine Schulter, und der Knauf entglitt seinen Fingern.

Entsetzt schrie Melisande auf, während der Mann mehrmals den Streitkolben schwang und Conar zu treffen suchte, der immer wieder auswich und um sein Leben kämpfte. Das Schwert! Sie sprang hinter dem Baum hervor und bückte sich nach der Waffe, die silbrig im Mondlicht schimmerte. Als der Däne sie entdeckte, ließ er von Conar ab und wandte sich zu ihr. Entschlossen hielt sie ihm die Klinge entgegen.

»Melisande! Gib mir das Schwert!« befahl ihr Mann.

Der Streitkolben prallte gegen die Schneide, und Melisande verlor beinahe das Gleichgewicht. Conar näherte sich von der Seite, und sie warf ihm hastig die Waffe zu. Wieder stürzte sich der Däne auf ihn, aber ehe er den Streitkolben emporschwingen konnte, bohrte sich die Klinge in seinen Hals. Blut quoll hervor, und er fiel auf die Knie.

Aber auch Conar stürzte der Länge nach hin, lag reglos auf dem Rücken, die Augen geschlossen. Melisande lief zu ihm, klopfte auf seine Wange unter dem Visier und rief, vor Angst halb von Sinnen: »Conar!« Wie und wann war er verletzt worden? Sie hatte nichts dergleichen gesehen. »Conar!« Verzweifelt tastete sie nach dem Puls.

Da schlug er die strahlendblauen Augen auf. »Ich bin nur erschöpft. Du hast ziemlich lange gebraucht, um mir das Schwert zu geben.«

»Oh! Du bist nicht verwundet ...«

Er setzte sich auf. »Vorerst nicht.«

»Wie kannst du es wagen, mich so zu erschrecken!«

»Ich wollte mich nur ein bißchen ausruhen. Der Kampf mit diesen Kerlen war verdammt anstrengend, gar nicht zu reden von den endlosen Grabkammern, durch die ich dich schleppen mußte.«

»Und was fiel dir eigentlich ein, als du diesen Dänen anbotest, du würdest mich mit ihnen teilen?«

»Wie sollten wir ihnen sonst entkommen? Und hast du jemals erlebt, daß ich irgendetwas mit jemandem geteilt hätte, das einzig und allein mir gehört?«

Natürlich nicht. Aber vor lauter Angst hatte sie nicht klar denken können. »Nein, so etwas teilst du mit niemandem«, stimmte sie leise zu.

Lächelnd legte er einen Finger unter ihr Kinn. »Jetzt sind wir zu weit nach Osten geraten. Wir müssen durch den Wald zurückgehen. Schnell! Bevor die Toten gefunden werden und Geoffrey dein Verschwinden bemerkt.« Er stand auf und griff nach ihrer Hand.

»Warte!« Plötzlich schwammen ihre Augen in Tränen. »Conar, ich weiß, wir haben keine Zeit, aber ich muß dir etwas sagen. Wir — wir werden ein Kind bekommen. Jetzt erscheint es dir sicher noch unverzeihlicher, daß ich mein Kettenhemd angelegt und die Männer in den Kampf geführt habe. Aber ich war so verzweifelt, und du standest mir nicht zur Seite. Ich mußte doch meine Leute schützen, und Vater hatte mich gelehrt, meine Verantwortung sehr ernst zu nehmen ...«

»Melisande ...«

»Es wird ein Junge. Das hat Mergwin mir gesagt.«

»Ja, ich weiß.«

Verwirrt blinzelte sie. »Hat er dir's erzählt?«

»Nein, Brenna.«

»Oh ...«

»Erst heute abend. Weil sie wußte, wie wütend ich war, und sie befürchtete, ich könnte etwas zu grob mit dir umgehen. Komm jetzt! Ich möchte noch gern leben und meine Vaterschaft genießen.«

Während sie einem schmalen, von Kiefernnadeln bedeckten Waldweg folgten, fügte er hinzu: »Auch sie erwartet ein Kind.«

Plötzlich blieb Melisande stehen, und er stolperte beinahe. Brenna hatte versichert, sie sei nicht seine Geliebte. Aber sie war bei ihm geblieben, stets bereit, ihm alle geforderten Dienste zu erweisen, während seine Ehefrau ihn verlassen hatte.

Verwundert schaute er ihr in die Augen, dann schüttelte er grinsend den Kopf. »Das Baby bekommt sie von Swen. Die beiden möchten bald heiraten.«

Schnell wandte sie sich ab, um ihr Lächeln und ihre maßlose Erleichterung vor ihm zu verbergen.

»Komm jetzt! Schnell!« befahl er und zog sie mit sich. Blindlings rannte sie hinter ihm her und versuchte, nicht zu stöhnen, als ihre nackten Füße auf Zweige und spitze Steine traten.

»Gleich sind wir da!« flüsterte er. Wo? Und was erhoffte er sich von seinem Ziel?

Sie erreichten eine Lichtung, und er blieb so plötzlich stehen, daß sie gegen seinen Rücken stieß. Atemlos spähte sie an seiner Schulter vorbei, ihr Herzschlag drohte auszusetzen.

Da stand Geoffrey, umgeben von seinen bärtigen, in Bärenhäute gehüllten Berserkern. Mindestens zehn Mann mit Schwertern, Streitkolben und Äxten gerüstet. Langsam verzogen sich die Lippen des Anführers zu einem Lächeln. »Endlich weiß ich das Kriegsglück auf meiner Seite, Wikinger.«

»Tatsächlich?« entgegnete Conar.

»Allerdings. Ihr hättet Eure Frau nicht befreien dürfen.«

»Nachdem Ihr sie entführt hattet, mußte ich sie holen.«

»Von Anfang an hätte sie mir gehören müssen. Dies ist nicht Euer Land, hier habt Ihr nichts verloren.«

»Da ihr Vater von Eurem ermordet wurde, hattet Ihr nie ihre Sympathie.«

»Sie wird schon noch lernen, mich zu mögen. Dafür werde ich sorgen, wenn Ihr gestorben seid, Conar, was nicht mehr lange dauern wird. Aber ein bißchen Zeit möchte ich mir schon dafür nehmen. Und dann wird Melisande nur zu gern in meine Arme sinken.«

Erbost sprang sie hinter Conars Rücken hervor. »Niemals, du Narr! Glaubst du wirklich, du könntest die Jahre meiner Ehe einfach auslöschen — und meine Liebe?«

»Melisande!« Energisch schob Conar sie wieder hinter sich.

»Wollt Ihr hören, was ich mit Euch vorhabe?« fragte Geoffrey gedehnt. »Vier meiner schnellsten Pferde werden an Eure Handgelenke und Fußknöchel gebunden. Peitschen knallen auf ihre Kruppen, und der mächtige Herr der Wölfe wird zerrissen. Aber vorher schlitzen wir Euch noch den Bauch auf und lassen Eure Eingeweide heraushängen. Wenn Ihr dann zerstückelt seid, entzünden wir ein großes Freudenfeuer und rösten alles, was noch von Euch übrig ist.«

Conar zuckte nicht mit der Wimper. Gemächlich zog er sein Schwert. »Das wird nur in Euren süßesten Träumen geschehen, Geoffrey.«

»Verdammter Narr!« fluchte Geoffrey. »Sogar angesichts des Todes . . .« Plötzlich verstummte er. Hufschläge näherten sich von der linken Seite her, und Melisande wandte den Kopf.

Überglücklich hielt sie den Atem an. Conars Familie. Sein Vater ritt in der Mitte der langen Reihe, die sich über den ganzen nächtlichen Horizont zu erstrecken schien.

Silbrig schimmerten die Rüstungen und Helme im Mondlicht.

Immer näher ritten sie heran, furchteinflößend und unbesiegbar. Melisande erkannte Eric an der Seite des Königs, dann Bryan, Bryce und Conan und da — großer Gott, da war auch Mergwin! Sie konnte es nicht glauben. Spielte der Mondschein ihren Augen einen Streich? Die Hufschläge beschleunigten sich, und Conar zerrte Melisande zwischen die Bäume zurück. »Ich muß dich von hier wegbringen!«

»Nein, zwing mich nicht, dich zu verlassen! Falls du diesmal dein Schwert verlierst, werde ich es schneller zurückgewinnen, das schwöre ich. Und ich kann es selber recht gut schwingen, wenn ich dich auch nicht zu übertrumpfen vermag.«

»Ich flehe dich an, gestatte mir mit klarem Kopf zu kämpfen! Um Himmels willen, Melisande, gehorche mir — nur dieses eine Mal!«

Offenbar hatte sie keine Wahl. Sie wurde vorwärts geschoben, dann schrie sie auf, als andere Hände nach ihr griffen.

»Vater!« rief Conar, und Melisande wurde auf den Rücken eines großen Schimmels gesetzt.

Blaue Augen starrten sie an, sie waren eisig und leuchtend wie die ihres Mannes. Schnell wurde sie vom Schlachtfeld weggebracht. Ein Feind griff den König von Dubhlain an, und das große weiße Pferd bäumte sich auf, aber Olaf streckte die Dänen mühelos nieder und sprengte weiter. In einiger Entfernung zügelte er den Schimmel, und sie drehten sich um. Heftig tobte der Kampf der Norweger gegen die Dänen und fränkischen Krieger. Melisande erkannte Graf Odo, ihren eigenen Gefolgsmann Philippe und den guten Gaston. Rasch gewannen sie die Oberhand, denn sie waren alle beritten, während nur wenige von Geoffreys Söldnern zu Pferde kämpften.

Der Graf Sur-le-Mont hatte geglaubt, zehn Mann würden genügen, um Melisande zurückzuerobern und Conar zu töten. Doch das war ein folgenschwerer Irrtum gewesen.

Melisande lehnte an der Brust ihres Schwiegervaters, der ihr noch nie soviel bedeutet hatte wie in diesem Augenblick.

»Fühlst du dich gut?« fragte er, als er spürte, daß sie zitterte.

Sie wandte sich zu ihm, betrachtete seine markanten Züge. So würde Conar in diesem Alter aussehen ... »Ja, es geht mir gut. Und ich danke dem Allmächtigen ...« Nach kurzem Zögern fügte sie hinzu: »Für die Wikinger in meiner Familie.«

Er lächelte unter dem stählernen Visier. »Bald ist die Schlacht beendet.«

Melisande beobachtete, wie alle Krieger einen Ring bildeten. In der Mitte standen sich Conar und Geoffrey gegenüber. Vorsichtig umkreisten sie einander. »Warum kämpfen sie immer noch!« rief Melisande. Ihr Mann war erschöpft, er hatte so viele Feinde niedergerungen, um sie zu retten ...

»Sie müssen den Kampf zu Ende bringen«, erklärte Olaf. Und ihr blieb nichts anderes übrig, als durch den Schleier ihrer Tränen den Entscheidungskampf zu verfolgen.

22

Ungestüm griff Geoffrey an, und Conar parierte den Schwerthieb ohne Mühe.

Geoffrey wich zurück und wandte sich an seine Männer. »Ich brauche einen erprobten Kämpfer! Euch, Horik!

Jon, schickt den Berserker zu mir! Ein zähnefletschender Seeräuber soll gegen den anderen fechten. Der Sieger bekommt alles. Conar von Dubhlain, die Frau und das Land.«

Melisandes Blick suchte den Mann namens Horik, der fast so groß wie Conar und kräftiger gebaut war. »Nein!« schrie sie, aber zu ihrer Verblüffung schüttelte er den blonden Kopf, über den sich bereits vereinzelte graue Strähnen zogen.

»Das ist Euer Duell, Geoffrey. Und seines.«

»Bastard!« fauchte Geoffrey wütend. »Ich habe Euch gut bezahlt . . .«

» . . . damit ich gewöhnliche Männer bekämpfe — aber nicht, um Euren Platz einzunehmen, wenn Ihr dem norwegischen Wolf gegenübersteht.«

»Er hat Eure Gefährten getötet . . .«

» . . . während er seine Frau vor Euch rettete. Es ist Euer Kampf.«

Geoffreys wild funkelnde Augen irrten von einem Gesicht zum anderen. Plötzlich beobachtete Melisande, wie er ein Messer aus seinem Stiefelschaft riß.

»Gib acht, Conar!« rief sie. »Er hat ein Messer!«

Doch ihr betrügerischer Vetter schleuderte die Klinge bereits in die Luft und versuchte, Conar zwischen die Augen zu treffen, der sich jedoch blitzschnell zur Seite duckte. Das Messer sauste an seiner Schläfe vorbei.

»Kommt doch her, hündischer Wolf!« brüllte Geoffrey außer sich vor Zorn. Er hob sein Schwert und stürzte sich in den Kampf. Er war kein schlechter Fechter, aber Conar nicht gewachsen. Jeder Hieb wurde abgewehrt, immer wieder trafen sich die klirrenden Klingen im Mondschein.

Der Kreis der Zuschauer vergrößerte sich. Conar sprang nach hinten, über einen Baumstumpf hinweg, der Geoffrey fast zu Fall brachte, als er seinem Gegner nachsetzte. Seine Kräfte schienen nachzulassen, und Melisande bat den Gott der Christen um Hilfe, dann flehte sie auch Odin an, er möge ihrem Mann den mächtigen Kriegsgott Thor zur Seite stellen.

Conar schwang die Waffe, und mit einem gewaltigen Streich schlug er seinem Feind das Schwert aus der Hand. Die Spitze seiner eigenen Klinge berührte Geoffreys Hals.

Ein vielstimmiger Schrei erklang aus den Kehlen der Dänen, der Verbündeten Geoffreys. »Tötet ihn!« Nachdem ihr Anführer Schwäche bewiesen hatte, kannten sie keine Gnade.

»Wenn Ihr je wieder einen Blick zu Melisande wagt, Geoffrey Sur-le-Mont«, begann Conar, »dann spieße ich Euch auf wie einen gespickten Eber, zerstückle Euch und werfe Euch den Aasgeiern zum Fraß vor.« Dann ließ er die Waffe sinken, wandte sich ab und wollte seinen Vater und seine Frau aufsuchen.

Sehnsüchtig schaute Melisande ihm entgegen. Aber aus den Augenwinkeln beobachtete sie, wie Geoffrey in seinen Stiefelschaft griff. Dort steckte offenbar ein zweites Messer. Und da zog er es auch schon hervor.

»Nein!« rief sie. »Er hat noch ein Messer, Conar!«

Während Conar herumfuhr, riß er seine eigene Klinge aus dem Stiefel und schleuderte sie dem Gegner entgegen. Von seiner Schulter prallte Geoffreys Messer ab, doch der tückische Graf wurde mitten ins Herz getroffen.

Geoffrey ging langsam in die Knie und stürzte dann zu Boden. Seine geöffneten Augen starrten Conar sogar im Tod noch an.

Der Kampf war beendet, und er kehrte der Leiche den Rücken. Die führerlosen Dänen würden freiwillig verschwinden und sich zu einer der Berserkerhorden gesellen, die diese Küste unsicher machten. Manche von ihnen würden vielleicht nach Hause segeln. Jedenfalls war ihre Anzahl von den Franken und den Iren aus dem Hause Vestfold deutlich verringert worden. Sogar Odo zeigte sich mit dem Ausgang der Schlacht zufrieden.

Für Conar war es an der Zeit, heimzukehren. Er ging an den Reitern vorbei und schüttelte seinen Brüdern die Hand. Nur Leith war nicht übers Meer gefahren. Er mußte in Dubhlain bleiben, um dort nach dem Rechten zu sehen. Eric fand seine Position in Wessex, das Alfreds Gesetzen unterstand, sicher genug, um seine Festung verlassen zu können.

Als Conar dem alten Mergwin die Hand reichte, schüttelte er staunend den Kopf. »Ihr seid tatsächlich auf ein Pferd gestiegen, um in den Krieg zu ziehen.«

Der Druide zuckte die Achseln. »Für Euch und Eure Lieben blicke ich in die Zukunft, deute die Runen, prophezeie große Ereignisse. Aber manchmal muß man dem Schicksal unter die Arme greifen.«

Lächelnd eilte Conar zu Melisande, die immer noch vor seinem Vater auf dem Schimmel saß.

»Es sieht so aus, als wären deine Schwierigkeiten vorerst beendet, mein Sohn«, sagte Olaf.

»Ja, dem Himmel sei Dank!«

Graf Odo war Conar nachgeritten. »Die Schwierigkeiten fangen erst an — jetzt, da die Dänen über die Flüsse segeln, nach Paris, Rouen und Chartres. Der Kampf geht weiter.«

»Natürlich, der Kampf geht weiter«, stimmte Conar leise zu. Aber wenigstens für heute nacht ist er beendet, dachte er.

Er dankte seinem Vater, dann entdeckte er die Tränen in Melisandes Augen. War ihre Angst so groß um ihn gewesen? Zweimal hatte sie ihn vor Geoffreys Tücke gewarnt und ihm vielleicht das Leben gerettet. Trotz des Schmutzes auf den Wangen und des zerrissenen Umhangs sah sie wunderschön aus. In üppigen Wellen fiel das glänzende Haar auf die schmalen Schultern. Er hob sie vom Streitroß seines Vaters und war darauf bedacht, daß der zerlumpte Mantel ihre Blößen nicht enthüllte.

»Was für ein Ehemann!« murmelte Olaf. »Kannst du deine Frau nicht etwas besser kleiden?«

Grinsend schaute Conar zu ihm auf. »Normalerweise schenke ich ihr edlerere Gewänder.«

»Das werden wir ja hoffentlich bald sehen. Dort drüben wartet Thor. Schwing dich in den Sattel und führe uns in deine Festung. Wir haben eine lange Reise und eine anstrengende Nacht hinter uns, und nun freuen wir uns auf deine Gastfreundschaft.«

Conar nickte. »Natürlich, Vater.« Nachdem Eric ihm sein Schlachtroß gebracht hatte, hob er Melisande auf den Pferderücken und stieg hinter ihr auf. An die Brust ihres Mannes gelehnt, schloß sie die Augen. Noch nie war sie so erschöpft gewesen — und noch nie hatte sie sich so lebendig gefühlt. Sie kehrten tatsächlich gemeinsam nach Hause zurück.

Der Ritt dauerte lange, doch das störte sie nicht. Sie spürte Conars Herzschläge, die Wärme seines Körpers, die Kraft seiner Arme, die sie umfingen. »Du sorgst also für meine edle Garderobe?« fragte sie.

»Etwa nicht?«

»Wie ich mich entsinne, pflegst du meine Kleider eher zu ruinieren.«

Seine Lippen streiften ihr Ohr. »Zum Glück haben wir in unserer Festung genug Platz für tüchtige Schneiderinnen.«

Sie schmunzelte, schmiegte sich an ihn, und sie ritten schweigend weiter.

Zu ihrer Verwunderung traf sie ihre Schwiegermutter und Daria im Schloß an. Zahlreiche Menschen strömten in die Halle und wollten wissen, was geschehen war. Aber Erin gab zu bedenken, wieviel Melisande in dieser

Nacht durchgemacht habe. Nun sei es bereits hell, und sie brauche dringend ein erholsames Bad und einen Becher Glühwein.

Sie begleitete Melisande in deren Zimmer, wo Marie bereits Öl ins Badewasser goß. Glücklich umarmte die Zofe ihre Herrin, die vor dem niederträchtigen Entführer gerettet worden war. Erin erhitzte Wein über dem Feuer und füllte einen Becher.

Es war einfach wundervoll, im warmen Wasser zu sitzen und an dem süßen Getränk zu nippen. Allmählich verblaßte das Grauen, das Melisande während ihrer Gefangenschaft gepeinigt hatte. Nie wieder würde Geoffrey sie bedrohen. Sie sah, wie Erin das vergoldete Kettenhemd aus der Truhe hob und hörte sie sagen: »So ein ähnliches hatte ich auch einmal — das heißt, ich besitze es immer noch.« Sorgsam faltete sie es zusammen und legte es an seinen Platz zurück.

»War es ein Geschenk?« fragte Melisande.

Ihre Schwiegermutter schüttelte den Kopf. »Ich trug es zur Tarnung, als ich wild entschlossen gegen die Wikinger kämpfte; vor allem gegen Olaf.«

Neugierig richtete sich Melisande auf. »Gegen deinen späteren Mann?«

Erin trat hinter die Wanne und verteilte Seifenschaum in Melisandes Haar. »Ja.«

»Und dann?« Melisande wollte sich umdrehen, aber die Schwiegermutter befahl ihr, still zu halten, während sie ihr das Haar wusch.

»Dann war ich mit ihm verheiratet.«

»Aber — du bist so glücklich!« rief Melisande verwirrt.

Erin bedeutete ihr, den Kopf unter Wasser zu halten und den Schaum aus dem Haar zu spülen, und lächelte, als Melisande wieder auftauchte. »Sehr glücklich. Und ich kann jeder jungen Frau nur wünschen, sie möge mit ihrem Mann ein so wundervolles, erfülltes Leben führen wie ich mit Olaf. Natürlich gab es auch stürmische Zeiten. Bis zum heutigen Tag sind wir beide stolz und eigenwillig geblieben, und Olaf besitzt ein furchterregendes Temperament, das er seinen Söhnen vererbt hat. Aber wie Mergwin dir bestätigen wird — die Wölfe sind wilde Geschöpfe. Rastlos jagen sie nach ihrer Beute, aber . . .«

». . . aber wenn sie sich binden, dann ist es fürs Leben, und sie sorgen stets liebevoll für die Ihren«, vollendete Melisande den Satz und erwiderte Erins Strahlen. Ein weißes Leinentuch wurde ihr um den Kopf geschlungen, ihr Haar trocken gerieben, dann spürte sie einen Kuß auf der Wange.

»Ich bin sehr froh, daß einer meiner Wölfe dich gefunden hat, Melisande. Und wenn er auch manchmal böse knurrt — bedenk, wer sich hinter der rauhen Schale verbirgt.«

Nach diesen Worten ließ Erin ihre Schwiegertochter allein. Melisande stieg aus der Wanne, trocknete sich ab und schlüpfte in ein Kleid, das sich in weichen Falten an ihren Körper schmiegte. Während sie vor dem Kaminfeuer saß, bürstete sie ihr Haar und entwirrte es. Conar trat ein, und sie hielt inne. Langsam ging er zu ihr und legte die Hände auf ihre Schultern. »Mach nur weiter, meine Liebe, ich schaue dir gern zu.«

Sie versuchte es. Aber die Bürste zitterte in ihrer Hand, und sie legte sie ganz schnell beiseite, denn er sollte es nicht merken. »Conar . . .«

»Ja?« Er lehnte sich ans Kaminsims. Inzwischen hatte er sich von seinem Kettenhemd und dem Helm befreit und trug nur noch ein Leinenhemd und eine enge Hose.

»Es tut mir leid, daß ich hierherkam.« Wieder einmal kämpfte sie mit den Tränen. »Aber ich fuhr nicht nach Hause, um dir zu trotzen, sondern weil ich es für nötig hielt. Die Dänen überfielen uns ebenso wie Irland.«

Conar kniete neben ihr nieder und ergriff ihre Hände.

»Sicher, du hast unüberlegt gehandelt — aber ich auch in meinem wilden Zorn. Als ich dann feststellte, daß du verschwunden warst, und befürchten mußte, Geoffrey könnte sich an dir vergreifen, verlor ich beinahe den Verstand.«

»Und ich hatte solche Angst, du würdest mich nicht holen — du wärst vielleicht froh, mich los zu sein. Viele Iren verstoßen ihre Frauen, wenn sie ihrer müde werden.«

Conar stand auf, nahm die Bürste und strich damit durch Melisandes Haar. »Also erkennst du endlich an, daß irisches Blut in meinen Adern fließt?«

»Ein ganz kleines bißchen.« Sie hörte ihn leise lachen und fügte hinzu: »Es war einfach großartig von deinem Vater, deinen Brüdern und den anderen Verwandten, dir so schnell übers Meer zu folgen und für uns zu kämpfen. Und deine Mutter ist eine wunderbare Frau.«

»O ja.«

Sie schwiegen eine Weile. Nur die knisternden Flammen und die sanften Bürstenstriche waren zu hören. Dann erklärte Melisande: »Odo möchte, daß du sofort mit ihm losreitest. Heute nacht haben wir gesiegt, aber die Dänen rücken nach Paris vor.«

»Das weiß ich.«

»Du darfst Odo nicht begleiten.«

»Leider bleibt mir keine Wahl.«

»Und ich?«

»Du wirst ausnahmsweise die gehorsame Ehefrau spielen.«

»Schickst du mich etwa wieder nach Irland?« fragte sie bestürzt.

»Nein — wenn unsere Mauern hinreichend befestigt sind und die Schloßwache gut gerüstet ist, um den Kampf mit allen Angreifern aufzunehmen. Aber ich glaube, auf eine so schwierige Belagerung werden sich die Dänen nicht einlassen. Geoffrey kann dich nicht mehr bedrohen, und unser Sohn soll hier zur Welt kommen.«

Sie lächelte glücklich, und als sie Conar tief aufseufzen hörte, schaute sie ihn über die Schulter an. »Denkst du an die Schlachten, die dir bevorstehen?«

»Nein. Ich stelle mir vor, diese ebenholzschwarzen Locken würden meine nackte Haut streicheln — und uns beide in ein seidiges Netz hüllen . . .« Er kniete wieder an ihrer Seite nieder. »Besteht die Möglichkeit, daß dieser süße Traum Wahrheit wird?« Seine Augen erschienen ihr so tiefblau wie der sonnenhelle nordische Himmel.

»Du fragst mich?« wisperte sie.

»Heute schon, obwohl ich meine Wikingermethoden nur ungern aufgebe. Du hast eine grauenvolle Nacht hinter dir — ich allerdings auch . . . Meine Mutter sorgt sich, du könntest verletzt sein, aber verschwendet sie nur einen einzigen Gedanken an die Wunden, die ich vielleicht davontrug, als ich dich rettete? Die Welt ist so ungerecht!«

»Das hätte ich dir schon vor Jahren sagen können«, erwiderte sie lachend.

»Nun, Melisande?«

Sie erhob sich anmutig, umfaßte seine Hände und zog ihn auf die Beine. »Gebadet und parfümiert«, flüsterte sie und hauchte einen Kuß auf seine Lippen. Dann wich sie zurück, streifte das Kleid von ihren Schultern, ließ es zu Boden gleiten und stieg heraus. »Dein Hemd.«

Hingerissen starrte er sie an. »Was? . . . Oh!« So schnell er konnte, zog er das Hemd aus.

»Und alles andere.«

»Wie du wünschst.« Wenig später stand er nackt vor ihr. Golden glänzte sein muskulöser Körper im Feuerschein. »Und jetzt?«

Sie kam zu Conar, und er wollte sie umarmen, doch sie wich ihm aus, eilte hinter ihn und streichelte seinen

Rücken, küßte all die Narben, die von alten Kämpfen stammten. »Gebadet und parfümiert«, wiederholte sie. »Und voller Erwartung . . .« Aufreizend rieb sie ihre Brüste an ihm, dann trat sie vor ihn hin, schlang die Arme um den Hals und preßte ihren erhitzten Körper gegen seinen.

Ein heißer Kuß verschloß ihr den Mund, begierig spielte seine Zunge mit ihrer.

Als er den Kopf hob und sie auf die Arme nahm, um sie zum Bett zu tragen, hauchte sie: »Und voller Sehnsucht und Verlangen . . .«

Der nächste Kuß brachte sie zum Schweigen. Sie sanken aufs Bett, und Conars Finger zogen Feuerspuren über Melisandes glühende Haut, fanden das Zentrum ihrer Weiblichkeit und liebkosten es leidenschaftlich. Stöhnend raunte sie seinen Namen, und er flüsterte an ihren Lippen: »Kein Mann, der bei klarem Verstand ist, ob Ire oder Wikinger, würde eine Frau wie dich verstoßen.«

Ihr leises Lachen ging in einen atemlosen Schrei über, als er plötzlich tief in sie eindrang. Wohlige Schauer durchrannen ihre Glieder. Lustvoll wand sie sich unter seinen Bewegungen hin und her. Sein Mund umschloß eine ihrer Brustwarzen, während er seinen Rhythmus beschleunigte.

So fest sie konnte, klammerte sie sich an ihn, als er ihr auf den Gipfel des Glücks folgte. Er drang noch tiefer in sie ein, so daß sie ein Leib und eine Seele wurden.

Wohlig lag er dann neben ihr und ließ seine Fingerspitzen sanft über ihren Arm wandern. »Diese Worte möchte ich noch einmal hören — ›voller Sehnsucht und Verlangen‹. Und das aus dem Mund der schönen Hexe, die mich vor einem knappen Tag noch haßte und verabscheute . . .«

»Setz dein Glück nicht aufs Spiel!« warnte sie ihn.

»Ah, jetzt ist mein mutwilliges Mädchen zurückgekehrt.«

Auf einen Ellbogen gestützt, schaute Melisande in seine Augen. »Viele Dinge, die geschehen sind, bedaure ich wirklich.«

»Das mußt du nicht. Wenn du kein solches Biest wärst, würde ich dich nicht so abgöttisch lieben.«

Ungläubig sah sie ihn an und stammelte: »Du — du liebst mich?«

»Sogar ein Blinder kann das sehen.«

»O nein, du hättest auch Menschen mit den allerbesten Augen täuschen können.«

»Meinst du?«

»Jedenfalls hast du so etwas noch nie gesagt, und manches muß ich öfter hören.«

Zärtlich strich er ihr das wirre Haar aus der Stirn. »Ich liebe dich, Melisande. Während deiner Gefangenschaft dachte ich, wenn ich dich verliere, müßte ich mich nach dem Tod sehnen — nach dem ewigen Hafen des christlichen Himmels oder Walhalls. Wann es begann, weiß ich nicht genau. Du warst so wild und eigensinnig, so feindselig und ungehorsam. Aber schon immer steckten dieser unerschütterliche Mut und ein stolzer Geist in dir, eine sinnliche Schönheit. Das alles hat mich verführt und mein Herz erobert. Ich liebe dich. Hast du's jetzt oft genug gehört?«

»O ja, Conar«, flüsterte sie und preßte seine Hand an ihre Wange.

»Und du?«

»Ich liebe dich auch.«

»So einfach machst du's dir? Nach meinem wortreichen Geständnis?«

Lächelnd küßte sie seine Lippen, seinen Hals, seine Brust.

»Nicht ganz so einfach. Ich liebe dich, ich brauche dich,

ich verzehre mich vor Sehnsucht nach dir, ich bete dich an . . .«

Da drückte er sie fest an seine Brust. Längst war der neue Morgen herangedämmert. Aber ob die Sonne schien oder der Mond, kümmerte die Liebenden nicht, die sich eng umschlungen hielten.

EPILOG

Herbst, a.d. 887

Die Tage wurden kälter, das Wasser im Bach war merklich abgekühlt. Doch das störte Melisande nicht. Sie hielt die Füße ins Wasser, die ihr in dieser Zeit oft zu schaffen machten, und genoß die Erfrischung. An einen Baum mit knorrigen alten Wurzeln gelehnt, die bis ins Wasser reichten, betrachtete sie die herabhängenden Zweige. Die sinkende Sonne vergoldete die leuchtenden Herbstfarben der Blätter — Rot und Gelb und Orange. Bald würden sie herabfallen und mit dem schwindenden Jahr sterben.

Welch ein Jahr war das gewesen ... Zu Beginn des Sommers waren die Dänen zu Tausenden ins Frankenreich eingedrungen, verstärkt von unzähligen Söldnern — zumeist Schweden und Norwegern. Sie drängten sich auf den Flüssen, segelten die Seine hinauf und belagerten Paris. Dreimal griffen sie Conars und Melisandes Festung an, dreimal wurden sie mit Pfeilen und siedendem Öl zurückgeschlagen.

Zusammen mit Bryce befehligte Melisande die Verteidigungsoperationen und hielt sich getreu an Conars Anweisungen. Der Schwager, ihrem Mann treu ergeben, hatte beschlossen, an der fränkischen Küste zu bleiben und die Rolle des Beschützers zu übernehmen, wenn sein Bruder andere Pflichten erfüllen und an Odos Seite reiten mußte.

Als die Belagerung anfing, war Ludwig nicht an seinem königlichen Hof. Die Wikinger hatten Rouen bereits verwüstet, und nun waren sie nach Paris vorgerückt. Graf Odo, Bischof Joscelyn, Conar und etwa zweihundert andere Adelsherren mit ihren Gefolgsleuten verteidigten die Stadt gegen die Besatzungen von siebenhundert Wikingerschiffen. Paris brannte, orangegelbe Wolken stiegen zum Himmel empor. Aber die Verteidiger hielten ihre Stellung, und die Dänen fielen über die Gebiete in der näheren und weiteren Umgebung her.

Ein Jahr lang wurde Paris belagert, doch Odo und seine Krieger wehrten alle Angriffe ab. Trotz der andauernden Kämpfe kam Conar oft nach Hause, und Melisande warf sich überglücklich in seine Arme.

Wenn es wirklich wichtig war, fand er stets Mittel und Wege, um in die Festung zurückzukehren. Und so war er auch dabeigewesen, als sein Sohn im Herbst 885 das Licht der Welt erblickt hatte. Er bestand darauf, den Jungen nach seinem verstorbenen Schwiegervater Manon Robert zu nennen, und bald wurde der Kleine Robbie genannt. Er sah genauso aus, wie Melisande es erwartet hatte — goldblond, mit strahlendblauen Wikingeraugen. Das kerngesunde, lebhafte Baby brachte mit seinem durchdringenden Gebrüll den ganzen Haushalt zum Lachen.

Während der Wehen hatte Conar in der Halle gesessen, mit seinem Vater und Mergwin Ale getrunken. Inzwischen wurde Melisande von Erin und Daria betreut. Anläßlich des freudigen Ereignisses waren sie alle zu Besuch gekommen. Kurz vor der Geburt eilte Conar nach oben ins Schlafzimmer, hielt die Hand seiner Frau und hörte sich geduldig all die Schimpfnamen an, die sie ihm an den Kopf warf. Lächelnd meinte Erin, in einem solchen Augenblick dürfe eine Frau alles zu ihrem Mann sagen, was ihr beliebte, und müsse sofortige Verzeihung erlangen.

Und so nickte er zustimmend, wenn sie ihn verfluchte und seine Hand so fest umklammerte, daß sie ihm fast die Finger brach, hielt sie fest, wenn sie sich schreiend aufbäumte.

Alles Leid war vergessen, sobald sie Robbie in den Armen hielt. Die ganze Familie schwirrte um ihn herum, und die arme Marie de Tresse beschwerte sich, weil sie das Baby nie für sich allein hatte. Conar vergötterte seinen Sohn und genoß die kostbaren Augenblicke, die er mit Melisande im Bett lag, sie gemeinsam das Kind liebkosten, die winzigen Finger und Zehen bewunderten und sich sein künftiges Schicksal ausmalten.

Manchmal fühlte sich Melisande fast schuldig, weil sie so glücklich war, während ein Großteil des Landes Höllenqualen ausstand. Sie bewohnte ein wunderschönes Zuhause, wo Ragwald und Mergwin stundenlang über den Himmel und die Sterne, über Chemie und Medizin — und über die Zukunft diskutierten. Leben und Herzenswärme erfüllten die starken Mauern, vor allem seit Robbies Geburt, und Melisande wünschte, ihr Vater könnte sehen, was aus seiner Festung geworden war.

Doch das Grauen, das Frankreich peinigte, führte Conar immer wieder von seinem Schloß fort. Gegen Ende des Jahres 886 kehrte Ludwig der Dicke nach Paris zurück. Obwohl Odo verlangte, der König müsse gegenüber den Eindringlingen einen starken Standpunkt vertreten, bezahlte er sie für die Versprechungen, die sie ihm machten — worauf sie ihm den Rücken kehrten und das Land weiterhin verwüsteten.

Conar gelangte ebenso wie Graf Odo zu Ruhm und Ehren. Als ausländischer Prinz und Herr der Wölfe zählte er bald zu den berühmtesten fränkischen Adelsherren. Odo übertrug ihm weitere Ländereien, und die dänischen Streitkräfte wagten sich nur selten an die mächtige Festung heran.

Auch im Herbst 887 segelten Olaf und Erin zur fränkischen Küste. Der König von Dubhlain ritt mit seinem inzwischen fast zweijährigen Enkel aus, während Melisande am Bach saß, entfernte sich aber nicht allzuweit von ihr. Seit ihrer Entführung verließ sie das Haus nur noch, wenn jemand in ihrer Nähe blieb. Vor einigen Tagen war Conar abgereist, um eine Besprechung mit Odo und den anderen Aristokraten abzuhalten, und sie vermißte ihn sehr.

Da ihr Schwiegervater wußte, wie sehr sie den Bach liebte, hatte er diesen Ausflug vorgeschlagen. Bald würde ihr die kalte Jahreszeit die erholsamen Stunden am Ufer verwehren. Sie hatten Brot, Käse, Ziegenmilch und Wein mitgenommen und im Schatten der Bäume eine köstliche Mahlzeit genossen. Nun ritt Olaf mit Robbie durch den Wald, und Melisande träumte unter dem bunten Blätterdach vor sich hin. Alles hatte sich zum Guten gewendet, trotz der Gewitterstürme, die ihr Eheglück manchmal immer noch trübten, aber stets von hellem Sonnenschein vertrieben wurden.

Als sie Hufschläge hörte, drehte sie sich um, und vor Freude schlug ihr Herz schneller. Conar war zurückgekehrt. Hoch aufgerichtet saß er auf seinem Rappen Thor, in Rüstung und Helm, den feuerroten Mantel um die Schultern. Wie unbesiegbar und überwältigend er aussah, ihr goldblonder Wikinger . . .

»Conar!« rief sie leise und versuchte, sich zu erheben.

»Nein, warte auf mich!« befahl er, schwang sich aus dem Sattel und warf achtlos den Helm beiseite.

»Ich kann aufstehen!« beharrte sie, obwohl sie sich im neunten Monat ihrer zweiten Schwangerschaft nur mühsam bewegen konnte.

»Eigensinnig wie immer!« tadelte Conar. Nach einem weiteren vergeblichen Versuch ließ sie sich endlich helfen, und wenig später saß sie auf seinem Schoß, während er an einem Baumstamm lehnte. »Ist es so nicht viel besser, Liebste?«

»O Conar . . .« Sie nahm sein Gesicht in beide Hände und küßte seine Lippen, lange und ausgiebig.

Leidenschaftlich erwiderte er den Kuß, dann strich er stöhnend über ihren gewölbten Bauch. »Hab Erbarmen mit einem Ehemann, der viel zu lange fort war — und viel zu bald wieder Vater wird.«

Sie rümpfte die Nase. »Ja, schimpf nur mit mir, weil ich mich über unser Wiedersehen freue!«

»Das tu ich nie wieder«, versprach er. »Es geht dir doch gut?«

»O ja.« Zufrieden schmiegte sie sich an ihn. »Und Robbie auch.«

»Das weiß ich. Vorhin sah ich ihn mit meinem Vater.«

Melisande lächelte, dann wurde sie ernst. »Und was ereignet sich draußen in der Welt?«

»Die Aristokraten wollen Ludwig des Amtes entheben«, entgegnete er und seufzte verbittert. »Und wie könnte man diesen schwachen König verteidigen, für den wir so hart kämpften und der uns immer wieder in den Rücken fiel?«

Mitfühlend strich sie über seine Wange. »Was soll nun geschehen?«

»Charlemagnes altes Reich wird zerbrechen und Odo über die Westfranken herrschen. Und wir werden ihm weiterhin die Lehnstreue halten.«

»Damit bist du doch einverstanden?«

»O ja. Geoffreys Ländereien sind an uns gefallen, dazu weitere Gebiete im Osten. Das müßte auch dich freuen.«

Sie erschauerte leicht. »Nichts, was mit Geoffrey zusammenhängt, erfreut mich.«

»Man kann's auch anders sehen.«

»Wie denn?«

»Ohne Geralds tückischen Versuch, dich für sich selbst oder seinen Sohn zu gewinnen, hätte ich meine schöne Kindbraut vielleicht nie erobert. Und hätte Geoffrey dich in jener Nacht nicht entführt, hätte ich womöglich nie geglaubt, daß meine feindselige, ungehorsame, zauberhafte Frau mich liebt.«

»Das hatte ich gar nicht gewußt, bevor ich's sagte«, gestand Melisande.

»Ich erinnere mich noch genau daran. Als Geoffrey mir einen grausamen Tod androhte, sprangst du wütend vor und schriest, er könne deine Liebe zu mir niemals auslöschen.«

»Hm. Und du hast mich gleich wieder hinter deinen Rücken geschoben.«

»Aber deine Worte brannten in meinem Herzen.«

Lächelnd küßte sie ihn wieder. Und wie immer wurde sie von den wunderbarsten Gefühlen erfaßt. Fieber im Blut, atemloses Glück — und ihr Magen krampfte sich so seltsam zusammen . . . Plötzlich löste sie ihre Lippen von seinen, als sie erkannte, daß diese Magenkrämpfe nicht von seinen Küssen heraufbeschworen wurden. »Conar . . .«

»Ja?«

»Ach — nichts.« Sie schnappte nach Luft.

»Meine liebste Frau«, flüsterte er, »auf mich übt deine süße Nähe dieselbe Wirkung aus . . .«

»Aber es liegt nicht an deinem Kuß.«

»Nein?«

»Aber du hast damit zu tun. Das Baby . . .« Sofort stand er auf und trug sie zu seinem Streitroß. »Es kann noch sehr lange dauern«, beruhigte sie ihn.

»Dein zweiter Sohn kommt vielleicht viel schneller zur Welt als der erste.«

»Es ist eine Tochter, das hat Mergwin mir prophezeit.«

»Dann wird sie sich erst recht beeilen.« Conar setzte sie aufs Pferd und stieg hinter ihr auf.

Wenig später lag Melisande in ihrem Bett. Erstaunt — und ein bißchen verärgert — mußte sie ihrem Mann recht geben. Nach ein paar Stunden wurde ein Mädchen geboren, sie beschimpfte ihn nicht halb so oft wie bei ihrer ersten Niederkunft. Das bildhübsche Baby hatte feuerrotes Haar und Augen wie der Sommerhimmel, nur etwas dunkler.

»Wir werden sie Violett nennen«, entschied Conar, als er auf dem Bettrand saß und seine Tochter begutachtete, die in Melisandes Armen lag.

Erschöpft schloß sie die Augen, und Erin nahm ihr rasch den Säugling ab. Im Halbschlaf spürte Melisande, daß Conar sich erheben wollte, und tastete nach seiner Hand. »Verlaß mich nicht . . .«

Da schloß er sie zärtlich in die Arme. »Ich werde immer bei dir bleiben.«

An seinen Worten gab es keinen Zweifel, das wußte sie. Niemals würde er sich von ihr trennen, ihr geliebter Herr der Wölfe, und sie niemals gehen lassen.

Jetzt erschien es ihr unfaßbar, wie verbissen sie ihn einmal bekämpft und zu hassen geglaubt hatte.

Doch in Wirklichkeit hatte sie ihn von Anfang an geliebt, diese Liebe gefürchtet, und das Glück, das sie jetzt teilten, war mit schwerem Herzenskummer bezahlt worden. Nun besaßen sie so viel — einander, Robbie, dieses kleine Mädchen. Was würde Mergwin für die Zukunft ihrer Tochter weissagen?

Endlich schlief Melisande in den Armen ihres Mannes ein, und ihr Lächeln kündete von süßen Träumen.

HEYNE BÜCHER

Ellen Tanner Marsh

Sie schreibt wie die weltweit erfolgreiche Johanna Lindsey: Romane voll leidenschaftlicher Liebe und romantischen Abenteuern.

01/8384

Außerdem erschienen:

Gezähmtes wildes Herz
01/7796

Der Glanz der Seide
01/7882

Wogen der Zärtlichkeit
01/7962

Im Bann der Liebe
01/8034

Zauber des Verlangens
01/8174

Wilhelm Heyne Verlag
München